달리는 조사관

달리는 조사관

송시우 지음

시공사

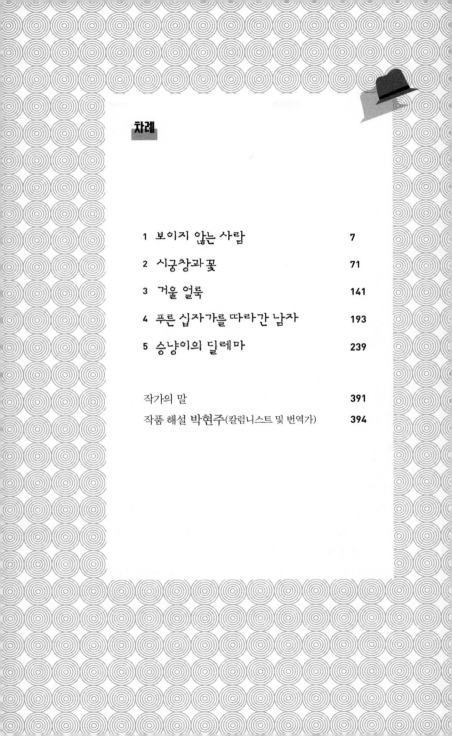

차례

국가인권기구 National Human Rights Institution

1993년 국제연합(UN)은 국가기관의 인권침해를 감시하고 국민의 인권을 증진시키며 국제인권기구와 국가를 연계하는 역할을 하는 독립기관인 국가인권기구를 각 회원국에 설치하도록 권장했다.

우리나라의 국가인권기구로는 2001년 설립된 국가인권위원회가 있다.

이 작품에서는 '인권증진위원회'라는 가상의 조직을 설정했다. 책임과 권한은 실제 기관인 국가인권위원회와 유사하나 완전히 일치하지는 않으며, 인물과 사건은 모두 허구이다.

1
보이지 않는 사람

1

이은율은 노동조합 마크가 붙은 점퍼 차림으로 왔다. 시간을 정확히 지켰다. 키가 작았고 얼굴빛이 검었으며 두꺼운 금테 안경을 꼈다. 동행한 사람은 없었다. 편이 되어주는 사람이 없거나 아니면 거리낄 게 없는 듯했다. 성희롱 가해자는 보통 수행원을 한둘씩 달고 오곤 했다. 한자리하는 사람일수록 따라붙는 사람도 많았다.

한윤서 조사관은 이은율을 조사실로 안내하고 마주앉았다. 물을 한 컵 따라 내밀고 노트북 자판 위에 손을 올렸다. 우선 소속과 직책을 물었다.

"오성자동차노동조합 정책국장 이은율입니다."

목소리가 굵고 발음이 정확했다. 여러 사람을 이끌고 싸우는 노동조합 간부다웠다.

"노조 문화국 소속 소지혜 씨를 알고 계십니까?"

"잘 알고 있습니다."

"소지혜 씨가 귀하에게 성희롱을 당했다는 진정을 인권증진위원회에 제기한 사실을 알고 있나요?"

"그래서 제가 여기 온 거 아닙니까?"

말끝에 짜증이 섞였다. 금테 안경 너머로 노기 띤 눈빛이 스쳐 지나갔다.

이은율은 혐의를 부인할 준비를 마친 듯했다. 일이 예상대로 흘러가고 있었다.

"한윤서 조사관, 또 한 건 해야겠어."

며칠 전, 등 뒤에서 들리는 김현숙 과장의 목소리에 한윤서는 보고 있던 인터넷 창을 황급히 닫았다. '스뎅을 사랑하는 사람들의 모임' 카페에 회원가입을 하는 중이었다. 봄이 오니 아토피 발진이 더 심해져, 스테인리스 프라이팬을 다루는 미묘한 기술을 배울 참이었다. 법랑 프라이팬에선 환경 호르몬이 나와 아토피 환자에게 좋지 않다고들 했다.

김현숙 과장이 사건기록을 건넸다. 표지에 붙은 노란 포스트잇과 그 위에 적힌 붉은 글씨. '언론보도. 중요사건. 긴급조사 요망.'

"기세를 몰아 또 한 작품 만들어봐."

김 과장이 윤서의 어깨를 토닥이며 말했다. 윤서는 얼결에 고개를 끄덕였다.

진정인 소지혜. 피진정인 이은율.

진정인 측에서 언론에 진정 사실을 알린 모양이었다. 오성자동차노조 간부가 조합원을 성희롱했다는 보도가 인터넷에 쫙 깔려 있었다. '또 하이에나가 꼬였군.' 한숨이 나왔다. 윤서는 여론에 휘청거리며, 그 과정에 수반되는 번잡스러운 일을 처리하는 걸 괴로워했다.

보수 언론은 귀족노조의 도덕적 타락을 개탄했다. 국내 자동차업계 연매출 1위 기업이자 근로자 평균 임금 상승폭도 1위인 오성자동차의 노동조합 간부 L 씨가 노조 행사를 마친 뒤 행사장 인근 건물 계단참에서 여자 조합원의 치마 속에 손을 넣어 더듬었고, 여자 조합원이 이를 거부하자 머리채를 잡아 흔들었다고 했다. 오성자동차노조는 파업을 예고한 채, 현재 사측과 단체협상을 진행하고 있었다. 노조의 입지를 위협하고 있는 사안이 지금 윤서의 손에 들어온 것이다. 예나 지금이나 성적인 파문만큼 도덕성에 직격탄을 날리는 이슈는 없을 것이다. 선정적이고, 눈길을 끌고, 싸잡아 비난하기 좋았다.

인권증진위원회. 줄여서 인권위. 인권침해와 차별행위에 대한 진정을 접수하고 조사하여 구제조치를 권고하는 독립적인 국가기관. 성희롱 사건은 인권위가 하는 수많은 업무 중 하나에 속했다. 하지만 현재 인권위에 대한 세상의 관심은 성희롱에 쏠려 있었다. 지난번 윤서가 맡았던 사건 때문이었다.

윤서는 문답서의 문항을 기록하며 물었다.

"5월 7일, 노조에서 외부 행사가 있었죠?"

"행사라니…… 듣기 거북한데요."

이은율이 눈을 치켜떴다.

"정치검찰의 손에 맞아 죽은 동지의 장례식에 참석했습니다. 그걸 행사라고 합니까?"

"다시 말하죠."

한윤서는 사건기록으로 눈을 돌렸다.

"5월 7일, 명예훼손 혐의로 수사를 받던 중 자살한 강윤오 조합원의 장례식이 있던 날, 노조 차원에서 참석하셨지요?"

"네. 한 50명쯤이요."

"장례식 도중에 소지혜 씨를 차에 태우고 자리를 떴습니까?"

"걔가 데리고 나가달라고 했어요."

소지혜는 장례식 내내 불안해 보였다고 했다. 그녀는 평소 자주 울고, 아무 때나 비탄에 잠겨 있곤 했다. 죽은 강윤오가 석 달 전 노조 전임자를 사퇴하고 송도에 있는 공장으로 내려 갈 때부터 시작된 증상이었다.

이은율과 소지혜는 대학 선후배 관계였다. 그들은 오성자동 차 입사 전부터 서로 알고 지냈다고 했다. 은율은 후배를 챙겨 준다는 순수한 마음으로 그동안 소지혜에 대한 상담자 역할을 자처해왔다. 소지혜도 최근엔 매일같이 은율을 찾아와 심정을 털어놓을 만큼 은율을 의지했다.

강윤오의 장례식장에서 소지혜는 동료들과 술을 마시고 있 는 은율에게 다가와 '감정을 추스르지 못하겠으니 자기를 데리고 이곳을 나가달라'고 요청했다. 은율은 소주를 반병 정도 마신 상태였지만 지혜의 말을 들어주는 게 좋겠다고 생각했 다. 승용차 조수석에 지혜를 태우고 국도변을 따라 달리다가 무턱대고 낯선 길로 빠져 시내를 달렸다. 어딘지는 기억에 없다고 했다. 술에 취해 있었고 흥분된 상태였다. 30분 정도 내키는 대로 달렸다. 지혜가 갑자기 구역질이 난다며 세워달라고 했다. 눈앞에 보이는 오피스 빌딩 앞에 차를 세우고 따라 들어갔다.

"소지혜 씨가 그 건물 화장실에서 나오자 소지혜 씨의 팔을 끌고 비상구를 통해 지하 1층 계단참으로 간 사실이 있습니까?"

"제가 끌고 갔답니까?"

이은율은 코웃음을 쳤다.

"자기가 갔어요. 화장실에서 나와 일언반구 말도 없이 비상문으로 가기에 전 그냥 따라갔을 뿐이죠."

"지하 1층 계단참에 소지혜 씨와 단둘이 있었던 건 맞죠?"

"그렇죠. 그럼 그 시간에 거기 누가 더 있었겠습니까."

"그곳에서 오른팔로는 소지혜 씨의 어깨를 감싼 상태에서, 왼팔을 소지혜 씨의 치마 속으로 넣어, 팬티스타킹의 밴드가 있는 부분까지 더듬어 만진 사실이 있습니까?"

"미쳤습니까?"

한윤서는 가슴께로 자꾸만 손이 가려고 하는 것을 억지로 참았다. 가슴 부위에 돋은 아토피 발진이 화끈거렸다. 통증에 가까운 가려움이 느껴졌다. 집중해야 했다.

"그런 사실이 없다는 뜻입니까?"

이은율은 자라처럼 고개를 길게 빼 들이밀었다. 동시에 손가락을 관자놀이에 대고 빙빙 돌렸다.

"조사관님은 제가 정신병자로 보입니까?"

"그런 사실이 있다, 없다만 말씀해주세요."

한윤서는 싸늘한 표정을 지어 보이고, 사건기록을 한 장 넘겼다.

"소지혜 씨가 손길을 거부하자, 오른팔로 소지혜 씨의 머리채를 잡아 쥐고, 얼굴을 가까이 마주 댄 사실이 있습니까?"

"걔가 한 말만 일방적으로 믿고 저를 완전 미친 사람 취급을 하시는군요. 없습니다."

"소지혜 씨와 얼굴을 밀착한 상태로 서서……."

윤서는 무의식적으로 침을 삼켰다. 한편, 피진정인의 표정을 살펴야 한다는 생각에 고개를 들고 이은율을 응시했다.

"밀착한 상태로 서서, '왜 강윤오에겐 척척 잘 대주고 나에게는 한 번도 안 주냐?'라고 말한 적 있습니까?"

이은율의 입술에 경련이 일었다. 하지만 은율은 이내 비웃음 어린 표정을 지었다.

"짐작하셨겠지만 죽은 강윤오 동지와 소지혜는 내연관계였습니다. 아니, 소지혜가 일방적으로 따라다녔죠. 자기보다 열다섯 살이나 많은 이혼남을 말이에요. 강윤오가 송도 공장으로 전출한 후에도 송도 사택에 문턱이 닳도록 드나들었어요. 그런 여자예요."

"그런 여자란 게 무슨 뜻이죠?"

블라우스가 가슴팍에 배어 나온 끈끈한 액체에 달라붙었다.

섬찟한 느낌에 윤서는 빈주먹을 꽉 쥐었다.

"말 그대롭니다."

은율은 고개를 돌렸다. 귀뿌리까지 벌겋게 달아올라 있었다. 그는 소지혜가 오히려 자기에게 달려들었다고 했다. 계단참으로 따라 들어가자마자 양팔로 목을 껴안고 입을 맞추려 했다는 게 은율의 주장이었다.

"그랬는데 제가 안 받아주고 가버리자 화가 난 거죠."

은율은 웃었다. 벌어진 입술 끝으로 비릿한 웃음을 흘리며 야비하게 웃었다. 자신이 지을 수 있는 가장 비열한 표정을 지으려 노력하는 것 같았다. 그는 그대로 소지혜를 계단참에 남겨둔 채 차를 몰고 떠났다고 했다.

"그 오피스 빌딩은 어디에 있는 무슨 건물입니까?"

"몰라요. 걔도 모른대요?"

"어떤 건물인지 조금이라도 떠오르는 거 없습니까?"

은율은 고개를 저었다. 기억을 떠올리려고 애쓰는 척도 하지 않았다. 소지혜도 성희롱을 당한 장소에 대해서는 아무 기억이 나지 않는다고 했다. '몰라요. 그 사람이 끌고 가는 대로 갔을 뿐이니 그 사람에게 물어보세요. 왜 저에게 다 기억하라고 하는 거죠?' 어떻게 성희롱을 당했는지 상세하게 묘사한 뒤였다. 은율의 손이 자신의 몸 어디에 닿았고 무슨 말을 지분거렸는지를 모조리 털어놓은 다음이었다. 예민하게 소리치더니 그 자리에서 울어버렸다. 한바탕 울고 난 뒤에는 정신없이 사과의 말을 늘어놓았다. 화내다가 울다가 사과하다가 온통 자기 마음대로였다.

"한윤서 조사관님이라고 하셨나요?"

자리에서 일어서며 이은율이 물었다.

"네."

윤서가 답했다.

"그분이시네요. 얼마 전 시장이 여비서 성희롱한 사건 맡으셨던 분. 신문에 나온 이름 봤어요. 맞죠?"

윤서는 대답을 하지 않았다. 은율이 한쪽 입술을 씰룩이며 말했다.

"대한민국이 다 아는 명조사관이시니 공정하시리라 믿습니다. 없었던 일을 있었던 일로 만들진 마세요."

은율이 손을 내밀어 악수를 청했다. 뜨겁게 땀이 찬 손이었다.

"물론…… 있었던 일을 없었던 일로 만들지도 않겠죠?"

2

윤서는 화장실 칸에 들어가 윗옷을 모두 벗었다. 가슴팍에 손바닥 크기의 붉은 수포가 잡혀 있었다. 표면에서 뿜어져 나오는 열기에 등까지 후끈거렸다. 진물이 다 흐르고 딱지가 앉은 뒤 수포는 검은 흉터로 변할 것이었다. 윤서는 맨가슴에 연고를 바르며 어서 상처가 흉터로 변하기를 바랐다.

지난번 사건, 상대는 경기도의 한 시장이었다. 선출직 공무원이자 여당 측 정치인이었고 지역의 실세였다. 여당은 비호하려 했고 야당은 물어뜯으려 했다. 기자들이 호시탐탐 윤서의 주위를 기웃거렸다. 시장은 정치공세라고 일축하며 억울함을 호소했다. 증거는 없었다. 어떤 언론은 인권위가 감히 '그분'을 건드릴 수 있겠냐며 비아냥거렸다.

시장은 취임하자마자 이제 막 공무원에 임용된 스물네 살의 여직원을 찍어 자기 비서로 앉혔다. 눈에 띄게 늘씬하고 예쁜 여자였다. 시장이 직접 사진이 첨부된 인사서류를 뒤져본 뒤 점찍었다는 소문이 시청 내에 돌았다. 시장은 외부 일정이 있을 때 종종 자기 여비서와 관용차 뒷좌석에 나란히 앉아 이동하기를 즐겼다. 남자 수행비서는 다른 차를 타고 뒤따라오게 했다. 시장은 이동하는 차 안에서 1시간이고 2시간이고 자신이 겪는 고뇌를 털어놓으며 새까맣게 어린 여비서에게 위로를 구했다. 정당에서의 암투와 직원들의 게으름과 주변인들의 비열함과 가족들의 무심함을 칭얼칭얼 호소했다. 그 과정에서 여비서의 어깨도 만지고 무릎도 만지며 추임새를 요구했다. 그러다가도 비록 자신이 예순이 넘었지만 얼마나 건강한지, 남자로서의 능력은 또 얼마나 뛰어난지를 자랑했고 자신을 따르는 여자들과의 일화를 나열했다. 시장의 말에 따르면 그녀들은 하나같이 지고지순하고 우매했다. 그러나 목적지에 도착하여 차 밖을 나서면 시장은 언제 그랬냐는 듯 다시 권력을 가진 근엄하고 점잖은 노인으로 돌아왔다. 여비서는 신경쇠약을 앓다가 사직한 뒤 인권위에 진정을 제기했다.

시장은 수행원들을 줄줄이 달고 인권위 소위원회에 출석했다. 전직 여비서를 명예훼손으로 고소한 뒤였다. 그러나 2시간 뒤 시장은 일그러진 얼굴로 인권위 문을 나섰다. 같은 날 명예훼손 고소를 취하했고, 이튿날에 성희롱 사실을 인정하고 시장직을 사퇴했다.

사람들은 그날 인권위에서 무슨 일이 있었는지를 궁금해했다. 담당 조사관인 한윤서 조사관에게 언론의 관심이 집중되었다. 윤서는 몰려드는 인터뷰 요청을 모두 거절하고 입을 닫았다. 그럴수록 윤서에게 무언가 비범한 능력이 있다고 사람들은 믿었다. 윤서는 자신의 이미지가 부풀려지는 걸 용인했다. 달리 방법이 없었다.

"인권위에서 아직까지 성희롱 사건이 벌어진 장소도 파악하지 못하고 있다는 게 사실입니까?"

"조사 중인 사건에 대해서는 말씀드릴 수 없습니다."

"잠깐요! 조사를 받으러 온 피진정인을 정신병자라고 몰아붙였다던데, 거기에 대해선 답변을 해주셔야 할 것 같은데요?"

"답변 안 하겠습니다. 끊습니다."

윤서는 전화 수화기를 소리 나게 내려놓았다. 다시 벨이 울리기 전에 일어나 복도로 나갔다. 이은율이 조사를 받고 간 다음 날, 연이은 전화에 시달리느라 일을 하지 못하고 있었다.

억대 연봉 오성자동차노조, 성희롱 파문!

女조합원 치마 들추고, 머리채 잡고…… 월급 올려달라?

인권위, 오성자동차노조 성희롱 편파조사 논란─피진정인 이씨, "정신병자 취급당해"

오성자동차노조 성추행 가해자 이씨, "명예훼손 고소하겠다"─피해자 소씨, "맞소송으로 대응"

오성자동차노조 성희롱 사건이 신문 표제를 뒤덮었다. 온 나라가 한동안 이 얘기만 떠들어댈 판이었다. 당사자들마저 조사과정에서 있었던 일을 왜곡해서 나불거리니 정작 진실을 밝히는 데 써야 할 힘이 엉뚱한 데서 소진될 지경이었다. 편파조사 어쩌고 하는 대목을 처음 봤을 땐 윤서도 너무 화가 난 나머지 이은율에게 전화하여 따질 심산으로 수화기를 집어 들었다가 가까스로 내려놓았다. 저쪽이 춤을 춘다고 인권위 조사관이 같이 춤을 출 수는 없었다. 조사관이 할 일은 사실을 발견하는 것이다.

윤서는 흥분을 가라앉히고 오성자동차노동조합을 방문할 채비를 했다.

성희롱은 이은율과 소지혜 단둘만 있는 공간에서 벌어졌다. 그곳이 도대체 어디인지는 모르겠지만 단둘이 있었다는 점은 확실하다. 그곳에서 소지혜는 성희롱을 당했다고 주장하고, 이은율은 소지혜가 오히려 스킨십을 시도했는데 자신이 거절했다고 주장한다. 성희롱 사건은 많은 부분 진술의 맥락에 의존하는 진실게임이다. 직접증거가 있기는 어차피 힘들다. 누구의 말이 더 합리적이고 더 구체적이며 더 그럴듯한지를 주변부에서부터 살펴나가야 한다.

3

금속노조 오성자동차지부 김을민 지부장은 별걸 다 물어본다는 표정으로 마지못해 대답했다.

"조합원들의 사생활을 제가 어찌 압니까? 이은율 국장과 소지혜 씨, 강윤오 씨 셋이 가까운 사이였다는 건 대충 압니다. 근데 누가 누굴 좋아했는지까지는 모르죠."

그는 퉁명스러웠다. 노동조합을 나타내는 푸른 조끼를 입고 '임금 7퍼센트 인상 사수'라는 글귀가 적힌 노란 머리띠를 질끈 묶고 있었다. 너부죽한 얼굴에 입술이 두꺼웠다.

지부장으로서 노조 내부에서 일어난 불미스러운 문제에 대해 진술을 한다는 게 불편한 모양이었다. 이해는 갔다. 단체협상 시기, 한창 노조의 기세를 올려야 할 때 이런 일이 터진 게 달가울 리 없었다.

"조합원들이 강윤오 씨와 소지혜 씨는 사귀는 사이였다고 하던데요."

윤서가 말했다. 윤서는 김을민 지부장을 만나기 전, 이미 노조 전임자 네 명을 만나 진술을 들었다. 한 명 더 만나려고 했는데 김 지부장이 지금밖에 시간이 되지 않는다고 하여 마지막 참고인 면담은 뒤로 미뤄두었다.

강윤오와 소지혜의 관계는 당사자들이 대놓고 드러내진 않았어도 모두 아는 것 같았다. 소지혜 쪽이 더 열을 올렸다고 했다. 열다섯 살 연상의 이혼남이 뭐가 좋다고 한창나이인 처녀가 따라다녔는지 사람들은 이해할 수 없다는 속내를 조금씩 비쳤다.

김을민 지부장은 양손을 들어 올린 채 어깨를 으쓱했다.

"소문은 있었죠. 근데 제가 당사자들에게 확인한 적은 없으니까요. 그럴 필요도 없었고요."

"그럼 강윤오 씨와 이은율 국장은 어떤 관계였는지 아십니까?"

"둘이 노조 전임하기 전에 본사에서 같이 일했을 겁니다. 이은율 국장이 서너 살 아래인데 강윤오 씨를 형처럼 생각하는 것 같더군요."

"그래서인가…… 이은율 국장이 강윤오 씨가 명예훼손으로 고발당했을 때요, 노조에서 적극적으로 나서야 한다고 강하게 건의했다면서요?"

강윤오는 컴퓨터를 잘 다뤘다고 했다. 조용한 성격이었지만 한편 익살맞은 구석이 있어 종종 자신이 만든 동영상을 노조 게시판에 올렸다. 그걸 보고 재미있어하는 사람들의 반응을 즐겼다. 그러던 중 강윤오는 플래시로 만든 한 게임 동영상을 오성자동차노조 게시판과 자기 개인 블로그에 올렸다. '쥐잡기 게임'이라는 제목이었다.

게임의 룰은 단순했다. 쥐 한 마리가 화면을 빠르게 돌아다닌다. 화면 위쪽에서 치즈가 무차별적으로 떨어진다. 치즈 위엔 글자가 적혀 있다. '비정규직 철폐', '빈부격차 완화', '표현의 자유 보장' 등이 적힌 치즈에는 쥐는 도통 관심을 보이지 않는다. '부자세금 철폐', '환경파괴 개발', '주가조작' 등이 적힌 치즈가 떨어지면 빠르게 달려든다. 이때 마우스로 쥐를 찍으면 쥐가 '찍' 하는 소리를 내며 몸이 터져 죽고, 순간 아주 잠깐 대통령의 찡그린 얼굴이 해체된 쥐의 몸체 위로 나타난다.

수많은 사람이 퍼 나르면서 쥐잡기 게임은 인터넷에 급속도로 퍼졌다. 강윤오가 게임을 게시하고 이틀 뒤, 보수 기독교 단체에서 강윤오를 대통령 명예훼손 혐의로 검찰에 고발했다. 그 단체는 대통령을 비방하는 게시물을 올린 사람을 찾아내 고발하는 일을 주요 업무로 삼고 있었다.

"강윤오 씨 일은 추이를 지켜보자고 하는데도 이은율 국장이 감정이 앞서서 무리한 주장을 했죠."

김을민 지부장이 말했다.

"노조로서는 적극 대응하기 어려운 점이 있었어요. 그 게임을 노조에서 만든 것도 아니었고, 강윤오 씨가 노조의 허락을 받고 올린 것도 아니었거든요?"

조금 전 윤서는 소지혜가 소속된 문화국의 국장도 만났다. 문화국장도 이은율이 자기주장을 지나치게 해서 지도부를 곤란하게 만들었다고 했다.

"강윤오 씨가 수사를 받는 압박감을 이기지 못해서 망상에 빠졌던 것 같아요."

문화국장은 30대 초반으로 보였는데 노조 간부들 중 젊은 축에 속하는 듯했다. 무슨 뜻인지 윤서가 되묻자 그는 안타까운 표정을 지었다.

"이은율 국장의 주장이라고 하는 게 결국 소지혜 씨가 강윤오 씨에게 듣고 온 얘기를 또 전해 들은 걸 텐데요. 하나도 거르지 않고 그걸 바탕으로 지부장에게 따지니까 말이에요. 경찰이 강윤오 씨를 미행하고 감시하고 있다나요. 강윤오 씨 사택 내부에 감시 카메라가 있는 것 같다고도 했고, 하튼 믿지 못할 소리였어요. 까놓고 말해서 강윤오 씨는 노조 핵심 간부도 아니었고, 수사를 받고 있다고는 하지만 그 혐의도 사실 별거 아니잖아요. 근데 왜 그런 일이 벌어지겠어요. 그런데 이은율 국장은 강윤오 씨가 그런 상황인데 노조에선 나 몰라라 한다고 지부장과 멱살잡이를 한 적도 있었어요."

문화국장은 이은율과 소지혜의 관계에 대한 자기 의견도 말했다.

"제 생각을 묻는다면 전 이은율 국장이 소지혜 씨에게 평소 마음이 있었을 거라고 생각해요. 그런데 소지혜는 강윤오에게만 집착했죠. 이은율 국장도 사람이고 남자고 멀쩡한 총각인데 좋았겠습니까."

윤서가 김을민 지부장에게 물었다.

"고발 사건이 나고 바로 노조 전임자를 사퇴한 건 강윤오 씨 본인 생각이었나요?"

"그렇죠. 저에게 직접 말했어요. 원래 좀 심약한 친구라……
쉴 필요가 있었죠."

"그날 얘길 해주세요. 5월 7일, 강윤오 씨 장례식 날."

김을민 지부장은 의자 등받이에 등을 기대며 팔짱을 꼈다.
벽시계를 슬쩍 바라보더니 말을 이었다.

"그날이 장례 마지막 날로 오전 11시 발인을 앞두고 있었죠.
저도 장례식 내내 상주한 건 아니니까 정확히는 모르겠고요.
조합원들 말로는요, 이은율 국장과 소지혜 씨도 계속 자리를
지키진 않았고 둘이 같이 사라졌다가 들어왔다가 한 명씩 없
어졌다가…… 그랬다더군요. 그날 아침 8시경에 이은율 국장
이 들어왔고 그때부터 한 자리 차지하고 앉아 소주를 마셨어
요. 다른 사람은 말도 못 붙일 정도로 무거운 표정을 하고 말
이죠. 근데 10시쯤 소지혜 씨가 나타나 주위를 휘휘 둘러보더
니 이은율에게 다가와 뭐라고 속삭였죠. 그건 저도 봤어요. 그
러다가 둘이 훌쩍 나가버리더군요. 그게 다예요."

다른 사람들의 주장과 다르지 않았다. 가까이서 소지혜가 이
은율에게 하는 말의 일부를 들은 여자 조합원이 있었다.

지혜는 은율을 발견하고 순간 안도하는 표정을 짓더니 은
율에게 다가와 말했다. '같이 나가요. 여긴 믿을 사람이 없어
요.' 표정이나 목소리가 매우 다급해 보였다고 했다. 은율은
취해 있었지만 두말 않고 나갔다. 그리고 마치 불구덩이를 피
하려는 듯 급박하게 음주상태에서 운전을 하여 그곳을 빠져
나갔다.

소지혜와 이은율. 둘은 조합원들 사이에서 고립되어 있었다. 오직 둘만이 서로를 의지할 수 있는, 둘만의 관계가 있었다. 그때까지는 그랬다. 하지만 30분 뒤, 둘은 서로가 서로를 필사적으로 물어뜯는 사이가 되었다. 아마 돌이킬 수 없을 것이다. 누구의 잘못일까. 진실은 두 사람의 상반된 진술 중 어느 근처에 자리하고 있을까.

윤서와 김을민 지부장이 면담을 하고 있는 노동조합 회의실 안으로 어떤 남자가 불쑥 들어왔다. 김 지부장과 같은 조끼와 머리띠를 하고 있었다. 그는 윤서에겐 눈길도 주지 않고 김 지부장에게 다가가 귓속말을 했다.

"죄송합니다만, 일정이 있어서……."

김 지부장이 자리에서 일어났다. 시간을 많이 내줄 수 없다고 앞서 말해두긴 했었다.

문답서 말미에 바삐 서명을 한 뒤 김을민 지부장은 별다른 인사도 없이 회의실을 떠났다.

혼자 남은 윤서는 비닐 파일을 집어 들어 얼굴에 대고 부채질을 했다. 바람이 잘 통하지 않는지 실내가 후덥지근했다. 윤서는 블라우스 앞섶을 들춰 살살 바람을 흘려 넣었다. 순간 깜짝 놀라 행동을 멈추고 주위를 둘러보았다. 감시 카메라가 있을지도 모른다는 생각이 별안간 든 것이었다.

나도 망상에 빠지는 건가, 윤서는 고개를 흔들었다. 몹시 피곤했지만 약속된 면담이 하나 더 있었다. 탁자에 놓여 있는 낡은 전화기의 수화기를 들었다.

"인권위 한윤서 조사관입니다. 정책국 김지안 씨 회의실로 오시라고 해주세요."

4

총천연색 물방울무늬 튜닝을 한 모닝 승용차가 시 외곽도로를 달리고 있었다. 일요일 오전 시간의 도로는 한산했다. 맞은편에서 오는 차 운전자들은 요상한 색깔의 경차를 고개를 빼고 바라보았다.

"어차피 보고 들은 사람도 없는데, 성희롱 당한 장소를 찾을 필요가 뭐가 있냐? 찾으면 뭐 할 건데?"

세리 장이 손바닥으로 핸들을 돌리며 말했다. 정맥이 굵게 돋은 손등 끝으로 보라색 매니큐어를 칠한 손톱이 길게 뻗어 있었다.

"CCTV가 있을지도 몰라."

조수석에 앉은 한윤서가 웅얼거렸다.

"미치겠네. 지지배. 건물 비상계단에는 CCTV 없어. 그리고 생각을 해봐라. 이렇게 무작정 달린다고 거길 찾겠니? 출구가 한두 개냐? 건물이 한둘이야? 나 참…… 이번엔 여기로 나가볼까?"

세리 장이 투덜거리면서도 스스로 길을 찾아 오른쪽 출구로 핸들을 꺾었다. 윤서는 부루퉁한 얼굴을 하고 생각에 잠겨 있었다.

"그놈도 멍청하다야. 나 같으면 시침 뚝 떼고 아무 일도 없었다고 할 텐데. 건물 비상계단 따윈 간 적도 없다고 하면 되잖아? 그럼 아예 논쟁거리도 없을 거 아니냐."

세리가 말했다. 굵고 검은 턱수염 사이로 분홍색 립스틱을 바른 입술이 번들거렸다.

세리는 윤서의 10년 지기였다. 사람을 많이 가리는 세리가 윤서와 친구가 될 수 있었던 건 윤서가 세리의 이러한 오묘한 외모를 전혀 신경 쓰지 않기 때문이었다. 굵은 다리에 레깅스를 껴입고 그 위에 미니스커트를 입든, 정장 슈트 밑에 방울이 달린 부츠를 신든 아무 반응이 없었다. 세리는 다른 사람의 외양에 이렇게까지 관심이 없는 윤서 같은 사람을 처음 본지라 신선한 충격을 받았다.

그리고 세리는 윤서처럼 이것저것 취미생활을 시도하나 뭐든 지독하게 못하는 사람을 처음 봤다. 세리와 윤서는 수영학원에서 처음 만났다. 초등학생들도 몇 명 섞인 초급반에서 같이 수업을 받았는데, 한 달이 지나도록 윤서는 물에 못 떴다. 그 학원에서 제일 친절하다는 수영강사 총각도 오죽하면 윤서가 그만 나오기를 바라는 눈치였다. 물에서 뒤집었다 엎었다 자유롭게 배영과 자유형을 구사하며 장난치는 초등학생들 사이로 물에 빠져 허우적대는 윤서를 세리가 구해줬다.

수영만 그런 게 아니었다. 윤서는 어떤 학원에 가든 그 학원에서 제일 못했다. 다행히 운전은 할 줄 안다는 걸 제외하고는, 윤서는 오직 자기의 직업에만 소질이 있었다. 그리고 본인만이 그것을 잘 모르는 듯했다.

"무조건 들이대는 작전이 이번에도 성공할 거라 생각한다면, 좀 오산이다, 얘."

윤서는 스스로도 인정한다는 듯 자신 없는 표정으로 고개를 끄덕였다.

윤서는 시장 성희롱 사건을 떠올렸다. 관용차 안에서 벌어진 성희롱을 증언할 수 있는 사람은 시장의 운전기사뿐이었다. 하지만 운전기사에게 진실을 기대하긴 어려웠다. 지방자치단체장급 고위공무원은 자신의 재임기간 동안 수행비서와 운전기사를 자기의 사람으로 임명할 수 있다. 운전기사에게 시장은 '현재 모시는 사람'일 뿐 아니라 퇴임 후에도 자신의 생계를 책임져줄, 자기의 생사여탈권을 쥔 사람이었다. 운전기사의 임무 중 하나는 시장을 지척에서 수행하면서 무엇을 들어도 못 들은 척, 보아도 못 본 척하는 것이었다.

운전기사는 역시나 시장의 성희롱 혐의를 전면 부인했다. 덩치가 크고 동글동글한 얼굴에 선해 보이는 인상이었다. 주뼛거리고 주저하는 폼이 뭔가 할 말이 있는 듯했으나, 여러 각도로 질문을 던져도 난처한 표정만 지을 뿐 도움이 되는 진술은 하나도 해주지 않았다.

"전 언제라도 그만둘 생각입니다. 아직 시장님께 말씀드리진 않았지만…… 이미 다른 자리 알아본 곳도 있고요."

진술을 마치고 떠나기 전 운전기사는 덧붙였다.

"그러니까 제가 하는 말씀은 믿으셔도 됩니다."

눈길은 바닥으로 내리꽂은 채 그는 수심 깊은 목소리로 말했다.

"뻔하네."

운전기사의 마지막 말이 마음에 걸려 세리를 만나 한강변에서 맥주에 오징어를 씹으며 얘기를 나누던 중이었다. 세리가 한심하다는 표정으로 말했다.

"너는 그 의도를 모르는 게냐?"

"그게 뭔데?"

"이런 모자란 중생. 그 사람은 사실을 말할 준비가 되어 있다는 거야. 하지만 자기가 적극적으로 말할 순 없는 거지. 내부 고발자가 되고 싶진 않은 거야."

"……."

"얘, 너 모르지? 이런 거 입고 싶어 하는 사람 되게 많다?"

세리는 검은색 융 드레스의 현란한 장식과 어이없을 정도로 넓은 밀짚모자의 챙을 매만지며 말했다. 융 드레스 밑으로는 꽉 끼는 청바지를 입고 있었다. 윤서는 눈만 끔뻑끔뻑했다.

"근데 못 입어. 왜? '이런 옷을 입는 사람'으로 알려지고 싶지 않은 거지. 그런 사람들이 혼자 집에서는 이런 거 입고 막 거울 보고 좋아한다? 나 지나가면 알게 모르게 다들 훔쳐보고 부러워한다고."

세리가 들먹인 예는 적절하지 않았지만 시사점은 있었다.

"그냥 물어보는 거로는 안 돼. 적극적으로 보호 장치를 마련하고 판을 깔아줘. 어떻게 하면 되냐고? 어머, 그건 네가 생각해야지!"

세리는 소리치고는 울대를 꿀렁거리며 맥주를 들이켰다. 조금 이상하지만 현명한 윤서의 친구, 세리 장. 물에 빠져 죽을 뻔한 윤서를 구해준 생명의 은인.

다음 날 윤서는 시청 청사 인근으로 가서 운전기사를 불러냈다. 마침 시장은 행사 참석을 빙자하여 해외에 나가 있었다. 여론이 잠잠해질 때까지 시간을 벌어볼 요량임이 뻔했으나 인권위가 수사기관이 아닌 이상 출국금지를 요청할 수도 없어 지켜보는 중이었다. 시장이 해외에 나가 있는 동안 운전기사는 청사 내 기사 대기실에서 시간을 보내고 있을 거라 생각했다.

연락을 받고 나오긴 했으나 불편한 기색을 숨기지 않는 운전기사 앞에 윤서는 종이 한 장을 척 올려놓고 일필휘지로 적어 내려갔다.

'각서. 본인 한윤서 조사관은 모 시장 운전기사 모모 씨의 동의 없이 모모 씨의 진술을 진정사건 조사의 근거자료로 사용하지 않을 것이며, 이를 어길 시 공무원의 공무상 비밀유지 조항을 어긴 것으로 스스로 인정하고 어떠한 처벌이라도 달게 받겠습니다.'

얼마나 효력이 있을지 모르는 임의의 문서였지만 진심이 전해지기만 하면 되었다.

운전기사는 휘둥그레진 눈으로 윤서가 내민 종이쪽을 한참 동안 바라보았다. 그리고 피식 웃었다. 자조를 떨쳐내는 후련함이 담긴 웃음이었다. 이윽고 운전기사는 여비서의 말이 처음부터 끝까지 옳음을 증언해주었다. 말하는 사이사이 시장에 대한 신랄한 비판과 경멸 어린 태도도 감추지 않았다. 어쩌면 시장은 여비서를 희롱할 기회를 잡기 위해 외부 출장을 많이 다녔던 것 같다고도 했다. 그러한 상황을 못 본 척해야 하는 운전기사의 고통도 적지 않았다. 뒷좌석에서 벌어지고 있는 일에 신경이 팔려 주차해놓은 차와 접촉사고를 낸 적도 있다고 했다. 당시 황급히 뛰어나가 확인해보니 다행히 양 차 모두 손상된 부분은 없어 보였다. 그러나 떳떳하지 못한 행동을 방해받은 시장이 불같이 화를 내는 바람에 재빠른 조치를 해야 했다. 휴대전화 카메라로 차의 상태를 찍은 뒤 상대 차 와이퍼에 자기 명함을 꽂아두고 왔다. 명함 위에는 가벼운 접촉 사고가 있었다는 메모를 갈겨썼다. 그러고도 혹시 몰라 사고 당시의 블랙박스 녹화 화면을 찾아 따로 저장해두었다. 잘못하여 뺑소니로 추궁받으면 매우 곤란해지기 때문이었다. 그 뒤 별다른 연락은 오지 않아 무사히 넘어갔지만 운전기사로서는 몹시 신경 쓰였던 사건이었다.

"블랙박스 녹화 파일은 아직도 가지고 있습니까?"

고개를 주억거리며 운전기사의 말을 듣고 있던 윤서가 순간 눈을 번뜩이며 물었다. 얘기하는 동안 긴장이 많이 풀렸는지 운전기사가 커피숍 소파에 양팔을 걸치며 말했다.

"아, 그거요? 벌써 한 2~3개월 전 일이지만…… 저희 집 컴퓨터에 잘 저장해놨지요."

"화면 길이는 어느 정도?"

"사고 앞뒤 5분 정도 저장해놨으니까는 한 10분 될까요."

질문의 의도를 아직 파악하지 못한 운전기사가 고개를 갸웃거리며 대답했다.

"블랙박스는 화면만 녹화됩니까? 아니면 음성도 녹음됩니까?"

"이래뵈도 시장 관용찬데 싸구려 쓰겠습니까? 24시간 상시 녹화에 소리까지 다 녹음되는…… 엇."

뭔가를 알아차린 운전기사의 얼굴이 바짝 긴장되었다. 우직해 보이는 커다란 머릿속으로 생각이 빠르게 지나가고 있는 게 느껴졌다.

"시장이 여비서에게 치근덕거리는 게 신경 쓰여 사고를 냈다고 하셨죠?"

운전기사는 입을 떡 벌리고 고개를 저었다. 방금 알아차린 사실이 가져올 엄청난 결과에 미루어 자신이 한 말을 주워 담고 싶은 나약함이 보이는 몸짓이었다. 윤서는 틈을 주지 않고 몰아붙였다.

"만약에 말이에요. 접촉사고를 당한 상대 차 주인이 사고로 차가 손상되었다고 주장하면서 연락을 해왔다면…… 기사님은 어떻게 했을까요?"

"연락 안 왔어요. 아주 살짝 부딪힌 거라 흔적도 없었고요.

제가 확인했다니깐요."

"그러니까 만약에 말이에요. 만약에 그랬다면?"

"그랬다면…… 그때 제 핸드폰으로 찍은 사진하고 블랙박스 녹화 파일을 보여줬겠죠. 사고 당시엔 아무 이상이 없었다고."

"그런 사항을 시장님께도 보고를 드렸을까요?"

운전기사는 짧은 머리를 긁적거렸다.

"글쎄요. 시장님이 그런 것까지 관여하기는…… 일단은 제 선에서 끝내려고 했겠죠. 아마도."

윤서는 빙그레 웃었다. 순간적인 기지와, 약간의 악의가 담긴 웃음이었다.

"좋아요. 이렇게 해요. 기사님은 그 상대편 차주의 전화를 받은 거예요. 상대 차주는 시장의 차가 자기 차를 받아놓고 뺑소니를 쳤다며 난리를 치죠. 기사님이 명함을 꽂아놓고 갔다면서요? 가해차량이 시장의 차라는 걸 알고는 억지를 써본 거죠. 그래서 기사님은 그럴 경우를 대비해서 준비해둔 블랙박스 녹화 파일을 그 사람에게 보내줘요. 상대편 차주는 물증이 있으니 더 떼를 못 쓰고 잠잠해지죠. 그런데 몇 개월 지나서 그 시장이 차 안에서 여비서를 상습적으로 성희롱했다는 사건이 신문에 나요. 그래서 상대편 차주는 자기가 갖고 있던 블랙박스 파일을 인권위에 익명으로 보내주죠."

"그런 사람은…… 없잖아요?"

"네. 가상의 인물이죠. 그 가상의 인물이 누군지 저는 안 밝힐 거고요."

인권위에 접수되는 성희롱 사건은 일차적으로 인권위원 열한 명 중 세 명이 만장일치로 결정하는 '소위원회'에 회부된다. 소위원회는 필요한 경우 당사자를 회의에 출석시켜 의견 진술의 기회를 준다. 시장이 소위원회에 출석한 자리에서 윤서는 '예전에 시장 차와 접촉사고를 당해 사실다툼을 하는 과정에서 시장 차의 블랙박스 녹화 화면을 입수하게 된 익명의 제보자가 보내온 자료'를 틀었다. 기고만장했던 시장의 얼굴은 순식간에 일그러졌다. 녹화 화면에는 시장이 뒷좌석에 나란히 앉은 여비서에게 자신의 하룻밤 성관계 횟수에 대해 허풍을 떠는 음성이 녹음되어 있었다. 어떻게든 그 화제를 피해 가기 위해 부단히 노력하는 여비서를 상자에 갇힌 쥐를 쫓듯 간단하게 따라잡는 능글거리는 목소리.

5

"재미없어. 하튼 재미없어. 한윤서."

윤서와 세리 장은 무모한 드라이브를 그만두고 순댓국집 식탁에 마주앉았다. 세리가 보라색 손톱을 매만지며 윤서를 힐난했다. 일요일 아침부터 불려나와 지금까지 나 뭐 한 거니, 세리는 비음 가득한 목소리로 불만을 표시하며 뜨거운 김이 펄펄 올라오는 순댓국에 양념장을 넣어 휘휘 저었다.

"이번 사건은 석연치 않은 점이 참 많아······"

윤서가 밥을 먹는 둥 마는 둥 하며 말했다.

"뭐야? 읊어봐."

세리가 국물을 후루룩 마시며 물었다.

"피해자가 노조 관계자라면 말이야. 보통 노동조합 이름으로 진정을 제기하거든."

윤서는 지금까지 다루어왔던 진정사건들을 떠올렸다.

"그런데 이 건은 소지혜가 단독으로 제기했어. 노조는 아무런 지지나 도움을 주고 있지 않고. 피해자가 노조 전임자인데."

"가해자가 노조 간부니까 그렇지."

세리는 커다란 순대 조각을 집어 들어 후후 불었다.

"가해자가 회사 쪽 인사였으면 노조도 죽어라 물어뜯었겠지만, 내부 문제잖아. 달갑겠어?"

내부 문제가 밖으로 드러나도 괜찮을 시기는 그 집단에 언제고 없다는 것이 세리의 의견이었다. 그 점은 대략 납득한다고 하더라도 윤서에겐 또 다른 의문이 있었다.

"맥락이 없고, 패턴도 없어. 전형적인 성희롱 피해자나 가해자의 모습과 달라."

윤서는 손가락으로 탁자에 계단 모양을 그렸다.

"성희롱은 보통 경미한 걸로 시작해서 수위를 높여가며 반복되기 마련이거든? 가벼운 성적농담이 음담패설이 되고, 언어적인 것으로 괴롭히다가 신체적인 것으로 나아가고……."

그러나 이 사건 이전에 소지혜는 이은율로부터 성희롱을 당한 경험이 없다. 오히려 사건 발생 30분 전까지 둘은 강한 신뢰관계로 얽혀 있었다.

"야, 난 전형적이란 말 싫더라."

세리가 구시렁거렸다. 세리라면 그럴 만했다.

"전형적인 성희롱 피해자? 그런 것도 있나?"

윤서는 미간을 찌푸리며 갸웃거렸다.

"피해자들은 보통 공식적으로 문제제기 하기 전에 주변 사람들에게 성희롱 피해를 호소하고…… 상담이나 도움을 구하기 마련이야. 혼자 대응하긴 버거운 문제잖아. 그런 상담기록들이 나중에 성희롱의 증거가 되기도 해."

윤서는 생각에 빠진 채 국물 속에서 퉁퉁 불은 밥알을 퍼먹었다. 성희롱 사건 이후 소지혜는 주변인에게 성희롱에 대한 고통을 알리거나 노조 또는 회사에 알려 자체적인 해결을 시도한 사실이 없다. 제일 먼저 인권위에 왔다.

"간혹 성희롱을 급히 인정해서 무마하려고 하는 사람도 있지."

세리가 전형적인 가해자의 패턴에 관해 묻자 윤서가 답했다.

"하지만 그보다는 대부분 피해자에 대해 분노의 감정을 드러내고…… 제 편을 드는 세력을 모아서 피해자를 비난하기 십상이야. 피해자가 성적으로 평소 얼마나 문란했는지 들먹이면서 마치 피해자가 성희롱을 유도한 것처럼 몰아가는 거, 많이 보지 않았어?"

윤서는 이은율이 한 말을 기억했다.

'죽은 강윤오 동지와 소지혜는 내연관계였습니다. ……강윤오가 송도 공장으로 전출한 후에도 소지혜는 송도 사택에 문턱이 닳도록 드나들었어요. 그런 여자예요.'

그런 여자예요.

하지만 이은율도 그 정도의 표현에 그쳤다. 자기 주변관계를 이용하여 피해자의 주장이 말도 안 되는 거라고 몰아붙이는 것까진 안 했다.

어딘지 모를 건물의 계단참에서 발생했다는 둘 사이의 성희롱 사건은 마치 앞뒤 순서와 무관하게 필요한 부분만을 먼저 찍은 영화의 한 장면처럼 맥락에서 빠져나와 홀로 뚝 떨어져 있었다.

"강윤오의 주변이 좀 미심쩍어."

강윤오가 개입된 관계의 역학에 생각이 미치자 윤서는 오성자동차노동조합을 방문했을 때 들은 참고인의 진술을 떠올렸다.

"뭔데?"

세리가 심드렁하게 물었다.

마지막 참고인 김지안은 30대 중반의 여성 노조 전임자였다. 이은율이 국장으로 있는 정책국에서 일하고 있었다. 곱상하고 착하게 생긴 인상이었다. 김지안은 자신의 상사인 이은율이 처한 상황에 안타까워했다.

"그래도 소지혜 씨 말고는 유일하게 강윤오 씨를 위해서 목소리를 내주던 사람인데……. 가끔 욱하는 게 있어서 그렇지

성정은 착한 분이세요. 아무도 못 나서는 일을 앞장서 나서는
용기도 있으시고……."

김지안은 다른 참고인들과 다르게 강윤오의 편을 든 이은율
의 행동을 긍정적으로 평가하고 있었다. 다른 사람들은 모두
이은율이 무모한 주장으로 노조 지도부를 곤란하게 만들었다
고 했다.

"강윤오 씨가 그렇게 도움이 필요한 상황이었나요?"

"그렇죠. 경찰이 자기를 따라다닌다느니, 사택에 감시 카메
라가 있다느니, 휴대전화가 도청되는 것 같다느니…… 이런
말들을 했대요. 사람들은 쉽게 망상으로 치부하고 저 사람이
왜 저러나 했지만요. 그 상황이 되면 누구라도 그렇게 과민해
질 수 있지 않을까요?"

김지안은 이 부분에서 살짝 목소리를 낮췄다.

"사실 경찰이 은근히 강윤오 씨 주위를 조사한 건 맞거든요."

"그랬어요?"

윤서는 별것 아니라는 듯 되물었다. 너무 정색을 하고 물으
면 새로운 주장은 지레 겁을 먹고 자취를 감출 수 있었다.

"네에. 저희 육촌 오빠 중에 경감이 한 분 계세요. 말이 그렇
지 육촌이면 가까운 사이는 아니잖아요? 근데 한두 달 전인
가…… 갑자기 오빠가 저에게 전화해서는 강윤오 씨에 대해
서 묻는 거예요. 강윤오 씨는 이미 송도 현장으로 간 뒤였는데
말이죠."

"뭘 묻던가요?"

"그냥. 그분 평소 어떤 사람이냐, 친한 사람은 누구냐, 문제 일으킨 적은 없냐…… 그런 거. 왜 묻냐고 물어도 그건 대답을 안 하고. 하여튼 좀 이상했어요. 오빠는 여기 관할도 아닌데 말이에요."

"육촌 오빠께선 어디서 근무하시는데요?"

"지금 경찰서에서 일하고 있지도 않아요. 작년에 어디 국무총리실인가? 거기로 파견 나갔다고 들었는데……."

윤서는 고개를 갸우뚱했다. 국무총리실에서 파견 근무를 하고 있는 경찰관이 자신의 개인적 인맥을 이용해서 강윤오를 탐문했다? 강윤오가 관할을 떠나 전 경찰이 관심을 가질 만큼 중요 인물이었나?

"야, 대통령 좀 비꼬는 게임 하나 만들었다고 그걸 명예훼손으로 고발하고, 그걸 또 수사하는 것부터가 미친 거 아니냐?"

식사를 마친 세리가 핸드백 속에서 앙증맞은 손거울을 꺼내 얼굴을 요리조리 들여다보며 말했다.

"북한이냐? 게슈타포냐? 나라 꼴이 어떻게 돌아가는 건지, 원……."

맞다. 이해되지 않는 건 그 지점부터다. 명예훼손은 형법상 반의사불벌죄다. 피해자가 처벌을 원하지 않으면 명예훼손의 정도가 아무리 커도 처벌할 수 없다. 검찰은 강윤오의 '쥐잡기 게임'을 대통령 명예훼손죄로 수사하면서 대통령에게 강윤오의 처벌을 원하는지 여부를 물어봤을까? 강윤오 외에도 많은 사람이 보수단체에 고발당했다. 한 나라의 대통령이 무수한 개인들이 받고 있는 명예훼손 혐의에 대해 일일이 처벌을 원하는지 여부를 말해주고 있을까? 대한민국 최고 권력자의 명예를 보호해주기 위해 수사기관과 행정기관이 관할을 초월해 일심으로 단결하여 개개인의 잘못을 추궁하고, 그것도 모자라 사생활의 영역까지 침범하여 압박하고 있는 것일까?

"얘, 내가 재밌는 얘기 하나 해줄게."

세리가 윤서의 생각을 끊고 말했다.

"읊어봐."

"내 친구 중에, 공무원인데, 고양이를 미친 듯이 좋아하는 애가 하나 있다?"

세리의 친구라면 아마도 범상한 인물은 아닐 것이다. 윤서는 계속 얘기하라는 뜻으로 고개를 끄덕였다. 세리는 신이 나서 떠들어댔다.

"근데 걔가 집고양이는 좋아하지 않고, 왜 있잖아, 야생의 모습을 간직한 사납고 무시무시한 것들, 흉포하게 생겨가지고 색깔도 더럽게 얼룩덜룩한 것들, 그런 애들 사진만 사무실 자기 자리에 덕지덕지 붙여놓은 거야. 그런데 어느 날 거기 장관이 사무실 시찰한다고 둘러보러 왔다가 걔 자리만 유심히 살펴보더니 헛기침을 '흠, 흠' 하고는 고개를 살래살래 흔들고 나갔대. 그날 과장이 갑자기 전체 과원들을 불러다놓고 사무실 환경정리를 하라고 해. 그래서 걔는 고양이 사진을 예쁘게 일렬종대로 붙여놨지. 근데 다음 날, 과장이 오더니 고양이 사진 왜 안 치웠냐고, 저 고양이가 무슨 의미냐고, 공무원의 정치적

중립을 지키라고 지랄발광을 하더라는 거야. 이거 진짜 있었던 얘기다?"

윤서는 웃었다. 재미있어서 웃고 허탈해서 웃었다. 세리는 한술 더 떠서 권력이 어떻게 움직이는지에 대한 재밌는 이야기를 하나 더 해주겠다고 했다.

한여름에 대통령과 국무총리가 같이 밥을 먹는 거야. 대통령이 갑자기 못마땅한 표정으로 말하지. '에어컨 바람이 너무 세군. 이러니까 나라의 전력이 낭비되는 거야. 비서관, 온도를 조금 높이게.' 국무총리는 생각해. '아, 각하는 에어컨을 세게 트는 걸 싫어하시는구나!' 다음 날 국무총리는 각부 장관들을 만나서 말해. '기온이 30도가 넘어가지 않는 한 사무실에서 에어컨을 틀지 마시오.' 장관들은 생각하지. '아, 각하는 30도 이하에서 에어컨을 트는 걸 싫어하시는구나!' 그럼 장관들은 간부들을 불러놓고 말할 거 아니야? '앞으로 폭염주의보가 내려지지 않는 한 에어컨을 틀지 마라.' 간부들은 어떻게 생각하겠어? '아, 각하는 에어컨이란 걸 싫어하시는구나!' A 국장은 직원들에게 말해. 사무실의 에어컨이란 에어컨은 모조리 버리고, 정 더워 죽겠거든 선풍기를 틀어라.' 그러면 A 국장에게 지고 싶지 않은 B 국장은 이렇게 말해. '선풍기도 두 명에 한 대씩만 틀어라.' 이렇게 되면 직원들은 냉방기계를 사용하지 않는 걸 방침으로 받아들이지. 복지시설 지원물품에서 에어컨이나 선풍기를 삭제하고, 냉방기계 생산업체를 세무조사하고,

부채 디자인 공모를 실시하고, 냉방기계에 특별소비세와 전기 누진세를 붙이는 거야. 결과는? 공장 노동자들은 이렇게 된 영문도 모른 채 더운 여름에 팥죽 같은 땀을 뚝뚝 흘리며 곤죽이 되어 일하고, 부채질을 할 기운조차 없는 노인네들은 복지 시설에서 더위에 씩씩거리다가 하나둘씩 쓰러져 죽지. 문제가 되면 가장 말단 공무원들만 잡혀가. 아무도 그러라고 시킨 적이 없거든. 권력을 조금이라도 가지고 있는 집단에서 윗선의 의중을 미루어 짐작하는 동안, 권력은 눈덩이처럼 커져 어이없는 짓도 서슴지 않게 되지. 권력을 많이 가진 사람은 권력의 이러한 속성을 잘 알고 있어서 아주 작은 몸짓 하나로도 수백만 수천만을 통제하는 데 유용하게 이용하는 거야.

몽롱해진 윤서를 앞에 두고 말을 마친 세리 장이 껄껄 웃었다. 몹시 유쾌한 나머지 방심했는지 걸걸한 아저씨 웃음소리로 목울대를 아래위로 흔들면서 웃었다.

"그래서 오성자동차노동조합 성희롱 사건에 대한 한윤서 조사관의 조치의견은? 빨리 처리해야 한다며?"

윤서의 얼굴에 단호함이 어렸다. 어쩔 수 없는 것이라면 미련은 빨리 접어야 했다.

"증거가 없어. 기각."

세리가 손바닥으로 식탁을 탕, 탕, 탕 세 번 내리쳤다.

"오케이. 판결 끝! 기각! 파르페 먹으러 가자!"

6

소지혜는 얼굴선과 눈매가 가느다란 여자였다. 얼굴은 화장기 없이 수수했다. 얇은 봄 니트에 무릎까지 오는 갈색 스커트 차림이었다. 스물일곱 살이라는 실제 나이보다 어려 보였다. 윤서도 비록 저 나이를 지나온 지 얼마 되지 않았지만 20대 여자가 남의 눈엔 얼마나 어리고 위태로워 보이는지를 새삼 느꼈다.

"연락도 없이 갑자기 와서 죄송해요."

지혜가 앞니로 입술을 잘근잘근 씹으며 말했다. 진심으로 미안해하는 것 같지는 않았다.

세리를 만나고 난 다음 날, 윤서는 아침부터 오성자동차노조 성희롱 사건의 보고서를 작성하기 시작했다. 한참 집중하여 키보드 자판을 두드리다가 문득 이상한 느낌이 들어 고개를 돌렸다. 소지혜가 서 있었다. 창문을 등지고 서서 윤서에게 작은 그림자를 드리우고 있었다.

"증거를 가져왔거든요. 조사관님이 원하는 증거를."

소지혜가 말했다. 비아냥대는 말투였다.

지난번 진정인 조사를 할 때 소지혜는 증거를 확인하는 윤서의 질문에 민감하게 굴었다. 지혜는 어떤 증거도 갖고 있지 않았고, 증거를 찾을 단초도 제공해주지 않으면서 윤서에게 왜 피해자에게 그런 증거를 요구하는지 신경질적으로 따져 물었다.

"믿었던 사람에게 언제 어느 때 어떤 성희롱을 당할지 모르니 일거수일투족 증거를 남기고 다니라는 말이에요, 지금? 말이 돼요? 도대체 어떤 증거를 원하는 거예요? 뭘 내놓으라는 거죠?"

"어떤 식으로든 성희롱 행위가 있었다는 걸 인정하는 가해자의 이메일이나 전화통화녹취도 증거가 될 수 있습니다."

당시 윤서는 지혜의 질문을 받고 분명 그런 말을 했었다.

지혜는 휴대전화를 꺼내 조사실 탁자 위에 올려놓았다.

"어쨌든, 피해자가 입증하지 않으면 조사관님은 아무것도 못하는 거잖아요? 그 인간과 통화하며 녹음했어요. 들어보시든가요."

불손한 태도였다. 그러나 휴대전화를 내밀고 돌아앉는 지혜의 굳은 옆얼굴을 보고 윤서는 지혜의 심정을 순간적으로 이해했다. 이은율과 통화하는 게 고통스러웠을 것이다. 증거를 만들기 위해 억지로 은율에게 전화를 걸어 통화내용을 녹음하기까지 겪었던 힘든 감정에 대한 원망을 조사관에게 돌리고 있는 것이었다.

윤서는 휴대전화에 녹음된 소지혜와 이은율의 통화내용을 들었다. 통화는 10분가량 이어졌다. 핵심이 될 만한 건 몇 마디 되지 않았다.

'지금이라도 솔직해지시면 이만 끝낼 수도 있어요……. 제가 원하는 건 진심 어린 사과니까요.'

소지혜는 통화 속에서 울먹이고 있었다.

'젠장. XX. 뭘 솔직해지라는 거지?'

날이 선 이은율의 목소리.

'몰라서 물어? 몰라서 묻는 거야? 선배가! 선배가 그날! 다른 날도 아니고 윤오 씨를 보내던 그날! 치마 속에 손을 넣고…… 뭐? 강윤오에겐 주고 왜 나에겐 안 주냐고? 어떻게 그럴 수 있어요! 나한테 어떻게 그럴 수 있죠? 계단에서…… 어떻게…… 선배! 우리 그냥 다 떠나서 얘기하자. 제발…… 내 맘 속에서 이 문제가 해결될 수 있게 해줘. 무슨 생각이었어요? 네?'

소지혜는 울었다. 녹음 내용은 한동안 지혜의 울음소리로 채워졌다.

'제기랄. 끝까지 가기나 했나? 하다만 거 가지고 말이야…….'

이은율의 말을 끝으로 통화는 끊어졌다.

윤서는 당장 무슨 말을 해야 할지 몰라 머뭇거렸다.

"됐나요?"

지혜가 물었다. 가느다란 얼굴이 붉게 달아오른 채 일그러져 있었다.

"일단, 알겠습니다."

기각할 수밖에 없다고 생각하고 보고서를 작성하고 있었지만 일말의 미심쩍음이 없었던 건 아니었다. 지금 지혜가 내민 증거는 분명 성희롱을 인정하는 하나의 단서가 될 수 있었다.

"하나 묻고 싶은 게 있습니다. 힘드시겠지만……."

윤서는 수치심 때문인지 몸을 떨고 있는 지혜의 눈치를 보면서 질문을 던졌다.

"조사를 하면서 들은 게 있는데요. 강윤오 씨가 당했던 일에 대해서……."

순간 지혜가 자리에서 벌떡 일어났다.

그녀는 터져 나오는 울음을 막으려는 듯 입을 가리고 윤서가 들고 있던 휴대전화를 낚아챘다.

"녹음파일은 메일로 보내드릴게요."

지혜가 조사실을 뛰쳐나갔다. 휴대전화와 핸드백을 챙겨 드는 손등 위로 눈물이 후드득 떨어졌다.

윤서가 복도까지 따라 나갔을 때 지혜는 마침 도착한 엘리베이터를 잡아타고 닫힘 버튼을 누르고 있었다. 입을 가린 채 몸을 구부리고 흐느끼는 지혜의 모습이 엘리베이터 문 사이로 사라졌다.

7

소위원회는 설전 끝에 마무리되었다.

세 명의 소위원회 위원들은 소지혜가 제출한 전화통화 녹취록만으로 성희롱을 인정할 수 있을지 여부를 확신하지 못했다. 녹취록은 무시할 수 없는 증거였으나 이 사건의 흐릿한 정황을 모두 뒤집고 명확한 심증을 굳힐 만큼의 위력은 없었다. 위원들은 합의에 이르지 못했고 사건을 다음 주에 개최되는 전원위원회에 회부하기로 결정했다. 전원위원회는 인권위원 열 한 명이 모두 참석하는 인권증진위원회의 최고 의사결정기 구였다. 소위원회가 판사 3인의 합의부 재판에 해당한다고 치면, 전원위원회는 대법원에 비유할 수 있을 터였다.

아울러 위원들은 소지혜와 이은율을 전원위원회에 출석시키라고 지시했다. 위원들이 직접 당사자들에게 질문을 하고 진술과 의견을 듣겠다는 거였다. 관례대로 회의는 비공개로 진행될 것이었다.

전원위원회는 안건을 공개와 비공개로 나누었다. 공개 안건은 기자나 인권단체 활동가 등에게 방청을 허가하는 안건이었다. 그러나 진정사건, 그중에서도 성희롱 사건과 같이 당사자들의 주장이 첨예하게 대립하고 개인의 명예와 관련된 민감한 진술이 오가는 안건은 당연히 비공개였다.

"한 조사관. 수고했어."

김현숙 과장이 윤서의 자리까지 와서 말했다. 윤서는 소위원회를 마치고 내려와 의자에 완전히 기댄 채 고개를 뒤로 젖히고 있었다. 중요한 사건의 보고를 끝내고 자리에 돌아오면 긴장이 풀리며 몸에 힘이 쭉 빠졌다. 하지만 마냥 쉴 수는 없었다. 당사자들에게 전원위원회에 출석하라는 통보를 해야 했다.

소지혜는 기다리고 있었다는 듯 신호음이 울리자마자 바로 전화를 받았다. 결정된 사항을 전달하고, 다음 주에 출석할 수 있겠냐고 조심스럽게 묻자 지혜는 뜻밖의 질문으로 윤서의 말을 튕겨냈다.

"비공개라고요? 왜죠? 저는 부끄러운 짓을 한 적이 없는데요."

팽팽한 고무공. 윤서는 지혜가 바람이 가득 들어찬 형광색의 질긴 고무공 같다는 생각을 했다.

"성희롱 사건은 원칙적으로 비공개로 하고 있습니다."

어이가 없어 윤서는 목소리를 낮추고 딱딱하게 설명했다. 여직까지 이런 진정인은 처음이었다. 성희롱 진정인들은 보통 자신이 성희롱 피해자라는 사실이 행여 외부에 알려질까 두려워했고 공식적인 자리에서 진술하는 걸 극도로 꺼리기 마련이었다.

"그건 누가 정하는 건데요?"

지혜가 흥분이 가득 담긴 목소리로 소리쳤다.

"그 인간의 본 모습은 전 국민이 알아야 해요. 기자들 앞에서 진술하겠어요. 밀실에서 쉬쉬하며 말하고 끝나는 자리엔 안 가겠다고요. 기자들 불러요! 다 불러요! 안 그러면 안 가요! 안 가겠다고요!"

윤서는 인권위 조사관으로 일하는 동안 별의별 사람을 다 만나봤다고 생각해왔다. 하지만 아직 그런 말을 하기엔 이르다는 걸 깨달았다. 여러모로 설득해봤지만 지혜는 한 발짝도 물러나지 않았다.

"물론 진정인의 감정적인 의견에 휘둘려서 비공개로 한 안건을 공개로 바꿀 필요는 없겠지. 그런데 한편 생각해보면 말이야……."

지혜의 반응에 대한 윤서의 보고를 들은 김현숙 과장이 잠시 고심하더니 말했다.

　"안건 비공개는 기본적으로 당사자를 보호하기 위한 건데, 당사자가 괜찮다면 그 뜻에 따라줄 필요도 있지 않은가 말이지. 하지만 당사자는 진정인뿐 아니라 피진정인도 해당된단 말이야? 피진정인에게 진정인이 안건 공개를 원한다는 말을 전하고, 동의하냐고 물어봐. 십중팔구 안 된다고 하겠지. 그러면 진정인에게도 그렇게 전해. 성희롱 결정이 나기 전에는 피진정인도 보호받을 권리가 있는 것이고, 피진정인이 동의하지 않으니 안건 공개는 어렵다고. 오케이?"

　나름 합리적인 판단이었다. 윤서는 고개를 끄덕이며 제자리로 돌아와 전화 수화기를 들었다.

　이 사건은 여러모로 성희롱 전문 조사관인 윤서의 예상을 보기 좋게 뒤집어버리는 특성이 있었다. 전화기 너머에서 이은율이 비웃음 섞인 웃음을 앞에 깔고 말했다.

　"그러라고 하죠, 뭐. 저도 적극 찬성입니다. 기자들 앞에서 소지혜란 여자의 실체를 다 까발리겠습니다. 괘씸한 것……. 이렇게 나오면 저도 끝까지 갑니다. 저도 기자들 앞이 아니면 진술하지 않겠습니다!"

　뭐야, 이 사람들? 둘이 짰나? 무슨 상품 홍보해? 윤서는 화가 치밀어 수화기를 소리 나게 내려놓았다. 눈에 보이지 않는 여러 마리의 벌레가 한꺼번에 꿈틀대는 듯, 가슴팍이 맹렬하게 간지러웠다.

8

오성자동차노조 성희롱, 오늘 진실 밝힌다—인권위, 전원위에서 이례적인 공개 심의

오성자동차노조 진정인 소 씨, "정책국장이 성희롱 인정한 녹취록 있다"

"우리가 끝까지 가기나 했냐?" 오성자동차노조 성희롱 가해자 통화녹취록, 오늘 공개되나?

윤서는 정장 재킷의 매무새를 가다듬으며 인터넷에 속속 올라오는 기사를 남의 일인 듯 물끄러미 바라보았다. 전원위원회는 오후 2시에 개최될 예정이었다. 평소 잘 입지 않는 정장 차림이라 온몸이 죄이는 듯 불편했다. 전원위에서 보고할 내용을 정리하고 머릿속에서 보고 장면을 시연하느라 어젯밤엔 거의 잠을 자지 못했다.

통화녹취록이 성희롱을 뒷받침하는 증거로 채택되기를 기대한다면 녹취록의 존재 여부는 비밀에 부치는 게 좋았다. 전원위원회 회의는 내부 격론 끝에 공개하기로 했다. 그렇다면 회의 자리에서 녹취록을 갑자기 꺼내놓는 게 더 극적인 효과를 가져올 수 있을 터였다. 그러나 이번에도 소지혜가 앞서 녹취록의 존재와 내용을 언론에 흘려버렸다. 자기에게 유리한 게 어떤 건지도 모르고 철없이 날뛰는 지혜의 행동을 윤서는 제어할 수 없었다. 어차피 오늘 모든 것이 끝날 것이었다. 이미 벌어진 일은 신경 쓰지 말고 오늘 감당해야 할 일에 집중해

야 했다.

오른쪽 팔뚝의 살갗이 붉게 부풀어 오르고 있었다. 어제부터 생긴 증상이었다. 아토피 발진이 번지고 있었다.

"네. 오늘 2시입니다. 사진촬영이요? 하세요. 네에. 하시라고요."

재킷 소매를 걷어 올리고 팔뚝에 연고를 바르며 윤서는 연신 걸려오는 기자들의 전원위원회 방청 문의에 심드렁하게 대응했다. 당사자가 원하는데 뭐, 될 대로 되라지. 언론이 파괴하는 자기 이미지에 대하여 후회하는 건 어차피 각자의 몫으로 남을 테니까.

이어서 전화벨이 울렸다. 또 방청을 문의하는 기자일 거라 예상하고 수화기를 든 윤서는 일순 긴장하여 자리에 고쳐 앉았다. 이은율이었다.

"오늘 출석할 준비는 마치셨습니까? 오후 2시인 거 알고 계시죠?"

윤서가 물었다. 안 그래도 오전 중에 확인전화를 할 생각이었다.

"잘 알고 있습니다."

이은율이 차분한 목소리로 대답했다.

"조사관님께서 급히 확인해주셔야 할 사항이 있어 전화 드렸습니다."

"확인요?"

"제가 지혜에게 성희롱을 한 사실을 스스로 인정하는 것 같은…… 통화녹취록이 있다고요?"

이미 신문에 다 나온 사실이었다. 굳이 숨겨야 할 이유가 없어 그렇다고 말했다. 은율이 한숨을 쉬었다.

"그건 불쾌한 통화를 빨리 끝내기 위해 얼버무린 말입니다. 유도하는 질문에 넘어갔고, 그걸 교묘하게 편집한 거죠."

이은율의 목소리에는 그동안 보여줬던 비웃음이나 분노, 비열함이 모두 빠져나가 있었다. 윤서는 마치 다른 사람과 통화하는 것 같은 느낌을 받았다.

"그 부분은 위원님들께서 판단하실 겁니다."

"어쨌든 이대로 가면 녹취록의 내용만을 믿고 제가 성희롱을 했다는 결정이 나겠죠. 사실은…… 그날 지혜와 갔던 건물이 어딘지 생각났습니다."

"네?"

은율은 천천히 또박또박 어떤 주소를 부르고 나서 말했다.

"그 빌딩 지하 1층으로 내려가는 비상계단입니다. 어제 제가 가봤고…… 목격자가 있는 걸 확인했습니다."

"뭐라고요? 목격자라니……."

"지금이 오전 10시군요. 지금 출발하시면 11시쯤 도착하겠죠. 그 시각이면 지하 1층 비상계단 밑에 목격자가 있을 겁니다. 박만심 씨라고…… 가서 진술 들어보세요. 모든 게 바뀔 겁니다. 제가 지금 핸드폰 배터리가 별로 없어서 언제 끊어질지 몰라요. 주소, 적으셨죠?"

"이은율 씨, 지금……."

이게 무슨 소린가. 그렇게 기억해내라고 할 때는 모르쇠더니 갑자기 뭐가 달라진 걸까. 그러나 길게 생각할 시간이 없었다. 당장 4시간 후에 회의가 시작된다. 여기서 가는 데만 1시간이 걸리는 그 빌딩까지 가서 참고인 진술을 듣고 다시 돌아오기에는 시간이 빠듯했고, 무엇보다 일이 이렇게 돌아가는 사정을 이해할 수 없었다. 이 사건은 처음부터 끝까지 소지혜와 이은율의 수상한 의도에 휘둘리고 있다는 의심이 윤서의 내면에 강하게 일어났다. 윤서는 박만심이라는 사람의 전화번호를 물었다.

"전화번호는 몰라요. 가서 들으셔야 합니다. 조사관님이 조사하지 않은 중요한 내용을 제가 위원들과 기자들 앞에서 말하면 조사관님이 곤란하지 않겠……."

뚜뚜뚜.

은율의 말허리를 자르고 전화는 끊어졌다. 윤서는 수화기를 한번 놓았다 들고 급히 은율의 휴대전화 번호를 눌렀다. 전원이 꺼져 있다는 안내음이 나왔다.

"과장님!"

윤서가 소리쳤다. 옆자리에 앉은 조사관이 깜짝 놀라 말했다.

"간부회의 가셨잖아요."

윤서도 알고 있었다. 간부회의에 들어갈 동안 전원위 회의 준비를 철저히 하라고 당부하고 갔었다. 윤서는 시계를 보았다. 빨리 판단해야 했다.

윤서는 자동차 열쇠를 챙겨 뛰어나갔다.

9

세리 장과 막연한 탐방을 할 때 한 번쯤 지나갔을 법한 자리에 오피스 빌딩이 있었다. 윤서는 운전을 하면서 114에 빌딩 대표 전화번호를 묻고, 그 번호로 전화를 하여 박만심이라는 사람이 그 빌딩 내에 근무하는지를 물었다. 전화가 여러 차례 돌아갔다. 모두들 윤서의 급한 사정은 아랑곳없이 자기들끼리 한가한 대화를 주고받더니 빌딩에 입주한 사무실 직원 중에 그런 이름의 사람은 없다고 했다.

낡은 빌딩이었다. 1층 안내데스크에는 경비업체 제복을 입은 핼쑥한 인상의 청년이 앉아 있었다.

"여기 지하 1층에 박만심 씨라는 분, 정말 없습니까?"

빌딩 앞에 아무렇게나 차를 세워두고 달려 들어간 윤서가 대뜸 물었다.

"지하 1층에는 사무실이 없어요. 식당밖에 없는데……."

놀라서 더 핼쑥해진 청년이 기어들어가는 목소리로 대꾸했다.

윤서는 엘리베이터로 지하 1층으로 내려 갔다. 분식집, 굴국밥집, 매생이탕집, 해물순두부집을 일일이 들어가 박만심 씨 여기 없냐고 소리를 쳤다. 점심장사를 준비하던 식당 업주들이 그런 사람 없는데 도대체 아가씨는 누구냐고 따져 물었다.

윤서는 비상계단으로 향하는 지하 1층 철문을 열었다.

사람 한 명이 겨우 지나갈 만한 좁은 계단참에는 아무도 없었다.

속았다.

이은율의 거짓말에 홀딱 넘어가 숨이 턱에 닿도록 달려온 것이다. 윤서는 얼룩진 벽 사이로 좁게 길을 내주고 있는 계단과, 계단참 벽에 난 조그만 창문과, 계단 밑을 철판으로 막아 마련한 허름한 창고 벽을 둘러보았다. 창문은 빽빽해서 잘 열리지 않을 것 같았다. 천장을 모서리마다 살폈지만 CCTV는 없었다. 성희롱이 이곳에서 벌어졌구나, 하는 감회는 오래가지 않았다. 여기까지 쫓아와서 알아낸 건 그것뿐이었고 그 사실은 아무 쓸모도 없었다.

윤서는 계단 밑 창고 앞에 털썩 주저앉았다. 동시에 휴대전화가 울렸다.

"한윤서 조사관! 말도 없이 어디 간 거야?"

불안과 화가 뒤섞인 김현숙 과장의 목소리가 팽팽한 탄성을 갖추고 튕겨 나왔다. 윤서는 기어들어가는 목소리로 상황을 설명했다. 수화기에서 흘러나오는 김 과장의 목소리는 점점 더 커져 계단통을 왕왕 울렸다.

"지금 몇 시야? 정신이 있어, 없어? 전원위 2시인 거 알아, 몰라?"

김현숙 과장이 악을 썼다. 욕설이 나오려는 걸 억지로 참는 듯했다. 거의 모든 매체에서 사상 초유의 성희롱 사건 심의과정을 취재하겠다고 일찍부터 나와 회의실을 선점하고 있는 판에, 담당 조사관은 얼이 빠져서 어디서 뭘 하고 있는 거야. 당장 돌아와!

"아아악!"

과장과의 통화를 마치고, 윤서는 머리를 싸쥐고 소리를 질렀다. 머리를 앞뒤로 흔들면서 양 손바닥으로 관자놀이 부근을 철썩철썩 때렸다.

"에라이, 미친년! 죽어야 돼! 이런 바보 같은……. 나 같은 거 살면 뭐 해. 살면 뭐 하지?"

윤서는 계단에 앉은 채 숫제 방아질 치듯 상체를 앞뒤로 흔들며 제 머리를 마구 때렸다. 손바닥에 점점 힘이 들어가 제동이 걸리지 않았다.

"멍청이! 주꾸미 같은 년! 지금까지 사기 안 당하고 목숨 부지하고 살고 있는 게 기적이다! 아아, 언제 그만둬. 나……."

자학 행동에 약간의 희열마저 느낄 때였다.

"대체 누구요? 시끄러워 잠을 못 자겠네!"

순간 눈앞에 검은 형체가 불쑥 튀어나와 사람의 말을 내뱉었다.

"으허허헉……."

윤서는 너무 놀라 바람 빠지는 소리를 냈다. 벌떡 일어나 뒷걸음질 치며 본능적으로 무기가 될 만한 게 없나 양옆을 살폈다.

무기는 상대가 갖고 있었다. 아주머니와 할머니의 중간쯤 되어 보이는 투실투실한 여자가 자루가 긴 빗자루를 지팡이 삼아 짚고 서 있었다. 창고인 줄 알았던 계단 밑 간이구조물의 문이 열려 있었다. 문과 대략 크기가 비슷한 여자는 마치 그 문이 물었다가 뱉어놓는 것처럼 갑자기 튀어나왔다.

"별꼴 다 보겠네. 혼잣말 하려면 저리 나가서 하소!"

여자가 손가락으로 비상계단 문을 가리켰다. 넓적한 얼굴이 땀으로 번들거렸다. 여자가 나온 문 안쪽에 청소도구와 접이식 침대가 보였다. 침대 옆에는 여자의 얼굴보다도 작은 탁상용 선풍기가 맹렬히 돌아가고 있었다. 여자는 품이 커다랗고 두꺼운 주황색 티셔츠와 푸른색 바지를 입었다. 티셔츠 가슴께에는 청소 용역 업체의 상호와 이름이 새겨져 있었다.

회색 실로 새겨진 여자의 이름은 박만심이었다.

새벽 5시에 출근해서 이 건물 지하 1층부터 2층까지 혼자 청소해. 직원들 출근하는 8시 전까지 곧 죽어도 마쳐야 되거든. 사람들 출근하기 시작하면 걸리적거리지 말고 안 보이는 데 가서 쉬라고 만들어놓은 게 이거야. 새벽 4시에 일어나 청소 한 바퀴 마치면 어찌나 고된지 이런 곳에서라도 죽은 듯이 자게 돼.

그런데 사람들은 여기에 아무도 없는 줄 알거든? 그러다 보니 한 명씩 들어와서 전화도 하고, 자기들끼리 무슨 비밀 얘기도 하고, 가끔 치고받고 싸우는 놈들도 있어. 하지만 어떡해. 웬만하면 없는 척 못 들은 척하긴 하는데, 아무럼 나도 사람인데 너무 심할 때는 못 참지. 안 되겠다 싶어서 나오면 지금 아가씨마냥 다들 깜짝 놀라서 난리를 쳐. 뭐, 귀신이라도 봤나.

뭐라고? 뭔 조사를 해? 아, 오늘 누가 찾아올 수도 있다고 그러더니만 아가씨였수? 난 국가에서 사람이 나온다고 해서 남자가 올 줄 알았지.

맞어. 은율인가 금율인가 하는 사람이 그랬어. 나같이 쪼맨한데 강단 있게 생겼지, 왜. 나보고 증인 서달라고 몇 번을 다짐을 하던지, 참. 꼭 기억하고 계시라고 얼마나 당부를 놓는지 내 날짜도 안 잊어버려. 5월 7일이야. 그날도 일 마치고 잠이 스르르 들었는데 몇 명인가가 계단통으로 들어오는 거야. 말하는 걸 들어보니까 남자 둘하고 젊은 아가씨 한 명인 거 같애. 잉. 맞어. 아가씨 이름은 소지혜라고 하대.

뭔 소리여. 남자 둘이었다니깐. 셋이 나 있는 데 바로 문 앞에까지 와서 얘기를 하는데 말이야. 듣고 싶지 않아도 귀가 뚫려 있는데 안 들을 수가 있어야지. 남자 하나 이름은 몰라. 담배를 얼마나 피워댔는지 말할 때 뚝배기 끓는 소리를 냈어. 하여튼 그 뚝배기 남자가 둘을 끌고 들어온 모양이던데. 둘에게 자꾸 행동을 조심하는 게 좋겠다고 하대. 뭘 조심하라는 건지는 모르겠어. 그러니까 소지혜라는 아가씨가 언제부터 자기들을 따라다녔냐고 대체 어디서 일하는 누구냐고 뚝배기에게 막 따져대는 거야. 뚝배기는 허허허 웃어. 총리실에서 나왔다고. 그건 하나 알아들었네. 그거 왜 김종필이가 했던 게 총리 맞지? 그 사람 요새 안 보이대. 그게 대통령 다음 자리 아녀? 어쨌든 뚝배기 남자가 그딴 식으로 말하면서 더 깊이 알면 안 좋다고 하던데. 또 그 아가씨에게 애인한테 받은 걸 내놓으라고 해. 아가씨 애인이 죽었나봐. 죽으면서 아가씨에게 뭘 준 것 같은데 그걸 언제까지 자기에게 달라고. 안 그러면 뭐 둘이 일하는 회사에 세무조사를 들어갈 수도 있고 뭘로 고발할 수도 있고, 아무튼 다 할 수 있는데 자기가 안 하고 있는 거라면서. 그러고 그 뚝배기는 먼저 갔어.

그 뒤에 아가씨가 어찌나 시끄럽게 울던지. 언제 그칠까 하고 참고 있는데 안 그쳐. 그래서 나가서 소리를 빽 질렀지. 처 울려거든 나가서 울라고. 그때 두 사람은 지금 아가씨보다 더 놀랐어. 벽에 딱 붙어가지고 입을 떡 벌리고는.

뭐라고? 웬 뚱딴지같은 소리여. 이은율이란 사람이 소지혜의 치마 속에 손을 넣고 뭐? 머리를 잡아? 내 말 뭘로 들은겨. 아가씨는 악을 쓰며 처울고 그걸 은율이라는 사람이 살살 달래고 있었다니껜. 둘이 그런 짓 하고 있을 분위기가 아니었어. 아무렴. 가끔씩 여기서 그런 짓거리 하는 연놈들이 있기는 한데 그 사람들은 안 그랬다니깐.

어쨌든 둘이 뭐 눈 세 개 달린 사람 보듯이 화들짝 놀라가지고 나를 한참 보더니만, 아, 맞다. 소지혜란 아가씨가 먼저 내 손을 잡고 증인을 서달라는 거야. 무슨 증인을 서냐고 내가 그러니까는 딱 오늘 들었던 내용만 잊지 말고 꼭 기억하고 있어 달래. 자기들은 자동차회사에 다니는데 거기 노조 하는 사람들이라고. 그게 다야. 아유. 이제 증인 섰으니 끝난 거지? 노조 하는 사람들은 복잡해서 싫어. 그래도 둘은 사람이 좋아 보여서 내가 부탁 들어준 거야. 근데 둘이 뭐 잘못했수? 내가 말한 게 두 사람한테 도움이 되긴 되는겨?

10

박만심의 얘기가 끝난 시각이 오후 1시 15분이었다.

차를 빼서 도로에 진입하자마자 휴대전화 벨이 울렸다.

"한윤서 너! 어디야!"

김현숙 과장이 다짜고짜 소리를 질렀다.

"간다고요! 운전 중이에요!"

대답을 하고 한윤서는 일방적으로 전화를 끊었다. 한 손으로는 핸들을 잡고, 다른 한 손으로는 휴대전화를 스피커폰으로 켜놓고 전화를 걸었다. 한산한 도로는 신호를 무시하고 달렸다. 윤서는 평정심을 잃었다.

"박만심 씨를 만났군요. 진짜 가실지는 반신반의했는데요."

이은율의 휴대전화는 다시 켜져 있었다. 은율이 차분한 목소리로 응대했다.

"무슨 일인지 설명하세요. 빨리!"

교차로에서 급정거를 하느라 덜컹거리는 몸을 가다듬고 윤서가 말했다. 분해서 눈물이 나올 지경이었다.

"저희는 지금 인권위 근처에서 출석 대기 중입니다. 저보단 옆에 계시는 소지혜 씨가 말씀드리는 게 나을 것 같습니다."

뭐야, 이 사람들? 같이 있어?

"젠장! 똑똑히 말하세요. 성희롱은 있었습니까, 없었습니까?"

"안녕하세요. 한윤서 조사관님."

전화를 넘겨받은 소지혜가 대답했다.

"네. 저는 이은율 씨에게 성희롱을 당한 적이 없습니다. 성희롱은 애초에 없었어요."

"기가 막혀서…… 당신들……."

"미안해요. 조사관님껜 백번 죄송합니다. 나중에라도 찾아가 무릎을 꿇고 사죄드릴게요. 지금은 제 얘길 들어주세요."

회의에 늦으면 큰일이었다. 언론 취재까지 허락한 중요한 사건에 담당 조사관이 보고를 하지 않는 것도 말이 안 되고, 일이 이렇게 된 이상 바로잡는 조치를 하지 않고 기존에 조사한 결과대로 흘러가게 하는 건 더 말이 되지 않는 일이었다. 윤서는 경적을 울리고 가속페달을 밟아댔다. 스피커폰에서 소지혜가 오랫동안 준비한 듯한 말을 쏟아냈다.

죄송합니다. 정말 죄송해요. 하지만 제 말을 다 들으시면, 최소한 우리 입장에서 이럴 수밖에 없었던 이유는 이해하실 거예요.

조사관님도 일부 얘기를 들으셨으리라 생각합니다. 강윤오 씨와 저는 연인관계였어요. 윤오 씨는 5년 전에 이혼을 했고 저보다 나이가 열다섯 살 위였죠. 열등감이 많은 사람이라 저를 편하게 받아주지는 못했어요. 하지만 전 그런 점도 상관없을 만큼 윤오 씨를 사랑했어요. 그러나 이런 얘길 조사관님께 자세하게 할 필요는 없겠죠.

윤오 씨는 자기가 만든 쥐잡기 게임을 노조 게시판과 본인 블로그에 올렸어요. 그게 인터넷에서 화제가 되니까 아이처럼 좋아했던 생각이 나네요. 하지만 이틀 뒤 보수단체에서 윤오 씨를 대통령 명예훼손 혐의로 고발했죠. 그때까지만 해도 공안정국에서 일어나는 어이없는 해프닝 정도로 생각하고 씁쓸하게 웃어넘겼어요. 말이 안 되는 일이었거든요. 수사도 할 것 없이 종결할 거라고 생각했어요.

그런데 고발이 있고 다음 날, 김을민 지부장이 윤오 씨를 불러 노조 전임자를 사퇴하는 게 좋겠다고 했다지 뭐예요. 윤오 씨가 스스로 노조 전임자를 그만둔 거로 사람들은 알고 있지만 그게 아니에요. 지부장이 먼저 윤오 씨 일 관련해서 여러 곳에서 전화를 받았다고 하면서, 윤오 씨가 노조 일을 하고 있으면 더 표적이 될 염려가 있으니 잠시 쉬는 게 어떻겠냐고 했어요.

그땐 몰랐지만 지금은 지부장이 왜 그랬는지 알 것 같아요. 윤오 씨를 노조 전임자에서 내쫓지 않으면 노조 사무국의 배임 혐의에 대해 수사를 하겠다는 압박을 받았고, 지부장은 찔리는 게 있었던 거지요. 윤오 씨 전보 부서도 지부장이 회사측과 알아서 다 협의한 뒤 정해줬어요. 일사천리더군요. 본래 본사 사무직으로 일했던 윤오 씨를 송도에 있는 생산 공장 중간 관리자로 보내버렸어요. 아는 사람 하나 없는 곳에.

이은율 국장님이 강윤오 씨 일을 노조에서 대응해야 한다고 몇 번을 주장했지만 소용없었다는 얘기 들으셨지요? 어쩌면 다 하나같이 윤오 씨가 당하는 일을 개인의 문제로 정리해버리더군요. 위에서부터 윤오 씨 일에는 끼어들면 안 된다는 기류가 흐르고 있었던 거예요. 그래요. 그것은 기류예요. 눈에는 보이지 않는 공기의 압박.

윤오 씨는 경찰과 검찰에서 무려 여섯 차례 출석조사를 받았어요. 처음에는 쥐잡기 게임을 누구의 사주와 지원을 받고 만들었냐고 캐묻더래요. 혼자 만들었다고 아무리 말해도 듣는 척을 안 하더니, 갈 때마다 대여섯 시간씩 사람을 잡아놓고 윤오 씨 앞에 사람 명단을 쫙 늘어놓더래요. 윤오 씨 직장동료, 학교동창, 고향친구, 친척뿐 아니라 어쩌다 잠깐 만나 한두 마디 섞었던 사람도 있었고 전혀 모르는 사람도 있었답니다. 이 사람이 사주했냐. 아니면 이 사람이 돈을 줬냐. 하나하나 짚어가면서 묻고 또 물었다네요.

제가 송도에 갈 때마다 윤오 씨는 괜찮다고 했어요. 말로는 그러면서 숟가락질하는 손이 덜덜 떨려 밥을 먹지 못했지요. 사택에는 술병이 가득 쌓여 있었고요. 나중에는 제가 무슨 말을 해도 못 알아들었어요. 찾아오지 말라고 내 옆에 오지 말라고 고래고래 소리를 쳤어요. 그 사람은 미쳐가고 있었죠.

언젠가는 전화를 하니까 윤오 씨가 잔뜩 겁먹은 목소리로 당신 누구냐고 버럭 화를 내더니 전화를 끊어요. 걱정되어 그날 밤에 찾아가 왜 그랬냐고 물었어요. 윤오 씨는 입술을 떨면서

울고 있었죠. 휴대전화가 도청되고 있다고 했어요. 도청되는 소리가 난다는 거예요. 무슨 소린가 싶어 그 자리에서 제가 윤오 씨 휴대전화로 전화를 해서 받아봤지요. 통화버튼을 누르자 지잉, 하는 잡음이 울렸어요. 예전에 모뎀으로 인터넷에 접속할 때 났던 것 같은 연결음도 들리는 것 같았고요.

믿어지지 않죠? 그들은 그런 식이에요. 전화가 도청되고 있다는 사실을 상대가 알게끔 일부러 표시를 내요. 그들의 목적은 감시대상에게 감시사실을 알게 하는 것에 있을지 몰라요. 얼마 전에 어떤 사람이 윤오 씨를 찾아왔었다더군요. 정부 감찰 기관에서 나왔다고 하면서 쓸데없는 말 몇 마디를 툭 던지고 갔대요. 그 사람이 그랬대요. '형님은 잘 지내시죠?'

윤오 씨에겐 고향에서 사업을 하는 형님이 한 분 계세요. 윤오 씨와는 엄마가 다른 형님인데 그래서 그런지 거의 왕래가 없어요. 그런데 며칠 전에 5년 만인가 6년 만에 형님을 뵙고 왔다는군요. 그런 상황에서 정부에서 나왔다는 사람에게 그 말을 들었을 때 윤오 씨의 기분이 어땠을까요? 그 사람은 윤오 씨가 몇 년 만에 형님을 만나고 온 사실을 어떻게 알았을까요?

그들이 누구냐고요? 국무총리실에 소위 반정부인사들을 감찰하는 부서가 있어요. 그 부서 소속 공무원이거나 파견 나가 있는 경찰들이죠. 그들이 경찰과 검찰도 움직여요. 고작 게임 영상 하나 올린 거 가지고 윤오 씨의 일상을 그렇게 파괴했던 사람들이 윤오 씨 말고도 얼마나 많은 사람들에게 감시의 손길을 뻗치고 있는지는 알 수 없어요.

윤오 씨가 자살하고 이틀 후 저에게 우편물이 하나 왔어요. 죽은 윤오 씨가 보낸 거죠. 그 안엔 윤오 씨가 그동안 어떤 일을 겪었는지 상세하게 적은 일기장과 명예훼손 혐의에 대한 수사기록사본이 담겨 있었어요. 그 외에는 아무런 메시지도 없었죠. 그 자체가 저에게 보내는 메시지였어요. 당시 윤오 씨는 명예훼손으로 기소당해 재판을 앞두고 있었죠. 사건이 재판으로 넘어가 법원으로부터 수사기록사본을 받을 수 있었던 거예요.

수사기록사본에 뭐가 있었는지 아세요? 국무총리실에서 윤오 씨에 대해 경찰서에 수사를 지시한 공문이 있었어요. 수사의 방향을 일일이 정해주었더군요. 윤오 씨 주변인물에 대한 명단을 보낸 것도 국무총리실이었어요. 그중에 게임의 제작을 사주한 사람을 밝혀내라는 지시가 있더군요. 중간중간 윤오 씨의 동태보고도 껴 있었는데, 도청이나 미행을 하지 않으면 도저히 알 수 없었을 내용이었어요. 저와 이은율 국장님도 많이 언급되더군요.

전 집에 있다가 우편물을 받고 이은율 국장님께 전화를 걸었어요. 통화가 연결되자마자 위잉, 하는 소리가 나더군요. 이전에 윤오 씨 휴대전화에서 들었던 바로 그 소리. 미치게 겁이 났어요. 윤오 씨 장례식장을 찾아가 이은율 국장님을 빼 왔어요. 믿을 수 있는 사람은 국장님밖에 없었으니까요. 국장님은 술에 취해 있었지만 제가 무슨 말을 하는지 빨리 알아들으셨어요. 우리는 달리는 차 안에서 얘기를 나눴죠.

엄청난 말을 쏟아놓고 나니 구역질이 났어요. 방금 조사관님이 다녀간 그 빌딩 앞에 차를 세웠고 화장실로 뛰어갔죠.

화장실에서 나오자 빌딩 로비에 어떤 남자가 서 있는 게 보였어요. 그 남자가 우리에게 다가왔어요. 저희의 이름을 확인하더군요. 순간적으로 어떤 사람인지 감이 왔어요. 이 국장님도 마찬가지였고요. 무릎 아래가 덜덜 떨리더군요. 그 사람이 조용한 곳에서 잠시 얘기를 하자며 비상계단 쪽으로 걸어갔어요.

참 바보 같았어요, 우리는. 바보같이 그 사람이 이끄는 데로 따라갔어요. 너무 무서웠거든요. 따라가지 않을 수도 있다는 생각은 하지도 못했어요. 그 뒤에 있었던 일은 조사관님이 박만심 씨에게 들은 그대로예요. 윤오 씨가 내게 보낸 자료를 내놓으라고 하더군요.

그 사람이 먼저 자리를 뜨고 공황상태에서 울고 있는데 갑자기 박만심 씨가 계단 밑에서 불쑥 튀어나왔을 때, 얼마나 놀랐는지요. 거기에 사람이 있을 거라는 생각은 하지 못했어요. 그런데 그 경황이 없는 중에도 이런 생각이 들더군요. 그건 방금 우리를 협박하고 떠난 사람도 마찬가지일 거라고. 그곳에 아무도 없을 줄 알았을 거라고요.

인권위에 허위 진정을 내자고 먼저 제안한 건 저였어요.

우리의 말을 아무도 믿어줄 것 같지 않았어요. 우리는 이미 우리가 몸담고 있는 노조에서 그런 상황을 충분히 경험했어요. 정상적인 절차로 윤오 씨가 당했던 일을 알리려고 하다보면, 그 과정에서 저와 이은율 국장님은 윤오 씨가 겪었던 일을 똑같이 겪게 되었겠죠.

그때 시장 성희롱 사건에 대한 보도를 봤어요. 고위 공직자의 성희롱 사건을 해결한 인권위의 활약에 온 언론이 관련 기사를 도배했더군요.

바로 이거다.

우리를 먼저 먹잇감으로 내놓고 우리의 입 앞에 카메라와 마이크를 끌어다 놓은 뒤 윤오 씨가 당한 일을 폭로하자. 우리를 보호해달라는 말은 아무도 듣지 않지만, 우리를 공격거리로 제공하면 카메라와 마이크를 가진 사람들이 먼저 우리를 찾아올 것이다.

이은율 국장님은 처음에 이 계획을 반대했어요. 자신이 성희롱범으로 몰리는 건 아무 문제가 안 되지만, 저를 걱정하신 거지요. 제가 국장님을 설득했어요. 허위진정으로 책임을 져야 할 일이 있다면 그건 제 몫이에요.

시간이 다 되었네요. 이제 우리는 인권위로 들어갑니다.

바로 오늘, 우리는 준비한 말을 할 거예요.

11

시계가 오후 2시 12분을 가리켰을 때, 한윤서 조사관은 인권위 정문으로 뛰어 들어갔다. 땀범벅이 된 얼굴로 거친 숨소리를 내며 뛰어가는 윤서를 본 사람들이 모두 길을 내주었다.

2시 13분, 윤서는 전원위원회 회의실을 향해 달음질쳤다.

회의실 문이 열려 있고, 열린 문 밖에까지 카메라와 수첩을 든 기자들이 줄지어 서 있는 게 보였다.

회의실 옆에 있는 출석자 대기실의 문이 조금 열려 있었다. 복도를 뛰어가다가 윤서는 출석자 대기실에 앉아 있는 이은율의 모습을 얼핏 보았다. 이은율은 윤서를 보지 않았다. 출석자 대기실은 나란히 두 개가 있었다. 이은율이 있는 곳 옆 대기실의 문은 닫혀 있었다. 그 안에 소지혜가 앉아 있을 터였다.

전원위원회 회의실로 뛰어 들어가자 모두의 시선이 윤서에게 집중되었다.

검고 묵직한 회의탁자에 둘러앉은 인권위원 열한 명이 일제히 윤서를 쳐다보았다. 순간 회의실 안은 고요해졌다. 윤서의 가쁜 숨소리만이 넓은 회의실을 채웠다. 보고석에 김현숙 과장이 앉아 있었다. 김현숙 과장은 안심과 힐난이 뒤섞인 눈으로 윤서에게 빨리 앉으라고 턱짓을 했다.

카메라 플래시 터지는 소리가 사방에서 들렸다.

그때 윤서는 깨달았다. 무슨 말을 해야 할지 전혀 준비되어 있지 않다는 것을. 시간을 맞춰 오는 것에 급급해서 아무것도 결정하지 못했다.

"한윤서 조사관, 자리에 앉으세요."

회의를 주재하는 위원장이 윤서를 쏘아보며 말했다.

카메라 기자 몇이 다가와 윤서의 얼굴 앞에서 플래시를 터트렸다. 인권위원 중 누군가는 불쾌한 표정으로 누군가는 의아한 표정으로 윤서의 얼굴을 주시했다. 옆에 앉은 김현숙 과장이 윤서의 팔꿈치를 한 번 잡았다 놓았다. 진정해. 왜 이래?

회의진행을 담당한 직원이 윤서 앞에 놓인 마이크 버튼을 눌러주었다. 약 1분가량 윤서의 불안한 숨소리가 마이크를 통해 울렸다.

"조사관, 사건의 개요를 보고하세요."

위원장이 재촉했다.

소지혜와 이은율은 옆방에서 각각 출석을 대기하고 있었다.

회의를 중지하는 방법도 있었다. 급변한 사정이 있다고 설명하고, 기자들을 물리고, 위원장에게 오늘 있었던 일을 보고하는 것이다. 모두들 처음에는 불쾌해하고 당황해하고 화를 내겠지만, 종내 이해할 것이다. 사건은 다시 비공개로 전환되어 기각으로 종결될 것이다. 그렇게 하는 게 지금 이 상황에선 가장 합리적이다.

"조사관, 위원님들께서 기다리고 계십니다. 정신 차리세요."

위원장이 역정을 내며 말했다.

한윤서는 고개를 끄덕이고, 마이크를 입 앞에 오도록 조정했다. 약간의 시간이 더 흘렀다.

조사관이 할 일은 사실을 발견하는 것이다.

그렇다면 조금 전 발견한 사실이 세상에 드러날 수 있게 하는 것도 조사관이 할 일인 것이다. 이 결정에 대해 후회를 할 수도 있겠지만, 적어도 지금은 아니다.

"사건번호＊＊진정＊＊＊＊＊, 오성자동차노동조합 성희롱 사건을 보고 드리겠습니다. 저는 진정사건의 조사를 맡은 한윤서 조사관입니다……."

2
시궁창과 꽃

1

"그때 확 느낀 거죠. 아, 이것들이 또 나를 똘똘 말려고 하는 구나!"

덩치 큰 남자가 책상을 쳤다. 두툼한 팔뚝 위에 새겨진 해골이 꿈틀거렸다. 장미덩굴이 해골을 뒤얽은 채 작은 꽃봉오리를 매달고 뻗어 있었다. 현란한 색상과 문양. 팔뚝 전체에 빈 공간이 없었다. 박기수는 붉게 달아오른 얼굴로 더운 콧김을 내뿜었다.

"어머, 동네사람들 다 보는 데서요?"

인권증진위원회 이달숙 조사관이 열의에 가득 찬 얼굴로 말끝을 높였다. 어느 순간 문답서를 쓰던 손도 멈춘 상태였다.

"일부러 그런 거지, 경찰 새끼들!"

박기수가 팔뚝을 들어 입 주위에 튄 침을 닦았다. 해골이 위압적인 눈초리를 흘리고 지나갔다. 뻥 뚫린 눈구멍이 크고 검

었다. 굵은 가시덩굴 한 줄기가 왼쪽 눈구멍으로 들어가 안쪽
으로 뼈대를 휘감고 오른쪽 눈구멍으로 빠져나와 있었다.

"동네사람 수십 명이 보고 있는 데서, 이놈 강도다! 아주 매
장을 하려고! 아, 목욕탕에서 나오는데 떡대 같은 형사 서너
명이 쫙 둘러싸더라니까. 뭐 잘못한 거 없어도 아이쿠, 나 또
들어가겠구나. 그때부터 막 몸이 떨리는 거죠. 오금이 저리
고."

박기수는 입고 있는 셔츠가 터질 듯 두툼한 상체를 흔들었
다. 달밤에 산짐승과 마주쳐도 무서울 게 없을 것 같은 체구였
다. 하지만 이달숙 조사관은 고객을 대하는 마음가짐에 편견
이 없었다.

"그니까 애당초 선생님을 긴급체포할 의도로 간 거구나. 도
주하려고 시도하거나 그런 것도 아닌데?"

"도주는 무슨! 거, 제가 대가리로 박은 형사가 구민용 경사
라고, 10년 전에도 저 말아서 집어넣은 놈이거든요? 안면도
있겠다, 전화하든지 찾아오든지 해서, 야, 기수야. 아무개랑
마포에서 강도질한 거 네 작품이냐, 하고 한 번이라도 물었으
면 말이에요. 아이고, 형님, 무슨 말씀입니까. 제가 언제 강도
질을 했단 말씀입니까? 그날은 제가 씨발 교통안전교육받고
있었는데요. 이러고 끝났을 거 아니냐고요."

박기수가 티슈를 서너 장 뽑더니 목에 걸린 가래를 끌어올려
퉤, 하고 뱉었다.

이달숙 조사관은 공감을 가득 담은 눈으로 열심히 고개를 끄

덕였다. 단발머리를 귀 뒤로 꽂고 멈췄던 손을 놀려 진정인 박기수의 진술을 문답서로 작성하기 시작했다. 붉은 색조로 풀메이크업을 한 제법 예쁘장한 얼굴에 특유의 생기가 돌았다.

진정인 박기수는 지난 달 동네 사우나에서 목욕을 마치고 나오는 길에 특수강도 혐의로 긴급체포되었다가 5시간 만에 석방됐다. 강도 사건이 발생한 시각 그는 도로교통공단에서 교통안전교육을 받고 있었다. 작년 말 저지른 음주운전 뺑소니 사건으로 면허가 취소된 탓이다. 길바닥에서 덮쳐 수갑을 채워 경찰서로 끌고 가기 전에 혐의사실에 대해 한번 물어보기라도 했다면 금방 알리바이가 확인될 사안이었다. 이게 다 줄줄이 달린 전과 때문이라고 박기수는 핏대를 올렸다. 한번 전과자는 영원한 전과자. 유전무죄 무전유죄다. 경찰이란 것들은 한번 얽어맨 기억이 있는 놈은 길 가다 재채기만 해도 죄명을 갖다 붙여서 잡아넣어버린다.

위법한 긴급체포에 의한 인권침해.

인권위에서 둘째가라면 서러운 열혈 조사관 달숙은 사건명과 맞아떨어지는 상황에 마음속으로 박수를 딱, 하고 쳤다.

"형사들이 뭐라고 하며 체포했다고요? 둘러싸자마자 한 말이?"

"말이고 뭐고 구민용이가 일단 제 팔부터 딱 잡고……."

"잡고?"

"어이, 박기수. 특수강도 혐의로 긴급체포한다."

"그 말만?"

"그 말만 하고 바로 수갑부터 꺼냅디다."

"몇 날 몇 시 어느 지역에서 발생한 강도 혐의라든지 그런 구체적인 말은 안 하고요?"

"안 했다니까요. 그냥 덮쳤어요."

체포는 판사의 영장을 받아 집행하는 게 원칙이다. 헌법에 그렇게 정해져 있다. 다만 중범죄자로 의심되는 사람이 있는데 당장 잡지 않으면 도망치거나 증거를 인멸할 위험이 있는 경우 일단 체포한 후 나중에 영장을 청구해도 된다. 그걸 긴급체포라고 한다. 긴급체포는 남용되면 안 된다. 어디까지나 원칙은 체포영장에 의한 체포이고, 긴급체포는 예외일 수밖에 없기 때문이다. 수사기관이 손쉽게 사람의 신병을 확보하는 방법으로 긴급체포라는 수단을 마구 사용하게 되면 헌법에 정한 영장주의의 원칙이 무색해진다.

사건의 쟁점이 분명히 보였다. 요건을 갖춘 적법한 긴급체포였는가 아닌가.

"경찰들이 너무 쉽게 일하려고 하니까 그게 문제예요. 그렇죠? 수사기관의 행동 하나하나가 국민 개인에게 미치는 영향은 엄청난데……."

달숙이 말하며 혀를 끌끌 찼다.

박기수의 각진 얼굴에 미소가 번졌다.

"역시, 조사관님이 알아주시네! 사람이 궁지에 몰리니까요…… 어쩝니까, 일단 빠져나가야겠다는 생각만 드는 거예요. 대가리로 구민용이 얼굴을 확 받아버렸죠. 경험상 한번 들어가면 못 나오니까. 이전에 당한 역사가 있는데. 역사가. 예전에 내가 만나던 여자하고 잠깐, 마찰이 있었는데…….”

이 부분에서 다소 생각이 복잡해진 듯 박기수가 말을 멈췄다. 그 '마찰'의 성격에 대해서 생각해보는 모양이었다. 그는 미간을 잔뜩 찌푸린 채 팔뚝의 해골 문신을 긁적거렸다.

“아무튼 그놈이 개인적으로 해결해도 될 문제를 겁나 부풀려서…….”

“인권에 환상을 갖지 마요. 인권이라는 게 사실 나쁜 사람들에 의해 발전해왔거든요? 완전 쓰레기 같은 놈들, 사회악들이 살맛 나는 인권세상을 만들어온 거 몰라요?”

간이벽으로 구역을 나눈 옆 회의실에서 남자의 목소리가 흘러들어왔다. 남자치고는 가느다란 고음에 잔뜩 삐기는 목소리였다. 호응해주는 몇몇 청중과 함께 있는 모양인지 왁자지껄한 웃음소리가 한바탕 들렸다.

박기수가 팔짱을 끼고 신경질적으로 눈썹을 꿈틀거렸다.

달숙이 흠흠, 헛기침을 하며 급히 질문을 던졌다.

“그러고는 경찰서로 끌려간 거죠? 다음엔?”

박기수가 다시 달숙에게 눈길을 돌렸다.

“알리바이 확인하고도 구민용이 이 새끼가 말이에요. 이제 박기수 너는 특수강도가 문제가 아니라 공무집행방해가 문제라고…….”

“미란다 원칙이란 말이 나오게 된 그 뭐냐, 어네스트 미란다 말이에요. 어떤 놈이었는지 아세요? 지나가는 여자들 칼로 위협해서 차에서 성폭행하고 푼돈 뜯어가던 좀팽이였어요. 근데 경찰이 자백받기 전에 미란다에게 변호사선임권을 미리 말 안 해줬던 거야. 그 이유로 대법원이 무죄를 때렸단 말이죠. 순전히 대법원의 법리적인 판단에 의해 잡놈이 자백까지 하고도 운 좋게 석방된 거지. 그리고 우리는 지금 파렴치범의 이름 석 자를 형사피의자 인권의 교리처럼 받들어 모시고 있다 이겁니다……."

"공무집행방해요?"

박기수의 신경이 또 옆방의 목소리에 쏠릴까 두려워진 달숙이 말을 재촉했다.

"체면 구기고 그대로 보낼 수 없다 이거겠죠. 구민용이, 내가 박아서 이빨 한 대 나갔거든. 특수강도로 잡아들이고는 그게 아니니까 엉뚱하게 공집방 조서 꾸미고 보내주던데요. 아무튼 공집방으로 엮기만 해봐. 내가 인권침해! 응? 직권남용! 응? 거기, 저…… 뭐냐, 직무유기! 다 해서 확 옷 벗겨버릴 거야!"

박기수는 작게 찢어진 눈을 번뜩였다.

"위법한 긴급체포에 대한 저항으로 경찰을 폭행한 거면 정당방위가 성립돼요. 선생님!"

달숙이 흥분하며 제 양손을 맞잡았다.

"그것도 같이 검토해봐야겠네요. 선생님!"

"그래도 다행인 건 미란다는 대법원에서 풀려나고 새로운 증거로 다시 기소돼서 10년 형을 받았어요. 10년 살고 나와서 한 달 만에 술 먹고 싸우다가 칼에 찔려 죽지. 형사피의자 인권의 교주가 잡범다운 최후를 맞은 거죠. 어쨌든 정의는 실현된 건가?"

"음…… 조사관님하고 나하고 말이 참 잘 통하네! 역시 인권에 대해 뭐 좀 아시네!"

옆 회의실에서 들려오는 말이 신경 쓰이는지 잠시 얼굴을 찌푸렸다가 풀면서 박기수가 웃었다. 씩 벌린 입술 사이로 촘촘히 박힌 치아가 침에 젖어 반짝였다.

"내가 말이에요, 조사관님. 왕년에 경찰청장 옷도 벗긴 사람이에요."

박기수가 목소리를 낮게 깔았다. 특별히 비밀을 알려준다는 듯한 말투였다. 이를 드러낸 미소에는 자부심이 가득했다. '나 왕년에'라는 말로 시작되는 자기자랑과 흔히 결부되는 표정이었다.

달숙이 맞장구를 쳤다.

"경찰청장을요? 왜요?"

"보통은요, 빵쟁이들이 자기 수사하는 경찰은 안 건드려요. 혹시라도 불이익 받을까봐. 하지만 나는요, 나 처벌받을 건 받겠다 이거야. 대신 니들도 잘못하는 게 있으면 처벌받아라, 하고 고발하는 주의거든. 내가 예전에……."

"인권. 하! 좋지. 인권. 문제는 인권이라는 걸 인간쓰레기들이 발전시킨다 해도 그 혜택이 사회 전체 구성원에게 돌아가면 좋은데, 개잡놈들이 발전시켜서 주로 개잡놈들이 누린다는 게 문제 아니겠어요?"

달숙은 박기수의 안색이 순간 변하는 것을 보지 못했다. 먼저 자리를 박차고 일어났기 때문이다.

"도저히 못 참겠네! 선생님! 잠깐만 기다리세요!"

달숙이 주먹을 불끈 쥐고 조사실 밖을 뚜벅뚜벅 걸어 나갔다. 내 이번엔 반드시 따끔하게 한마디 하리라. 저 재수 없는 뺀질이. 부지훈. 딱 기다려.

예쁜 몸매가 드러나는 검은색 원피스 차림의 달숙은 옆 회의실을 향해 쿵쿵 팔자걸음을 걸었다.

2

"지금 제 일이요? 피의자신문조서 제도에 대해서 정책검토하고 있죠."

자신을 둘러싼 세 명의 남자 조사관 중 한 명의 질문을 받고 부지훈 사무관이 고개를 한 번 까딱이고는 말했다. 그는 왜소한 체구에 웬만한 여자보다도 어깨가 좁았으나, 그사이 자리 잡은 큰 머리 때문에 친한 사람들 사이에선 '면봉'이라는 별명으로 불렸다. 게다가 그 면봉 솜뭉치 같은 머리를 까딱까딱하며 말하는 버릇이 있었다.

"조서? 조서가 뭐 문제 있어?"

지훈과 가장 가까이 있던 중년의 남자 조사관이 입안에 든 사탕을 굴리며 물었다.

"에…… 그러니까 이게 쉬운 말로 하면, 뭐라고 해야 되나…… 음. 공판중심주의 증거조사를 저해하는 제도라고 보면 되겠네요. 우리나라는 피의자신문조서의 증거력이 너무 강해요. 공정한 재판을 받을 권리와 이게 연관이 되는데……."

"거기들! 조용히 좀 해요! 좀!"

회의실 문이 덜컥 열렸다.

달숙의 앙칼진 목소리에 놀란 조사관들이 후다닥 자세를 정돈했다.

"옆에서 조사하고 있는 거 몰라요?"

남자 조사관 셋이 겸연쩍은 표정으로 달숙을 지나쳐 슬금슬금 회의실 밖으로 나갔다. 그들은 점심식사 이후 나른한 시간을 시답잖은 수다로 풀고 있었을 뿐, 달숙의 항의에 굳이 대꾸할 말은 없었던 것이다.

"사람들이 생각이 없어, 생각이……."

회의실 안엔 허리에 손을 올리고 버티고 선 달숙과 청중을 잃어버리고 무안을 당한 지훈만이 남았다. 맘먹고 들어온 달숙은 공격의 고삐를 늦추지 않았다.

"부지훈 사무관 일 없어요? 떠들려면 정책국에서 떠들든가. 왜 만날 조사국 와서 일장연설이에요?"

지훈은 새빨개진 얼굴로 말을 더듬었다.

"조, 조사국이 이, 이 조사관님 거예요?"

"어머나, 그럼 부 사무관 거예요? 지금 옆에서 진정인 조사하고 있잖아요. 시끄러워 일을 못 하겠네, 진짜. 인권 업무 한다는 사람이 한다는 말도 진짜……."

혀를 쯧쯧쯧, 차며 쌩하고 등을 돌려 나가는 달숙의 뒤를 지훈이 따라붙었다.

"말 다했어요? 떠들다니요? 무슨 선생이 학생 타이르듯이……."

"어머, 그럼 그게 떠든 게 아니고 뭘까?"

"저기요!"

지훈이 자기보다 키가 큰 달숙을 올려다보느라 턱을 치켜들었다. 자리로 돌아가 조용히 싸움을 구경하던 조사관들이 '빨간 면봉' 같다고 수군거리며 작게 웃었다.

"왜 반말이십니까? 제가 어리다고 이 조사관님 동생으로 보이세요?"

"반말 안 했는데요? 혼잣말 한 건데요? 떠든 게 아니고 뭘까? 뭐지? 궁금해서요."

"그, 그거 말고도. 호칭도요."

"호칭?"

달숙이 머리를 갸우뚱하더니 파아, 하고 웃음을 터트리며 말했다.

"아아, '님'자를 안 붙였군요, 제가? 네에, 부지훈 사무관님. 직급 높은 사무관님께 제가 결례했네요. 이제 정책국 가서 정책검토 좀 하시죠. 또 주간회의 때 일 진척 없다고 핀잔 듣지 마시고."

저건 좀 너무 나갔는데, 하고 주변에서 걱정하는 것과는 달리 지훈의 표정은 오히려 냉정하게 가라앉았다.

지훈이 달숙에게 한 발짝 다가갔다.

"저도 한마디 조언을 드리죠."

"네에, 사무관님. 빨리하시죠. 아시다시피 제가 바빠서."

지훈은 한쪽 입꼬리를 치켜올렸다.

"저도 조사하시는 내용을 좀 들었는데 말이죠. 진정인 말만
듣고 위법한 긴급체포라고 단정해버리는 건 좀 아닌 것 같은
데요?"

"뭐라고요?"

"긴급체포의 요건을 갖추었는지 여부는 사후에 밝혀진 사정
을 기초로 판단하는 것이 아니라 체포 당시의 상황을 기초로
판단한다. 판례는 읽어보셨나요? 긴급체포했는데 결과적으로
범인이 아니었더라. 그러니까 위법한 긴급체포다. 이렇게 단
세포적으로 생각하는 건 아닌 것 같아서요. 그건 학생들 시험
문제 틀렸다고 공부 안 했구나, 단정하는 것과 다를 게 없거든
요. 뭐, 간혹 조사결과보고서를 보면 조사관들이 법도 모르고
막 들이대는 경우가 하도 많아서 말이죠."

말을 쏟아내기가 무섭게 지훈은 달숙의 반론을 피해 조사국
밖으로 걸어 나갔다.

달숙은 지훈의 뒤통수를 눈으로 따라가며 허, 하고 코웃음을
쳤다.

3

"경찰이 당한 인권침해는 대체 어디에다 호소합니까!"

달숙은 수화기에서 귀를 떼며 얼굴을 찌푸렸다. 해골 팔뚝의 진정인이 돌아간 뒤, 피진정인 구민용 경사에게 바로 전화를 한 참이었다.

오늘은 씩씩거리는 남자들을 많이 대하는 날이구나, 하고 생각하며 달숙은 한숨 쉬었다.

피진정인이 된 경찰들의 단골 레퍼토리다. 가해자의 인권만 보호하는 인권증진위원회. 법집행공무원을 죄인 취급하는 탁상행정가들. 현장도 모르고 날뛰는 이상주의자들. 범죄자들과 취객들에게 조리돌림당하는 경찰의 인권은 누가 지켜주는데?

이제 진정인이 얼마나 파렴치한 범죄자인지를 주장할 차례다.

"박기수 그자가 어떤 놈인 줄 알아요? 어떤 범죄를 저질렀는지, 얼마나 흉포한 놈인지 아시냐고?"

구 경사가 수화기 너머로 으르렁거렸다.

"제가 알아야 하나요?"

달숙이 구 경사의 말을 막았다. 자칫 선입견을 줄 수 있는 진정인의 전과사실에 대해서는 듣지 않는 것이 좋았다.

달숙은 박기수를 긴급체포할 때의 상황에 대해 답변을 요구했다.

"아무렴 박기수 그놈이 가만있는데 형사들이 엎어놓고 수갑

채웠다고 합디까?"

구 경사는 췌, 하고 콧방귀를 뀌었다.

"사실은 어땠는데요?"

"그놈 덩치 보셨죠? 운동도 오지게 해가지고 아주 힘이 장사예요. 예전에 도주했던 경력도 있다고, 그놈이. 내가 10년 전에 저나 나나 병아리 시절에 걔를 검거했던 사람이라고. 서로잘 알아요. 그 얘긴 들으셨나?"

"네네."

"걔는 자기 핸드폰도 없어요. 대포폰 들고 다닌다고. 연락도 안 돼. 주거도 불확실해. 집이라고 있는데 언제 들어오고 나가는지도 몰라. 잠복하고 있다가 사우나에서 나오는 걸 덮쳤다고. 왜 그러냐고 소리를 막 질러대기 시작하는데 벌써 뭐가 있는지 눈빛이 달라지더만……."

이어지는 구 경사의 얘기는 이랬다. 박기수가 흥분하기 시작하자 그를 둘러싼 강력팀 형사 네 명은 일제히 긴장했다. 흉포하게 날뛰는 건장한 사내를 제압하기란 형사 네 명으로도 쉽지 않은 일이었다. 이번엔 뭐야, 뭔 혐의냐고. 말해, 새끼들아! 박기수가 여차하면 덤벼들 태세로 소리쳤다. 이전부터 박기수를 알고 있던 구 경사가 나섰다.

어이, 박기수. 특수강도 혐의로 긴급체포한다. 박기수는 눈동자를 이리저리 움직이며 불안한 모습을 보였다. 특수강도? 구 경사가 박기수의 한쪽 팔뚝을 잡고 허리춤에서 수갑을 꺼냈다. 너 마포에서 특수강도 했잖아, 조용히 가자.

"아이, 씨발! 나 홍장미 집에 없어서 그냥 갔다구! 뭔 개소리야!"

박기수가 알 수 없는 말을 내뱉으며 수갑을 갖다 대는 구 경사의 팔을 뿌리쳤다. 동시에 다가오는 다른 형사의 가슴을 밀쳤다. 만만찮게 건장한 젊은 형사가 박기수의 일격을 받고 나동그라졌다.

"그냥 집에 갔어! 나!"

박기수는 두 팔을 휘저으며 형사들의 접근을 막다가 몸을 낮추고 다가오는 구 경사의 얼굴을 머리로 힘껏 받아버렸다. 구 경사는 비명을 지르며 바닥에 고꾸라졌다. 그때 다른 형사 둘이 박기수의 발을 걸어 넘어뜨렸다. 바닥에 쓰러지고도 저항을 멈추지 않는 박기수의 팔다리를 이리저리 잡아 눌러 형사들이 겨우 등 뒤로 수갑을 채웠다. 그때서야 구민용 경사는 간신히 몸을 일으켜 피가 섞인 이 두 개를 뱉어냈다.

"홍장미 집에 없어서 그냥 갔다는 소리가 뭔 소리예요?"

구 경사의 설명을 듣고 달숙이 물었다.

"내가 어떻게 압니까? 홍장미란 여자가 아마 지가 사귀는 여자인 모양인데, 다급하니까 아무 말이나 쏟아낸 거겠지, 뭐."

불퉁거리며 쏘아붙이는 구 경사의 목소리에서 이가 빠져 바람 새는 소리가 나는 것 같았다.

"어쨌든 박기수 씨가 범인이 아니었죠? 알리바이가 있었잖아요."

달숙이 말을 돌렸다.

"허! 그래서요?"

구 경사는 다시 으르렁거렸다.

"체포현장이 어땠는지보다는 당시 박기수 씨가 긴급체포할 요건이 되었는지가 문제가 될 텐데요. 박기수 씨를 왜 특수강도 용의자로 판단하셨는지 말이에요."

"나 참. 환장하겠네."

"뭐가요."

"말했잖소. 주거부정! 도주우려! 잠복하다 우연히 마주쳤는데 영장 받아 올 때까지 기다려요, 그럼? 그동안에 도망가면 누가 잡아다준대요?"

"왜 박기수 씨에게 혐의를 두셨죠?"

"아이고. 진짜 환장하겠네."

구 경사는 정말 말문이 막힌 듯 꺽꺽댔다. 당신이 수사를 알아? 현장을 아냐고? 하는 불만의 목소리가 꺽꺽대는 숨소리에 묻어나왔다.

"뭐가 자꾸 그렇게 환장을 하세요? 당연히 물어봐야 할 건데."

"말해드리리다. 작년 10월부터 12월 사이에 아현동, 망원동, 상수동 일대에서 동일범의 소행으로 보이는 연쇄절도사건이 10여 건 발생했거든요? 빈집털이였는데, 12월 중순에 들어간 집에서는 범행 도중에 집주인이 들어와서 강도로 돌변했어요. 피해자 말로는 일당이 두 명이었대. 몽타주를 그렸는데 한 놈이 박기수 생긴 거랑 비슷해요. 지금까지 절도사건 발생했던 시간에 기지국을 오간 통화내역을 뽑아서 대조해보니까 겹치는 게 있더라구. 유력한 용의자가 한 명 걸려든 거지. 그놈을 A라고 합시다. A를 추적하다보니 최근에 A가 박기수랑 잘 어울렸대. 그래서 A하고 박기수하고 공범이겠거니 하고 둘 다 추적하다가 박기수 먼저 발견한 거요."

"그게 다예요?"

"뭐라고 하는 거요, 지금?"

잠복하기 전에 체포영장을 청구할 수 있었을 텐데요. 그걸 안 했다는 건 영장을 청구할 만큼 혐의가 강하진 않았다는 거 아닌가요, 라는 말을 하려다가 달숙은 참았다. 전화로 피진정인과 소모적인 입씨름을 하는 것보다는 서면으로 진술을 받아두는 게 우선이었다.

"아니에요. 일단 상황은 알았어요. 공문으로 진술이랑 자료 요청할 테니 답변해주시죠."

끝으로 달숙은 공무수행 중 이가 부러진 것에 대해 위로의 말을 전하려고 했으나, 구 경사는 '공문은 망할 놈의 공문' 하고 들으라는 듯 구시렁거리며 전화를 끊었다.

4

부지훈 사무관은 정책국 자기 자리로 돌아와 부글부글 끓는 속을 다스렸다.

주위 직원들은 모두 도서관에 온 듯 책상에 고개를 파묻고 일하고 있었다. 하소연 할 사람 하나 없어 지훈은 혼자서 코웃음을 웃으며 의자에서 조그만 몸을 이리저리 뒤척였다.

　지훈은 변호사 특채 사무관으로 인권증진위원회에 임용되었다. 로스쿨도 아니고 사법시험 출신이다. 맘만 먹으면 로펌에 들어가 돈을 깔아뭉갤 만큼 벌며 살 수도 있었을 거라고 본인은 생각한다. 그럼에도 뜻한 바가 있어 5급 공무원으로 인권위에 들어왔다. 그 자체가 국가기관이면서 다른 국가기관을 감시하고 조사하는 독립기관. 유엔 같은 국제인권기구와 개별 국가를 연결하는 다리 역할을 하는 독특한 성격의 조직. 국가인권기구에서 일하는 사명을 누리고 싶었다. 대한민국에 설치된 국가인권기구인 인권증진위원회는 역사는 짧지만 국제적으로 보면 평균 이상의 조직과 권한을 갖고 있다. 동기 변호사들은 국가인권기구에 대한 개념조차 모르고 있을 적에 지훈은 이 모든 것을 파악했던 것이다. 어쩌면, 국가인권기구 근무 경력을 기반으로 유엔에 진출할 수도 있으리라. 부지훈. 몸은 왜소하지만 꿈은 크고, 두뇌는 명석한 편이며 생각은 건전하다고 스스로를 평가한다.

　그러나 막상 들어와 보니 인권위 내에서 법 전문가들은 푸대접을 받았다. 법에 관한 비전문가들, 특히 진정사건을 조사한다는 조사관들이 마치 법 해석에 집착하는 것은 인권을 옹호하지 않는 태도인 양 치부하고 자기 주관을 앞세워서 인권침해 결정을 좌지우지했다.

특히 이달숙 조사관. 그 여자. 이름도 촌스러운 그 아줌마.

지훈은 저도 모르게 이를 갈았다. 그나마 말이 통하는 남자 조사관들과 자주 한담을 나누며 그 기회에 자기가 알고 있는 것도 전달하고 진정사건에 대해 자문도 해주곤 하는 게 뭐가 그리 아니꼬워서 그 여자는 사사건건 면박을 주느냐 말이다. 어떻게 보면 그것도 업무의 일환인 것을. 진정인 말만 무조건 편들고 형식적인 논리를 갖다 붙여서 인권침해라고 결론 내면 인권이 보장되는 줄 아나보지. 뭣도 모르면서. 모르면 묻기는 커녕 말해도 들을 생각도 안 한다.

한참을 혼자 화내고 있다가 지훈은 제 책상에 물끄러미 시선을 던졌다.

피의자신문조서 제도와 피의자 권리보장에 관한 정책검토 계획.

지난 연말에 작성한 내용에서 별반 달라진 것 없이 몇 달째 책상만 차지하고 있는 문서였다. 이제 곧 3월이니 조만간 간부들이 진척사항을 확인하려 들 것이다. 지훈은 인상을 찌푸리며 머리를 긁적거렸다.

공개된 법정에서의 자유로운 진술과 증거조사에 의해 유무죄를 가리기보다는 수사단계에서 비공개적으로 작성한 조서에 의해 유무죄가 판가름 나는 관행이 잘못이라는 것을 말하고 싶어 제안한 계획이었다. 수사관은 피의자에 비해 압도적으로 우월한 위치에서 피의자의 진술을 이끌어 조서를 꾸민다. 수사관은 피의자보다 법도 잘 알고, 정보도 많고, 막대한 공권력을 등에 업고 있다. 자백을 받아 조서에 기재해버리면 그게 법정에서 강력한 유죄의 증거로 사용되니 수사관은 다방면으로 증거를 수집하는 데 노력을 기울이기보다는 피의자의 자백을 받는 데 급급해진다. 그러다 보면 때론 강압적인 수사 방식으로 자백을 강요하는 경우가 생겨나는 것이다.

이러한 부작용에 대한 반성으로 2007년부터 경찰 단계에서 작성한 피의자신문조서의 경우 피고인이 부인하면 재판에서 증거로 사용하지 못하게 되었다. 그러나 오랜 기간 쌓여온 재판의 관행은 쉽게 바뀌지 않는다. 경찰에서 작성한 피의자신문조서의 내용을 대개 반복하거나 아우르는 검사 작성 피의자신문조서는 여전히 재판에서 강력한 유죄의 증거로 사용된다. 수사기관에서 한 진술의 기록이 재판정에서의 구두진술보다 훨씬 더 강력한 것이다. 특히 그중에서도 자백 진술은 치명적인 설득력이 있어서 때론 물증의 가치도 넘어선다.

"정말, 죽겠군! 죽겠어!"

지훈은 신음을 뱉으며 계획안을 팔랑팔랑 넘겼다.

해결책이 보이지 않았다. 정책개선을 위한 권고안을 어떻게 마련해야 하는지 막막했다. 이건 눈에는 보이지 않는 관행의 문제이기 때문이다.

사례가 필요했다. 뜬구름 같은 이론만 붙잡고 있으면 어디가서 말하기만 좋을 뿐이다. 구체적인 예를 들어야 실무적인 문제를 잡아낼 수 있고 법원이나 법무부에 뭘 어떻게 고치라고도 할 수 있는 거다. 하지만 도서관 같은 정책국 사무실에 앉아 있으면 사례를 접하기가 쉽지 않다. 그래서 구체적인 사건을 접하는 조사관들을 만나는 것이 업무상 필요한 것이다. 잡담이나 하려고 조사국에 드나드는 게 아니란 말이다. 그런데 이달숙 조사관! 그 아줌마가 훼방을 놓고 모욕을 준단 말이지!

이 조사관에 대한 화가 다시금 솟구칠 무렵 휴대전화 벨이 울렸다.

화면에 뜬 이름을 보니 사법연수원 동기인 오태문이었다. 연수원에서 같은 조도 아니었고 특별히 친했다고는 말할 수 없는 관계인데 전화를 걸어오다니 의아했다. 지훈과는 동갑으로, 목소리가 크며 성격이 밝은 친구였다는 정도의 기억이 있다. 연수원 수료 후 변호사 두세 명으로 구성된 작은 법률사무소에서 일한다는 소식을 들은 것 같다.

"어이, 부! 네가 내 의뢰인을 꼭 만나봐야 돼."

의례적인 인사가 끝나고 태문이 말했다. 여전히 밝은 목소리에 더불어 벅찬 감격이 섞여 있었다.

"무슨 소리야? 내가 왜 만나?"

지훈이 물었다.

"오늘 살인죄 무죄 선고받았다."

오태문 변호사는 연신 싱글거리는 목소리였다.

"그런데 검사가 항소한다는 말이 있어. 그러겠지. 이대로 물러나겠어? 이 사건은 알려야 돼."

"저기……"

"아! 미안."

오 변호사가 수화기 너머에서 한차례 껄껄 웃은 뒤 말을 이었다.

"대뜸 내 얘기만 했네. 부, 네가 카페에 올린 글 보고 전화한 거야."

"카페 글?"

"너 거기서 피의자신문조서 제도 검토한다며? 사례를 찾는다고."

"아…… 그랬지."

지훈은 벌써 한 달도 더 전에 연수원 동기들이 만든 카페에 글을 올린 것이 기억났다.

"내 의뢰인이 딱 그 케이스야. 너 한번 들어볼래?"

"어, 어."

"자세한 건 판결문 나오면 보내주고……. 그래, 오늘은 공소장 내용만 말해줄게. 그편이 너도 더 생각해볼 여지가 많을 거야. 들어봐. 자백사건은 아니고 피고인은 계속 부인했지만 조서에 기재된 피의자와 참고인 진술만으로 기소까지 했다고……."

오 변호사가 늘어놓은 사건개요에 따르면, 살인사건은 작년 9월에 발생했다. 추석날 아침, 서울 마포동에 있는 낡은 복도식 아파트 6층에서 가정주부가 시체로 발견됐다. 피해자는 끔찍하게 폭행당해 얼굴과 상체가 온통 피투성이였다. 밤새 나가 있다 아침에 집에 들어온 남편이 시체를 발견하고 신고했다.

강도야 강도, 강도가 들어와서 아내를 죽였어요. 남편은 출동한 경찰에게 대뜸 소리쳤다. 화장대에 넣어둔 귀금속과 아내의 지갑 속에 든 현금이 털린 흔적이 있었다. 이것 보세요. 강도가 돈을 훔쳐가고 와이프를 죽였다고요. 그는 경찰이 묻기도 전에 아내의 빈 지갑을 가리키며 울음을 터트렸다.

당신은 어디 갔다가 이제 집에 들어온 겁니까. 경찰이 묻자 남편은 갑자기 조개처럼 입을 닫았다. 당황하며 현장을 빠져나가는 남편의 뒤를 경찰이 따라붙었다. 남편은 아파트 복도에 주저앉아 넋을 놓았다.

어젯밤에 싸우고 집을 나갔었죠. 남편은 한참 후 입을 떼었다. 추석에 시댁에 가지 않겠다고 하며 저희 식구들 험담을 해서 다툼이 커졌어요. 마침 연락을 받고 가까운 곳에 사는 아내의 친정 식구들이 울며불며 아파트 복도에 들어서고 있었다. 그 상처는 뭐죠? 경찰이 남편의 왼쪽 귀 뒤에 길게 째져 피가 맺혀 있는 상처를 보고 물었다. 남편은 겁에 잔뜩 질린 표정으로 아내의 친정 식구를 맞으며 대답을 재촉하는 형사를 돌아보았다. 이거요? 밤새 술 마시다 어딘가에서 긁혔나봐요.

"뻔하네. 남편이 살인범으로 체포됐겠지. 그 남편이 오 변호사 의뢰인일 테고?"

지훈이 물었다.

"그래. 맞아."

"증거가 뭐였지?"

"첫째, 남편은 상처에 대해 거짓말을 했어. 그것 때문에 골치 아파졌지. 남편은 전날 11시쯤 아내와 싸우고 집을 나왔는데, 말다툼만 했을 뿐 폭력은 오가지 않았다고 진술했어. 상처는 집을 나오고 동네에 사는 친구를 불러내 술을 마시다가 어딘가 긁혀 생긴 거라고. 그런데 부검을 해보니 아내 손톱 밑에서 남편 혈액과 피부조직이 나왔어. 그날 남편과 술을 마신 친구도 남편을 만났을 때 처음부터 귀 뒤에 상처가 있는 걸 봤다고 진술했고."

"음…… 그리고?"

"둘째, 남편이 집을 나왔을 때 이미 아내가 죽어 있었는지 아닌지가 쟁점이 되겠지? 남편은 홧김에 집을 나와 현관 앞 복도에 서서 집 안에 있는 아내와 말다툼을 했다고 했어. 아내도 거실에서 복도에 있는 남편을 향해 소리를 질렀고. 그런데…… 남편이 복도에서 소리치는 걸 들은 사람은 있지만 아내의 목소리를 들은 사람이 없어."

"어허……."

그날 남편의 행적에 관한 의심스러운 정황증거들은 더 있었다. 셋째, 그날 11시 40분경 아내의 친정엄마가 남편의 휴대전화로 전화했다. 장모는 방금 딸에게 전화를 했는데 받지 않는다고 걱정하며 사위에게 혼자라도 고향에 가야 되지 않겠느냐고 말했다. 장모는 딸이 시댁과 겪고 있는 불화를 익히 알고 있었던 것이다. 남편은 그 문제에 대해서는 가타부타 말이 없었다. "집사람에게 언제 전화했나요? 몇 번 했나요?" 오직 이 질문만을 집요하게 던졌다. 그러고는 장모에게 아내가 자고 있을 테니 아침까지 전화를 하지 말라고 거듭 다짐을 놓았다. 통화를 끝내고 몇 분 뒤 남편이 장모에게 전화를 걸었다. 남편은 쉽게 용건을 못 꺼내고 머뭇거리다가 "어쨌든 집사람에겐 전화하지 마세요"라고만 말하고 끊었다. 장모는 사위가 오직 그 말을 하기 위해 전화를 한 것 같았으며 당시 매우 이상한 기분이 들었다고 진술했다.

넷째, 남편은 신고를 받고 출동한 경찰에게 대뜸 화장대 서랍에 있던 아내의 귀금속과 지갑 속 현금이 없어졌다고 말했다. 하지만 아내의 친정 식구와 친구들은 아내가 평소 금과 은을 비롯하여 모든 금속에 알레르기가 있어서 액세서리를 걸치지 못한다고 했다. 따라서 귀금속을 사 모으지 않으며 그건 남편도 뻔히 알고 있는 사실이라는 것이다. 구체적으로 어떤 귀금속이 없어졌냐는 말에 남편은 대답을 못 했다.

다섯째, 부검 결과 아내는 바닥에 누운 채로 발로 가격당해 목뼈가 부러져 죽은 것으로 밝혀졌다. 남편은 고등학교 교사였는데, 내성적이고 대인관계에 자신감이 적으며 자기주장이 약한 성격이라 거친 학생들로부터 종종 무시당하는 편이었다. 그런 남편에게 1년 전 징계를 받은 기록이 있었다. 모욕적인 말을 하며 대드는 남학생을 바닥에 쓰러뜨려 발로 마구 밟아 상해를 입힌 탓이었다. 아내가 폭행당한 방식과 비슷했다. 그 학교 학생들이나 교사들은 평소 바보스러울 정도로 점잖던 남편이 체벌 사건을 일으킨 것에 당시 깜짝 놀랐다고 했다. 내재된 화가 폭발하면 평소의 모습에서는 상상하기 어려운 폭력성을 드러낸다는 증거였다.

"그 정도면 범인 아냐?"

지훈의 반응에 오 변호사는 그럴 줄 알았다는 듯 사람 좋은 웃음을 껄껄 웃었다.

"그렇지? 여기까지만 들으면 그런 것 같지? 조서가 왜곡됐어. 이미 범인으로 단정 지은 다음에 피의자신문조서나 참고 인진술조서 내용을 끼워 맞췄다니까. 내가 법정에서 합리적인 의심을 제기하고 그 논리를 깨지 않았으면 그대로 유죄의 증거가 되었겠지."

오 변호사는 쉬지 않고 덧붙였다.

"경찰이 처음에 남편을 의심하게 된 건, 남편이 경황이 없는 중에 상처에 대해 거짓말을 해서야. 하지만 그것보다 더 근본적인 게 있지. 남편이 집을 비운 겨우 6시간 동안 다른 사람이 집 안에 들어가 아내를 죽이고 나올 확률은 적다는 선입관이야. 남편은 밤 11시경 집에서 나와 다음 날 새벽 5시경 들어가서 아내의 시체를 발견했거든. 그 선입관이 종종 배우자나 애인을 범인으로 만들어. 김 순경 사건도 그랬고, 거 뭐냐……치과의사 모녀 살해사건도 그렇지 않았어?"

오 변호사가 은근슬쩍 제 자랑을 끼워 넣기 시작하자 지훈은 살짝 비위가 상했다. 그러나 그보다는 호기심이 당기는 것도 사실이었다.

김 순경 사건은 1992년 서울의 한 여관에서 술집 여종업원이 살해당한 채 발견되었는데, 피해자의 애인이었던 김 모 순경이 범인으로 몰렸던 사건을 가리키는 것이다. 김 순경은 사건 당일 새벽 3시 30분경 피해자와 여관에 들어갔고 아침 7시경 피해자를 남겨두고 파출소로 출근했다. 그리고 근무를 마친 10시경 다시 여관에 들렀다가 피해자가 사망한 것을 발견하고 신고했다. 김 순경은 경찰 수사단계에서 동료 경찰들의 가혹행위와 회유에 못 이겨 범행을 자백했고, 1심과 2심 재판에서 유죄 판결을 받았다. 대법원 상고심 진행과정에서 우연히 진범이 등장하지 않았다면 아마 그렇게 유죄가 확정되었을 것이다. 동료 경찰들은 김 순경이 피해자를 남겨두고 여관을 나와 있었던 단 3시간 만에 외부인이 침입하여 피해자를 죽이고 달아날 가능성은 희박하다고 생각했을 것이다. 그 선입관이 무고한 애인을 살인자로 만들었다.

치과의사 모녀 살해사건은 좀 더 복잡하다. 1995년 발생한 그 사건은 피고인인 남편에 대하여 법원에서 유죄와 무죄가 계속 뒤집혔다. 3년 만에 무죄로 확정되기는 하였으나 진범은 잡히지 않고 미제로 남았다. 피고인은 외과의사였다. 자신의 병원을 개업하는 날 아침 7시경 치과의사인 아내와 돌이 갓 지난 딸을 집에 두고 먼저 출근했다. 피고인이 집을 나오고 1시간 30분 정도 지나 집에서 연기가 나오기 시작했다. 이웃들의 신고로 소방관이 출동했다. 안방 장롱 안에 불이 붙어 옷가지를 태우고 천장까지 타들어간 상태였다. 불을 끄고 집을 둘러보던 소방관은 욕실에서 피고인의 아내와 겨우 한 살 된 딸이 물이 채워진 욕조 속에 죽은 채 떠 있는 것을 발견했다.

만약 피고인이 범인이 아니라면 제삼자가 피고인이 출근하고 1시간 남짓한 시간에 집에 침입하여 두 생명을 죽이고 장롱에 발화장치까지 하고 나갔어야 했다. 제삼자가 말 못 하는 아기까지 죽일 이유가 있었겠느냐는 동기의 문제는 차치하고라도, 물리적으로 시간이 너무 촉박했다. 모든 정황증거들이 피고인을 범인이라고 가리키고 있었다.

지훈도 치과의사 모녀 살해사건 판결문을 읽어보았지만 과연 피고인이 범인인지 아닌지를 확신할 수 없었다. 법적으로는 무죄라는 결론이 났다. 하지만 사회적인 평가는? 법원도 두 번이나 유죄 취지의 판결을 했다. 어느 쪽이든 증거가 부족하다는 것일 뿐 진실은 알 수 없다는 얘기다. 김 순경 사건처럼 진범이 나타나지도 않았다. 피고인은 성격 차이로 아내와 불화를 겪었고 아내의 불륜도 눈치채고 있었으며 사건 전날부터 아침까지 아내하고 아기와 함께 있었다. 범행을 할 기회는 물론, 범행을 은폐할 가장 많은 수단과 시간을 갖고 있었다는 얘기다. 나중에 변호인에 의해 과학적인 객관성을 공격받고 증거력이 떨어지긴 했으나, 피해자의 시반과 시강, 위 내용물의 소화 정도에 따라 사망시간을 추정해보았을 때 피해자는 피고인이 집을 나서기 전에 살해당했다는 견해가 지배적이었다.

그러나 피고인을 범인이라고 단정하기에도 개운치 않은 면이 많았다. 피고인이 범인이라고 가정해보면, 피고인으로서는 시체가 최대한 늦게 발견되는 것이 유리했을 것이다. 그래야 제삼자의 범행 가능성에 수사의 방향을 돌릴 수 있는 여지가 생긴다. 그런데 왜 장롱에 불을 놓아 시신이 빨리 발견되도록 했을까? 집을 태워 증거를 인멸할 의도였다면 왜 가장 큰 증거인 시신은 욕조물 속에 넣어두었을까? 장롱에 어떤 장치를 했기에 1시간 30분가량 불이 꺼지지 않고 서서히 타들어갔을까? 제삼자가 말 못하는 아기까지 죽였다고 가정하는 것도 이상하지만, 희대의 살인마가 아닌 바에야 아버지가 아내에 이어 돌지난 딸까지 같이 죽였다고 보는 건 자연스러운가?

결국 피고인은 진짜 범인이 아닌데도 이 모든 오해를 다 받아왔고 지금도 받고 있을 가능성이 있다는 것이다. 오해를 불러일으킨 가장 큰 조건은 오태문 변호사가 말했듯 시간일 것이다. 피해자와 가장 오랜 시간, 가장 마지막까지 함께 있었던 사람이 범인일 확률이 절대적으로 높다는 선입관. 그들이 잠깐 피해자의 곁을 떠난 사이 다른 엉뚱한 사람이 들어와 피해자를 죽이고 가는 것은 비현실적이라는 선입관.

오 변호사의 의뢰인도 그러한 선입관의 피해자일까.

"제삼자 범행가능성에 대해서 경찰은 관심도 없었어. 의뢰인이 처음부터 당시 수상한 남자가 근처를 배회하고 있었다고 말했는데. 집을 나왔을 때 야구 모자를 쓰고 팔에 형광색 도료가 묻은 덩치 큰 남자가 복도에 서 있는 걸 봤다고 했거든. 거기에 대해선 아예 수사도 안 했다고."

"그런데 어떻게 무죄를 받은 거야?"

지훈이 물었다.

"판결문 나오면 보내줄게. 그걸로 확인해봐. 우리 의뢰인 만나볼 거지? 좋은 사례잖아. 이리저리 좀 알려도 주고. 다른 뉴스에 묻혀서 보도도 안 되고 있는데."

오 변호사는 처리해야 할 다른 용건이 생긴 듯 이쯤 통화를 마무리하고 싶은 눈치를 보이며 의뢰인을 만나겠다는 약속을 받아내려 들었다. 지훈은 오 변호사의 의도를 읽었다. 살인 혐의를 받는 피의자를 변호한 끝에 승소하여 뿌듯할 것이다. 자랑하고픈 마음도 있으리라. 하지만 그보다는 검사의 항소에 대비하여 사건을 여론화하고 싶은 의도가 큰 것 같았다.

"인권위가 이런 일을 해야지. 아니면 무슨 일을 하게?"

오 변호사가 추상적인 책임론으로 밀어붙였다.

"판결문 메일로 쏴. 일단 보고 판단할게."

지금 정책검토 중인 과제에 딱 들어맞는다고 하기엔 애매했다. 피의자신문조서 중심 재판의 문제를 지적하려면 통상 자백사건을 사례로 들어야 한다. 조서에 나타난 진술을 유죄의 핵심증거로 삼는 관행에 기대어 수사기관이 자백을 강요한 사례. 허위자백 사건. 그러나 오 변호사가 말하는 사건은 피고인은 혐의를 부인했지만 다른 정황증거에 의해 유죄가 인정된 사건이었다.

그러나 지훈은 친구가 그렇게 원한다면 문제의 의뢰인을 만나보는 것도 나쁠 것 같진 않다고 생각했다. 뭐, 좋은 경험은 되겠지.

5

이달숙 조사관은 특정 집단의 사람에 대한 편견이 없는 편이었다. 강력계 형사라고 해서 꼭 경찰인지 범죄자인지 분간 못할 우람한 덩치에 담배 냄새가 밴 티셔츠와 구겨진 점퍼를 입고, 까치집 진 머리에 피부는 검고 거칠며, TV에서 흔히 묘사되는 것처럼 가정도 포기하고 밤낮없이 일하고, 그로 인해 늘아내의 이혼 요구에 시달리는 상태를 반영하는 피곤하고 찌든 표정을 하고 있어야 한다고는 생각하지 않았다.

그러나 지금 달숙의 앞에는 딱 그런 인상의 40대 남자, 구민용 경사가 민달팽이를 씹어 삼킨 듯한 표정을 하고 앉아 있었다.

"임의동행이었다고요? 이제 와서요?"

달숙은 구 경사가 제출한 진술서를 뒤적거리며 물었다.

"그렇다니까요. 진술서 받았으면 됐지, 바쁜 사람 불러다가 뭘 또 물어봅니까?"

구 경사는 임플란트로 박은 앞니를 드러내며 불퉁거렸다. 체포 과정에서 구 경사의 치아 두 개를 부러뜨린 진정인 박기수는 현재 공무집행방해죄와 상해죄로 검찰에 송치된 상태였다.

"특수강도 혐의로 긴급체포한다고 고지하고 체포하려다가 폭행당했다고…… 지난번에 그렇게 말해놓고서는 갑자기 웬 임의동행?"

달숙이 짜증을 감추지 못하고 얼굴을 잔뜩 찌푸렸다. 일전에 전화통화 시 들었던 내용과 공문으로 접수한 진술서의 내용이 판이하게 달라져 있었던 것이다. 인권위의 자료제출 요구서를 받고 경찰서 차원에서 법적인 문제점을 이리저리 검토한 끝에 사건 경위에 대한 설명을 바꾸기로 한 모양이었다.

구 경사는 바뀐 진술서의 내용에 맞춰 시침을 뗐다.

"임의동행 하려고 했는데 박기수 그놈이 흥분해서 절 폭행했고, 그래서 공무집행방해와 상해죄 현행범으로 체포했던 거죠."

"분명히 전에 특수강도로 긴급체포하려고 했다고 말했어요, 저한테."

달숙이 치밀어 오르는 화를 참으며 한마디 한마디 꾹꾹 눌러 말했다.

"그거, 잘못 말한 거예요. 한 달 전 일을 갑자기 전화로 물어보니 헷갈려서."

구 경사는 느긋한 표정이었다.

"박기수 씨도 긴급체포하겠다는 말을 듣고 저항한 거라고 했고요."

"걔 말을 믿어요? 경찰관을 해코지할 수 있는 말이면 뭐든지 한다고, 걔는."

"긴급체포서 작성한 게 있을 텐데요?"

달숙이 가자미눈을 뜨고 물었다. 아이섀도를 짙게 바른 눈이 조금은 매서운 인상이 되었다. 하지만 산전수전 다 겪은 형사는 흔들림이 없었다.

"없죠. 긴급체포한 게 아닌데. 거기 현행범체포서는 있을 거예요."

구 경사가 달숙이 뒤적이고 있는 서류뭉치를 가리켰다.

과연 그 안에 공무집행방해죄와 상해죄의 현행범체포서는 있었다.

"현행범체포해서 경찰서 인치하고, 그 김에 원래 임의동행하려 했던 특수강도 혐의 조사했는데 알리바이 있어서 혐의 접고, 공무집행방해 조서 꾸미고, 그걸로 구속영장까진 청구할 필요는 없겠다 해서 5시간 만에 풀어준 거죠."

경찰이 긴급체포를 하면 긴급체포서를 작성해야 하고 48시간 안에 구속영장을 청구해줄 것을 검사에게 요청해야 한다. 하지만 이 사건의 경우 박기수의 특수강도 혐의에 대한 알리바이가 금방 확인되었다. 검사에게 굳이 구속영장 청구 요청을 할 필요가 없었을 것이다. 작성하다 만 긴급체포서가 구 경사 자리의 쓰레기통이나 문서파쇄기 안에 조각조각 난 채 들어가 있을 수는 있지만.

대신 구 경사는 박기수의 공무집행방해죄 등의 혐의를 묻기 위해 새로 현행범체포서를 작성했던 것이리라. 문서가 그렇게 남아 있으니 애초에 박기수를 체포한 혐의도 공무집행방해 현행범체포라고 둘러댈 수 있게 되었다. 그러면 요건을 갖추지 못한 채 긴급체포를 시도했던 것 아니냐는 인권위의 추궁도 피할 수 있게 된다.

그러나 이대로 물러날 이달숙 조사관이 아니었다.

"사실 박기수 씨는 특수강도의 주 용의자가 아니었죠?"

구 경사는 말없이 수염 자국이 남은 턱을 쓰다듬었다. 달숙이 질문을 계속했다.

"주 용의자는 연쇄절도와 강도가 벌어진 장소의 기지국 통화기록에 통화사실이 중복되어 나타난 A라는 사람이고, 박기수는 A와 최근 교제가 잦았다는 누군가의 진술만 있었을 뿐이죠?"

"그걸 지금 왜 따지는 겁니까?"

"그거랑 강도 피해자가 작성한 몽타주가 박기수와 닮았다는 것. 그것만으로 박기수를 A와 공범으로 점찍은 거죠? 용의를 입증하기 위한 다른 보강수사는 했었나요?"

"이봐요……."

"아무렴. 했었다면 알리바이가 금방 드러났겠죠. 체포영장을 청구할 만큼의 혐의점은 없으니 손쉽게 긴급체포로 가려고 했던 거죠? 박기수 집 주변에서 오래 잠복하다가 잡았을 정도면 체포영장을 받을 시간도 충분했을 텐데요."

구 경사가 손바닥으로 책상을 쿵, 하고 쳤다. 그 바람에 한참 질문에 속도를 붙이던 달숙이 말을 멈췄다.

"그걸 지금 왜 따지냐고요! 긴급체포 하려던 게 아니라니깐! 임의동행해서 조사하려고 했는데 그 새끼가 날 폭행해서 현행범 체포한 거라고 몇 번을 말해야 알아들어요? 한 번 더 말할까?"

구 경사가 언성을 높이며 날을 세웠다.

큰 소리가 나자 조사실 창문으로 몇몇 조사관들의 머리가 불쑥 나타났다. 안의 상황이 궁금한 그들은 구 경사와 달숙의 얼굴을 번갈아 보느라 바쁘게 고개를 돌렸다. 다른 사람들보다 조금 낮은 위치에 '면봉' 부지훈 사무관도 얼굴을 빼꼼 내밀고 있었다.

"검찰 송치한 서류도 요청해 읽어봐야겠네요."

달숙이 말했다. 구 경사가 이건 또 뭐야, 하는 표정으로 달숙을 쳐다보았다.

"박기수 씨 공무집행방해죄 신문조서에 체포과정이 적시되어 있겠죠?"

그 신문조서를 작성할 당시에는 앞으로 인권위 조사를 받게 될지 몰랐을 테니까, 긴급체포를 시도하는 과정에서 경찰관을 폭행했다고, '사실'을 적시하지 않았겠냐는 뜻이었다.

달숙은 손에 쥐고 있던 펜 뚜껑을 소리 내어 열었다.

"담당 검사 이름이 뭐죠?"

담당 검사에게는 체포 후와 송치 과정에서 여차저차 사실을 보고했을 테니까, 라는 게 달숙의 생각이었다.

구민용 경사의 검붉은 얼굴이 분노로 일그러졌다. 조금 전 달숙의 말은 구 경사에게 수사지휘를 하는 담당 검사에게까지 조사의 손을 뻗치겠다는 의미였다. 검사가 관할 경찰관의 잘못을 애써 감싸주지는 않는다. 오히려 과잉수사를 했다는 약점을 잡고 못마땅하게 생각할 수 있다. 모멸감으로 구 경사의 커다란 몸이 활활 타오르는 듯했다.

"허. 허허. 허허허허……."

구 경사가 작게 벌린 입술 사이로 웃었다. 둘 사이 긴장감을 더 치솟게 하는 서늘한 웃음소리였다.

"그놈이 조사관님에게는 잘 대해주던가요? 허허허."

형사는 한참을 키들거렸다. 무슨 뜻이죠, 하고 달숙이 물었을 때 그는 무언가를 내려놓은 듯 편안해진 얼굴로 비꼬았다.

"조사관님은 자기 비위를 살살 맞춰주는 사람이니까, 순한 양처럼 굴었겠지. 뭐, 안 봐도 뻔합니다. 그리고 자식이 어디서 주워들은 게 있나보죠? 적법하지 않은 체포에 항거해서 경찰관을 폭행하면 공무집행방해 성립이 안 된다는 거. 그놈 이제 서른일곱에 전과 7범이에요. 작년에 음주운전 뺑소니 사고 내서 집행유예 걸려 있는 것도 있고. 이번에 공무집행방해로 들어가면 집행유예된 징역까지 살아야 하니까 뭔가 수를 냈구먼. 허허. 인권위에서 긴급체포가 적법하지 않았다는 판단을 받아내고 그걸로 공집방 재판에서 정당방위로 무죄 주장을 할 작전이구만. 조사관님은 그 계획에 협조하는 거고. 자식, 공부 좀 했네."

"그걸 그런 식으로 생각하시면……."

"도대체 무슨 정의감으로 그런 놈을 감싸줍니까? 네?"

구 경사가 정말로 궁금하다는 듯 눈을 부릅뜨고 말을 이었다.

"그게 정의인 건 맞습니까? 나쁜 사람이 빠져나갈 구실을 만들어주는 게?"

달숙은 구 경사의 눈길을 마주 받았다. 나름의 사명을 등에 업은 두 사람의 시선이 공중에서 팽팽히 마주쳤다.

"그럼 나쁜 사람은 쉽게, 마구 잡아들이는 게 경사님이 말하는 정의예요?"

"후후. 그놈이 자기가 왕년에 경찰청장 목 날렸다던 말은 안 합디까?"

달숙은 진정인 조사 중 박기수가 그 비슷한 말을 했던 것을 기억했다.

구 경사가 달숙이 있는 쪽으로 몸을 끌어당겨 앉았다. 마치 '지금부터 재밌는 얘기를 해줄게' 하는 표정으로.

"10년 전에 여자친구를 얼굴이 너덜너덜해질 때까지 폭행하고 수배 걸렸을 때 일이죠. 검문에서 붙잡혔는데, 검문하던 순경들이 밤샘 근무가 지루하다고 저들끼리 술을 처먹고 있었던 거야. 조회 마치고 수배사실 확인해서 막 체포하려는데 술 취한 순경들이 어리버리하다가 놓쳐버렸어요. 신문에 대문짝만하게 났지. 마침 경찰 간부 도박사건이니, 음주운전이니 하고 경찰 기강 문제가 한꺼번에 터질 때였거든. 서울시경찰청장이 책임지고 잘렸어. 그 뒤로 박기수 그놈은 그게 자기 인생 중 가장 자랑스러운 업적이 돼서 보는 사람마다 자기가 경찰청장 옷 벗긴 사람이라고 으스대고 다닌다더군요."

"네. 그랬군요."

아마 경찰의 부패에 가장 관심이 많은 사람들이 바로 범죄자들일 것이다. 많은 범죄자들이 자신들을 부당한 권력에 의한 피해자로 생각하고 싶어 한다. 범죄자들의 인권을 보호하는 입장에 있다고 해서 달숙이 그런 경향을 왜 모르겠는가. 가해자들은 아주 자주, 피해자가 되길 원한다.

서울시경찰청장을 경질시키는 데 한 역할을 하고 교도소에 들어간 박기수는 그 안에서 영웅이 되었던 걸까.

"체포할 때 박기수가 '나 홍장미 없어서 그냥 집에 갔다'고 자기 여자친구 핑계를 댔다고 했던 거 기억합니까?"

"네. 제가 그 말이 뭔 뜻이었냐고 물었었죠."

"왜 그놈이 그 와중에 그따위 말을 했는지, 전에 조사관님도 이상하다 하셨지만 나도 궁금했거든요. 그놈 여자친구였다던 홍장미라는 사람 연락처를 힘들게 찾았어요. 박기수라는 이름을 듣자마자 바들바들 떨더만. 제발 박기수에게 자기 바뀐 연락처를 알려주지 말라고 울면서 사정을 해요. 어떤 사람인지 모르고 만나왔는데 사귀면서 얻어터지고…… 돈 뺏기고……. 그러다가 그놈이 예전 여자친구에게 어떤 짓을 했는지 알아버린 거지. 무서워서 작년 추석 전에 핸드폰 번호 바꾸고 직장도 그만두고 몰래 이사해서 숨었대요. 그 뒤론 아직 들키지 않았지만 조마조마하다고……. 자기가 이사 나온 집에 찾아가서 문 걸어차면서 '찾으면 죽여버리겠다!'라고 행패 부렸다는 말도 들었다면서."

"얘기가 딴 데로 빠졌네요."

달숙이 싸늘한 표정을 지어 보이고는 다시 펜을 집어 들었다. 언제까지나 피진정인의 푸념을 들어줄 수는 없다, 라는 듯이.

"그놈이 예전 여자친구에게 어떤 짓을 했는지 궁금하지 않습니까?"

구 경사가 올 때부터 옆구리에 끼고 왔던 서류봉투 속을 뒤적였다. 달숙은 고개를 떨군 채 설레설레 흔들었다.

구 경사가 A4 용지 크기로 크게 확대한 사진 한 장을 달숙 앞에 툭 던졌다.

　"……."

　달숙은 처음엔 사진의 내용을 알아볼 수 없어 눈만 끔뻑거렸다. 흡사 붉은 속이 터져 흘러나온 멍든 과일 같았다.

　여자의 얼굴이었다.

　흡, 하고 숨을 몰아쉬는 소리와 함께 달숙은 안 그래도 커다란 눈을 눈동자가 모두 보일 만큼 커다랗게 떴다.

　여자의 왼쪽 눈두덩엔 검붉은 혹이 달려 있었다. 혹 안에 눈꺼풀이 묻혀버려 눈을 뜰 수가 없는 것 같았다. 겨우 뜨고 있는 오른쪽 눈알은 피에 젖어 있었다. 오른쪽 눈 옆에서부터 비스듬히 갈라져 터진 상처가 입술까지 이어졌다. 붉은 페인트를 끼얹은 듯 흥건히 젖은 피가 미끈거리는 질감을 드러내며 목으로 흘러내리는 중이었다.

　예리한 날붙이가 여자의 윗입술까지 둘로 갈라놓았다. 여자는 그 입술로 그나마 멀쩡한 한쪽 입꼬리를 들어 올려 웃고 있었다. 혀와 이도 피에 젖었다.

　"허어억……."

　입을 떡 벌린 달숙이 사진을 밀어냈다.

　"그놈이 찍은 사진이에요. 여자를 이렇게 만들어놓고. 체포될 때 가지고 있더군."

　구 경사가 두툼한 손바닥으로 사진을 턱 내리치고는 다시 달숙의 앞으로 밀었다. 달숙은 휘둥그레 뜬 눈, 떡 벌린 입으로 몸을 뒤로 젖히며 꺽꺽대는 소리를 냈다.

달숙의 반응이 생각보다 너무 극적이라는 느낌은 들었으나 도도하던 인권위 조사관이 피해자 사진 한 장을 보고 잔뜩 겁을 집어먹은 모습에 구 경사는 묘한 쾌감을 느꼈다. 이게 바로 현장이야. 인권, 인권 하고 입바른 소리만 해대는 너희들이 굳이 들추어보고 싶어 하지 않는 거친 세계지. 너희들이 책에서 배운 지식을 내세워 비호하고 싶어 하는 인간들이 바로 다른 인간에게 이런 짓을 하는 인간인 거야.

"이유가 뭔지 압니까? 여자가 새벽 3시에 찾아온 자기 친구에게 술상을 안 차려줬대요. 공구용 커터칼로 이렇게 만들어놓고 억지로 웃으라고 한 다음 디카로 사진을 찍었죠. 칼을 깊숙이 넣고 갈라놔서 뼈까지 긁혔어요."

"꺄!"

달숙이 눈을 뒤집어 까며 앉아 있던 의자에서 떨어져 바닥에 쓰러졌다.

당황한 구 경사가 자리에서 벌떡 일어났다. 순간 조사실 밖에서 왔다 갔다 하며 안의 상황을 주시하던 남녀 조사관들이 문을 열고 우르르 들어왔다. 그중 여성 조사관이 바닥에 누워 팔다리를 부들부들 떨고 있는 달숙의 몸을 주물렀다. 누군가는 물을 떠온다고 나가고 누군가는 어딘가로 전화를 하며 들락날락 했다.

구 경사는 방금 전까지의 전투적인 태도는 온데간데없이 손바닥으로 책상을 짚었다 떼며 어쩔 줄을 몰라 했다.

조사관들과 섞여 들어온 부지훈 사무관이 가만히 그런 구 경사를 노려보았다.

"이게 무슨 짓이에요. 조사받으러 오셔서?"

"네? 아이고…… 그게…… 저, 그러니까……."

흠, 하는 소리와 함께 지훈이 책상 위 사진을 집어 들어 감상하듯 찬찬히 살펴보았다.

"이 사진이 진정사건과 관련 있는 거예요?"

"네? 아이고…… 저, 그렇다기보다는…… 조, 조사관님이 많이 놀라신…… 왜, 왜 이러신 거죠?"

구 경사가 입술을 핥으며 말을 더듬었다.

"헤마토포비아."

"네?"

지훈이 비웃음이 담긴 눈으로 구 경사의 전신을 한 번 훑어 내리더니 이제 막 조사관들의 부축을 받고 일어서려 하는 이달숙 조사관을 내려다보고 말했다.

"헤마토포비아. 피 공포증이라고요, 이달숙 조사관님은. 이제 어쩌실 거예요?"

6

오태문 변호사의 법률사무실은 서울서부지방법원 근처 공덕동에 있었다. 다른 두 명의 동료 변호사와 함께 꾸린 회사였다. 파티션을 세워 변호사별로 나누어 놓은 사무실은 고시원마냥 작았다. 사무용 책상과 원탁 하나, 접는 의자 네 개만으로 공간이 가득 찼다. 남자 세 명이 원탁에 둘러앉으니 문을 열려면 누구 하나는 일어나야 할 정도였다.

"현장 경험 삼아 가는 거야."

오기 전 지훈은 단단히 못을 박았다.

"서로 도움이 될지 안 될지는 몰라."

인권증진위원회 사무관이 개별 형사사건의 피고인을 편들수는 없다는 뜻이었다. 오 변호사는 충분히 이해한다며 일단 의뢰인을 만나만 보라고 했다.

"결국 검사가 항소했어. 하지만 자신 있다고. 2심도 이기고 국가배상도 청구할 거야."

두툼하게 살집 좋은 오태문 변호사가 몸집과는 달리 빠른 손놀림으로 탁자에 커피잔을 놓으며 말했다.

연주석은 시선을 비스듬히 아래로 떨어뜨린 채 우울한 표정으로 앉아 있었다. 강파르게 팬 볼에 흰 머리카락이 반쯤 섞여 머리는 전체적으로 회색빛을 띠었다. 40대 초반이라는 실제 나이보다 훨씬 더 들어 보였다. 인사를 나누고 나서 지훈은 자기도 모르게 탁자 밑으로 연주석의 양다리를 훑어보았다. 이 남자가 마누라를 죽인 범인일지 아닐지는 아직 모를 일이다. 양복바지로 감싼 저 다리로 제 마누라를 내리찍어 죽여버렸을지도. 끔찍한 시간이 지나고, 그 시간과 장소를 떠나 평범한 얼굴을 가장하고 있는 살인자를 그 누가 알아볼까.

"제가 처음부터 솔직히 말했다면 이런 오해는 받지 않았을까요?"

주석이 조심스레 입을 열었다.

"상처에 대해서요?"

지훈이 말을 받았다. 얼마 전 오 변호사로부터 판결문을 받아 거듭 읽어본 터라 지훈의 머릿속엔 사건의 내용이 충실히 들어 있었다.

그는 아내가 추석에 시댁에 가지 않겠다고 버티는 것까지는 참을 수 있었다고 했다. 그러나 시댁에 가지 않는 이유를 대며 그해 초 어렵게 임신한 아이를 유산한 것이 모두 시댁 식구들 탓이고, 특히 시어머니는 악마가 현현한 소름 끼치는 늙은 년이라고 거침없이 말하는 것에는 눈이 뒤집히고 말았다.

그는 어릴 때부터 순둥이라는 말을 들어왔다. 있는 듯 없는 듯 조용하고 온순했다. 공격을 받으면 자신이 인내하고 수용하는 것으로 갈등을 피하고 살았다. 그에 반해 아내는 자기주장이 강하고 집착이 심하며 다혈질이었다. 자연히 부부관계는 땍땍거리는 신경질적인 아내와 말없이 굴종하며 묵인하는 남편의 형태를 띠었다. 하지만 쌓인 화가 어디로 갈까. 그날 그는 드디어 폭발했다. 그는 아내의 뺨을 쳤다. 놀란 아내가 거품을 물고 달려들며 그의 멱살을 잡아 흔들었다. 그는 아내의 머리채를 잡고 바닥에 내동댕이쳤다. 거기까지였다. 그는 자신의 행위가 극단으로 치닫기 전에 집을 나왔다는 것이다.

"제가 그런 짓을 했다는 게…… 너무너무 겁이 났습니다."

연주석은 고개를 깊게 떨구었다.

그는 아내를 때렸다는 사실에 너무 겁을 집어먹은 나머지 유죄로 오해받을 여러 가지 행동을 했다. 그는 명절을 맞아 자신의 집 근처 본가에 와 있던 친구를 불러내 포장마차에서 술을 마셨다. 그러던 중 장모로부터 전화가 왔다. 아내가 전화를 받지 않는다는 말을 들었을 때, 그는 오직 한 가지 생각만을 했다. 아내가 장모에게 일러바치면 어떡하나. 그는 자신이 한 짓이 부끄러웠기에 두려웠다. 아내는 평소 그나 시집 식구들에 대해서 흠 잡을 일이 생기면 가까이 사는 장모에게 전화해서 불만을 늘어놓았다. 그러면 장모는 얼씨구나 아내 편을 들곤 했다. 장모가 개입하기 전에 먼저 아내와 싸움을 무마하고 싶었다. '집사람은 자고 있으니 아침까지 전화하지 마세요.' 그는 거듭 말했다. 통화를 끝내고도 불안이 가시지 않은 그는 다시 장모에게 전화하여 한 번 더 말했다. '집사람에게 전화하지 마세요.'

검사는 이를 공소사실을 뒷받침하는 증거로 주장했다. 피해자가 전화를 받지 않자 걱정이 된 장모가 피해자를 찾아가 피해자의 시신을 예상보다 일찍 발견할 수도 있다는 생각에 이르러 한 행동입니다. 피고인은 집에 아내의 시신이 있는 걸 알고 있었던 거지요. 피고인이 어떻게 알았겠습니까?

검사는 또한 그가 경찰조사 초기에 상처에 대해 거짓말을 했다는 점을 강조했다. 피고인은 2차 피의자신문조서를 작성할 때까지 귀 뒤의 상처가 그날 친구와 술을 먹던 중 어딘가에서 긁힌 것이라고 주장했습니다. 시신 부검 결과 피해자의 손톱 밑에서 피고인의 혈액과 피부조직이 검출되고, 사정상 다소 늦게 참고인 조사에 참여한 피고인의 친구가 그날 피고인을 만나자마자 피고인의 귀 뒤에 손톱자국으로 보이는 상처가 있는 것을 보았으나 모른 척해주었다고 말했다는 사실을 알고 나서야 진술을 바꿨습니다. 집을 나오기 전 피해자와 몸싸움을 하다가 피해자의 손톱에 긁혔다는군요. 싸우기만 했을 뿐 죽이지는 않았다는 건데요. 그러면 왜 애초에 피해자와 몸싸움을 했다는 사실을 숨겼을까요?

"한번 아니라고 말하고 나니…… 계속 아니라고 해야 할 것 같았습니다."

새벽 1시쯤 친구를 들여보내고도 집에 들어갈 용기가 나지 않아 동네 PC방에서 시간을 보내다 새벽 5시경 들어가니 아내는 죽어 있었다. 현장에서 경찰이 그에게 상처에 대한 질문을 했다. 하필 그때 장모를 비롯한 처가 식구들이 몰려오고 있었다. 장모 앞에서 자신이 아내를 때렸다는 말을 차마 할 수 없었다. 거짓말이 불쑥 나왔다. 한번 거짓을 말하고 나니 바로잡는 게 두려웠다.

"정황증거라는 게 그래."

오 변호사가 끼어들었다.

"의심하려고 들면 그 의심을 뒷받침하는 증거로 활용되지. 충분히 다른 쪽으로 설명할 수도 있는 사실이 한쪽으로 모이는 거야. 그게 여러 개 모이다보면 유죄의 증명력이 되고."

"금속 알레르기도 그런 차원의 문제인가?"

지훈이 판결문의 내용을 떠올리며 턱을 긁적였다. 연주석이 고개를 들었다.

"아내에게 금속 알레르기가 있었던 건 맞아요. 제가 왜 모르 겠습니까. 순금으로 된 것도 못 걸쳐서 결혼반지도 못 해줬는 데요. 하지만……."

주석은 비쩍 마른 얼굴을 찡그리며 울상을 지었다. 무죄 선 고된 판결문에도 이 부분은 일견 피고인을 의심스럽게 생각할 수 있는 지점이라고 밝히고 있었다. 주석은 현장에 출동한 경 찰에게 강도가 아내의 화장대에서 귀금속을 훔쳐갔다고 소란 을 떨었다.

범행을 강도의 소행으로 빨리 단정 짓고 싶은 다급한 마음 에서 나온 행동입니다, 하고 검사는 주장했다. 강도가 피해자 를 죽이면서 고작 피해자의 지갑 속 현금만을 털어갔다고 하 면 근거가 약해 보일까봐 지어낸 말입니다. 정작 피해자는 모 든 금속에 알레르기가 있어 귀금속을 전혀 갖고 있지 않았는 데 말이죠.

"알레르기가 있다고 해서 아내가 반지나 목걸이를 싫어한 건 아니었어요. 선물 받는 경우도 있었고, 어디서 샀는지는 몰라 도 제 눈엔 진짜로 보이는 것들을 앞에 놓고 한참 바라보고 있 을 때도 있었습니다. 몸에 걸치지는 못했어도 갖고는 있었다 고요."

주석은 손바닥으로 마른세수를 하다가 가만히 눈두덩을 눌렀다.

"그런데 아내가 액세서리를 갖고 있는 걸 본 게 언제인지…… 무슨 모양의 액세서리였는지는 기억이 안 나요. 어쨌든…… 갖고 있었다는 것만…… 떠올라서……."

"나도 마누라가 무슨 귀걸이를 하는지 몰라."

오 변호사가 양손을 들어 올리며 어깨를 으쓱했다. 지훈은 오 변호사가 대학 시절부터 사귀던 여자와 이른 나이에 결혼을 했다는 걸 새삼 떠올렸다.

"귀걸이를 어디다 두는지도. 화장대에 두겠지, 뭐. 여자들은 대개 거기 두니까. 얼마나? 많이 갖고 있겠지, 뭐. 쇼핑이 취미니까. 한 이불 덮는다고 그런 걸 시시콜콜 다 알 줄 알아? 판사도 모를걸? 막말로 눈앞에 귀걸이 하나 떡 갖다놓고 이게 네 마누라 거냐, 아니냐, 물으면 그걸 내가 알겠어? 판사가 알겠어?"

지훈은 몸에 비해 큰 머리를 뒤쪽 방향으로 까딱까딱거렸다. 얘기를 들을수록 지훈이 검토하고 있는 피의자신문조서 제도의 문제와 부합하는 것 같지는 않았다. 그보다는 정황증거의 증명력에 관한 문제였다. 직접증거가 없는 사건에서 피고인이 혐의를 부인하는 경우 어느 정도의 정황증거가 유죄의 증거가 될 수 있는가. 이건 재판기술의 문제이지 형사피의자 인권의 차원에서 접근할 수 있는 문제는 아닌 것 같았다.

하지만 억울하게 기소된 의뢰인의 무죄를 밝히는 일이라면 모두 인권의 문제라고 생각하는 오 변호사는 열의에 찬 얼굴로 말했다.

"학생 체벌과 관련된 피고인 성향에 대한 증거도 되게 이상한 거야, 그거."

"작년에 학생을 쓰러뜨리고 발로 밟았다는 거?"

지훈은 말하며 슬쩍 주석의 눈치를 보았다. 과거 소행에 관한 얘기가 나오자 주석의 표정이 편치 않았다.

"그땐 너무 화가 나서……."

변명하듯 우물거리는 주석을 오 변호사가 변호했다.

"그걸 이 사건과 연결시키는 건 바늘로 찌르는 거나 창으로 찌르는 거나 찌르는 건 같지 않느냐는 논리하고 다를 게 없어. 이 사건 피해자는 엄청난 힘으로 가격당해 목뼈가 부러져 죽었어. 작년에 연 선생님 학생은 배와 허벅지에 타박상을 입었을 뿐이야. 폭행 정도도 부위도 달라."

"제 잘못이죠……."

"네. 물론 잘하신 건 아니지만 사람을 죽인 것과 연장선상에서 평가될 만큼의 죄는 아니죠. 그에 합당한 징계처분도 받았고요."

의기소침해진 의뢰인을 두둔하고 나서 오 변호사는 지훈을 바라보고 말을 이었다.

"그게 화나면 폭력적으로 변한다는 증거라고? 화나면 안 폭력적인 사람도 있나? 화나서 사람을 때린 적이 있으니까 죽일 수도 있다는 거야, 뭐야."

지훈은 몸을 뒤로 젖히고 머리를 까딱했다.

"판결문을 읽어봤을 때 사실 인상적이었던 부분은……."

오 변호사와 연주석이 주목하는 가운데 지훈은 말을 끌었다.

"이웃들의 진술이던데."

이제 정책검토 과제의 사례로 인용할 수 있을지 여부를 떠나 지훈은 이 사건 자체에 관심이 갔다. 사무실로 돌아가 조사관들에게 한바탕 들려줄 만한 이야깃거리도 될 터였다.

피고인이 피해자와 싸우고 집을 나왔을 때 복도에서 피고인의 고함을 들은 사람은 있지만 피해자의 목소리를 들은 사람은 없습니다, 라고 검사는 주장했다. 피고인은 피해자도 거실에서 복도에 서 있는 피고인을 향해 소리를 질렀다고 진술했는데 말이죠. 피고인 혼자 피해자와 싸우는 척 연기를 한 것 아니겠습니까?

"이봐, 부. 그날은 추석 전날이었어. 고향에 내려가느라 집을 비운 사람이 많았단 말이야. 그날 뭔가 들었다고 진술한 이웃은 단 네 명이었고."

오 변호사가 아파트 구조를 설명했다. 지은 지 30년 가까이 되는 낡은 복도식 아파트이고 한 층에 일곱 가구가 있다고 했다. 엘리베이터와 비상계단으로 이어진 통로를 사이에 두고 오른편에 네 가구, 왼편에 세 가구로 나뉜다. 연주석의 집은 6층이고 오른편 끝에서 두 번째 집이다.

그날 집에 있으면서 싸움 소리를 들었다고 진술한 이웃은 5층에 한 명, 6층에 한 명, 7층에 두 명이었다.

"같은 6층에는 20대 남자 대학생 한 명이 진술을 했던데."

지훈의 말에 오 변호사는 분통 터지는 얼굴을 했다.

"그 대학생 진술부터가 함정이었던 거지! 이봐, 부, 그 대학생은 왼쪽 제일 끝 집에 사는 애였어. 연 선생님 집과는 6층에서 제일 멀리 떨어진 집이야. 그리고 애가 록 음악 광이래. 그날도 볼륨을 크게 키워놓고 헤드폰으로 음악을 듣고 있었다고 해. 잠깐 음악이 끊긴 사이 싸우는 소리가 들려 살짝 문을 열고 내다본 거야. 애가 본 건 연 선생님이 복도에 나와 안쪽을 향해 '사람 우습게 보지 말란 말이야!' 같은 말을 하면서 열린 현관문 안쪽을 발로 차는 장면이었어. 2초, 길어야 3초나 될까. 애는 슬쩍 보고 들어가서 다시 음악에 열중했지. 법정에 증언하러 나왔을 때 봤는데 원체 남의 일에 관심이 없는 애처럼 보였어."

"걔가 이웃 중에서 제일 먼저 참고인 진술을 했나?"

"그래! 그랬다고. 형사가 '부인 목소리는 못 들었니?' 하고 물으니까 애가 '여자 목소리는 못 들었는데요' 한 거야. 애는 겨우 2초 정도 내다본 것뿐인데."

"그다음엔 누구지? 진술한 참고인이?"

오 변호사는 앞에 놓아둔 생수통을 들어 물을 벌컥벌컥 마셨다. 연주석은 자기의 변호인에게 대답을 맡긴 채 우울한 표정으로 앉아 있었다.

"아마 5층에 사는 아줌마일 거야."

손바닥으로 입술에 묻은 물을 훔치며 오 변호사가 말을 이었다.

"그 아줌마도 당시 복도에서 남자 혼자 떠드는 것 같았다고 진술했어. 남자 혼자 욕설하며 현관문을 발로 차는 소리를 들었다고……."

지훈은 판결문의 내용을 떠올렸다.

"근데 그 아줌마가 듣고 기억하는 건 다른 남자의 목소리였을 가능성이 있다고…… 법원에서 그렇게 판단했던가?"

"그날 복도에서 소란을 피웠던 사람이 한 명 더 있는 모양이야. 7층에서."

"7층……."

"그래. 연 선생님 집 위층이지. 그 아줌마 입장에서는 2층 위고. 연 선생님 부부싸움이 나기 1시간쯤 전, 7층에서 어떤 남자가 현관문을 발로 차면서 난리를 치다가 사라진 일이 있었다네? 이거 내가 법정에서 제기해서 드러난 사실인데 내가 이걸 어떻게 알았는지 알아? 참고인 진술조서를 보고 알았어."

"참고인 진술조서?"

오 변호사는 통통한 얼굴 가득 미소를 지었다. 자신의 성과를 확실히 자랑할 수 있는 지점에 이른 것 같았다.

"7층에서 진술한 이웃 두 명 중에 30대 회사원인 남자의 진술조서에 이런 내용이 있더라고. 경찰이 그날 싸우는 소리를 들었냐고 물으니까 대뜸 '우리 층이요, 밑에 층이요?' 이렇게 답변한 거 있지? 거기서 단서를 얻었어. 이미 경찰은 당시 7층에서 소란을 피운 남자의 존재를 알고 있었지만 별로 중요하게 생각하질 않고 있더라고. 사건 발생 1시간 전에 다른 층에서 일어난 일이고, 그 남자는 한 15분쯤 소란을 떨다 아파트에서 사라졌다며."

"그런데 5층 아줌마는 그 남자에 대해서 진술한 거라는 말이지?"

"그래. 5층 아줌마로서는 위층에서 들려오는 고함이 6층에서 일어나는 일인지 7층에서 일어나는 일인지 잘 몰랐을 거야. 시간대도 정확히 기억을 못 했어."

"흠……."

"7층 이웃 두 명의 진술도 가만히 뜯어보면 명확한 게 아니야. 그날 아래층의 부부싸움 소리를 들었다. 실내에서 싸우는 소리가 날 때는 부부의 목소리가 같이 들렸던 건 확실하다. 현관문이 열리고 복도에서 떠드는 소리가 들리면서부터 여자의 목소리를 들었는지는 확실하지 않다. 이런 식이야. 불분명한 진술이라고."

지훈은 긍정의 표시로 머리를 끄덕끄덕 했다. 지훈도 참고인의 진술이 수사관의 의도에 따라 얼마든지 휘둘릴 수 있다는 걸 알았다. 또한 참고인들은 수사에 협조하고픈 선한 마음에서 수사관이 원하는 방향으로 진술을 맞춰주기도 한다. 이 사건 경찰은 6층과 5층 참고인으로부터 당시 피해자의 목소리를 듣지 못했다는 진술을 먼저 접한 후 7층 참고인들을 조사했다. 의도했든 아니든 경찰이 7층 참고인들에게 경찰 측에서 원하는 진술에 대한 암시를 준 것은 아닐까.

김 순경 사건의 참고인이 그런 오류를 범했다. 애인과 함께 여관에 투숙했다가 새벽에 혼자 여관을 나와 근무를 마친 후 다시 여관으로 가서 애인의 시체를 발견한 김 순경 사건. 주요 참고인이었던 여관주인은 당시 김 순경이 8시에 모닝콜을 해 달라고 부탁했었는데 착각하여 7시에 모닝콜을 하였으나 김 순경이 마치 깨어 있었던 것처럼 바로 전화를 받았다고 진술했다. 이 진술은 김 순경이 새벽에 애인을 살해하고 수습할 방법을 고민하며 깨어 있었다는 사실을 뒷받침하는 정황증거로 활용되었다. 여관주인은 김 순경이 살인사건의 범인으로 지목되어 한창 수사가 진행 중일 때 뒤늦게 이런 진술을 했다. 김 순경이 범인이라는 전제하에 과거로 돌아가 그 사실에 부합하는 기억을 찾아낸 것이다. 진범이 나타나자 대법원은 여관방의 좁은 구조로 볼 때 자다가 바로 인터폰을 받는 것이 불가능하지 않고, 진술의 신빙성이 의심된다고 하며 여관주인의 진술을 증거에서 배척했다.

"진범을 잡아야 해."

오 변호사는 결연한 표정을 지으며 의뢰인의 축 늘어진 손등 위에 자신의 두툼한 손을 얹었다. 연주석은 변호인의 투지에 마음을 다잡는 듯 입을 앙다물었다.

그래, 그게 가장 좋은 해답이지. 부지훈 사무관은 마음속으로 동의했다. 진범을 잡지 못하면, 재판에서 무죄가 확정된다 해도 사회적으로는 무죄가 아니다.

"그날 연 선생님이 보신 그 남자가 아무래도 범인 같아요. 팔뚝에 형광색 칠이 묻은 남자."

의뢰인의 손등을 톡톡 두들기며 말하다가 오 변호사는 지훈 쪽으로 고개를 돌렸다.

"저기, 부. 경찰이 진범 수사를 제대로 하도록 인권위에서 한 번 체크해줄 순 없는 건가?"

7

이달숙 조사관은 책상 위에 펼친 사건기록과 컴퓨터 모니터를 번갈아 바라보며 키보드를 톡톡 두드렸다. 그러다 이내 동그란 이마를 싸쥐고 끙, 하는 소리를 냈다.

군데군데 비어 있는 자리가 무색하게 천장에 바둑판처럼 늘어선 형광등이 조사국 사무실을 환하게 밝히고 있었다. 낮 동안 이 자리 저 자리에서 울리던 전화벨 소리에서 해방된 조사관들이 야근을 하며 조사결과보고서를 작성하는 중이었다. 내일이 위원회 회의에 제출할 안건 마감일이었다.

달숙은 목덜미를 주무르며 의자 등받이에 기대앉았다. 각자의 양식에 따라 흩뿌려져 있는 사실들을 간추려 사건을 재구성하는 작업은 결코 쉽지 않았다.

"피진정인 등 마포경찰서 강력 3팀 형사 4인은 진정인을 지난해 10월부터 12월 사이에 마포구 일대에서 발생한 연쇄절도 및 지난해 12월에 발생한 특수강도 사건의 용의자로 특정하고 진정인의 거주지 근처에서 잠복하던 중 사우나에서 목욕을 마

치고 나오는 진정인을 보고 진정인을 긴급체포하기 위해 다가
갔으며……."

달숙은 방금 작성하던 보고서의 인정사실 부분을 소리 내어
읽었다. 진정인 박기수 사건이었다. 어딘가가 자꾸만 달숙의
머릿속에서 덜그럭거렸다. 어디지?

"피진정인이 특수강도 혐의로 긴급체포한다고 고지하고 진
정인에게 수갑을 채우려고 시도하자 진정인은 피진정인의 팔
을 뿌리치면서 '나 홍장미 집에 없어서 그냥 갔다'고 전 내연녀
의 이름을 언급하며 항거하던 중……."

덜그럭.

'홍장미가 집에 없어서 그냥 갔다.'

이게 무슨 말일까? 달숙은 머리를 갸우뚱했다. 특수강도가
벌어지던 시점에 내연녀와 같이 있었다는 알리바이 호소도 아
니고, '그냥 갔다'라는 게 무슨 뜻일까? 어떤 맥락에서 그런 말
을 한 걸까?

생각에 빠진 달숙은 무심히 사건철을 팔랑팔랑 넘기다가 사
건철에 끼워진 노란 봉투에 손이 닿자 긴장했다. 지난번 구민
용 경사가 달숙의 앞으로 툭 던져서 소동을 일으킨 사진이었
다. 구 경사는 이 외에도 박기수의 악랄함을 증명할 수 있는
범죄 관련 자료들을 잔뜩 가지고 왔다. 진정사건과 관련이 없
더라도 조사과정에서 피진정인이 공식 제출한 것이니 사건철
에 첨부해둔 것이다. 문제의 사진은 동료가 봉투에 넣어 철해
주었다.

"수사기관이 정황증거를 피고인의 유죄를 뒷받침하는 증거로 끼워 맞추는 데 급급해서 제삼자 범행 가능성은 아예 닫아 뒀더라고요. 범인으로 의심되는 사람을 봤다는 피고인의 진술이 있었는데 오히려 이걸 피고인에게 불리한 진술로 치부했어요."

부지훈 사무관의 새된 목소리가 한참 전부터 반쯤 빈 사무실의 고요함을 깨고 들려오고 있었다. 지훈은 달숙과는 책상 두 줄 건너에 있는 회의탁자에 앉아 늘 같이 몰려다니는 남자 조사관들과 함께 어떤 형사사건에 대해 수다를 떠는 중이었다.

저놈이 이제 야근까지 하면서 제 자랑을 하는구나.

달숙은 머리가 지끈거렸다. 하지만 먼젓번처럼 그 시끄러운 입 닥치고 당신 일이나 하라고 따질 용기는 못 냈다. 공식 업무시간이 아니었고, 얼마 전 지훈에게 졸도한 모습을 보인 것도 조금은 부끄러웠다.

달숙이 피 공포증이 있다는 사실은 조사국 사람들이라면 다 알았다. 인권증진위원회 조사관이라면 간혹 군대나 교도소, 시위현장 등에서의 사망사건을 조사해야 할 때가 있다. 부검 사진이나 법의학 자료들도 검토해야 한다. 달숙은 매번 사망사건 조사팀에 들어가지 못하는 이유에 대해서 말할 수밖에 없었다. 공공연히 알려진 사실이다 보니 지훈도 얻어들었는지 당시 달숙이 졸도하는 모습을 보고 당황한 구민용 경사에게 헤마토포비아란 말을 운운하며 제 잘난 척을 했다고 들었다.

노란 봉투를 본 것만으로도 그 안에 있을 사진의 이미지가 떠올라 달숙은 흠칫 몸을 떨었다. 사진을 보여준 구 경사의 의도는 자명했다. 진정인 박기수가 얼마나 나쁜 사람인지를 말하고 싶었겠지. 홍장미라는 박기수의 내연녀도 박기수가 이전 여자친구에게 어떤 짓을 했는지 알게 되어 작년 추석 전에 박기수 몰래 이사를 가며 그로부터 벗어났다고 했다.

작년 추석 전?

또 하나 덜그럭거리는 조각을 발견하고 달숙은 미간의 살을 모았다.

특수강도 사건은 작년 12월에 발생했다. 작년 추석은 9월이었다. 박기수는 특수강도 혐의로 체포하겠다는 말을 듣자마자 특수강도 사건이 발생하기 3개월 전에 행방을 감춘 내연녀의 이름을 대며 '나 홍장미 집에 없어서 그냥 갔다'고 했다.

"피고인 연주석은 당시 집을 나와 아파트 앞 놀이터 골목으로 꺾어지기 전에 자기 집을 한번 올려다봤대요. 그때 6층 복도에서 어떤 남자가 피고인의 집 현관문을 가만히 바라보고 있었다는 거예요. 남자는 엘리베이터와 비상계단으로 이어지는 통로 앞에 있었는데 그 부분 복도 등이 고장 나서 어두웠대요. 자세한 건 안 보이고 남자의 형태만 보인 거죠. 피고인 집 현관은 전자 도어락이 없고 옛날 방식으로 열쇠로 열고 잠그는 거였어요. 피고인이 홧김에 나오면서 열쇠로 문을 잠글 겨를은 없었죠. 순간 피고인은 아내가 문을 잠갔을까, 수상한 남자가 밖에 있는데? 하고 잠깐 걱정을 했다고 해요."

저 건너 회의탁자에서 지훈이 말했다. 달숙은 풀리지 않는 생각을 멈추고 멍하니 앉아 배경음악처럼 들려오는 지훈의 말을 들었다.

"그 남자는 덩치가 크고, 야구 모자를 썼고, 티셔츠를 입은 것 같았는데 확실하진 않고, 오른쪽 팔뚝 부위에 형광색 도료 같은 게 두 점 묻어 있었대요. 제 친구인 오 변호사가 그 아파트를 가봤는데 밤에 올려다보면 어두워서 정말 거의 안 보인다고 해요. 그래서 어둠 속에서 팔뚝에 묻은 발광도료 같은 거만 보인 거죠. 페인트나 발광도료를 다루는, 인테리어 업종 따위에 종사하는 사람이 아닐까 추정하더라고요."

"그런 남자를 봤다는 진술이 왜 피고인에게 오히려 불리한 진술이 돼?"

회의탁자에 앉은 남자 조사관 중 한 명이 물었다. 달숙은 관심이 담긴 질문을 받고 의기양양해진 지훈의 얼굴이 눈에 보이는 듯했다.

"이웃들을 조사했는데 그런 특징을 가진 남자를 그날 밤 본 사람이 없고, 그런 수상한 남자가 잠그지 않은 자기 집 현관문을 주시하고 있는 걸 보고도 그냥 가던 길로 가서 친구를 불러 술을 마신 피고인의 행위가 납득할 수 없다는 거죠. 피고인이 만들어낸 인물이라는 거예요. 그런데 이웃들을 조사했다고는 하지만 그날은 추석 전날이라 집에 있던 이웃이 얼마 안 되는 데다가, 사람이 어떤 걱정되는 상황이 있다고 해서 안심이 될 때까지 꼭 확인하고 넘어가나요?"

뭐 아주 틀린 말은 아니네, 하고 생각하며 달숙은 저도 모르게 지훈의 이야기에 빠져들었다. 지훈은 갑자기 은밀한 얘기를 하듯 목소리를 낮췄다.

"제가 사실…… 1심에서 무죄 선고가 됐으니까, 제삼자 범행 가능성에 대해 수사가 재개되고 있는지 살짝 알아봤거든요."

어라, 인권위 사무관이라고 하면서 친구가 변호를 맡은 사건에 도움을 주기 위해 수사 중인 정보를 캐냈다는 말이지, 이거? 달숙은 언젠가 또 지훈과 싸우게 될 때를 대비하여 이 점을 기억해놔야겠다고 생각했다.

"과연 마포경찰서 강력 1팀에서 수사를 하고는 있더라고요. 느낌에 그렇게 열심히 하는 것 같진 않았어요. 왜 아니겠어요? 다른 결과가 나오면 자기들 실수를 인정해야 하는 건데. 어쨌든 피고인이 봤다는 남자도 남자지만, 그날 7층에서 행패를 부렸다는 남자도 찾고 있다고 하더라고요. 혹 피고인이 본 남자가 그 남자가 아닐까 하는 가능성도 열어두고. 시간적으로 차이가 나긴 하지만요. 7층 남자는 피고인이 집을 나오기 1시간 전에 15분가량 소란을 떨다가 사라졌거든요."

"7층 남자는 뭐 때문에 난리를 친 거래, 그날?"

아까와는 또 다른 남자 조사관이 물었다. 야근하는 조사관들을 불러 모은 한밤의 이야기꾼이 대답했다.

"아마 그 아파트 사는 애인을 찾아왔는데 애인이 집에 없었나봐요. 문을 발로 걷어차고 욕을 하고 저주를 하고 찾으면 죽인다고 소리소리를 질렀대요. 너 내가 누군지 아느냐. 내가 경찰청장 옷도 벗긴 놈이다. 너 하나 내가 못 찾을 줄 아냐, 이래 가면서."

달숙은 자리에서 일어섰다.

지훈과 그의 패거리들은 한창 이야기에 빠져서 달숙이 유령처럼 스르르 그들의 자리로 걸어오고 있다는 걸 눈치채지 못했다.

"애인이란 여자는 이사를 가고 그날 빈집이었던 모양인데. 그 여자가 통 연락이 안 돼서 수사에 애를 먹고 있다고……."

"그 여자 이름이 뭐예요?"

회의탁자에 있던 사람들이 깜짝 놀라 목소리가 들려온 쪽을 바라보았다. 달숙이 토끼눈을 하고 지훈을 향해 다시 물었다.

"그 여자 이름, 알아요?"

지훈이 눈을 끔뻑거리며 고개를 가로저었다.

달숙이 자기 자리로 뛰어갔다. 그리고 사건철을 거칠게 넘기기 시작했다. 구민용 경사가 제출한 자료 중 원하던 걸 찾은 달숙은 자리에 털썩 앉았다.

달숙의 돌발행동에 당황한 지훈이 슬금슬금 다가와 달숙의 어깨너머로 자료를 들여다보았다. 박기수라는 사람의 경찰서 유치장 입소 시 신체검사 기록이었다. 지훈이 그 자료의 의미를 골똘히 생각하고 있는데 달숙이 갑자기 고개를 돌렸다. 달숙의 얼굴이 너무 지척에 다가오자 지훈이 아이쿠, 하며 한 발짝 뒤로 물러섰다.

달숙의 커다란 눈에 눈물이 그렁그렁 맺혀 있었다.

이 아줌마는 정말 알 수가 없어. 지훈은 인권위 조사관도 정기적인 정신과 상담이 필요하다는 견해를 갖고 있었다. 스트레스와 감정 소모가 많은 직업이다. 가장 먼저 상담을 받아야할 사람이 바로 이달숙 조사관이라는 생각이 들었다.

"부 사무관 말이 맞았어요."

달숙이 말했다.

"뭐가요?"

지훈은 평소 앙숙같이 여겨온 이달숙 조사관의 상태를 진심으로 걱정하는 지경에 이르렀다.

"우리 일이 결국 나쁜 사람들 좋자고 하는 일이었네요."

달숙은 입술을 깨물며 쓰라린 한숨을 쉬었다.

"악마예요. 이 새끼."

8

구민용 경사는 연락도 없이 경찰서로 찾아온 이달숙 조사관을 회의실로 밀어 넣었다. 여전히 지저분한 복장에 머리는 헝클어져 있었고, 짜증과 귀찮음을 숨기지 않는 태도였다.

"거, 몸은 쾌차했습니까?"

맞은편 의자에 비스듬히 앉아 구 경사가 물었다. 그래도 손님인데 물 한 잔 권하지도 않았다. 툭 내뱉는 목소리에는 은근한 조롱이 깔려 있었다.

"멀쩡해요."

코웃음과 함께 달숙이 대답했다. 상대의 무례함이 가소롭다
는 듯한 말투였다.

달숙이 서류봉투를 구 경사 앞에 툭 던졌다. 일전에 구 경사
가 달숙 앞으로 끔찍한 사진을 던질 때와 비슷한 모션이었다.
구 경사가 불쾌한 표정으로 봉투를 내려다보았다. 달숙은 열
어보라는 의미로 까딱 턱짓을 했다.

"허, 이게 뭡니까? 선물 가져오셨어요?"

구 경사가 봉투에서 내용물을 꺼냈다.

인권증진위원회 침해구제위원회 결정.

구 경사는 노안이 온 건지 달숙에게 일부러 보이려고 하는
행동인지 눈살을 잔뜩 찌푸리고 결정문을 노려보았다.

"위원회 회의에서 적법하지 않은 긴급체포로 결정 났어요.
신체의 자유 침해이자 체포과정에서의 적법절차 위반으로 경
찰서장에게 경사님 징계 권고하는 결정문이에요."

구 경사는 결정문을 넘겨보지도 않고 다시 봉투 속에 넣어
탁자 끝으로 밀었다.

"조사관이 일일이 결정문 배달하러 다닙니까? 거, 꽤 한가하
신가봅니다."

비아냥거리는 그의 굵은 목이 아래부터 붉게 변하고 있었다.

이런 그의 반응을 예상하고 어느 정도는 참아 넘기기로 했기
에 달숙은 가만히 앉아 있었다. 승냥이가 호랑이를 물면 호랑
이 자체는 끄떡없을지 몰라도, 물린 살은 아프기 마련이다.

"이제 박기수 그놈이 공무집행방해 건도 무죄를 받을 수 있게 혁혁한 공을 세우셨습니다. 아무렴, 인권이 참 중요하죠. 전 그놈 잡으려다가 이빨이 두 개나 나갔지만 그게 중요합니까? 감히 범죄자님의 인권을 침해했는데? 허허."

구 경사가 자리에서 일어났다.

"이렇게 직접 배달까지 안 해주셔도 되는데요. 급하면 퀵으로 보내든가 하시지. 그럼 살펴 가시고 계속 복무에 정진하십쇼."

"작년 9월 추석 연휴 때 마포동 아파트 주부 살해사건, 여기 강력 1팀에서 수사 중이죠?"

구 경사가 돌아서다 말고 달숙을 바라보았다.

"그건 왜요?"

"1심에서 남편이 무죄 선고받아서 검사가 항소했고, 여기 경찰에서 제삼자 범행 가능성에 대해 보강수사 중이라던데요."

"다른 팀 사건이라 잘은 모르겠수다. 나 먹고살기도 바빠서. 왜 1팀에서도 누가 인권침해 했습니까?"

"박기수 한번 조사해보세요."

문으로 향하던 구 경사가 발길을 멈췄다. 돌아보는 그의 눈에는 당황스러움과 의심이 가득 담겨 있었다.

"뭔 뚱딴지같은 소리야, 이건?"

달숙은 어깨를 축 늘어뜨리고 푸휴휴, 한숨을 내쉬었다.

"이 얘기를 내가 하는 게 맞는 건가 얼마나 고민했는지 모를 거예요."

달숙은 칭얼대는 듯한 말투로 주먹 쥔 양손을 공중에 흔들어 가며 미지의 대상을 향해 분통을 터트렸다.

"업무과정에서 알게 된 진정인의 불리한 사실을 인권위 조사관이 법집행기관에 알려도 되는 건가. 살인사건인데! 사안이 중대한데 뭐가 고민이냐고 할 수도 있겠지만…… 이게 단순한 고민은 아니라고요!"

"됐고!"

구 경사가 다시 자리에 앉았다.

"박기수가 그 사건 범인이라는 말이오? 그거 근거 있는 말이오? 박기수가 조사관님께 제 자랑 치면서 자백이라도 한 거요?"

아직 고뇌를 토로하는 과정이 끝나지 않은 달숙은 허공 어딘가에 시선을 두고 말했다.

"그 사건에 대해 좀 아시나요?"

"뭐…… 대충."

"경찰이 사건 당일 아파트 7층에서 소란을 떨었던 남자를 찾고 있다던데요."

"혹시……."

"아파트 관리사무소 통해서 7층 남자의 애인이 누구였는지 알아봤어요. 작년 9월에 갑자기 이사를 나갔던 그 여자. 특이한 이름이라 관리사무소에서도 기억을 하더라고요."

"홍장미?"

달숙이 여전히 허공에 시선을 둔 채 고개를 끄덕였다.

"긴급체포 당할 때, 박기수가 '나 홍장미 없어서 그냥 집에 갔다'고 소리친 이유가 아무래도 걸렸어요. 경사님이 긴급체포하려고 한 혐의인 특수강도 사건은 작년 12월에 벌어졌고, 박기수의 애인 홍장미는 작년 9월에 자취를 감췄는데……."

"오호……."

달숙과 구 경사의 눈이 마주쳤다. 흐리멍덩하던 눈, 불만과 비아냥으로 가득 찼던 눈이 공통의 사안에 집중하여 무섭게 번뜩이고 있었다.

"당시 박기수는 다른 특수강도 건으로 체포되는 줄 알았던 거예요."

"그래서 '그냥 집에 갔다'고……."

"네. 홍장미를 만나러 그날 그 아파트에 가서 소란을 떤 건 맞지만, 그대로 집에 갔다는 말이죠."

구 경사는 책상 위로 두 손을 모으고 잠시 생각에 빠졌다.

"그 사건이 희한하게 언론을 타지 않았어요. 동시에 강력 사건들이 많이 터져서 묻혔다고 하더만. 그래서 박기수는 피해자가 죽었는지 살았는지도 확신을 못 했고, 남편이 범인으로 체포된 것도 몰랐던 거야. 내가 특수강도로 체포한다고 하니까…… 그 피해자가 죽지는 않았구나, 지갑 털어간 강도로 체포하는 거구나, 그렇게 생각한 건가?"

"아마도요."

그러나 막상 체포되고 나니 경찰은 엉뚱한 혐의를 갖다 댔다. 경찰이 헛다리 짚은 혐의에 대해서는 완벽한 알리바이가 있었다. 박기수는 쉽게 혐의를 벗고 풀려나오는 동시에 자신이 저지른 진짜 범죄에 대해서는 경찰이 짐작조차 못 하고 있다는 것도 알게 되었다.

자신감이 붙은 박기수는 체포 과정에서 저지른 공무집행방해죄에서도 빠져나오고 싶었다. 그래서 구 경사의 위법한 긴급체포에 대해 인권위에 진정을 제기한 것이다.

"박기수란 사람은 자기에게 복종하지 않는 여자에 대해서 무척 잔인하게 폭력을 행사하는 성향이 있는 것 같더군요."

달숙이 말했다.

"그렇지…… 애인이 말도 없이 사라져버린 걸 알고 머리끝까지 화가 났겠지."

"아파트 7층에서는 15분 정도…… 또 자기가 경찰청장 옷도 벗긴 사람이네 어쩌고 고함치다가 사라졌지만 완전히 가지 않고 근처에서 배회하고 있었겠죠. 연주석이 아내와 싸우고 집을 나왔을 즈음엔 아마 비상계단 쪽에 있지 않았을까요."

"부부싸움 하고 화가 난 남편이 집을 나가는 걸 보거나 들었는데, 그 집 현관문 잠그는 소리가 나지 않았다……."

"쌓인 화를 터트리고 싶었을 텐데 우연히 기회를 잡은 거죠. 당시 돈이 필요했을 수도 있고요."

방금 전까지 적대감으로 으르렁거리던 사람 같지 않게 구 경사는 달숙과 머리를 맞대고 말을 주거니 받거니 했다.

그러다 한 가지 문제에 봉착한 듯 구 경사는 헝클어진 머리를 긁적였다.

"피고인인 남편이 놀이터에서 올려다봤다는 그 남자…… 그 남자가 박기수라는 게 확인되면 좋을 텐데. 어두운 곳에 있어서 형체만 알아봤다는데, 확인 안 될 테죠?"

"남편 연주석이 본 남자, 박기수가 맞는 것 같아요."

달숙이 말했다.

"경사님이 주신 자료를 보고 알았어요."

구 경사는 어깨를 한번 들었다 내리며 의문을 표시했다.

"내가 준 자료?"

"작년 박기수가 음주운전 뺑소니 혐의로 경찰서 유치장에 수감됐을 때의 신체검사 자료를 주셨더라고요."

"아…… 그랬죠."

경찰서 유치장에 수감될 때는 추후에 제기될 수 있는 수사 과정에서의 가혹행위 문제를 규명할 수 있는 자료로 삼고 유치인의 건강상태를 확인하기 위해 신체검사를 실시한다. 몸에 상처나 문신 등 특이사항이 있으면 기록하게 되어 있다.

"박기수 오른쪽 팔뚝에 해골과 장미 문신이 있다고 표시되어 있더라고요. 박기수 씨 봤을 때 그 문신이 되게 인상적이긴 했어요."

"아, 그거. 예전엔 없었는데 최근 1~2년 안에 새긴 것 같더라고. 근데…… 그게 왜?"

"유치장 당직자가 어떻게 확인했는지는 몰라도, 정확히 이렇게 적혀 있더라고요. 해골 눈. 야광."

"……."

"경사님은 야광타투라고 알아요? 주로 클럽에서 멋 내기 위해서 한다던데. 환한 데서는 보이지 않고 어둠 속에서 드러나는 문신이에요. 보통 문신의 어떤 포인트만 야광으로 해서 어둠 속에서는 그 부분만 환히 보이게 하기도 하고. 박기수는 해골의 눈구멍을 야광으로 한 거죠."

"남자의 팔뚝에 묻어 있었다는 형광 도료!"

구 경사가 소리치며 벌떡 일어섰다. 이럴 때가 아니지, 1팀에 가서 빨리 말해야겠어. 형사의 눈빛이 번뜩였다.

회의실의 문손잡이를 잡고 당기려던 찰나 잊었던 것이 생각난 듯 구 경사가 돌아보았다. 그는 흥분한 숨결을 가다듬고 달숙을 향해 말했다.

"이걸로 이제 동점 된 거요?"

달숙은 말없이 소지품을 정리해서 일어섰다.

스쳐 지나는 길에 달숙은 탁자 끝으로 손을 뻗어 결정문이 담긴 봉투를 집어 들었다.

"이거 놓고 가시지 마세요."

인권증진위원회 이달숙 조사관은 또각또각 팔자걸음의 구두굽 소리를 남기며 경찰서 복도를 걸어 나갔다.

3
거울 얼룩

1

오피스텔 복도는 깨끗했다. 열이틀 전 벌어진 사건과 관련된 흔적은 어디에도 남아 있지 않았다. 인권증진위원회 한윤서 조사관은 403호 문을 조금 지나쳐 발을 멈췄다. 윤서는 가방에서 사건기록철을 꺼내 당시 현장 사진이 있는 부분을 펼쳐 들었다.

"깨진 와인병 조각이 여길 중심으로 흩어져 있었고……."

바닥을 가리키며 중얼거리다가 윤서는 걸어온 방향을 향해 뒤돌아섰다.

"이 자리에서 피해자가 깨진 와인병 주둥이를 잡고 휘두르고 있었어요."

몇 발짝 뒤에서 따라오던 배홍태 조사관이 짝다리를 짚고 섰다. 그는 약간 가운데로 모여 개구리 같은 인상을 주는 눈을 이리저리 굴렸다. 윤서가 홍태를 가리켰다.

"배 조사관님 서 있는 자리에 피해자 최동룡의 친구, 이명대 씨가 있었죠. 부직포 밀대를 휘두르면서."

이어서 윤서는 미리 알아둔 도어락 비밀번호를 눌러 403호 문을 열어젖혔다.

"다른 친구 세 명은 열린 문 주변에서 서성이고 있었고요."

윤서는 순찰 경찰관이 현장에 도착했을 당시의 상황을 그려보고 있는 것이었다. 오피스텔은 복도를 사이에 두고 한편에 5호씩, 총 10가구가 늘어서 있는 구조였다. 복도에서 싸움이 벌어지자 이웃 세 명이 거의 동시에 112 신고를 했다. 밤 11시 25분경 정 경위와 채 경사가 도착했다. 복도에 나와 있던 다섯 명은 모두 대단히 취해 있었다. 그중 최동룡과 이명대가 각자 손에 든 물건을 휘두르며 대치하고 있었다. 둘은 서로 질세라 고성으로 욕설을 퍼부었다. 정 경위가 허리에 찬 총집에서 테이저건을 꺼내 안전핀을 풀고 전원을 켰다. 총구 밑 레이저 불빛이 점등되었다.

정 경위는 총구를 아래로 한 채 먼저 이명대에게 밀대를 내려놓으라고 소리쳤다. 이명대가 그제야 뒤를 돌아보았다. 뭐야, 어떤 새끼가 짭새 불렀어. 이명대가 밀대로 복도 벽을 쳤다. 착, 하는 날카로운 소리가 복도 통로를 울렸다. 정 경위가 테이저건을 들었다. 이건 전기충격기입니다. 내려놓지 않으면 격발하겠습니다. 정 경위는 그때까지 한 번도 테이저건을 쏴본 적이 없었고 당시에도 실제로 쏠 생각은 추호도 없었다고 말했다. 경찰 경력 24년, 50대의 노장은 경찰모를 벗어 손에 쥐고 확신을 담아 말했다. 바로 이틀 전, 인권위 조사실에서.

윤서는 눈을 가늘게 뜨고 상황묘사를 계속했다.

"정 경위가 테이저건을 겨누며 경고하자 최동룡과 이명대가 손에 든 것을 바닥에 내려놓았어요. 정 경위는 전원을 켠 상태 그대로 테이저건을 근무복 점퍼 주머니에 넣었죠. 채 경사가 모두를 향해 일단 집에 들어가서 얘기하자고 설득했어요."

윤서는 403호 현관으로 들어섰다.

"다들 먼저 들어가고 이명대와 정 경위가 마지막으로 들어가 던 중⋯⋯."

현관에 들어서자마자 정 경위가 술에 취해 비틀거리는 이명 대의 팔뚝을 잡았다. 이런 짭새 새끼가 어딜, 하고 욕설을 내 뱉으며 이명대가 오른쪽 팔꿈치로 정 경위의 왼쪽 얼굴을 쳤 다. 그 일격으로 정 경위는 코뼈에 금이 갔고, 문가에 쓰러져 한동안 일어나질 못했다.

"그 순간 적개심에 휩싸인 거죠. 그게 동기인 거지. 안 그래 요?"

따라 들어온 배홍태 조사관이 입을 열었다.

윤서는 피해자 최동룡의 집 현장을 둘러보았다. 현관 앞에 바로 거실이 있었고 왼편에 방이 하나 있었다. 거실과 이어진, 기역자로 꺾인 부분이 부엌이었다.

홍태가 카메라로 실내 구석구석을 찍기 시작했다. 현관문 왼 쪽에 45도 각도로 비스듬히 놓인 전신거울, 거실 오른쪽 벽면 을 차지하고 있는 책장, 거실 바닥에 하얀 락카로 그려진 표식.

윤서는 부엌 아일랜드 식탁 앞에 섰다. 그날 다섯 친구들이 먹고 마신 흔적이 어지럽게 남아 있었다. 갖가지 접시에 생선회와 치즈, 베이컨, 소스에 버무린 양상추 조각 등이 말라붙어 좋지 않은 냄새를 풍겼다. 줄지어 놓인 빈 와인병 사이에 문제의 로열 살루트 병도 보였다. 아일랜드 식탁 앞 바닥에는 와인병 하나가 금 간 채 쓰러져 있었다. 내용물이 남아 있는 와인병이 식탁에서 바닥으로 떨어진 모양이었다. 병 주둥이에서부터 흘러나온 와인이 바닥에 보라색 찌꺼기로 말라붙어 있었고, 그 중심에는 두루마리 화장지가 보라색으로 물든 채 우그러져 있었다.

"어디서 썩는 냄새 안 나요?"

와인병과 화장지 사진을 찍은 뒤 홍태가 코를 킁킁거렸다.

윤서는 가스레인지에 놓인 냄비의 뚜껑을 열었다. 찌개가 가장자리에 하얀 곰팡이를 피운 채 졸아붙어 있었다. 고춧가루를 뒤집어쓴 생선 대가리가 비죽 나와 있는 것을 보고 윤서는 얼른 냄비 뚜껑을 닫았다.

홍태가 가스레인지 옆 개수대 안쪽을 향해 셔터를 눌렀다.

"라이터 파편이 여기로 튀었네요."

과연 설거지거리를 담가놓은 물에 가스라이터의 부싯돌 부분과 노란색 플라스틱 파편 일부가 떠 있었다.

둘은 거실로 나갔다. 경찰서에서 자체조사를 하면서 사건 당시 인물들의 위치를 바닥에 하얀 락카로 표시해두었다. 윤서는 사건기록철에서 평면도를 찾았다.

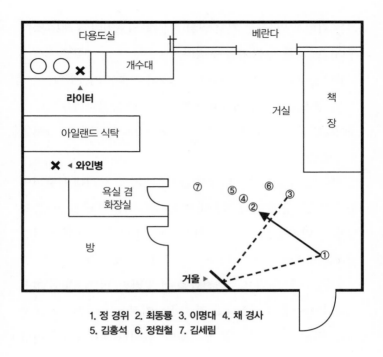

다용도실 베란다

개수대

▲
라이터

아일랜드 식탁

거실

책장

✖ ◀ 와인병

욕실 겸
화장실

⑦ ⑤ ④ ⑥ ③
②

방

거울 ▶

①

1. 정 경위 2. 최동룡 3. 이명대 4. 채 경사
5. 김홍석 6. 정원철 7. 김세림

"거실로 들어와서 이번엔 김홍석이란 친구와 피해자가 싸움이 붙었죠. 김홍석이 욕설을 하자 피해자가 김홍석의 턱을 치며 멱살을 잡았고, 채 경사가 둘 사이에 끼어들어 말렸어요. 이명대와 정원철도 그 주위를 둘러싸고 섰고. 김세림은 조금 떨어져서 지켜보았고요."

설명을 마친 윤서는 거실 책장 앞 이명대의 자리에 가서 섰다. 홍태에게는 정 경위 자리로 가라고 손짓했다.

홍태는 현관 쪽으로 가서 옆으로 비스듬히 드러누웠다. 시작하는 겁니까? 바닥을 짚고 천천히 몸을 일으키며 홍태는 점퍼 주머니에 손을 넣는 시늉을 했다.

윤서는 홍태의 행동에 맞춰 이명대의 진술을 떠올렸다.

"방 앞에 있는 전신거울을 통해서 똑똑히 봤다니까요."

이명대는 윤서의 얼굴이 마치 그 거울이라도 되는 양 윤서를 노려보았다.

"나이 든 경찰이 주머니에서 전기충격기 총을 꺼내 동룡이의 등을 조준하는 모습이 거울에 비쳤어요. 거울에 비친, 반쯤 하얗게 센 머리를 보고 그때서야 그 경찰이 나이가 꽤 많은 사람이라는 걸 알았어요. 코피를…… 흘리고 있었어요."

홍태는 주머니에서 휴대전화를 꺼내 권총처럼 손에 쥐었다. 피해자 최동룡이 있었다고 짐작되는 지점을 휴대전화로 조준하는 홍태의 모습이 거울에 비쳤다. 윤서의 머릿속에서 이명대의 진술이 계속되었다.

"그때 주방에서 뭔가 펑 하고 터지는 소리가 나서 반사적으로 고개를 돌렸죠. 그리고 다시 거울을 보는 순간 '딱, 딱' 하고 전기 튀는 소리와 함께 총알이 발사된 거예요."

부엌에서 난 소리는 가스레인지 옆에 놓아둔 라이터가 터지는 소리였을 것이다. 윤서가 부엌 쪽으로 고개를 돌렸다가 다시 거울을 바라봤을 때, 홍태가 입으로 '딱, 딱' 소리를 내며 총을 쏘는 시늉을 하고 있었다.

당시 발사된 테이저건 탐침 중 하나는 피해자의 목에 박히고, 다른 하나는 등 한복판에 박혔다. 심장과 가까운 부분이었다.

두 개의 탐침을 통해 5만 볼트의 고압전류가 피해자의 몸에 5초
간 흘렀다. 피해자는 그 자리에서 쓰러져 정신을 잃고 간질 환
자처럼 팔다리를 떨었다. 그리고 병원에 실려 가 8시간 만에 심
장마비로 사망했다. 국내 첫 테이저건 사망사건이었다.

"거울에 얼룩이 있었어요."

이명대가 말했었다. 사실이었다. 거울 위에서 3분의 1 정도
내려온 지점에 어른 주먹 크기의 불투명한 얼룩이 보였다. 풀
처럼 끈끈한 액체가 거울에 묻어 먼지와 함께 고착되어 생긴
얼룩 같았다. 이명대는 당시 경찰이 조준한 테이저건의 총구
가 그 얼룩에 겹쳐져 흐릿하게 비쳐 보인다고 했다.

윤서는 아토피 발진이 군데군데 돋아난 이마를 찡그렸다. 홍
태가 쥔 휴대전화 끄트머리가 거울 얼룩에 정확히 들어맞았다.

홍태는 무릎을 약간 굽힌 자세로 팔을 뻗어 가상의 목표물을
신중하게 조준하고 있었다.

"아닙니다, 조사관님. 오발입니다. 사고였어요."

이틀 전, 인권위 조사실에서 정 경위는 반백의 머리를 흔들
며 반복했다. 그는 사고 이후 직위해제 상태였지만 경찰 근무
복 차림으로 인권위에 출석했다. 경찰은 나름 자체조사를 마
친 상태였으나 인권위 조사결과에 따라 정 경위에 대한 징계
조치와 형사고발 여부를 결정하겠다고 했다. 일단 사실 여부
를 떠나 피해가 너무 중했다. 아마 그는 해임을 면치 못할 것
이다. 그가 경찰 신분을 유지할 수 있는지 여부는 더 이상 논

의의 대상도 되지 못했다.

고의로 쐈는가, 실수였는가.

그 판가름에 따라 그가 감당해야 할 형사처벌의 정도가 심각하게 달라질 것이었다. 조준사격이었는가, 오발사고였는가. 독직폭행치사인가 업무상과실치사인가.

"오발이었다고요?"

마주 보고 앉은 윤서가 물었다. 정 경위가 열심히 고개를 끄덕였다.

"네, 조사관님. 이명대란 청년에게 코를 맞고는 어찌나 아픈지 정신이 없었습니다."

말하며 정 경위는 코와 왼쪽 뺨에 퍼진 검푸른 멍에 손을 가져다 댔다.

"얼굴을 잡고 비틀비틀 일어나다가 주머니에 있던 테이저 건이 바닥에 떨어진 겁니다. 급히 줍는다는 것이…… 눈앞이 잘 안 보이고 정신도 멍한 상태에서 집어 올리다가 제가 그만 방아쇠를 눌러버렸나 봅니다. 돌아가신 청년과 유족에게 죄송스런 마음은 한이 없으나, 정당한 공무집행 과정에서 발생한……."

"왜 테이저건 전원을 안 끈 거예요?"

윤서의 옆에서 문답서를 기록하던 홍태가 정 경위의 말을 자르고 불쑥 끼어들었다.

"네?"

"집에 들어가기 전에 말이에요. 복도에서 상황이 일단락되었으면 말이에요. 테이저건 전원을 껐어야 하는 거 아닙니까?"

"저…… 저는 껐다고 생각했습니다. 사고가 일어나고 나서야 그게 계속 켜져 있었다는 걸 알았습니다. 진짭니다."

"여차하면 다시 사용하려고 일부러 켜둔 채 주머니에 넣은건 아니고요?"

홍태가 몰아붙였다. 담당 조사관인 윤서를 제치고 공격적으로 끼어드는 홍태가 마음에 들지 않았지만 윤서는 말을 아꼈다.

"아닙니다!"

정 경위가 소리쳤다. 당황스러움과 노여움이 담긴 말투였다.

"그럼 왜 안전하게 총집에 넣지 않고 주머니에 넣은 겁니까? 총집에서 꺼냈잖아요. 애초에. 허리에 찼죠? 총집!"

홍태가 목소리를 높였다. 조카뻘 되는 조사관에게 추궁당하는 정 경위의 얼굴이 심하게 일그러졌다.

윤서는 김세림의 자리로 갔다. 그날의 홍일점은 싸움으로 엉켜 있는 남자들 무리에서 한 발짝 떨어져 있었다. 김세림은 여전히 놀라 얼이 빠진 얼굴을 하고 손톱을 깨물며 참고인 진술을 했다. 김세림은 정 경위가 주머니에서 테이저건을 꺼내며 일어나는 모습을 봤다고 했다. 양손을 뻗어 최동룡의 등을 조준하고 쏘는 걸 보았다는 것이었다. 진술을 마쳤을 때, 거스러미를 물어뜯은 그녀의 손톱 주변에서 피가 배어 나오고 있었다.

다음은 김홍석의 자리. 김홍석은 당시 피해자와 서로 멱살을 잡고 드잡이를 했던 친구였다. 채 경사가 가운데서 두 친구를 뜯어내려 안간힘을 썼지만 만취한 30대 남자들의 힘은 대단했다. 세 남자가 거의 한 덩어리로 뭉쳐져 엎치락뒤치락했다. 등 뒤에서 뭔가 '펑!' 하고 터지는 소리가 들렸지만 김홍석은 돌아보지 못했다. 이어서 '딱' 하는 소리가 났다. 동시에 김홍석은 자기의 멱살을 틀어 쥔 손에 힘이 풀리는 것을 느꼈다. 최동룡이 허리를 꺾고 풀썩 쓰러졌다.

누군가 밑에서 시곗바늘이 내려오지 못하게 잡고 버틴 듯 시간이 매우 천천히 흘렀다고 김홍석은 말했다.

"동룡이가 총을 맞고 쓰러지는데도 전 무슨 일인지 알지도 못하고 계속 동룡이의 멱살을 잡고 있었고…… 동룡이가 입은 스웨터가 죽 늘어났어요."

두툼한 안경 너머 김홍석의 눈빛이 불안해 보였다.

"제일 먼저 모자가 보였어요. 독수리마크가 붙은 경찰모자…… 그다음엔 코피가 흐르는 경찰 아저씨의 얼굴이…… 그 밑으론 실이 튀어나온 테이저건의 총구가 보였어요."

테이저건은 탐침과 카트리지를 연결한 실이 풀리면서 발사된다. 김홍석은 총구와 피해자 몸에 박힌 탐침을 연결한 실을 본 것이었다. 총구는 정면을 향하고 있었다고 했다.

담배 냄새가 생각에 빠진 윤서의 신경을 건드렸다. 뒤를 돌아보고 윤서가 정색했다.

"배 조사관님. 여기, 사건 현장이에요."

"다 끝났잖아요. 한 대 핀다고 뭐 달라질 것도 없고."

심드렁하게 답하며 홍태는 창문 너머로 담뱃재를 털었다. 연기가 바람을 타고 실내에 솔솔 퍼졌다. 윤서는 홍태의 얼굴 앞에서 베란다 안쪽 창을 쾅 밀어 닫았다.

담배. 그리고 가스라이터.

그날 모인 친구들 중 김홍석만이 담배를 피웠다. 집주인 최동룡이 이웃에서 항의가 들어온다며 베란다에서 담배를 피우지 못하게 했다. 그래서 김홍석은 최동룡이 알려준 방법에 따라 가스레인지 후드를 켜고 그 밑에서 담배를 피웠고, 가스레인지 화구 바로 옆에 라이터를 놓았다. 역시 술에 취한 김세림이 옆에 라이터가 있는지도 모르고 횟집에서 받아온 매운탕 거리를 냄비에 넣고 팔팔 끓였다. 불 옆에서 서서히 달궈지던 가스라이터는 테이저건이 발사되기 직전 폭발했다.

펑.

홍태는 연이어 두 번째 담배를 피워 물었다. 국가기관의 인권침해를 감시하고 피해를 조사하여 구제하는 독립기관, 인권증진위원회에 들어온 지 6개월. 일은 충분히 익혔다고 생각하는데도 베테랑 조사관을 보고 배우라며 과장이 테이저건 사건 조사에 홍태를 끼워넣었다. 베테랑이라고는 하지만 한윤서 조사관도 경찰사건을 조사한 지는 겨우 1년 남짓 되었을 뿐이다. 그전에는 성희롱 사건 전문 조사관으로 평판이 꽤 좋았다 한다. 그러나 누가 봐도 뻔한 사건의 사실관계를 계속 곱씹는 윤서의 우유부단함에 홍태는 진작 질려버렸다. 강단도 배짱도 없는 소심쟁이. 단지 성격의 문제에 그친다면 다행이지만 이건 인권에 관한 시각의 문제야, 라고 생각하며 홍태는 씁쓸한 기분으로 마지막 연기를 내뿜었다.

"정원철 진술도 들어야겠는데…… 연락할 수 있는 방법을 다시 알아봐야겠어요."

윤서의 말에 홍태는 기가 막혔다.

"벌써 몇 번이나 물어봤잖아요. 그때마다 연락 안 되는 곳에 있다고 하지 않았나?"

"교사가 공무로 해외출장을 갔는데 연락이 안 된다는 게 사실 말이 안 되죠."

"마지막 한 명까지 얘기를 꼭 들어야 돼요? 참고인 세 명이 일치한 진술을 하는데? 이봐요, 한 조사관님. 이건 더 생각할 것도 없이 조준사격이라고요. 술 취한 젊은 놈들에게 욕 얻어먹고 얻어맞기까지 하니까 발끈해서 순간적으로 쏜 거라니까요. 설마 죽을 줄은 몰랐겠지. 위험하다 위험하다 해도 아직까지 테이저건 맞고 죽은 사람은 없었으니까."

홍태가 열을 올렸다.

"그래서 오히려 더 조준사격이라고 할 수 있는 거예요. 잠깐 혼나봐라, 하는 생각으로 일부러 목이랑 등에 쏜 거라니깐요. 가슴 위로 쏘면 안 되게 되어 있지만…… 몇 년 전에 쌍용차 제압할 때 봐요. 노조원 얼굴에 맞았는데도 안 죽었잖아요. 어, 이것 봐라. 얼굴에 쏴도 괜찮네, 한 거지."

"비약하지 좀 말고요."

윤서는 홍태와 눈을 마주치길 피하며 사건기록철을 가방에

154

집어넣었다.

"비약이요?"

"잘못하면 채 경사가 맞을 수도 있었어요."

윤서는 거실 바닥의 채 경사 자리 표식을 내려다보았다. 최동룡과 김홍석의 싸움을 말리던, 그들과 비슷한 나이의 경찰관.

"최동룡과 김홍석이 서로 멱살을 잡고, 그걸 뜯어말리는 채 경사도 그 힘에 휘말려서 이리저리 치이고 있었다고요. 잘못하면 동료인 채 경사가 맞을 수도 있었을 텐데, 그건 어떻게 생각해요?"

채 경사는 손바닥에 배어 나오는 땀을 연신 근무복 바지에 비벼 닦으며 안절부절못했다. 서른여섯 살. 피해자 최동룡을 비롯한 그날의 친구들보다 겨우 한 살 많은 나이였다.

"저는 정 경위님을 등지고 싸움을 말리고 있어 테이저건이 발사되는 상황을 못 봤습니다."

채 경사의 '못 봤다'는 그 말은 '제가 봤어야 하는데……' 하는 안타까움을 담고 있었다.

"하지만 오발인 게 확실합니다. 그 순간 테이저건을 쏠 이유도 없거니와 누군가를 조준할래야 조준할 수도 없는 상황이었습니다. 싸우는 두 친구 사이에서 저도 제 몸을 가눌 수가 없었는데 말입니다."

이어 채 경사는 정 경위의 평소 품성에 대해서 힘주어 반복했다. 정 경위님은 그렇게 막무가내인 분이 아닙니다. 평생을 모범적으로 경찰에 봉직하셨으며, 직원들에게도 싫은 소리 한 마디 못하시는 온화한 분이십니다.

하지만 품성이 과연 그날 무슨 일이 벌어진 건지에 대한 증명이 될 수 있을까. 고작 품성이? 주르륵 흘러나오는 코피를 닦으며 일어서는 순간, 평소 억눌러온 화가 폭발해서 눈이 뒤집혀버렸는지 아닌지 누가 알겠는가. 진실이란 것이 과연 사후에 알려면 알 수 있는 것인가, 하고 윤서는 회의적인 생각이 들었다.

"오발사고가 일어나자 가장 놀란 분이 정 경위님이셨습니다. 제가 피해자 등에 박힌 탐침을 뽑았고. 목에 박힌 것은 빼도 좋을지 어떨지 몰라…… 누군가 그 집에 있던 가위를 찾아 건네주기에 실만 자른 뒤 그대로 병원에 후송되도록 했습니다. 그때까지 정 경위님은 이러지도 저러지도 못하고 다리에 힘이 풀려 한쪽에 주저앉아 계셨습니다. 그래서 제가 문가에 떨어진 정 경위님 모자를 주워 손에 쥐어드리고 일으켜 세웠습니다……"

현장에 있었으면서도 결정적인 장면을 보지 못한 채 경사로서는 이외 달리 할 말이 없는 듯했다. 윤서는 생각했다.

당시 정 경위는 저 후배 경찰이 테이저건을 맞아도 좋다고 생각한 걸까? 단지 순간적인 분노를 발산하고 현장을 통제하기 위해서?

홍태는 전신거울을 향해 뚜벅뚜벅 걸어갔다.

"그럼, 한 조사관님은 지금 참고인 세 명이 다 거짓말을 한다고 생각하는 겁니까?"

윤서가 뭐라고 대꾸하기도 전에 홍태가 말을 이었다.

"없었던 일을 지어낼 거면 그냥 정 경위가 테이저건을 쏘는 모습을 봤다고만 했겠죠. 근데 당시 정 경위의 모습이 거울에 비쳤고, 테이저건 총구가 거울에 있는 얼룩에 겹쳤다고까지 말하잖아요. 실제 그 장면을 본 사람이 아니면 거울에 얼룩이 있다는 걸 어떻게 알았을 것이며 당시 정 경위 자리에서 최동룡에게 총을 겨누면 그게 얼룩에 겹쳐 보인다는 걸 어떻게 알았겠냐고요. 설마, 그 친구가 이 자리에 다시 와서 현장검증이라도 했겠냐고. 이건 어떻게 생각해요?"

윤서는 할 말을 잃었다. 인권위 조사관 경력이 허투루 쌓인 건 아니다. 윤서도 거짓으로 지어내서 하는 진술과 실제 있었던 사실에 대한 진술을 구별할 줄 알았다. 진실은 구체적이고 일관되며 당시 그 현장에 있었던 사람만이 경험할 수 있는 고유성을 담고 있다. 거울, 거울 얼룩, 독수리마크가 붙은 경찰모자, 얼굴에 흐르던 코피, 실이 늘어진 총구에 대한 기억은 상상으로 채울 수 있는 게 아니다. 윤서도 이 사건 참고인들이 늘어놓은 진술의 생생함을 부정할 수 없었다. 현장검증을 통해 확인한 상황도 진술과 모순되지 않았다.

그들은 진실을 말하고 있었다.

"이 친구들은 왜 싸운 걸까요?"

"네?"

홍태가 부리부리한 눈을 홉뜨며 반문했다.

"대학동창 다섯이 최동룡의 집에 모여 생일축하 파티를 했어요. 그들은 우범자도 조폭도 알코올중독자도 아니에요. 평균적이고 선량하다 할 수 있는 30대 남녀 다섯 명이 사이좋게 모여 술을 마시며 놀다가, 서로 죽이기라도 할 기세로 병까지 깨서 휘두르며 난리를 치고, 그래서 경찰이 출동하고, 경찰이 있는 자리에서도 또 멱살을 쥐고 싸울 만한 일이…… 뭐였을까요?"

"그게 중요해요?"

"한번 물어봐야겠어요."

"왜요? 뭐 때문에 싸웠는지에 따라 테이저건을 맞아도 싸다 아니다, 그런 게 결정되기라도 해요?"

윤서는 빈정거리는 홍태를 무시하고 등을 돌렸다. 현장검증이 종료되었다.

2

다음 날, 한윤서 조사관은 사무실에서 김세림의 전화를 받았다. 김세림은 조심스럽게 사건진행상황을 물었다. 지난번 찾아와 진술을 할 때보다 목소리가 많이 차분해져 있었다. 윤서의 기억대로라면 그녀는 미혼의 공기업 직원이었다. 부모가 자랑스러워하고 후배들이 선망할 법한 고학력 사무직 여성.

10여 년 전 대학 영화 비평 동아리의 홍일점이자 그날 파티의 홍일점.

통화를 하게 된 김에 윤서가 그날 친구들끼리 왜 싸우게 되었는지를 묻자 김세림은 당황했다. 왜 묻느냐고 따지고 싶은 것 같지는 않았다. 단지 어디서부터 어떻게 말해야 좋을지를 고민하는 듯했다.

"처음엔 다들 즐거웠는데…… 정말요. 웃고 떠들면서 재밌게 놀았어요. 동룡이 생일축하도 하고, 다음 달에 스페인 지사로 파견 나가는 것도 축하하고, 대학 시절 추억도 얘기하고. 그런데…… 동룡이가 자기자랑이 좀 심한 편이라서요. 홍석이가 많이 불편했던 모양이에요."

"김홍석 씨가요?"

최동룡은 국내 최고라고 하는 기업 본사에서 근무했다. 회사 내에서도 실적을 인정받는 축에 속했다고 한다. 동료보다 일찍 승진했고, 억대 연봉을 받았으며, 한 달 뒤에는 해외파견 근무가 예정되어 있었다. 능력이 있는 만큼 자신감도 넘쳤던 모양이다.

"각자 와인을 한두 병씩은 마셨을 땐데…… 다들 이미 취한 상태였어요. 동룡이가 '이건 안 꺼내려고 했는데 특별히 내놓는 거'라며 로열 살루트 38년산을 땄어요. 시가 170만 원짜리라더군요. 자기나 되니까 이런 게 집에 있는 거라며 거들먹대는데 순간 홍석이 얼굴빛이 확 변하던데요. 안 그래도 그날 유독 돈 자랑, 회사 자랑이 심해서 이제 좀 그만했으면, 생각하던 차였거든요."

"그걸로 김홍석 씨가 기분이 상했다고요?"

김세림이 수화기 너머로 작게 한숨을 쉬었다.

"홍석이가…… 걘 결혼도 했는데, 경제적인 상황이 좋질 않나봐요. 자꾸만 주식에 손을 대서 계속 실패를 하니까 말이에요. 벌써 4년인가 5년 전에 일인데, 홍석이가 동룡이가 권하는 주에 올인했다가 손해를 크게 본 일이 있었어요. 따지고 들면 동룡이 잘못도 아닌데 홍석이는 그 문제로 동룡이에게 내내 꼬여 있었거든요. 그게 현재 자기 상황을 이 지경으로 만든 원인이라도 된다는 듯."

"저기, 그런데요. 경찰이 출동했을 때 최동룡 씨와 싸우고 있던 사람은 이명대 씨였잖아요? 복도에서 밀대를 휘두르면서……."

"아, 그러니까…… 명대랑 홍석이가 동시에 박차고 일어나서 동룡이에게 덤벼들었어요. 아, 아니다. 홍석이가 먼저 주먹질을 했고, 명대도 같이…… 순식간에 일어난 일이었어요. 그러자 동룡이가 눈이 뒤집혀서 와인병을 들고 휘둘렀고요. 홍석이가 복도로 도망나간 거죠. 동룡이가 그런 홍석이를 쫓아나가니까 명대도 거실에 있던 밀대를 들고 따라 나갔고……. 그렇게 된 거예요."

윤서는 속으로 한숨을 쉬면서, 그러니까 이명대 씨는 왜 최동룡 씨에게 덤벼든 거냐고 물었다. 김세림은 바로 대답하기를 주저했다. 약간 시간이 흐른 후에야 저 때문이죠, 하고 어렵게 말을 이었다.

"제가 대학 때부터 만나는 남자친구가 있거든요. 동룡이가 그 친구에 대해 편견을 갖고 나쁘게 생각하는 부분이 있어요. 그날도 그런 식으로 자꾸 제 남자친구 흉을 봐서 저도 화가 나는데…… 그러다 보니 명대가 제 편을 들어준 거죠. 쉽게 말해서……."

그날 우린 너무 취했어요, 하고 말하며 김세림은 울먹였다. 다들 주량을 한참 넘기고도 로열 살루트 맛을 보겠다고 너도나도 마셔댔어요. 취하니까 국물을 먹고 싶다고들 해서 제가 매운탕을 불에 올려놨죠. 로열 살루트가, 그 독하고 무거운 향기가 그날 우리를 이상하게 만들었던 것 같아요. 마치 마약처럼.

김세림이 매운탕을 언급하자 윤서는 지난번 김세림에게 라이터 터지는 소리를 들었는지에 대해 질문하지 않았다는 걸 깨달았다. 들었어요, 윤서가 묻자 아직도 울음이 묻은 목소리로 김세림이 말했다.

"동룡이가 전기총에 맞기 직전에요. 부엌에서 펑, 하고 폭발하는 소리가 나서 고개를 돌렸어요. 뭐가 터진 건지는 그땐 몰랐지만…… 어쨌거나 터진 물건의 파편이 식탁 끄트머리에 있던 와인병에 튀었나봐요. 와인병이 흔들흔들하더니 바닥에 떨어져 굴렀어요. 안에 남아 있던 와인이—동룡이가 로열 살루트를 꺼내는 바람에 마시다 만 병이었나봐요—바닥으로 콸콸콸 쏟아지더군요. 그런데 또 식탁에 있던 두루마리 화장지가 식탁 끝에 걸려 까딱까딱 하더니 바닥에 쏟아진 와인 한

가운데로 툭 떨어지는 거예요. 휴지가 어쩜 그렇게 빨리 와인을 빨아들이던지. 휴지 전체가 금방 와인 색깔로 변해버렸어요……."

김세림과의 긴 통화를 마치고 윤서는 정원철이 근무하는 고등학교 교무실로 전화를 걸었다. 사건 다음 날 해외출장을 간다고 하며 사라진 친구. 고등학교 지리 교사. 윤서는 교감을 바꿔달라고 하여 이전과 같은 질문을 했고, 같은 대답을 들었다. 정원철의 출장지 연락처를 학교에서는 모른다는 말이었다. 교육청 차원에서 공문이 내려와 갑자기 시행된 출장이라며 교감은 알 수 없는 이유만 댔다.

"거, 왜 그런지 전 알 것 같네요."

한참 자리를 비웠다가 들어와 윤서의 통화를 엿들은 배홍태 조사관이 말했다.

"뭔데요?"

"수학능력시험 출제위원으로 뽑혀간 거예요!"

자신 있게 소리치는 홍태의 입에서 담배 냄새가 났다.

"제가 고등학생 때도 그런 적이 있었죠. 옆 반 담임인 국사가 10월달에 갑자기 출장 간다며 사라지고 대체교사가 왔어요. 나중에서야 그때 그 샘이 수능 출제위원으로 간 거라는 말이 돌지 뭐예요. 대충 그때쯤 교사가 출장 간다며 사라지면 그거래요. 학교에서도 짐작은 다 하지만, 누가 출제위원으로 선정되었는지는 본인도 그렇고 학교에서도 철저히 비밀로 해야 하기 때문에 둘러대는 거죠."

홍태는 가운데로 모인 커다란 눈을 뒤룩거리며 만족스럽게 웃었다. 영락없는 개구리상이었다. 이 친구도 교복을 입고 고등학교를 다니던 때가 있었단 말이지. 개구리를 닮은, 성질 급하고 정의감 투철하며 말 안 듣는 남학생.

"개구리 소년들이 살아 있었다면 대학에 갔을 것이다. 그러나 그들은 죽어서, 가고 싶어도 못 간다. 너희들은 살았으니까 대학 가라."

순간 고등학교 3학년 조회시간에 담임교사가 했던 말이 윤서의 머릿속에 선명하게 떠올랐다. 담임은 정수리가 훤하게 빛나는 대머리에 늘 똑같은 표정을 한 중년 남자였는데, 인생의 목표가 대학 입학에 있다는 것을 조금도 의심하지 않는 사람이었다. 개구리 소년의 유골이 11년 만에 발견된 다음 날, 여고생들은 아침부터 그 사건을 입에 올리며 수군거렸다. 사건 당시 연인원 30만 명을 동원하여 이 잡듯이 뒤진 산에서 시신을 발견하지 못했다는 게 말이 되는지, 소년 다섯 명이 한꺼번에 저체온증으로 죽은 것 같다는 경찰의 발표는 믿을 만한지, 네가 생각하기에 범인은 누구 같은지 반 친구들은 삼삼오오 머리를 맞대고 각자의 추리를 늘어놓았다. 유난히 호기심이 많았던 윤서의 짝꿍이 빠른 입으로 조잘거리며 화제를 이끌었다. 개 이름이 뭐였더라? 윤서는 생각했다. 당시 여고생 한윤서는 아토피 증상도 없었더랬지. 윤서는 젖살이 통통하고 매끈한 여고 때 제 얼굴을 상상했다. 프릴이 달린 교복 블라우스는 지금 생각해도 윤서에게 어울리지 않았다. 출석부와 교무수첩을 옆구리에 끼고 조회를 하러 들어온 담임이 곳곳에서 벌어지는 학생들의 수다 내용을 짐작하고 일갈했다. 대한민국 범죄사에 길이 남을 비극적 사건과 세속적인 대학입시를 연계시키는 담임의 발언은 너무나 어이없어 기억에 남았다. '치, 재수 없어.' 윤서의 짝꿍이 뇌까리며 입을 비죽거렸더랬다. 이 모든 게 영화의 한 장면처럼 윤서의 머릿속에 펼쳐졌다가 막을 내렸다.

윤서는 탁상달력을 보았다. 대학수학능력시험은 앞으로 3주 후에 치러질 예정이었다. 정원철이 출제위원으로 뽑혀가 외부와의 소통이 단절된 극비의 장소에 갇혀 있는 것이 사실이라면 그의 진술을 듣기 위해서는 3주를 기다려야 했다.

3

김홍석은 본래 최동룡을 제외한 나머지 네 명이 자주 만나왔고, 최동룡과는 최근에 같이 어울리게 되었다고 말했다. 다른 동창의 결혼식에서 만난 것을 계기로 최동룡이 친구 네 명의 무리에 새로이 끼어들었다는 것이다. 그런데 정들자마자 이별이라고 최동룡이 한 달 후 스페인으로 파견근무를 가게 되었고 마침 생일도 다가와 집으로 네 친구들을 초대한 것이었다.

"그러다 보니 동룡이는 우리 넷이 친한 것만큼 우리랑 안 친했던 거죠. 대학 때 생각만 하고. 친한 친구일수록 더 지켜줘야 하는 어떤 선이란 게 있거든요?"

김홍석이 두꺼운 안경알을 밀어 올리며 말했다. 인권위에서 가까운 회사에 근무하는 그는 윤서의 전화를 받고 직접 만나서 얘기하겠다며 퇴근 후 인권위로 왔다.

"세림이의 경우가 그런 건데…… 세림이 만나보셨죠? 똑똑한 애가 이상하게 남자 문제에만 가면 그렇질 않아서. 대학 때부터 만나는 애가 있는데 아주 저질이에요. 우린 다 알죠. 겉으로는 꿈과 낭만으로 사는 예술가인 척하고 다니는데 실제는 허풍쟁이 사기꾼이에요. 10년째 영화판 주변을 기웃거리면서 매년 영화감독 입봉하는 척 사기 치고 그걸로 여자 꼬셔서 돈 뜯어먹고 산다니까요. 하지만 우리는 이제 그놈에 대해서 세림이에게 말해봤자 서로 기분만 나쁘고 소용없다는 걸 알거든요. 그런데 동룡이가 그날 자꾸 그 문제를 건드리데요."

김홍석의 말이 사실이라고 해도 별반 놀랍지는 않았다. 윤서도 형편없는 남자에게 빠져 진실을 외면한 채 끌려다니는 헛똑똑이 여자들을 몇 알고 있었다.

"그런데 동룡이가 명대까지 걸고넘어지면서…… 명대가 세림이를 좋아하거든요. 그것도 우리 다 아는 사실인데…… 동룡이 이놈이 세림이에게 '만나려면 우리 명대 같은 남자를 만나야지' 하면서…… 세림이와 명대를 엮어서 한꺼번에 비참하게 만들었다고 해야 하나? 그래서 명대가 주먹이 나가버린 거죠. 저랑 동시에."

하지만 취하지 않았다면 모두들 그러지 않았을 거라고 김홍석은 말했다. 대학 시절에도 서로 주먹다툼을 한 적이 없었는데 그날은 왜 그랬을까, 하고 중얼거리는 김홍석의 얼굴엔 깊은 후회가 담겨 있었다.

역시 로열 살루트 때문이었을까. 그날 친구들이 무너진 이유.

"정원철 씨와는 연락이 되나요? 제가 여태 그분만 만나 뵙질 못했는데요."

윤서가 물었다.

"아…… 원철이는 그전부터 모임 다음 날 해외연수를 가야 한다고 말했어요. 사고 나고 우리 모두 병원에 모여 있는데, 아직 동룡이가 어떻게 될지 모르는 상황이었거든요. 새벽 4시쯤인가 원철이가 정말 미안한데 가봐야 한다며 병원을 떴죠. 그 뒤엔 동룡이 장례식장에 제 마누라 보내 부조만 하고 연락이 없네요. 면목이 없어서 그런지……. 우리도 슬슬 이상하게 생각하고 있었어요. 선생이라 꽉 막혀서 그렇지 매정한 놈은 아닌데."

김홍석은 어깨를 떨구고 돌아갔다. 동룡이를 그렇게 만든 경찰에게 마땅한 처분을 내려달라는 부탁을 남기고. 그렇다고 최동룡이 다시 살아날 수 있는 건 아니지만.

조사국 입구 쪽에서 떠들썩한 남자들의 수다가 들렸다. 저녁 겸 반주를 걸친 조사관들이 들어오고 있었다. 그 가운데 붉게 달아오른 개구리 같은 얼굴도 있었다.

"아이쿠! 한 조사관님!"

윤서의 옆자리 의자에 털썩 앉으며 홍태가 너스레를 떨었다. 윤서의 자리까지 술 냄새가 진동했다.

어디가나 술, 술이 문제였다.

"우리 훌륭하신 한 조사관님! 사람들이 저에게 한윤서 조사관님 어떠냐고 다들 물어보는 거예요. 제가 정말 선배님께 많이 배우고 있다고. 꺼억…… 아이고, 그저 제가 부족할 뿐이죠, 했죠. 옛날 성희롱 사건을 가장한 불법사찰 폭로 사건에서의 활약도 들었어요. 근데 그거 진술인들이 거짓말하는 거 뻔히 알면서도 일부러 모른 척한 거예요, 뭐예요? 사람들 추측이 다 다른데?"

윤서는 턱을 괴고 있던 손을 끌어올려 코를 막았다. 홍태는 뭐가 좋은지 계속 히죽거리며 요란스럽게 자리정리를 했다. 김홍석이 업무시간 이후에 찾아온 터라 홍태에겐 조사에 참여하라 마라 아무 얘기를 안 했더니 그 시간에 기껏 술이나 먹으며 다른 직원들과 윤서에 대해 수군거린 모양이었다.

"테이저건 사건 보고 계시네?"

홍태가 어느새 윤서의 책상 위를 힐끗 넘겨보고는 말했다.

"헤헤헤. 그거, 국 끓여요? 넘치겠는데? 하하, 한번 자알 만들어보세요. 네네."

"술 마셨으면 들어가세요."

윤서가 차갑게 내뱉었다.

홍태가 가방을 들고 일어서려다 말고 다시 자리에 앉았다. 책상 위로 얇은 서류가방을 내던지는 홍태의 숨소리가 거칠었다.

"뭐 잘못 생각하고 계신 건 아닌가 조심스럽게 말을 해봅니다만?"

홍태가 장난기를 싹 거둬낸 얼굴로 말했다. 윤서는 쥐고 있던 연필을 놓았다. 올 게 온 건가.

"뭐죠?"

"한윤서 조사관님은 다 좋은데 사회적 약자에 대한 감수성은 좀 부족하신 게 아닌가 하는 생각이 들거든요?"

윤서는 뒷목에 돋아난 아토피 발진이 가려웠지만 참았다. 대화하며 몸을 긁다가 버릇없다는 오해를 많이 받았기 때문이다.

"인권위는 수사기관이나 법원처럼 엄격한 증거가 필요한 곳은 아니잖아요? 약자의 편에서 상당한 정도의 증거만 있으면 인권침해라는 판단을 팍팍 내려줘야지. 입증해라, 입증해라. 이것도 권력이라고. 약자의 편을 들어주고 싶지 않을 때 객관적인 잣대를 들이대는 척하면서 내미는 핑계 아닌가?"

윤서는 당장 대꾸를 못 하고 듣고만 있었다. '그런데 이 새끼는 나보다 공무원 경력도 한참 아래고 나이도 두 살이나 어린게 왜 자꾸 반말이지?'라는 생각만 할 뿐.

"여성 조사관님이라 그런 건가……. 내가 아무리 이해를 하려고 해도. 아, 아니지. 이거 성차별이지? 취소, 취소. 큰일 날뻔했네. 인권위에서."

"……."

"뭐가 됐거나 정 경위가 인간적으로 딱해서 그래요, 지금? 그렇게 파편화된 개인으로 보면 안 되지. 정 경위는 경찰이에요. 공권력이라고요. 공권력에 의해 개인이 희생당했을 때, 우리는 나약한 개인의 손을 들어주는 기관 아닌가? 난 그렇게 알고 들어왔는데."

"그럼 내가 지금 경찰 편을 들고 있다고요? 그렇게 보여요?"

윤서도 드디어 화가 났다.

"전 누구 편도 아니에요. 사실을 조사할 뿐이죠. 사실이란 게 누구 편을 드느냐에 따라 달라지는 건가요?"

"에엥? 달라지지!"

홍태가 윤서에게 얼굴을 들이밀며 눈을 부릅떴다.

"누구 편을 드느냐에 따라 보이는 것도 안 본 걸로 하고 싶어지고, 잘 안 보이는 것도 볼 수 있게 되는 거 아닌가? 뻔히 보이는 것도 충분하지 않다고 느껴져서 막 삽질하게 되고."

"그래요?"

"쳇. 그만둡시다."

홍태가 피식 웃으며 콧방귀를 뀌었다. 그는 다시 가방을 쥐고 일어나 외투를 여몄다. 그리고 혼잣말인 척 중얼거렸다. 자신 없으면 이 일 그만둬야지. 성희롱 사건이나 계속하든가, 하고 홍태가 구둣발 소리를 내며 몇 발짝 걸어 나갔을 때였다.

"졸라 깝치네, 개새끼."

홍태가 자기 귀를 의심하며 뒤를 돌아보았다. 분명 한윤서의 목소리였다. 윤서는 책상에 고개를 묻고 사건기록철을 들여다보고 있었다.

"······라고 이명대가 말했다네요."

홍태가 입을 벌렸지만 할 말을 빨리 찾지 못하고 헉, 소리만 냈다. 홍태의 왕방울만 한 눈이 튀어나올 듯 커졌다. 윤서가 또 소리쳤다.

"에라이 좆만 한 새끼가 어디서 이래라저래라야!"

"지금 뭐라……."

"라고도 했대요. 이명대가 정 경위에게. 서른다섯 살이 쉰두 살에게."

윤서는 이명대의 참고인 문답서를 뒤적이며 고개를 들었다.

"하지만 정 경위가 그렇게 나이가 많은 경찰인지 진작 알았다면 아무리 취했어도 그런 욕은 안 했을 거라네요. 처음엔 모자를 쓰고 있어서 그런지 나이를 잘 몰랐대요. 최동룡에게 테이저건을 조준하는 정 경위의 모습을 거울을 통해 봤을 때에야 이명대는 '아, 저 경찰이 나이가 많구나' 생각했더랍니다."

말하며 윤서는 결국 견디지 못하고 목 뒤의 발진을 긁었다.

"거울에 비친 반백의 머리를 보고 말이에요……."

4

수학능력시험 종료시각인 오후 5시를 지나기 무섭게 도로가 혼잡해졌다. 당장의 해방감에 들뜬 얼굴들이 신호가 바뀌는 것도 무시하고 건널목을 점령했다. 홍태가 욕이라도 퍼부을 기세로 조수석 창을 내렸다. 급할 것 없잖아요, 하고 윤서가 운전석 옆 장치를 조작하여 창을 닫았다. 라디오나 들으며 느긋하게 가요. 윤서가 라디오를 켜자 홍태가 한숨을 쉬며 의자에 깊게 몸을 묻었다.

수학능력시험 출제위원들은 시험 종료와 동시에 합숙에서 해방되어 집으로 돌아오고 있을 것이다. 올해 합숙소는 강원도 모처라고 알려져 있었다. 못해도 두어 시간은 더 걸릴 것이니 조바심 낼 필요가 없었다.

한 달 남짓 외부와의 연락이 철저히 차단된 곳에 갇혀서 가족도 못 만나다가 풀려나 처음 만나는 사람이 인권위 조사관이라면 기분이 어떨까. 단 하루의 여유도 두지 않고 굳이 오늘 정원철의 집을 찾아가는 마당에서야 윤서는 정원철의 입장을 생각했다. 정원철은 최동룡의 생사여부도 모르고 약속된 합숙소에 들어갔을 것이다. 그곳에서도 텔레비전이나 신문은 볼 수 있다고 들었다. 언론을 통해 정원철도 테이저건 사망 사건의 소식은 접했겠지.

"도대체 뭘 기대하는 거예요? 왜 꼭 오늘 당장 가야 한다는 건지, 원……."

홍태가 투덜거렸다.

자동차 창문에 뿌옇게 김이 서렸다. 윤서는 히터를 끄고 운전석 창문을 조금 내렸다.

"다른 친구들과 기억을 맞추기 전에 가자구요. 지금 정원철은 백지상태예요. 그날 새벽 바로 합숙소에 들어갔고 친구들과 이 사건에 대해 얘기한 적이 없을 테니까."

"그러니까, 정원철의 기억은 뭔가 다를 거라고 기대하는 이유라도 있냐고요."

이유, 이유라.

정원철이 제발 그 장면을 보았다고 말해주기를. 윤서는 애가 탔다. 정원철이 그날 테이저건이 발사되는 장면을 보았다면, 사실을 말해줄 수 있을 것이다. 그가 알고 있는 것이 때 묻지 않은 진짜 진실이겠지.

"참고인들 간에 미묘하게 진술이 일치하지 않는 부분이 있어요."

옆 차선 차량의 급작스러운 끼어들기를 허용하며 윤서가 중얼거렸다. 홍태가 운전석 쪽으로 고개를 돌렸다.

"예?"

"모자예요, 모자."

말을 내뱉고는 윤서는 잠시 뜸을 들였다. 홍태가 이마를 찌푸렸다.

"모자가 왜요?"

"이명대 말이에요. 거울에 비친 정 경위의 모습을 보았을 때, 그 반백의 머리를 보고서야 정 경위가 나이 많은 중년의 경찰이라는 걸 알았다고 했잖아요."

"그런데요?"

윤서는 신호를 기다리며 핸들을 쥔 양 손등 위로 턱을 괴었다.

"김홍석은 멱살을 잡고 싸우던 최동룡이 쓰러지면서, 맞은 편에서 테이저건을 겨누고 있는 정 경위의 모습을 보았다고 했어요. 총구에서부터 탐침과 연결된 실이 나와 늘어져 있었고요. 시간이 천천히 흐르는 듯한 착각이 들면서 처음 보였던 건…… 독수리 마크가 그려진 경찰모자, 그리고 코피를 흘리는 정 경위의 얼굴……이었다고 했죠."

홍태가 미심쩍은 얼굴로 눈을 끔뻑거렸다. 윤서가 계속 말했다.

"이명대가 거울을 통해 본 정 경위는 모자를 쓰지 않은 맨머리였고, 김홍석이 본 정 경위는 모자를 쓰고 있었어요."

홍태가 끙, 하는 소리를 내고는 대꾸했다.

"겨우 그것 때문에요? 겨우 그거 때문에 말이 안 맞는다고?"

"정 경위의 모자는 언제 벗겨졌을까요?"

"……."

"정 경위의 모자는 당시 벗겨져 있었던 게 맞는 거 같아요. 사고 이후 채 경사가 바닥에 떨어져 있는 모자를 주워 정 경위에게 쥐어주었다고 했거든요. 아마도…… 집에 들어가면서 이명대가 팔꿈치로 정 경위의 얼굴을 쳐서 정 경위가 쓰러졌던 그때 벗겨졌던 게 아닐까 싶은데요."

그리고 그때, 이명대는 정 경위의 맨머리를 보았을 것이다. 마구 욕지거리를 퍼부으며 폭행까지 했던 대상이 삼촌뻘의 중년 경찰이라는 걸 알고 순간 흠칫했던 건 아닐까. 반면 집에 들어서자마자 최동룡과 멱살을 쥐고 싸우기 시작한 김홍석은 정 경위의 모자가 벗겨지는 모습을 볼 기회가 없었을 것이다.

홍태가 개구리 같은 눈을 뒤룩거리다가 금세 응수했다.

"확실히 말이 안 맞는 건 맞네……. 하지만 그게 전체 사실을 뒤집을 만한 거냐구요. 김홍석 혼자 착각한 거라고 하면요? 이명대는 제대로 본 거고."

둘은 한동안 침묵을 지켰다.

거울 얼룩.

윤서는 총구에 겹쳐 비쳤다던 거울 얼룩을 떠올렸다. 그 진술의 생생함에 비해 모자와 관련한 진술의 불일치는 사소한 문제라 할 수도 있었다. 그러나…….

"또 하나……."

윤서가 작은 목소리로 말을 이으려던 차였다.

"이 노래 부른 가수 사건, 알죠?"

홍태가 라디오에서 흘러나오는 노래의 리듬에 맞춰 고개를 까딱거리며 물었다. 라디오 디제이는 90년대 전설적인 힙합 듀오였던 모 댄스 그룹이 올해로 데뷔 22주년을 맞았다는 설명과 함께 노래를 틀었다. 듀오 중 한 명은 오래전 죽었다. 그의 여자친구가 살인죄로 재판을 받았으나 무죄로 풀려났고 사건은 미궁에 빠졌다.

"법원이 어떤 논리로 무죄를 때렸는지 알아요?"

홍태가 얼굴 가득 비웃는 표정을 짓고 팔짱을 꼈다.

"사망원인은 틸레타민과 졸라제팜이라는 약물에 의한 중독사로 밝혀졌거든요. 여자친구가 가수가 죽기 수개월 전 자신의 개를 안락사 시킨다는 명목으로 졸레틸이라는 동물마취약을 구입했고요. 사건이 일어나자 동물병원 의사를 찾아가 자

174

기가 졸레틸을 구입한 사실을 비밀로 해달라고 말하기까지 했어요. 그 졸레틸이 바로 틸레타민과 졸라제팜의 혼합물이에요. 죽기 전날 가수는 함께 있던 스태프들이 하나둘씩 방으로 자러 들어간 뒤 호텔 거실에 여자 친구와 단둘이 남았죠. 다음날, 여자 친구는 사라지고 없었고 가수는 죽었고."

한강 다리로 들어가는 입구가 심하게 막혔다. 윤서는 아예 기어를 중립에 놓고 홍태의 얘기에 귀를 기울였다.

"근데요. 여자 친구가 구입한 졸레틸 한 병으로는 사람을 죽일 수가 없다는 거예요. 여자 친구가 샀다고 알려진 그 한 병이외에 졸레틸을 더 구입했다는 증거는 없지 않느냐. 하! 말이 돼요? 그렇게 따지면 졸레틸을 더 안 샀다는 증거도 없는 거야. 그게 재판하는 놈들이 사실을 판단하는 태도라니까."

죽은 가수의 노래가 끝났다. 한강 다리는 주차장이나 다름없었다. 싫든 좋든 대화를 할 수밖에 없는 상황이었다. 윤서가 입을 열었다.

"양날의 검이에요."

"네?"

"증거주의 말이에요. 증거 중에서도 진술보다는 물적 증거를 우선하는 거. 범인을 놓치기도 하지만 억울한 사람을 살리기도 하죠. 진술이니 정황이니 이런 것들이 감쪽같이 사람을 현혹시키거든요. 때로는."

윤서는 계속 부루퉁한 표정으로 있는 홍태를 힐끗 보며 물었다.

"포도밭 사건 알아요?"

"포도밭 사건?"

윤서는 앞 창문에 서리는 김을 와이퍼로 닦아냈다.

"벌써 10년은 지난 사건 같은데…… 한 시골 마을에서 엄마 찾으러 간다고 포도밭에 간 여중생이 실종됐죠. 경찰은 피해 자의 열 살짜리 여동생으로부터, 큰언니와 엄마가 피해자, 그 러니까 작은언니를 방에서 죽여 차에 싣고 나갔다는 진술을 들었어요."

"헐……."

"여덟 살짜리 남동생도 똑같은 진술을 했고요. 당시 고등학 교 3학년이었던 큰언니도 자기가 동생과 말다툼하다가 동생을 떠밀어서 죽였고, 부모님이 시체를 숨겼다고 자백했죠."

"이야기가 어떻게 진행되는 거죠?"

윤서는 살짝 웃었다.

"엄마는 범행을 부인했어요. 말도 안 된다고 팔짝팔짝 뛰면 서."

그러나 경찰은 가족에 의한 사체유기 사건일 가능성에 무게 를 두고 더욱 강하게 엄마를 추궁했다.

"여중생은 실종 20일 만에 살아서 집으로 돌아왔어요."

"……예?"

여중생은 그간 납치되어 범인의 집에 감금되어 있다가 범 인이 잡히며 풀려난 것이었다. 이것으로 당초 벌어진 적도 없 었던 존속살해 및 사체유기 사건은 막을 내렸다고 윤서는 말했다.

"세 남매는 모두 동생 또는 언니가 이미 이러저러하게 진술했다는 경찰의 말을 듣고 같은 진술을 했던 거래요. 경찰이 유도하는 대로. 피해자가 살아서 돌아오지 않았다면 엄마까지 범행을 인정했을지도 몰라요. 세 아이가 다 내가 했다고 말하는데, 기억을 못 해서 그렇지 정말 내가 그 일을 한 건 아닐까. 이런 생각을 하게 되었을지 모르죠."

대화는 자연스럽게 대한민국의 대표적인 미제사건들을 거론하는 것으로 이어졌다. 윤서나 홍태 모두 범죄사에 대한 적지 않은 흥미와 지식을 갖고 있었다. 화성 연쇄살인사건, 이형호 군 유괴살인사건, 오대양 집단자살사건, 치과의사 모녀 살인사건. 그리고 개구리 소년 살인사건. 국가가 밝혀내지 못한 죽음. 아무도 책임지지 않았던 죽음들. 범죄 피해자의 인권에 대하여.

정체 구간을 지나 차는 정원철의 집 인근에 다다랐다. 윤서는 개구리 소년 사건과 관련하여 얼마 전 떠올렸던 고3 때 담임의 일화를 얘기했다. 개구리 소년들이 죽어서 못 간 대학을 너희들은 살아 있으니 가라는 그 비좁고 천박한 세계관. 마침 오늘은 대학수학능력시험 날이었다.

"한 조사관님."

옆에서 듣고 있던 홍태가 코를 긁적이며 윤서를 불렀다.

"네?"

"중고딩 때 1년 꿀었어요?"

"네에?"

"저보다 두 살 위라고 하지 않으셨나. 그럼 02학번인데?"

맞는데요, 하고 윤서는 고개를 끄덕였다. 윤서가 대학에 입학했던 해, 2002년도를 어떻게 잊을 수 있을까. 붉은 티셔츠와 태극기, 군중의 함성이 광장과 골목을 뒤덮었던 그해. 오 필승 코리아.

홍태는 스마트폰으로 무언가를 빠르게 검색했다.

"근데 왜 뻥쳐요. 개구리 소년 유골이 발견된 건 2002년 9월 26일인데. 한 조사관님 대학교 1학년 때라고요."

"아니…… 분명 고3 때 우리 담임이……."

그날의 풍경이 다시금 생생하게 머릿속에 떠오르면서 윤서는 당황했다. 홍태는 계속 궁시렁거렸다. 월드컵 열린 해에 개구리 소년 발견됐다고 내가 분명히 알고 있구만, 웬 개뻥이래. 코트 주머니에 휴대전화를 넣으려던 홍태의 몸이 순간 앞으로 확 쏠렸다.

"아이쿠쿠!"

안전벨트를 안 했다면 홍태는 대시보드에 머리를 박을 뻔했다. 교차로 신호가 바뀌는 것을 뒤늦게 본 윤서가 급정거를 한 것이었다.

"아이씨. 뭐야. 운전 내가 해요?"

윤서는 귀신이라도 본 듯한 얼굴이었다.

"어떻게 된 거지? 분명히 기억……. 그게 고3 때가 아니라고?"

"기억이 사람을 현혹시킨다면서요. 아까는."

홍태가 투덜댔다.

"왜? 말은 그렇게 했어도 막상 자기 일이 되니까 놀라워요?"

5

두 조사관은 정원철의 아파트 앞 지상주차장에 차를 세워놓고 앉아 하염없이 입구 쪽을 바라보았다.

제발 정원철이 그 장면을 보았기를.

그러나 윤서는 정작 자신이 무엇을 기대하고 있는 것인지 알 수가 없었다. 만약 정원철이 친구들과 다른 진술을 한다고 해도 뭘 어쩔 것인가. 정원철의 진술 하나가, 지금까지 쌓아온 사실을 뒤집을 수 있을까. 자신이 다른 참고인들을 납득시킬 수 있을까. 윤서는 두려웠다.

사실 인권위 조사관이라는 역할이 윤서는 늘 두려웠다. 빨리 다른 일을 찾고 싶었다. 이 일은 지금 옆에 있는 배홍태 같은 사람이 더 잘 맞았다. 국가가 너무나 많은 권력을 가지고 남용해왔던 시절부터 쌓인 힘과 관행 때문에 인권침해가 발생하는 거라면, 이것을 고치기 위해서는 반대쪽으로 기울어진 힘의 의지가 필요한 것 아닐까. 이왕이면 약자의 편, 국민의 편을 들어주는 독단과 배짱이 인권위에 필요한 균형 감각이 아닐까. 중립을 표방하는 소심한 논리는 기울어진 미끄럼틀의 가운데에 안전하게 머물겠다는 비겁한 태도가 아닐까. 자신에 대한 의심과 함께 끊임없이 돋아나는 아토피 발진이 수년간 윤서를 괴롭혔다. 즐겁게 할 만한 다른 일이 있을 텐데, 하고 윤서는 생각하고 또 생각했다.

하지만 불행히도 윤서는 관심이 쏠리는 분야의 일들에 대부분 서툴렀다. 그리고 이 일을 얼마나 싫어하고 두려워하는지와 상관없이 윤서는 이 일을 잘했다.

"정원철 씨!"

저 멀리서 캐리어를 끌고 오는 깡마른 남자를 발견하고는 홍태가 소리쳤다. 동시에 조수석 문을 열고 한쪽 발을 뺐다.

캐리어 남자가 발을 멈추고 고개를 빼며 손차양을 쳤다. 성질 급한 홍태가 두 팔을 출렁출렁 저으며 정원철을 향해 내달렸다. 그 뒤로 윤서도 뛰었다.

"안 그래도 집에 돌아가면 인권위에서 부를 수도 있겠다고 생각했지만, 이렇게 바로요?"

지리 교사의 얼굴에 당혹감이 어렸다. 숱이 적은 머리에 굵은 뿔테 안경. 점잖은 학자 타입의 인상이었다. 고등학교 교사로서 수능시험 출제위원으로 선발될 정도면 실력은 어지간할 터였다. 잠깐만 밖에서 기다려주세요, 하고 정원철은 집으로 들어가 짐을 놓고 나왔다. 43일 만에 만난 가족과는 겨우 돌아왔다는 표시만 할 수 있었을 것이다.

"먼저 동룡이 집에 조문부터 가려고 했는데……. 사람 할 도리를 못 해서……."

동네 커피 전문점으로 앞장서 자리를 잡고 앉자마자 정원철은 한숨부터 토했다.

그날, 친구들이 최동룡의 집으로 모이게 된 시점부터 테이저건이 발사되기 전까지 벌어졌던 일에 대한 정원철의 진술은 다른 친구들의 얘기와 별반 다를 게 없었다. 만취한 친구들끼리 주먹다툼이 벌어지면서 술자리는 엉망이 되었다. 경찰이 출동하여 겨우 수습된다 싶었는데, 최동룡과 김홍석이 서로 멱살을 틀어쥐고 다시 싸우기 시작했다. 정원철은 채 경사, 이명대와 함께 싸우는 두 사람을 둘러싸고 되는대로 말렸다. 술에 취해 비칠거리면서. 그저 이 상황이 빨리 끝나길 바라면서. 누구라도 좋으니 쟤들을 좀 떼어내길 바라면서. 경찰들은 파출소로 돌아가고, 친구들도 모두 각자의 집에 돌아가 편안하게 술이 깨게 되길 고대하면서.

"그러다가 동룡이가 풀썩 쓰러져버린 거예요. '따닥' 하는 소리가 나고 바로."

말하는 정원철의 얼굴이 일그러졌다.

"처음엔 홍석이가 때려서 쓰러진 줄 알았어요. 그런데 동룡이가 바닥에서 눈을 까뒤집고 몸을 부들부들 떠는 거예요. 얘가 왜 이럴까, 하고 보니 목에 쇠로 된 바늘이 박혀 있었어요."

윤서는 실망감을 감추지 못했다.

"못 보셨군요."

"네?"

정원철이 반문했다. 홍태가 옆에서 크흠, 하는 소리를 내더니 말했다.

"테이저건이 발사되는 장면은 못 보신 거죠? 그러니까, 그 경찰이 일부러 쐈는지, 실수로 그런 건지 모르시는?"

정원철은 예상치 못한 문제를 만난 학생처럼 움찔했다.

"네······. 저는 못 봤습니다."

윤서는 저도 모르게 한숨을 쉬고 탁자 끝에 눈길을 주었다. 홍태는 커피를 죽 들이켜고는 담배가 든 주머니에 손을 넣으며 유리칸막이가 쳐진 흡연석 쪽을 기웃거렸다.

셋 사이에 어색한 침묵이 흘렀다.

"그게 중요한가요?"

정원철이 두 조사관을 번갈아 바라보다가 입을 떼었다.

"그 부분이 이 사건의 큰 쟁점이거든요. 경찰은 실수로 발사된 거라고 하고, 친구분들은 아니라고 하고."

윤서가 말했다. 정원철이 눈을 크게 뜨고 의아함을 가득 품은 목소리로 질문을 던졌다.

"친구들이요? 경찰이 동룡이를 일부로 쐈다고 했다고요?"

"그렇다니까요."

홍태가 아쉬운 표정으로 주머니 속 담배에서 손을 떼며 말했다.

정원철이 뿔테 안경을 끌어올리며 눈살을 찌푸렸다.

"걔네들이 왜 그렇게 말했을까요?"

6

인권증진위원회 대회의실.

한윤서 조사관이 보고 중이었다.

"……이상과 같이 조사한 결과, 피진정인을 업무상과실치사 혐의로 고발하고, 테이저건으로 인한 사상 사고의 재발을 막기 위해 경찰청장에게 테이저건 안전수칙 교육계획 수립 등 대책 마련을 권고할 필요가 있다고 판단됩니다. 결정하여주시기 바랍니다."

윤서는 보고를 마치고 정면을 바라보았다. 인권위원 세 명이 회의석에 삼각형 형태로 둘러앉아 기록을 뒤적이고 있었다.

인권침해 진정사건에 대한 소위원회를 진행 중이었다. 침해구제위원회. 세 인권위원이 조사관의 보고를 받고 만장일치로 해당 진정사건이 인권침해인지 아닌지 결론을 내는 곳이다.

"업무상과실치사라. 조사관은 이걸 오발사고로 봤네요?"

소위원장을 맡은 여성 위원이 안경을 벗어 손에 들고 물었다. 소위원장은 법조인 출신으로서 소위원회를 대표하고 회의 진행을 책임지고 있었다. 인상이 날카롭고 목소리가 카랑카랑했다.

"네. 그렇습니다."

"당시 현장에 있던 참고인들 다수가 조준사격이었다고 진술했는데요?"

윤서가 답변을 하기 위해 마이크에 입을 가져다 댄 순간, 소위원장 우측에 앉은 회색 양복을 입은 남성 위원이 덧붙였다.

"보고서를 보니, 참고인들 진술의 신빙성이 의심된다는 말인 것 같아요. 테이저건이 발사될 때 경찰이 모자를 쓰고 있었느냐 안 쓰고 있었느냐, 이것에 대한 진술이 엇갈린다는 건 이해가 가는데…… 가스라이터 얘기는 뭐죠? 여기에 대해 설명을 더 해주시겠어요?"

"네. 알겠습니다."

윤서는 탁자 밑으로 주먹을 꼭 쥐었다. 손바닥에 한가득 땀이 배어 나온 것이 느껴졌다.

"당시 현장에서 테이저건이 발사되었던 시점에 가스레인지 화구 옆에 있던 가스라이터가 터진 일이 있었습니다."

윤서는 머릿속으로 참고인들의 진술조서 내용을 다시 되뇌었다. 이명대는 당시 주방에서 뭔가 '펑' 하고 터지는 소리가 나서 반사적으로 고개를 돌렸고, 다시 거울을 보는 순간 '딱, 딱' 하고 전기 튀는 소리와 함께 테이저건이 발사되었다고 진술했다. 김홍석은 등 뒤에서 '펑!' 하고 터지는 소리가 들렸지만 최동룡과 멱살을 잡고 싸우느라 돌아보지 못했고, 이어서 '딱' 하는 소리와 함께 최동룡이 쓰러졌다고 말했다.

"참고인들 진술을 종합하면, 라이터가 폭발하자마자 바로 테이저건이 발사되었습니다. 둘은 거의 동시에 일어난 일로 보입니다."

세 인권위원이 고개를 끄덕이며 윤서의 다음 말을 기다렸다. 윤서가 계속했다.

"그런데 참고인 김세림은 가스라이터가 터진 상황에 대해서 아주 자세한 진술을 했습니다. 라이터 파편이 튀어 아일랜드 식탁 끝에 있던 와인병이 까딱까딱하다 바닥으로 떨어져 구르고, 와인이 쏟아져 나오고, 그 위에 두루마리 화장지가 떨어져 와인을 빨아들이던 장면까지 세세하게 기억하고 있었습니다. 제가 배홍태 조사관이랑 함께 사건 현장에 가서 확인한 결과……."

윤서가 몸을 돌려 뒤쪽에 앉아 있는 홍태에게 잠시 눈길을 주었다. 평소와 달리 진지한 표정으로 앉아 있던 홍태는 윤서에게 살짝 고개를 끄덕였다.

"아일랜드 식탁 앞 상황이 김세림의 진술 그대로였습니다."

"그러니까…… 김세림의 진술에 신빙성이 떨어지는 지점은 뭐죠?"

소위원장이 설명을 재촉했다.

"보고서에 첨부된 현장 평면도를 봐주시기 바랍니다."

세 위원이 일제히 기록으로 고개를 숙였다.

"김세림은 당시 싸우는 친구들과 조금 떨어져 화장실 앞에 서 있었습니다. 거기서 기역자로 꺾인 주방 쪽을 바라보면서 동시에 피진정인이 테이저건을 쏘는 모습을 볼 수는 없습니다."

"흠……."

소위원장의 좌측에 앉은 남성 위원이 감탄사와 함께 말을 꺼냈다. 머리가 반쯤 벗겨지고 얼굴이 동글동글한 그는 목사였다. 종교계를 대표하는 인권위원.

"조준사격하는 모습을 봤다는 김세림의 진술이 사실이 아니라는 말이죠? 그건……."

그는 고개를 숙이고 기록을 한 장 넘겼다.

"참고인 정원철의 말로도 뒷받침된다……. 그렇게 쓰신 거 맞죠?"

그렇습니다, 하며 윤서가 답변을 마쳤다.

위원들이 자기들끼리 의견을 교환하는 시간을 가졌다.

다음 질문을 기다리며 윤서의 생각은 대학수학능력시험이 있었던 그날 밤으로 돌아갔다. '걔네들이 왜 그렇게 말했을까요?' 하고 내뱉은 뒤 정원철은 뜨악한 얼굴로 말을 이었다.

"사고가 일어나고, 우리가 동룡이 목에 박힌 침을 빼려고 달려드는 것을 젊은 경찰이 막았습니다."

여기서 '젊은 경찰'이란 채 경사를 가리키는 말이었다.

"젊은 경찰이 그나마 제일 침착하게 일을 처리했습니다. 119에 연락하고, 우리가 함부로 건드리지 못하게 동룡이의 몸을 감싸고 누구든 가위를 좀 찾아오라고 소리쳤습니다."

채 경사는 당시 목에 박힌 탐침을 차마 뺄 수가 없어 가위로 총구와 연결된 실만 잘랐다고 했다.

"세림이가 방으로 들어갔고 제가 따라 들어갔습니다. 세림이가 가위를 찾으며 울었어요. 울면서 저에게 어떻게 된 일이냐고 물었습니다. 누가 쏜 거냐고, 원철이 너는 봤냐고 물었다고요. 그런데…… 그런 세림이가 테이저건을 조준사격하는 모습을 봤다고 말했다고요? 왜 그랬을까요?"

기억이 얼마나 자신을 속일 수 있는지 윤서는 정원철을 만나러 오는 길에 극적으로 체험했다. 개구리 소년 유해 발굴과 얽힌 고3 때의 기억. 홍태가 일깨워주기 전까지 윤서는 그 일이 실제로 벌어진 일이라고 믿어 의심치 않았다. 기억의 세부가 어찌나 구체적이고 생생한지 명백한 시간적 증거가 없었다면 윤서는 그 기억이 가짜라는 걸 절대 인정할 수 없었을 것이다. 구체적이고 생생한 기억은 진실을 뒷받침하지만 때론 진실을 표방하며 기억의 주인을 속인다.

"최동룡 씨가 테이저건에 맞은 뒤 정원철 씨와 친구들은 모두 병원에 따라갔죠? 병원에서의 상황은 어땠나요?"

윤서가 화제를 돌렸다.

"동룡이가 119로 병원에 후송되고…… 우리는 모두 정신을 차리고 택시를 타고 병원에 따라갔습니다."

정원철이 답했다. 최동룡이 목숨까지 위태로운 상태라는 말을 의료진으로부터 전해 듣고 병원에 모여 앉은 친구들은 모두 파랗게 질렸다. 나중에 안 것이지만 테이저건은 그로 인한 사망사례가 국제적으로 수백 건이 보고되어 있을 만큼 위험한 무기였다. 2005년에 국내에 보급될 때도 많은 우려의 목소리가 있었다. 더구나 최동룡은 목과 등이라는 치명적인 부위에 테이저건 탐침을 맞아버린 것이다.

병원에서의 새벽, 점차 술이 깨면서 공포와 후회가 친구들 각자의 마음에 찾아들었다.

"중환자실 바깥 복도에 모여…… 가끔씩 겨우 한두 마디 말만 오갔습니다. 술을 조금 덜 마실 것을, 그때 싸우지 말고 참을 것을, 그때 그 말을 하지 말 것을, 그때라도 멈췄어야 하는데 하고…… 다 소용없는 말이었습니다만……."

감정에 젖어 말끝을 흐리다가 정원철은 다시금 의아한 목소리로 말했다.

"제가 정해진 합숙일정 때문에 새벽 4시쯤 병원을 떠날 때까지만 해도…… 경찰을 비난하는 말, 그 경찰이 일부러 조준해서 동룡이를 쐈다는 말은 누구도 하지 않았습니다. 말이 나오면 다…… 자기 자신을 탓하는 말뿐이었어요. 친구들이 정말 그 장면을 봤다면 거기서 그 얘기를 안 할 리가 없잖아요?"

한윤서 조사관, 하고 소위원장이 부르는 소리에 윤서는 상념에서 깨어났다.

소위원장은 머리를 갸웃거리며 윤서에게 물었다.

"조사관이 이렇게 판단한 이유는 알겠어요. 그렇다면 정원철을 빼고 세 명의 참고인들이 서로 거짓말을 짜 맞췄다는 게 되나요?"

윤서는 고개를 흔들며 조심스러운, 그러나 확신이 깃든 목소리로 답변했다.

"제 생각엔 위원장님, 참고인들은 거짓말을 한 게 아닙니다."

세 명의 인권위원들과 회의석 주변에 둘러앉은 조사관들이 일제히 고개를 들고 윤서를 주목했다.

"친구들끼리 그렇게 거칠게 싸운 것도, 경찰이 출동한 것도, 아마 그들에겐 처음 있는 일이었을 겁니다."

윤서는 지금껏 폭력적인 사람들을 수없이 만나왔다. 묘한 정당성의 옷을 입고 습관화된 폭력들. 경찰의 폭력을 주장하는 사람들은 그 스스로가 대부분 폭력적이었다. 하지만 그날의 친구들은 술만 취하면 습관적으로 파출소를 들락거리며 행패 부리는 요주의 인물들이 아니었다. 화가 나면 주먹부터 먼저 나가고 보는 한 성질 하는 싸움꾼들도 아니었다. 시가 170만원을 호가한다는 로열 살루트 38년산 때문이든, 그날따라 유난스러웠던 최동룡의 거드름 때문이든, 오랜 기간 친구들 간에 얽히고설킨 관계가 하필 그날 폭발했기 때문이든, 그 모든 것들이 다 합쳐져 벌어진 결과이든지 간에 그들에겐 처음 있는 일이었던 것이다.

그리고 그 결과는 그들에게 너무 가혹했다.

최동룡이 죽은 것이다. 대학동창들 간의 즐거운 생일파티는 친구의 죽음이라는 엄청난 결과로 끝이 났다. 친구들은 죽음의 책임을 나누고 비난을 감당해야 했다. 그 책임과 비난의 크기가 너무 버거웠다. 친구들 각자는 그렇게 혹독한 결과를 초래할 만큼 자신을 그렇게 나쁜 사람이라고 생각하지 않았다. 이 부조화를 빨리 해결하고자 하는 정신의 작용이 아마도 가짜 기억을 만들었을 것이다. 본인도 모르는 숨겨진 과정을 통해서. 친구들 사이의 대화와 소통이 더욱 진짜를 왜곡하고 가짜 기억을 보충했을 것이다.

"제 말씀은 위원장님, 그들은 거짓말을 한다고 생각하고 거짓을 말한 게 아니라는 겁니다. 그들은…… 자기 기억이 왜곡된 기억이라는 걸 모르는 것 같습니다."

젠장, 하는 소리가 뒤쪽에서 들렸다. 홍태가 팔짱을 끼고 앉아 불만에 가득 찬 얼굴을 위로 쳐들고 있었다.

위원들의 머릿속에도 복잡한 생각이 오가고 있는 듯했다.

회색 양복을 입은 남성 위원이 씁쓸하게 웃으며 양손을 들었다.

"이거 참 교묘하네요. 참고인들 진술을 하나하나 떼서 보면 이게 어디 사실이 아니라고 말할 수 있겠습니까? 특히, 거울 얼룩에 대한 진술 좀 보세요. 테이저건 총구가 거울에 묻은 얼룩에 비쳤다. 현장에 가보니 거울에는 정말 얼룩이 있었고 말이죠."

모두들 동의한다는 표정으로 고개를 끄덕였다.

이명대는 그날 거울에 묻은 얼룩을 보았을 것이다, 하고 윤서는 생각했다. 김홍석과 최동룡의 싸움을 말리고 있던 그 시점에 본 것일 수도 있다. 그리고 그 기억은 이명대 자신이 원했던 기억과 합쳐져 구체성과 생생함을 띠고 진실을 압박했다.

"친구의 죽음에 대한 책임을 피하기 위해서 엉뚱한 경찰을 나쁜 놈으로 만들었다는 거네요, 결국?"

소위원장이 물었다.

윤서가 말했다.

"사실을 감당하기가 힘들었을 테니까요."

소위원장이 손에 들고 있던 안경을 쓰고 어깨를 으쓱했다.

"그렇다고 이미 벌어진 사실이 변하겠어요?"

"변하지 않죠."

윤서가 목소리를 낮게 깔았다.

"그럼, 위원님들, 이 사건은 조사관 의견대로 결정해야 되겠죠? 어떠신가요?"

소위원장이 다른 두 위원을 번갈아 바라보며 사건 심의를 마무리 할 즈음이었다.

"그래서 기억을 바꾼 거죠, 위원장님."

인권위원 세 명이, 회의석 주변에 배석한 간부들이, 뒤쪽에 앉은 동료 조사관들이, 다시금 모두 윤서를 주목했다. 묘한 긴장이 회의실을 감쌌다.

윤서는 침을 꿀꺽 삼켰다.

"사실을 바꿀 수는 없으니까요……."

4
푸른 십자가를 따라간 남자

1

비가 오고, 산길이다.

검은색 지프 체로키가 흙탕물을 뿌리며 굽이진 길을 지났다. 와이퍼가 바쁘게 빗물을 걷어내는 사이로 배홍태는 두 눈을 뒤룩거리며 밖을 살폈다. 어둠이 내리고 있었다. 이른 오후에 경북 B 교도소를 나와 쉬지 않고 달려왔는데도 날은 저물고 말았다. 홍태는 욕지거리를 내뱉으며 오르막길을 만나 액셀을 밟았다. 그나마 사륜구동 차가 아니었으면 못 올 뻔했다. 이런 데 오려고 산 차는 아닌데. 폼 잡고 데이트 한번 못 해보고 세차비만 날리는 것 아닐까. 허탕 치는 것 같은 생각에 조급해진 홍태는 어금니를 꽉 물었다.

왼쪽으로 묘지가 보였다. 산등성이를 깎아 집단으로 조성한 종중 묘지 같았다. 오른쪽은 소나무 숲이었다. 내비게이션은 목적지 근처라는 말을 끝으로 안내를 중단했다. 거의 다 온 것 같은데 사람 사는 마을이 보이지 않았다. 두골 마을이라고 했던가.

묘지. 빗소리. 어둠.

을씨년스러웠다. 오늘 당장 가지 않으면 찾을 수 없을 거라는 말은 사실일까, 의심이 솟았다. 그러나 오지 않고는 배기지 못했을 것이다. 홍태는 저 자신을 잘 알았다.

앞에 우비를 입고 한쪽 어깨에 삽을 걸친 사람이 걸어가고 있었다. 홍태는 그를 앞질러 차를 세우고 조수석 차창을 내렸다. 굵은 빗물이 후드득 홍태의 얼굴에까지 들이쳤다.

"말씀 좀 물을게요!"

우비를 입은 사람이 열린 차창으로 들여다보며 눈을 끔뻑거렸다. 수염이 허옇게 센 영감이었다.

"여기 두골 마을이 어딥니까?"

영감이 뭐라 말을 하는 듯 입을 움직이며 앞쪽을 가리켰다. 빗소리 때문에 말소리를 알아듣기가 힘이 들었다. 손짓을 보아하니 근처 멀지 않은 곳에 있다고 알려주는 것 같긴 했다.

홍태는 안전벨트를 풀고 조수석 의자 쪽으로 몸을 기울였다. 영감도 어깨에 걸치고 있던 삽을 내려 바닥을 짚고 차창에 얼굴을 가져다 댔다.

"이 고개만 넘어가면 돼!"

물에 젖은 흙냄새와 풀냄새, 영감의 체취와 담배 전 냄새가 훅 끼쳤다.

"마을엔 무슨 볼일이여?"

궂은 날 밤 산동네를 찾아온 낯선 사내에 대한 경계심과 호기심을 가득 담은 목소리였다. 주름진 눈꺼풀 사이로 영감의 작은 눈동자가 바삐 움직였다.

조수석 의자가 비에 젖고 있었다.

"붉은 지붕 집을 찾아왔는데…… 아세요? 두골 마을 붉은 지붕 집 할머니, 하면 알 거라는데요!"

영감이 한쪽으로 고개를 기울였다. 홍태의 다급함 따윈 느껴지지 않는 듯 대답에 뜸을 들였다.

"붉은 지붕 집 하면 거긴데…… 아는 사인가?"

홍태는 핸드 브레이크 뒤쪽에 아무렇게나 끼워둔 수건을 집어 젖은 얼굴을 닦았다.

"민박하려고요!"

"그 집에?"

영감은 참 어처구니없는 소리 다 들었다는 표정을 지었다. 뭐가 잘못된 거지? 홍태는 참고 영감의 다음 말을 기다렸다.

"이 동네는 민박을 안 해! 관광객 끊긴 지 언젠데……."

"어딘지 좀 알려주세요! 볼일이 있어서 그래요!"

영감은 얼굴을 잔뜩 찌푸리며 허공에 손을 내저었다.

"거 할멈 혼자 있는데 이 밤에 가서 뭐 할라고? 아서. 날 밝으면 가든지 하고 괜찮으면 잠은 우리 집에서 자든가! 방 있어! 밥 해놓고 기다리는 할멈도 있고! 집도 더 가까워!"

영감이 만류하는 데엔 이유가 있어 보였다. 하지만 자세한 걸 묻고 알아낼 시간이 없었다. 해가 완전히 떨어지기 전에 도착해야 했다.

"그냥 좀 알려주세요!"

잠자리는 중요하지 않았다. 그곳에 가서 반드시 물어볼 말이 있었다. 들이치는 비를 맞고 있는 상황에 슬슬 짜증도 났다. 홍태는 단호하게 소리쳤다.

"붉은 지붕 할머니 집에 꼭 가야 해요! 다른 데는 안 되고!"

2

교도소 철문은 한 번에 하나씩만 열린다.

인권증진위원회 배홍태 조사관은 교도관의 뒤를 따라 몇 개의 철문을 지나 경북 B 교도소 안마당으로 들어섰다. 등 뒤의 문이 다 잠길 때까지 새로운 문 앞에서 멈춰서 기다리는 동안에도 이 개구리를 닮은 조사관은 입을 쉬지 않았다.

"다 죽어간다면서요? 계호 필요 없습니다. 사람이 사람 만나는데 뭘……. 밖에 계세요."

바지 주머니에 한 손을 꽂은 채 홍태는 건들거렸다.

연쇄살인범 최철수의 면담신청서가 접수되었을 때, 인권위 측은 관례와 달리 조사관을 두 명 파견할 것을 검토했다. 그러나 모두가 염려하는 표정을 짓고 있는 회의석상에서 홍태는 면담을 자원하며 한마디로 정리했다. 한 명 만나러 두 사람이 시간을 버립니까? 저 혼자 후딱 갔다 올게요.

소심쟁이 한윤서 조사관은 물론, 겉으로만 왈가닥이지 피 한 방울만 봐도 거품 물고 까무러치는 이달숙 조사관도 최철수의 악명 앞에서는 꼬리를 내렸다. 왜 이럴 때는 여자 조사관을 배제하지 말라고 목소리를 안 높이시나. 홍태는 속으로 비꼬며 새로 뽑은 중고 체로키를 끌고 새벽부터 비 내리는 길을 달려왔다.

"피해자 가족에게서는 요즘도 편지 옵니까?"

교도소 안마당 한편에 별도 건물로 마련된 변호인 접견실로 들어서며 홍태가 교도관에게 물었다. 경북 B 교도소는 형이 확정된 중범죄자들이 주로 수용되는 곳이라 변호인 접견이 많지 않았다. 때문에 변호인 접견실을 인권위 조사관 면담실로 같이 사용하고 있었다.

"어휴, 그럼요. 암 걸렸다는 소문나고서는 매일요."

중년의 교도관이 정모를 고쳐 쓰며 안타까운 목소리로 말했다.

우리 하선이를 찾아주세요.

6년 전 최철수에게 16살 된 딸을 잃은 부모는 TV 다큐멘터리에 나와 호소했다. 하느님의 은혜로 당신을 용서하겠습니다. 당신의 병든 영혼을 위해 기도할게요. 제발 우리 하선이가 있는 곳을 알려주세요.

독실한 천주교 신자인 부부는 최철수에게 사형 선고가 내려지지 않도록 청원하고, 그를 위해 성당 바닥에 무릎을 꿇고 기도했다. 그런 모습이 TV에 나가고 난 뒤 분노한 다른 피해자

가족에게 머리채를 잡히기도 했다. 그러나 부부는 용서하는 마음을 포기하지 않았다. 그들이 최철수에게 바라는 것은 오직 하나, '하느님의 선물' 하선의 시신이 있는 장소를 말해달라는 것뿐이었다.

교도관이 최철수를 데려오기 위해 자리를 떴다. 최철수는 병사동 독방에 있다고 했다.

누구의 입을 통해서 시작되었는지는 모르지만 연쇄살인범 최철수가 간암에 걸렸다는 소문이 최근 전국에 퍼졌다. 간암으로 죽기 전에 빨리 사형을 집행해야 한다는 여론이 일었다. 유영철, 정남규, 강호순에 이어 최철수까지. 사이코패스 연쇄살인범이 세상을 뒤집어놓을 때마다 사형제도에 대한 논란도 반복됐다. 국제적 기준이나 생명에 대한 윤리적 관점에서 보면 사형제 폐지가 정답이겠지만 사형을 찬성하는 목소리도 만만치 않았다. 인권증진위원회라는 기관은 당연히 사형제도를 반대하지만, 인권위 조사관인 배홍태의 생각은 꼭 그렇지만도 않은 것처럼.

홍태는 손바닥으로 딱딱 무릎을 치며 접견실 창밖을 바라보았다. 비가 부슬부슬 내리고 있었다. 예보로는 저녁에 빗줄기가 더 굵어진다고 했다. 빨리 끝내고 올라가야 한밤중에 서울에 떨어지는 건 피할 수 있을 텐데. 홍태는 가방에서 소법전과 상담용지를 꺼내 책상에 늘어놓았다.

문이 삐걱하고 열리는 소리, 우산 접는 소리가 들렸다.

품이 큰 환자복을 입은 작은 체구의 남자가 교도관과 함께 홍태가 앉아 있는 접견실 안으로 들어왔다.

연쇄살인범 최철수의 얼굴을 드디어 확인하는 순간이었다. 범죄 피의자의 얼굴을 공개하는 것은 인권침해의 소지가 있다는 인권증진위원회의 의견에 따라, 최철수는 야구모자를 눌러 쓰고 색안경과 마스크를 쓴 채로 수백 명 경찰병력의 엄호 아래 현장검증을 했고, 일반인의 눈이 닿지 않는 뒷문을 통해 법정에 출입했다.

연쇄살인범은 새까맣게 뜬 얼굴에 눈알이 노랬다. 간암 말기 상태라는 건 사실인 듯했다. 병색을 지워놓고 보면 얼굴 생김새는 평범하기 그지없었다. 턱이 갸름하고 코가 높으며 입술은 길고 얇았다. 오른쪽 뺨 팔자 주름 부분에 길게 째져 애벌레 모양으로 아문 상처가 있다는 것이 특징이라면 특징일까. 언론에는 마스크에 가려 공개되지 않았던 부분이었다.

"앉으시죠. 최철수 씨?"

홍태는 자리에 앉은 채로 맞은편 의자를 가리켰다.

"네, 제가 최철수입니다."

병든 연쇄살인범이 거친 숨이 섞인 쇳소리로 답변했다. 교도관이 최철수의 한쪽 팔을 잡고 부축하여 의자에 앉혔다. 조사관님, 밖에 있을 테니 필요하면 부르십시오. 중년의 교도관은 지체 없이 나갔다. 규칙에 따라 교도관은 인권위 조사관과 수용자와의 대화를 들을 수 없었다.

"인권증진위원회 배홍태 조사관입니다. 면전진정을 신청하셨네요?"

최철수는 고개를 끄덕이는 것으로 답을 대신했다.

홍태는 큰 눈을 더 부릅뜨고 최철수의 얼굴을 뜯어보았다. 눈이 세 개 달린 것도 아니고, 머리에 뿔이 달린 것도 아니었다. 연쇄살인범 하면 흔히 상상하듯 왠지 모를 한기를 뿜어내지도 않았다. 자기 소유의 전원주택에서 열한 명의 여자를 죽여 토막 낸 후 야산에 묻은 사람이라고 특별히 다르게 생긴 것도 아니구나.

인권위가 한 일 중에 제일 찐따 같은 일이야, 안 그래?

홍태는 동료들과의 술자리에서 서슴지 않고 말하곤 했다. 연쇄살인범의 얼굴을 꽁꽁 가려주는 이유가 뭐야. 그들에게 무슨 보호해야 할 명예가 있다고. 개똥만큼의 가치도 없는 초상권을 보호하느라 범죄 피해자들의 분노할 권리마저 빼앗아버리잖아. 증오라도 마음껏 할 수 있게 증오의 대상을 구체적으로 특정해줘야지. 얼굴이 인격과 분리될 수 있나? 그 사람 이름만 떠올리며 분통을 터뜨리라는 거야, 뭐야. 좋아하고 존경하는 사람의 사진을 간직하는 이유가 뭔데? 증오를 위해서도 증오할 대상의 얼굴을 알려줘야지.

홍태의 의견에 여론도 동의한 모양이었다. 최철수 사건이 일어나고 그다음 해 법이 개정되어 특정강력범의 경우 얼굴을 공개할 수 있게 되었다. 그래서 지금은 흉악범의 얼굴이 언론에 공개되고 사람들은 끔찍한 범죄를 저지른 자의 실체를 확인할 수 있다.

"제가 많이 아픕니다……."

최철수가 말했다. 홍태는 손가락으로 볼펜을 돌렸다.

"길어야 석 달이라고 하더군요. 모르핀에 의지해서 겨우 하루하루 넘기고 있습니다. 벌써 세 번이나 병원으로 응급후송 됐고…… 언제 어떻게 될지 모릅니다. 의료과 처방을 보면…… 아실 수 있을 겁니다……."

한 마디 한 마디 힘겹게 입을 떼는 최철수의 말을 홍태는 흘려들었다. 최철수는 중간중간 말을 끊고 기침을 했다. 살인자도 자기 자신의 죽음은 두려운가 보지. 여자들을 지긋지긋한 삶으로부터 구원해주고 싶었다고, 살인동기를 그렇게 밝히지 않았던가. 이제 그대도 구원을 향해 가고 있군.

문득 말 사이가 너무 길어지는 듯싶어 홍태가 고개를 들었다.

최철수가 홍태의 가슴팍을 물끄러미 바라보고 있었다.

"저기……."

최철수가 앙상하게 마른 손가락으로 홍태의 턱 밑을 가리켰다. 홍태는 턱을 바짝 끌어당겨 살인범의 손가락이 가리키는 지점을 살펴보았다.

"왜요?"

"단추가……."

셔츠 단추가 하나씩 엇갈려 채워져 있었다. 그것도 모르고 서울에서부터 여기까지 내려왔다. 교도관도 봤는데 모른 척한 건지 못 알아차린 건지 말해주지 않았다.

홍태는 단추를 풀려다가 말고 손을 멈췄다.

정리벽.

최철수는 자신의 집에서 목을 졸라 살해한 여자들을 잘게 토막 내어 피를 제거한 후 비닐에 싸서 나무 상자에 차곡차곡 넣었다. 그리고 상자째로 일부는 집 마당에, 일부는 주변 야산에 묻었다. 경찰은 최철수의 얼굴을 공개하지 않는 대신 범죄현장인 전원주택의 내부 사진을 공개했다. 보는 사람이 질릴 정도로 집 안의 모든 물건이 종횡을 맞춰 정리되어 있었다. 최철수의 집은 크고 작은 상자로 가득했다. 작은 물건은 작은 상자에 넣고, 작은 상자들을 모아 큰 상자에 넣고, 그것들을 또 열을 맞춰 더 큰 상자에 넣었다. 몸체를 열면 똑같은 모양의 축소된 인형이 나오는 러시아의 인형 마트료시카처럼, 최철수의 상자는 귀퉁이가 꼭 맞는 수십 개의 작은 상자들로 채워져 있었다.

"나중에 고쳐 입죠. 이게 뭐 중요한가. 어디까지 말씀하셨더라?"

홍태의 개구리상(像)이 심술로 약간 불룩해졌다.

최철수는 순간적으로 눈을 치켜떴다. 당황한 모양이었다.

"어차피 곧 죽을 몸이고, 혼자서는 몸도 제대로 가누지 못하는데……."

연쇄살인범은 불편한 기분을 감추지 못하고 홍태의 셔츠 단추에서 힘겹게 시선을 돌렸다.

"저 같은 사람도 밖에 가족이 있습니다. 죽을 때는 가족과 자유롭게 만날 수 있는 상태에서…… 밖에서 죽고 싶습니다."

가족이라. 최철수는 연쇄살인범 선배들 중 종종 같은 해 조금 먼저 검거되었던 강호순과 같은 부류로 묶였다. 유영철과 정남규가 가정폭력과 아동 성추행 피해자로 불우한 성장기를 보낸 것에 비해, 강호순과 최철수는 특별한 폭력과 학대의 경험 없이 평범한 집안에서 자랐다. 최철수의 집안은 유복하기까지 했다. 그는 부모에게 양도받은 전원주택에서 혼자 살면서 역시 부모가 차려준 이태리 레스토랑을 운영하며 한가하게 살았다. 그는 사회에 복수하기 위해 살인을 저질렀다는 평계를 댈 여지가 없는, 진정한 사이코패스 쾌락살인범이었다.

범행 초기에 최철수는 밤늦게 한적한 길을 혼자 가는 여자를 납치해 집으로 데려와 살해했다. 살인의 경험이 쌓이면서부터는 가출한 여학생을 유인하여 집에 데려왔다. 차를 타고 시내로 나가 가출 청소년들이 모이는 곳을 기웃거리며 범행 대상을 물색했다. 무리와 떨어져 혼자 있으면서, 숙식 해결이 곤궁해 보이는 여학생을 노렸다.

최철수는 피해자들의 머리카락을 작은 향수병에 담아 전리품으로 간직했다. 독지가인 척 선심 쓰며 집으로 유인하는 그를 수상쩍게 여기고 탈출한 여학생의 신고로 인해 꼬리가 잡혀 체포되었을 때, 최철수의 집에서는 총 11개의 향수병이 발견되었다. 최철수는 시신을 묻은 장소를 순순히 자백했다. 집마당에서 나무 상자에 담긴 3구의 시신이 나왔고, 주변 야산에 파묻은 7구의 시신도 발견되었다. 16살 이하선의 시신만이 발견되지 않았다. 최철수는 하선을 죽였다는 사실은 인정하면서도 하선의 시신을 묻은 곳은 잊어버렸다고 발뺌했다. 한편,

발견된 10구의 시신 중에서도 1구는 신원이 밝혀지지 않았다. 실종 신고가 접수되지 않은 가출 여학생으로 추정되었다. 그녀는 아직까지도 성명불상으로 남아 있다.

몸은 있지만 이름이 없는 피해자가 한 명 있고, 이름은 있지만 몸이 없는 피해자가 한 명 있는 것이다.

"그러니까, 진정의 요지가 뭐죠?"

홍태가 채근했다.

"형집행정지를 받게 해줄 순 없겠습니까?"

최철수가 더욱 거칠어진 쇳소리로 말을 이었다.

"얼마 전에 저보다 상태가 나은 간암 환자가 형집행정지를 받아서 밖에 나가는 걸 봤습니다……. 제 죄질이 나쁘다는 건 알지만…… 보통 수용자하곤 아무래도 다르겠죠. 그래도 형집행정지가 죄질 따라 달라져서는 안 되지 않습니까? 어차피 죽을 몸인데…… 이것도 차별인 것 같아서…… 형집행정지를 검토라도 해보도록 인권증진위원회에서……."

말하는 게 점점 힘들어지는지 오른쪽 뺨에 새겨진 흉터가 씰룩거렸다. 검게 타들어간 얼굴빛은 죽음의 냄새를 풍겼다.

홍태는 탁자에 놓아둔 소법전을 집어 들어 뒤적였다.

"어디 한번 봅시다."

홍태는 형사소송법의 한 대목을 펼쳤다.

"여기 있네요. 형사소송법 제470조. 징역, 금고 또는 구류의 선고를 받은 자가 심신의 장애로 의사능력이 없는 상태에 있는 때에는 형을 선고한 법원에 대응한 검찰청 검사 또는 형의 선고를 받은 자의 현재지를 관할하는 검찰청 검사의 지휘에 의하여 심신장애가 회복될 때까지 형의 집행을 정지한다……. 최철수 씨가 말하는 형집행정지라는 게 이거 맞습니까?"

최철수는 입술을 얇게 붙이고 말없이 홍태를 바라보았다.

"온 국민이 다 아는 사실이니까 굳이 모르는 척할 것 없이 말씀드리는 건데……."

홍태는 탁, 하는 소리를 내며 법전을 닫았다.

"최철수 씨는 징역형이 아니라 사형 선고를 받았잖아요?"

연쇄살인범이 눈을 깜짝였다.

상대의 반응에는 아랑곳없이 홍태는 밀어붙였다.

"형집행정지는 징역형을 사는 사람이 회복이 어려운 심각한 병에 걸려서, 까놓고 말해 조금 있으면 죽을 몸이라 더 이상 교도소에 가둬두는 게 의미가 없다든지, 교도소에서는 치료를 하기 곤란한 중병이라서 잠시 사회에 내보내 치료를 받게 할 필요가 있을 때 내리는 거잖아요? 징역형의 집행을 일시적으로 정지시켜주는 거잖아요?"

"네…… 그런데……."

홍태는 최철수의 환자복 가슴 부위에 붙어 있는 붉은색 번호표를 가리켰다. 붉은색은 사형수에게 부착하는 색깔이었다.

"최철수 씨는 징역형 집행 중이 아니잖아요? 법적으로는 사형 집행을 대기 중인 신분 아닙니까? 미결 수용자도 아니고 수형자도 아니죠. 형 집행을 위해 구금되어 있는 것일 뿐. 그건 뭐 그렇다 치고……."

홍태의 거침없는 언사에 최철수의 얼굴이 싸늘하게 굳었다. 황달로 노랗게 변한 그의 눈자위에 분노가 찾아들고 있었다.

"형을 집행한 적이 없는데……."

홍태는 어깨를 한번 으쓱하고는 마저 말을 마쳤다.

"뭘 정지해달라는 겁니까?"

최철수가 가쁜 숨소리를 내며 입술을 얇게 떨었다. 분노로 순간 생기를 찾은 그의 얼굴은 조금 전과는 다른 의미에서 죽음의 냄새를 풍겼다. 사람을 죽이고 토막을 치면서도 저런 표정을 지었을까. 다른 인간의 생사를 좌지우지하는 자신의 전능한 능력에 기쁨을 느끼면서, 자신의 손에 목숨을 빼앗기고야 마는 어린 여자들을 혐오하면서.

병약한 신체 안에 감춰두었던 연쇄살인범의 맨 얼굴을 홍태는 피하지 않고 지켜보았다. 교도소 담장 안에 갇힌, 죽을 날 받아놓고 병든 닭같이 시꺼멓게 마른 눈앞의 남자를 하등 두려워할 이유가 없었다. 그가 아무리 전설의 연쇄살인범이라 해도 배짱과 배포에서 배홍태를 당하랴.

얼마의 시간이 지난 뒤 최철수가 하아, 하고 숨을 모아 내뿜었다.

동시에 뭔가를 내려놓은 듯 그의 표정이 차분하게 가라앉았다. 최철수의 얇은 입꼬리가 살짝, 아주 살짝 올라갔다.

"흐흐…… 흐흐흐……."

최철수가 목 안쪽으로 소리를 내어 웃었다.

홍태는 팔짱을 끼고 앉아 맞은편에 앉은 남자의 표정 변화를 바라보았다.

"배홍태 조사관님이라고 하셨나요?"

최철수가 말했다.

"그렇습니다만."

대답하며 홍태는 가슴 주머니에 패용한 조사관증을 엄지손가락으로 짚었다.

"배 조사관님은 다른 공무원들과는 많이 다르시군요."

"그렇습니까?"

"네."

숫제 이 상황이 재미있다는 듯 최철수는 눈을 가느다랗게 뜨며 미소 지었다.

"보통 공무원들은 조그마한 민원이라도…… 꼬투리 잡힐까봐, 저랑은 어지간하면 말도 안 섞으려고 하죠. 보기 안쓰러울 정도로 조심하고. 대개 그렇더군요. 눈에 띄기 싫어하고, 보신하기 바쁘죠."

홍태는 고개를 한쪽으로 기울여 손으로 귀를 감작였다.

"형집행정지 얘기 말고 다른 할 말은 없습니까?"

최철수는 점점 더 흥미롭다는 듯 노란 눈자위를 굴리며 홍태를 관찰했다.

"배홍태 조사관님이라……. 어디 보자……. 성격이 급하고…… 충동적이군요."

순간 통증이 찾아온 듯 얼굴을 잔뜩 찡그리면서도 최철수는 홍태에게 향한 시선을 거두지 않았다. 이내 씩씩거리는 숨소리와 함께 최철수가 말을 이었다.

"자기가 옳다는 생각으로 가득 차 있군요. 하하…… 무례하고…… 거칩니다. 조직 생활이 쉽진 않겠습니다. 하지만…… 주변의 평판 따윈 별로 신경 쓰지 않아요."

잠언을 내리는 수도사처럼 연쇄살인범의 목소리는 은근했다.

"행동이 거친 것에 비해 생각하는 게 평균에서 크게 어긋나지는 않고. 도덕심도 바르겠죠……. 정의로운 사람입니다. 남자답고…… 자존심이 세고…… 곧잘 후회는 하지만 표현은 안 하죠……. 어디 보자……. 감추고 싶은 상처가 있나요?"

가만히 듣고 있다가 홍태는 화들짝 놀랐다. 잠깐이나마 최철수의 말에 귀를 기울이고 있었던 것이다.

"관상도 볼 줄 알아요?"

퉁명스럽게 내뱉고 홍태는 책상에 늘어놓은 물건을 챙겼다. 최철수는 가출한 여학생을 낯선 남자 혼자 사는 집에 순순히 따라오게끔 했던 사람이다. 다른 사람의 약한 심리를 파악하고 어루만지는 재주가 있는 것이다.

잠시 마음을 놓았던 자신에게 홍태는 불쾌감마저 느꼈다.

"재밌네요. 재밌어요. 흐흐흐……."

"나 원, 별소릴 다 듣겠네."

"하하하하!"

홍태의 무뚝뚝한 말투를 듣고 최철수는 아예 배를 잡고 웃기 시작했다. 몸을 덮치는 통증일랑 싹 잊은 듯 연쇄살인범은 몹시 즐거워 보였다.

"하하하하! 배 조사관님 덕분에 뜻하지 않게 너무 재밌습니다. 죽을 생각만 하고 있다가 배 조사관님 같은 분을 만나 너무 기쁩니다. 인권위 조사관이 다 배 조사관님 같진 않겠죠?"

"즐거우시다니 다행이고, 전 가렵니다."

홍태는 가방 안에 소지품을 쓸어 넣었다.

까맣게 마른 몸을 흔들며 웃던 최철수가 뚝 웃음을 그쳤다.

"그래서 말인데요……"

최철수는 입가에 가득 미소를 지으며 말을 한 박자 쉬었다.

홍태가 막 몸을 일으키려고 할 때였다. 최철수가 양손을 모아 쥐고 홍태 쪽으로 상체를 기울이며 입을 떼었다.

"배 조사관님께 선물을 드리고 싶습니다."

3

"젊은이 혼자 가면 어림도 없어."

체로키 조수석에 앉은 영감이 말했다. 영감은 들어오라는 홍태의 손짓에 우비를 입은 채로 차에 탔다. 이제 조수석 의자는 물론이고 바닥 시트까지 빗물에 흠뻑 젖고 말았다.

"말도 못 붙여보고 한뎃잠을 자야 할지도 몰라."

영감은 의자 끄트머리에 비스듬히 걸쳐 놓은 삽자루를 손에 쥐고 심각한 표정으로 말했다. 시골 사람 특유의 오지랖인지 친절인지는 몰라도 걱정하는 마음은 진심 같았다.

홍태는 영감의 안내에 따라 차를 몰아 붉은 기와를 얹은 시골집 마당으로 들어섰다. 한옥 구조의 낡은 집이었다. 마을의 다른 집들과는 뚝 떨어진 외딴곳에 있었다. 쪽마루 앞에 비닐을 쳐서 비와 바람이 들이치는 걸 막아놓았는데, 솜씨가 엉성해서 금방이라도 떨어져 나갈 것 같았다.

"할매! 여기 나와 보소!"

홍태가 핸드 브레이크를 올리는 사이 영감이 차 밖으로 나가 소리쳤다. 영감은 쪽마루 앞 비닐을 들추고 불 켜진 방의 문을 삽자루로 툭툭 두드렸다. 나란히 붙은 두 개의 방 중 안방으로 보이는 곳에 불이 켜져 있었다.

"채마밭에 갔나?"

대답 없는 방문을 향해 중얼거리더니 영감이 집 뒤쪽으로 돌아 사라졌다.

홍태는 마당에 선 감나무 밑에서 담배를 피워 물었다. 이미 몸이 젖어 우산을 펼쳐들 마음이 나지 않았다. 홍태는 급히 연기를 빨아 마시며 종일 차 안에 구겨져 있었던 몸을 폈다.

감나무 이파리 사이로 떨어진 빗방울이 '칙' 하는 소리와 함께 홍태가 물고 있던 담뱃불을 꺼뜨렸다. 새로 한 개비를 더 꺼내려는 찰나 집 뒤쪽에서 사람 말소리가 들려왔다.

"꼭 이 집이어야 한다고 그러네. 용돈 벌이나 하소."

지게를 짊어지고 때 묻은 보자기를 머리에 두른 노파 뒤를 영감이 졸졸 따라오고 있었다.

노파는 마당 끝에 지게를 내려놓고 섰다.

영감의 설레발에 홍태는 화를 잘 내고 사람을 싫어하는 괴팍한 노인네를 상상했는데, 실제 마주친 노파의 인상은 영 딴판이었다. 쪼글쪼글한 네모난 얼굴에 박힌 노파의 눈은 분노든 애정이든 어떤 감정도 품고 있지 않았다. 삶에 대해 어떤 기쁨도 남아 있지 않은, 죽은 동물의 눈 같았다.

목숨이 붙어 있으니까 살아낼 뿐이다. 노파의 무심한 표정이 말하고 있었다.

"어이! 젊은이! 돈부터 계산해! 응?"

노파와 홍태는 아직 한마디도 나누지 않은 상태였다. 영감은 둘 사이에 서서 마치 홍태의 공모자라도 된 양 은근한 눈짓까지 던졌다.

"저기…… 아, 네. 하루 묵겠습니다. 이 정도면 될까요?"

옆에 선 영감이 눈에 걸려 홍태는 턱까지 차오른 질문은 잠시 뒤로 미뤄두고 지갑에서 5만 원짜리를 꺼내 내밀었다.

영감이 홍태의 손에서 지폐를 낚아채 노파의 윗옷 주머니에 구겨 넣었다.

"별일이네. 이런 집구석에."

노파는 머리에 두른 보자기를 고쳐 쓰며 중얼거리다가 다시 집 뒤쪽으로 돌아나갔다.

"저기, 할머니!"

노파를 따라가려는 홍태를 영감이 가만히 손을 저어 만류했다. 영감은 불 꺼진 건넌방을 가리켰다.

"뒷마당에 아직 일이 남은 모양이여. 저 양반이 저 정도면 묵

으라는 소리니까 그러려니 하고, 저 방에 들어가 기다리고 있
어봐."

이제 내 할 일은 끝났다는 듯 영감은 등을 돌렸다. 할멈이 기
다리고 있다는 집을 향해 재게 발을 놀리는 영감의 뒷모습을
바라보며 홍태는 다시 담배를 꺼내 물었다.

연이어 담배 두 개비를 다 피웠는데도 노파가 올 기미가 보
이지 않았다. 홍태는 쪽마루로 올라가 작은방의 문을 열었다.
퀴퀴한 냄새가 코를 찔렀다. 벽을 더듬어 전등 스위치를 찾아
누르니 형광등이 한참을 깜빡이다 들어왔다.

창고로 사용하는 방인 모양이었다. 농작물을 쟁여 넣은 가마
니가 무더기로 쌓여 있었다. 목이 부러진 선풍기와 구식 트랜
지스터 라디오가 한구석을 차지했다. 자전거 바퀴 같은 영문
모를 물건도 널브러져 있었다. 버리는 것도 귀찮은 물건들을
한데 몰아 박아놓은 것 같았다. 쓰레기 방이었다.

홍태의 발 움직임에 따라 먼지뭉치가 곳곳에서 떠올랐다. 방
바닥에 먼지 쓸린 자국이 확연히 남았다. 붉은 지네가 벽을 쓱
지나갔다.

결코 깔끔한 축에 속하지 않는 홍태의 눈에도 사람이 잘 만
한 방은 못 되었다. 무뚝뚝한 노파가 제대로 치워줄 것 같지
도 않았다. 홍태는 체로키로 돌아가 수건을 집어 들고 부엌으
로 보이는 곳에 들어갔다. 새시 문이 달린 재래식 부엌이었다.
온통 깨지고 금 간 타일 벽에 수도꼭지가 붙어 있었다. 홍태는
물을 틀어 수건을 적시며 어수선하게 널려 있는 부엌살림을

훑어보았다. 살강 위에 무너질 듯 포개놓은 그릇. 음식 쓰레기와 엉켜 있는 양념통. 수도꼭지 아래에는 하얗게 긁혀 구멍이 뚫릴 것 같은 플라스틱 대야가 있었고, 이가 빠진 머그잔에 칫솔 세 개가 꽂혀 있었다. 칫솔 두 개는 모가 완전히 벌어진 채 검은 곰팡이가 피어 있었다. 다 사용한 칫솔을 버리지 않고 사용 중인 칫솔과 함께 꽂아둔 모양이었다. 수도꼭지 위쪽 벽에는 손거울을 붙여놓았는데, 어찌나 얼룩덜룩한지 거울로서의 기능을 할 수 없을 것 같았다.

홍태는 부엌과 방을 수차례 오가며 수건을 빨아 방바닥을 닦았다. 물건을 대충 한곳으로 치워 누울 공간을 만들었다. 자전거 바퀴와 농사용 비닐뭉치, 해진 이불과 우그러진 종이박스, 갈색 배낭을 치웠다. 배낭은 책이 들어 있는 듯 묵직했다. 지퍼 끈과 앞주머니에는 열쇠고리와 애니메이션 캐릭터가 그려진 배지가 달려 있었다.

이 방에 학생이 살았었나? 그러고 보니 한쪽 벽 귀퉁이에 작은 책상이 놓여 있었다. 책상에 쌓인 가마니들 틈으로 교과서 같은 것도 보였다. 하지만 이 방에 사람이 살던 때가 과연 언제일지. 얼마나 오랫동안 청소를 안 한 상태로 이 방이 방치되었을지 모를 일이었다. 벽지가 누렇게 뜬 벽에는 1997년도의 달력이 걸려 있었다.

홍태가 청소를 시작할 때 열어놓은 방 창문으로 빗물이 들이쳤다. 집 벽을 때리고 휘도는 바람 소리. 바닥에서부터 물비린내가 올라왔다. 물 소리. 파도 소리. 검게 변한 수건으로 방바닥을 밀어 닦으며 홍태는 비린 바닷물 냄새를 맡았다.

청소를 하지 않는 집. 물건을 치우지 않고 버리지 않는 사람.

홍태의 어머니가 그랬다. 아버지의 죽음을 받아들이지 못했던 1년여의 기간 동안 어머니는 아무것도 버리지 않았다. 끔찍하게 더러운 방에서 어머니를 떠올리다니 홍태는 기분이 나빴다. 걸레를 미는 손에 괜히 힘이 들어갔다. 포구를 떠날 때에야 드디어 어머니는 아버지를 바다에 묻었지. 가자, 네 애비는 죽었다.

"밥도 줘야 하나?"

어느새 방문 앞에 나타난 노파가 말했다. 홍태는 걸레질을 멈추고 일어섰다.

눈꺼풀 위로 땀이 툭 흘러내렸다. 배 속 깊이 맹렬한 허기가 고개를 들었다. 경북 B 교도소에 들어가기 전 시내 분식집에서 간단히 점심을 때운 후로 홍태는 아무것도 먹지 못했다.

하지만 그 전에, 이제까지 참고 있던 질문의 답을 찾아야 했다.

4

"선택하십시오."

관용적인 판결을 내리는 중세의 왕처럼, 최철수가 가슴을 펴고 손을 넓게 펼쳤다. 경북 B 교도소 변호사 접견실 안이었다.

한낮인데도 방 안에 어둑한 기운이 내려앉았다. 작은 창을 통해 빗소리가 후드득 새어 들어오고 있었다.

"내가 왜?"

홍태의 눈이 혼돈과 불신으로 이글거렸다.

"글쎄요. 제가 죽을 날이 얼마 안 남았으니까 그렇겠죠? 원하신다면 교도관님께 확인해보셔도 됩니다. 저는 6년 동안 단 한 번도 이 문제를 언급한 적이 없었습니다. 피해자 유족이 지겹게 찾아오고 편지를 보내도……. 그런데 오늘 바로 이 자리에서 마음이 움직였어요. 기회를 드리고 싶습니다. 오직 배 조사관님한테만."

"장난칠 생각일랑……."

"장난이라고 생각하시면 그냥 가시죠. 걸릴 거 있습니까?"

홍태는 새빨개진 얼굴로 두 주먹을 쥐었다 폈다 했다. 연쇄 살인범은 홍태가 자리를 뜨지 않으리란 것을 알았고, 홍태는 조종당하고 있다는 생각에 화가 나면서도 살인범의 예상을 깨는 행동은 하지 못했다.

최철수는 만족스러운 미소를 지으며 진지하게 눈을 빛냈다.

"신원은 밝혀졌으나 시신이 발견되지 않은 피해자의 시신이냐, 시신은 발견되었으나 신원이 밝혀지지 않은 피해자의 신원이냐. 자, 어서 선택하세요."

우리 하선이가 있는 곳을 알려주세요.

피해자 중 한 명은 성명불상, 실종 신고가 접수되지 않은 가출 여학생으로 추정됩니다.

언젠가 TV에서 들었던 목소리가 홍태의 귓전에 왕왕거렸다.

"선택을 하라고?"

"둘 중에 하나만 알려드릴 수 있습니다. 이 전제는 바뀌지 않습니다."

"하! 둘 중 하나만?"

"시간이 없습니다."

최철수는 손가락으로 왼쪽 손목을 두드렸다. 사람들이 보통 손목시계를 차는 부분을.

"배 조사관님이 선택한 것을 찾을 수 있게 제가 무언가를 알려드리면…… 배 조사관님은 오늘 안에 혼자 그곳에 가셔야 합니다."

홍태는 코웃음을 쳤다.

"오늘 안에? 혼자? 안 그러면 어쩌려고 그러시나?"

새빨간 얼굴로 빙글거리며 홍태는 최철수의 깡마른 상체를 훑어보았다.

"이 안에서 뭘 어쩌려고?"

최철수는 얇은 입술에 침을 바르며 홍태와 똑같이 빙글거렸다.

"조사관님은 교도소의 진짜 모습은…… 모르시겠죠. 전 당장 바깥세계와 소통할 수 있는 루트를 가지고 있습니다. 여기도 계속 사람이 들고 나는 곳이니까. 매일 출퇴근하는 교도관들이 있고, 출소하는 수용자가 있고, 외부에 출역하는 수용자도 있고, 서무과 사무실만 가도 전화가…… 있죠. 예를 들면요, 많은 방법들이 있다는 말이죠. 만약 오늘 안에 혼자 가시지 않는다면…… 조사관님이 찾으시려는 것을 못 찾게 할 수 있습니다."

"웃기고 있네."

"그 정도는 됩니다. 제가."

최철수는 정색을 하고 입을 닫았다.

다시금 여러 목소리가 홍태의 귓전을 울리기 시작했다.

한윤서 조사관이라면 어떤 선택을 할까.

홍태는 자기가 왜 이런 생각을 하는지 원인을 모른 채 사시사철 아토피 피부염에 시달리는 우울한 얼굴을 떠올렸다. 늘속 터지게 심각한 그 고민녀라면 어떻게 할까. 윤서의 선택은 과연 옳을까. 그것은 홍태의 선택과 다를까.

배홍태 조사관은 결정을 내렸다.

"역시 그렇군요."

홍태의 답변을 들은 최철수가 지그시 눈을 감았다.

흡사 그대로 잠이 들어버린 것처럼 최철수는 오랫동안 눈을 감고 있었다. 조바심이 난 홍태가 막 소리를 치려고 하는 찰나 연쇄살인범은 눈자위가 노란 눈을 번쩍 떴다.

"경기도 H 시에 두골 마을이라고 하는 산동네가 있습니다. 거기 붉은 지붕 집에 혼자 사는 할머니를 찾아가세요. 그 동네에 가서 물으면 찾을 수 있을 겁니다."

"두골 마을? 붉은 지붕 집 할머니?"

"네."

"찾아가서?"

"6년 전에 소금독을 가져간 남자를 기억하냐고 물어보세요."

"소금독?"

최철수는 이제 할 말 다했다는 표정으로 의자를 뒤로 밀며 일어섰다.

"그리고?"

접견실 창문으로 안쪽의 상황을 주시하고 있던 교도관이 안으로 들어왔다. 교도관은 비틀거리며 발을 떼는 최철수의 팔을 잡고 부축했다.

"잠깐만요, 교도관님."

홍태가 일어나 최철수의 앞에 섰다.

"그리고? 그리고 어쩌라고?"

최철수는 검게 뜬 얼굴로 빙그레 웃었다. 가운데 선 중년의 교도관은 의아한 표정으로 인권위 조사관과 연쇄살인범 수용자의 얼굴을 번갈아 보았다.

"배 조사관님은 추리소설을 좋아하십니까?"

"뭐라고?"

"그 뒤엔…… 푸른 십자가를 따라가세요. 그게 답니다."

5

"6년 전에 소금독을 가져간 남자를 기억하세요?"

노파의 표정에는 변화가 없었다. 노파는 홍태의 얼굴을 물끄러미 바라보더니 등을 돌리며 쪽마루 앞에 친 비닐을 들췄다. 해가 완전히 떨어진 시골집 마당은 칠흑 같았고 빗줄기도 어지간했다.

"찬은 없어."

"기억하세요? 소금독?"

홍태는 노파에게 한발 다가갔다. 빗물인지 땀인지 모를 액체가 노파의 눈 밑 주름에 고여 있었다.

"총각 아니잖아?"

노파는 머리에 두른 보자기를 풀어 얼굴을 닦으며 말했다. 홍태는 노파의 말뜻을 못 알아듣고 멀뚱히 있었다.

"다른 사람이야."

소금독을 가져간 남자가 홍태가 아니라는 의미였다. 그렇다면, 그 남자를 기억하고 있다는 말이었다.

"어떤 남자예요? 어떻게 생겼어요?"

노파는 아무 대꾸 없이 뒷짐을 지고 부엌을 향해 갔다. 홍태는 잔걸음으로 노파를 따라붙었다.

"몰라."

노파는 등 돌린 채로 한마디 내뱉고는 살강 위에 포개놓은 냄비를 꺼내 물을 담고 된장을 풀었다. 몇 살 같아 보였어요? 키가 컸어요, 작았어요? 자기를 뭐라고 소개하던가요? 여기 왜 왔다고 하던가요? 홍태가 질문을 쏟아냈지만 노파는 아무 반응 없이 제 할 일만 했다. 냉동실에서 멸치를 꺼내 냄비 안에 한 줌 집어넣고 불을 올렸다. 싱크대 밑에서 쌀을 한 바가지 꺼내 개수대에 넣고 박박 씻었다.

홍태는 미칠 노릇이었다.

"그 남자, 얼굴에 상처가 있던가요?"

노파가 쌀을 씻던 손을 멈췄다. 홍태는 겨우 끌어낸 노파의 반응을 유심히 지켜보았다.

"그랬던 것 같네. 찬은 된장찌개에 김치니까 먹으려면 먹고 말려면 말고."

"아이, 씨. 그놈의 밥 집어치우고 여기 좀 봐요!"

종일 참았던 신경질을 쏟아내며 홍태는 인상을 구겼다. 노파의 얼굴도 순간 굳었다. 홍태는 손가락으로 자신의 뺨 팔자주름 부분을 그어대며 언성을 높였다.

"여기! 여기 이렇게! 상처가 있었죠? 애벌레처럼!"

노파는 주름진 눈꺼풀에 파묻힌 옅은 색깔의 눈동자로 홍태를 노려보았다.

"그랬는데, 왜?"

"여긴 왜 온 거죠? 그 남자는?"

노파는 열려 있는 부엌 새시 문을 향해 턱짓을 했다. 홍태는 뒤를 돌아보았다. 마당에 대어놓은 홍태의 검은색 지프 체로키가 보였다.

"내가 어떻게 알아? 저 비슷한 차를 타고 혼자 왔어. 민박을 하겠다고. 6년 전에는 이 동네가 다 민박을 쳤어."

6년 전 최철수가 이곳에 왔다. 커다란 차를 타고. 차에는 무엇이 실려 있었을까.

노파의 얼굴에 깃들었던 노여움이 어느새 푹 꺼져 있었다. 화를 내는 것조차 부질없다는 듯. 노파는 다시 달그락 달그락 소리를 내며 밥을 지었다. 된장 끓는 냄새가 나자 홍태는 비위가 상했다.

"소금독 얘기는 뭐죠?"

"하룻밤 자더니 아침에 부엌에 들어와 소금독을 자기에게 팔라고 하던데. 안에 든 소금하고 같이."

노파는 밥솥에 밥을 안치고 개수대에 쌓아놓은 그릇을 씻었다. 다 해진 파란 수세미로 그릇에 눌어붙은 음식 찌꺼기를 거칠게 문질러댔다. 그릇은 좀처럼 깨끗해지지 않았다.

"소금독을 왜?"

"내가 어떻게 알아!"

노파는 대충 씻은 그릇을 살강에 포개 엎었다.

"100만 원이나 주면서 사겠다고 하는데. 팔았지. 독이 사람도 들어갈 만큼 크다고 하면서 가져갔어. 원래는 김장독이었어."

노파의 말을 곱씹으며 홍태가 멍하니 있을 때, 노파는 갑자기 짜증스러운 목소리로 뇌까렸다.

"이상한 놈이지. 가고 나서 보니까 독만 가져간 게 아니야."

"네?"

노파는 홍태의 등 너머 수도꼭지가 있는 부분을 쳐다보았다.

"갖다 뭐에 쓰려고. 칫솔하고 칫솔통하고, 벽에 붙어 있던 거울도 떼 갔어. 그놈 가고 물 쓰려고 부엌에 들어와서 알았다니깐. 쓰레빠도 가져가고. 밖에 있던 지게랑 지게 작대기도. 그런 건 도대체 왜 훔쳐간 거야?"

노파는 한숨을 쉬며 물 묻은 팔뚝을 들어 코 밑을 닦았다.

"그런 이상한 짓을 한 놈이라 기억이 나는구만……."

'배 조사관님은 추리소설을 좋아하십니까?'

낮에 교도소에서 최철수가 했던 말이 홍태의 머릿속에 되살아났다.

'푸른 십자가를 따라가세요.'

홍태는 교도소를 나와 차를 몰고 오면서 신호를 대기하던 중 스마트폰으로 '푸른 십자가'를 검색해보았다. 체스터턴의 단편추리소설 〈푸른 십자가〉. 작은 키에 우스꽝스러운 외모의 가톨릭 사제, 브라운 신부가 탐정 역으로 나온다고 했다. 브라운 신부는 경찰이 자기의 행적을 뒤따라오도록 일부러 이상한 행동을 하며 흔적을 남기고 다닌다. 레스토랑 벽에 수프 접시를 집어 던지고, 소금통과 설탕통의 내용물을 바꿔놓고, 과일가게 앞에 진열된 사과를 뒤집고, 또 다른 레스토랑의 창문을 보란 듯이 깬 후 음식값과 함께 창문값을 지불하고 떠난다. 종업원들은 이 이상한 신부의 이상한 행동을 기억하고 뒤따라오는 경찰에게 말해준다.

최철수가 노파의 지저분하고 자질구레한 살림을 훔쳐간 것이 이런 의미였던가. 이 무관심하고 무감각한 노파에게 자신에 대한 기억을 남기기 위해서.

"그 남자는 소금독을 가지고 어디로 간다고 하던가요?"

그래, 푸른 십자가를 따라가주마. 홍태는 이를 앙다물었다.

노파는 도마도 깔지 않고 싱크대 위에 올려놓은 두부를 칼로 툭툭 썰었다.

"묘지기 영감을 찾아갔을 거야."

"묘지기 영감?"

"오다가 선산 같은 걸 봤다면서, 묘지기가 있냐고 물었어."

홍태는 두골 마을에 오는 길에 산등성이를 깎아 조성한 묘지를 본 기억을 떠올렸다.

"묘지기…… 그분은 어디 사시나요? 알려주세요."

홍태는 여차하면 달려 나갈 기세로 몸을 틀며 다급히 물었다.

노파는 숟가락으로 냄비 안을 휘휘 저으며 눈길 한번 주지 않고 말을 내뱉었다.

"아까 총각이랑 같이 온 영감이야."

6

검은색 지프 체로키가 담을 반쯤 튼 산골 양옥집으로 들이닥쳤다. 홍태는 차에 앉은 채로 경적을 울렸다. 황구가 마당 구석에 놓인 개집에서 튀어나왔다. 개집과 연결된 줄이 끊어질 듯 뛰어오르며 누런 개는 홍태를 향해 맹렬히 짖어댔다. 경적 소리와 개 짖는 소리가 고요한 밤 산동네의 평화를 깨뜨렸다.

굼뜬 그림자가 거실을 가로질러 나오는 것이 보였다. 현관문을 빼꼼 열고 영감이 얼굴을 내밀었다.

"쫓겨났어?"

휘청휘청 양팔을 흔들며 뛰어오는 홍태를 보고 영감이 말했다.

"여쭤볼 게 있어요!"

"나한테?"

잔뜩 흥분한 홍태의 얼굴을 보고 영감이 몸을 뒤로 뺐다.

"일단 좀 들어와. 저녁 했어?"

영감이 홍태의 등에 손을 대고 방으로 안내했다. 노부부가 방금 저녁식사를 마친 듯 영감의 부인이 상 위에 놓인 그릇을 정리하고 있었다. 수더분한 인상의 묘지기 노파는 갑자기 들이닥친 젊은 남자를 보고도 그다지 놀라지 않았다. 영감에게 홍태를 만나 붉은 지붕 집으로 안내했던 사정을 들은 모양이었다. 묘지기 노파가 식사를 권했다. 홍태가 거절하자 묘지기 노파는 상을 불끈 들고 나가며 자리를 피했다.

"묘지 관리를 하신다면서요?"

홍태가 물었다.

"응? 그렇지. 고개 넘어 김씨 문중 묘가 있는데 그거 관리하는 게 내 일이여."

영감이 방 한쪽에 있던 재떨이를 끌어당겨 담배를 피워 물며 말했다.

"아까도 자네 만날 적에…… 묘가 비에 상했을까 싶어 도닥여주고 오던 길이었어. 그건 왜?"

묘지기 노파가 커피와 삶은 감자를 내왔다. 노부부의 권유에 일단 홍태는 감자를 하나 집어 들고 베어 물었다. 새삼 다시 허기가 느껴졌다. 홍태는 알이 큰 감자 두 개를 금세 먹어치웠다.

"6년 전 붉은 지붕 집 할머니 집에 묵었다가 이곳으로 온 남자가 있죠? 얼굴에 애벌레 같은 상처가 있었던."

홍태가 커피를 들이켜 목을 축이고는 물었다.

"6년 전에?"

영감은 고개를 갸우뚱했다.

"거, 담장 무너뜨렸던 사람 말하나본데요."

묘지기 노파가 끼어들었다. 영감은 자기 부인을 바라보며 찡그린 이마를 폈다.

"아…… 그 차로 담장 박아가지고 물어주고 간 젊은이?"

역시나 최철수는 묘지기 노부부에 대해서도 기억에 남을 만한 행동을 한 모양이었다.

"왜 찾아왔던가요?"

홍태의 물음에 영감은 잠시 골똘하게 생각하며 담배연기를 솔솔 내뿜었다.

"여기 주인 없는 묘가 있냐고 묻더구만."

"주인 없는 묘요?"

"어…… 남의 땅에 몰래 묻어놓은 묘 있지, 왜? 그런 게 있냐고."

무연고묘를 말하는 것 같았다. 홍태는 최철수의 의도를 알 듯도 모를 듯도 한 묘한 기분으로 질문을 계속했다.

"있습니까?"

"있어. 길도 안 난 구석에 하나 있긴 한데…… 김씨네 땅 경계 밖에 있어놔서 건드리질 못해. 누구네 땅인지는 모르겠는데 그걸 파내서 없애려고 해도 나라에 신고하고 신문에 광고 내야 하고…… 원체 복잡한 데다가 또 께름칙하잖아? 그래서 그냥 놔두는 모양이여."

"어딘지 알려줬어요?"

영감이 고개를 끄덕였다.

그곳에 가야겠어요, 홍태가 벌떡 자리에서 일어났다.

약 30분 후, 홍태는 영감이 내어 준 우비를 입고 손전등을 손에 든 채 산비탈을 오르고 있었다. 어둠이 눈에 익으니 그럭저럭 앞을 더듬어 갈 만했으나, 비에 젖은 산길이 미끄러워 곤욕스러웠다.

"젖은 잎파리를 밟지 말어. 흙을 밟으라구."

앞서가는 영감이 훈수를 뒀다. 이 밤에 꼭 무연고묘를 찾아가야겠다는 홍태를 영감은 기어이 따라나섰다. 산길이 익숙한 영감은 길도 나지 않은 산비탈을 날래게 헤쳐 나갔다. 젊은 홍태는 숨이 턱에 받쳤다.

"할멈이 좀 고약하지?"

삽으로 엉킨 나무줄기를 때려 길을 만들며 영감이 말을 시켰다. 붉은 지붕 집 노파를 말하는 것 같았다.

홍태는 거친 숨소리로 대답을 대신했다.

"예전엔 그렇게까진 아니었는데…… 남편 죽고, 하나밖에 없는 아들도 죽어버리고 난 뒤부터 저래. 아무하고도 안 어울리고, 통 사는 재미도 없어 보이고…… 그래도 어떻게 밥은 해 먹고 사는지 몰라……."

영감이 바위 위에 버티고 앉아 홍태를 향해 손을 내밀었다.

"작은방에 학생 물건이 있던데요…… 헉헉……."

홍태가 영감의 손을 잡고 몸을 끌어올렸다. 영감이 쓴 모자에 달린 전등 때문에 눈이 부셨다.

"아들 죽고 난 뒤에 손녀가 잠깐 살았지……. 며느리가 금방 새시집을 갔거든. 그 애가 한 1년 살았나? 어느 날부터 안 보여서 손녀는 어디 갔냐고 물어보니 제 엄마 집에 갔다는 거야. 쯧쯧쯧…… 할멈이 얼마나 무심하게 굴었으면 팔자 고친 엄마를 다 찾아갔겠어. 구박이나 안 받고 살려나……."

영감은 이름 모를 노파의 손녀가 안타까워 혀를 찼다. 아마도 그 아이가 홍태가 노파의 집 작은방을 치울 때 발견한 갈색 배낭의 주인인 듯했다. 책이 든 배낭도 버리고 시집 간 엄마를 찾아간 것인가.

소금독을 가지고 이 비탈을 오르려면 지게가 필요했겠구나. 홍태는 밭은 숨을 내뱉으며 생각했다. 최철수가 노파의 집에서 다른 건 몰라도 지게와 지게 작대기를 훔친 것은 쓸모가 있어서였다. 소금독을 짊어지고 연쇄살인범은 무연고묘를 찾아 혼자 이 비탈을 올랐겠지. 소금독엔 무엇이 들었나. 최철수는 애초 커다란 차에 무엇을 싣고 이 산골마을을 찾아왔던가.

"여기야."

영감이 풀이 무성히 자라 있는 어떤 자리를 가리켰다. 홍태가 숨을 헐떡거리며 손전등 불빛을 이리저리 흔들어보았다. 언뜻 보면 묘가 있다는 걸 눈치채지 못하고 지나갈 것 같았다. 사람 키만큼 자란 풀 사이에 자리한 묘는 이곳저곳 무너져 내려 겨우 봉분의 흔적만 남아 있었다.

홍태는 이름 없는 묘 앞에 섰다. 비가 여전히 추적추적 내렸다.

이제 어떻게 해야 하는가.

최철수는 이 묘 안에 소금독을 묻었을까.

아무리 그래도 무덤에 대고 냅다 삽질을 하기는 어려웠다. 홍태는 끄응, 소리를 내며 주저앉았다.

"젊은이, 도대체 뭘 찾는 건데? 찾은 거야?"

영감이 나무 아래 서서 요령껏 담뱃불을 붙이며 물었다.

홍태는 우비 모자를 벗고 머리를 박박 긁었다.

"할아버지, 죄송합니다만 저도 한 대 피우겠습니다."

홍태는 영감에게 등을 돌리고 품을 더듬어 담배를 찾았다. 생각보다 몸부터 먼저 나가고 보는 성격대로 한밤중에 이름 없는 묘 앞까지 왔다. 이제 생각을 해야 했다.

담배꽁초를 움푹 팬 바닥의 고인 물에 던져 넣고 막 일어설 때였다. 무성한 풀 틈에 솟아 있던 어떤 이질적인 물건이 눈에 띄었다.

홍태는 급히 손전등 불빛을 비췄다. 바닥에서 약간 돋우어 다진 흙무더기에 나무를 엇갈려 만든 십자가가 꽂혀 있었다.

십자가엔 파란색 테이프가 칭칭 감겨 있었다.

푸른 십자가.

"할아버지! 저, 삽 좀 주세요!"

홍태는 영감의 손에서 삽을 빼앗듯이 가로채 흙무더기에 꽂았다. 나무 십자가를 뽑아 던져버리고 정신없이 그 주변의 흙을 떠냈다. 우비 모자를 벗어놓은 상태였다. 비에 젖은 머리가 이마에 척 달라붙었다. 땀이 비에 섞여 흘러내렸다.

삽 끝에 덜그럭하고 걸리는 것이 있었다. 홍태는 그 깊이에 맞추어 주변 흙을 걷어냈다. 영감이 옆에서 걱정스러운 표정으로 뭐라 말을 시켰지만 홍태의 귀에는 들리지 않았다.

독 뚜껑이 드러났다.

홍태는 삽을 버리고 바닥에 꿇어앉아 손으로 흙을 헤쳤다. 가슴이 터질 듯 숨이 차올라 헉헉거렸다. 홍태의 몸에서 훈김이 났다.

홍태는 양손으로 독 뚜껑의 밑 부분을 잡았다. 젖은 흙에서 올라오는 물비린내가 코를 채웠다. 상상인지 실제인지 모를 썩는 냄새가, 물속에서 썩고 삭은 살 냄새가 진동했다.

홍태의 아버지는 어부였다. 풍랑에 배가 뒤집혀 죽었다. 죽었다고 추정되었다. 시신이 물에 뜨지 않았다. 물 밖으로 밀려 올라오지 않았다. 돈 주고 고용한 머구리들도 유독 아버지의 시신만은 찾지 못했다. 같은 날 죽은 다른 어부의 시신은 물가에 떠밀려 올라왔다. 퉁퉁 불은 살에 홍합이 새까맣게 달라붙어 있었다. 물에 빠져 죽은 사람의 모습을 직접 눈으로 봐야지만 그 모습이 꿈에 나타나지 않는다는 바닷사람들 속설에 따라 어린아이들도 모두 시신을 보러 나왔다. 죽은 사람의 끔찍한 모습에 아이들이 울었다. 홍태는 그보다 더 끔찍해도 좋으니 아버지의 썩은 시신이 나타나주길 간절히 기다렸다. 어머니가 아버지의 죽음을 인정할 수 있도록. 어머니가 그 지저분한 방에서 나올 수 있도록.

끔찍하면 어때. 팔다리가 썩어 떨어져 나갔으면 어때. 홍합이 해골을 파먹었으면 어때. 정말 죽었다는 걸 확인만 해줄 수 있다면 몰골이 아무리 비참해도 좋았다. 보고 울음을 터뜨릴 만한 시신이 없다는 상황 자체가 홍태와 홍태의 어머니에겐 지옥이었다.

"으아아아아아악!"

깊은 밤 산을 울리는 고함과 함께 홍태는 독 뚜껑을 들어 올렸다. 밤잠을 자던 산새들이 푸드덕 하늘을 날아올랐다.

7

교도관은 하루 만에 다시 후줄근한 차림새로 나타난 인권증진위원회 조사관을 자꾸만 흘깃거리며 뒤돌아보았다. 조사관의 셔츠와 재킷은 젖었다가 마른 듯 구깃구깃했고 소맷자락에는 흙물이 들어 있었다. 어제와는 달리 재잘거리지도 않고 과묵한 것이 다른 사람이 온 것 같았다. 표정도 심각했다.

"확인 못 한 게 있다고…… 잠도 안 주무시고 다시 내려오신 겁니까?"

교도관은 홍태의 핏발 선 눈을 보며 걱정스럽게 말을 던졌다. 홍태는 별 대꾸 없이 변호사 접견실에 들어가 앉았다.

비는 그쳤지만 하늘을 덮은 구름은 물러가지 않았다. 공기는 차갑고 우중충했다.

최철수가 들어와 맞은편 의자에 앉았다. 어제와 같은 상황이었다. 교도관이 홍태를 향해 목례를 하고 나갔다.

홍태는 팔짱을 끼고 앉은 자세로 말없이 최철수를 쏘아보았다. 누구도 먼저 인사를 건넬 생각은 없어 보였다. 최철수도 병색이 짙은 얼굴을 들어 가만히 홍태의 눈길을 받았다.

얼마의 시간이 지나고, 연쇄살인범이 미소 지었다.

"찾으셨군요."

홍태가 팔짱을 풀고 재킷 안주머니를 뒤졌다. 홍태는 안주머니에서 꺼낸 물건을 손에 쥔 채 탁자 위에 턱 하고 내려놓았다.

"어허, 조심히 다루셔야죠…… 증거물을……."

최철수가 홍태가 내려놓은 물건을 지그시 내려다보며 말했다. 홍태가 눈을 부리부리하게 치켜떴다. 화를 참는 홍태의 몸이 떨렸다. 홍태의 몸이 닿은 탁자도 같이 흔들렸다. 탁자에 놓인, 흰 비닐봉지에 싸인 칫솔도 함께 흔들렸다.

"그 할머니는…… 집 나간 손녀가 어떻게 됐는지 관심도 없으면서…… 손녀가 쓰던 칫솔은 치우지 않고 있더군요……. 후후……. 빨리 올라가셔서 유전자 감식을 의뢰해보시지요."

"장난쳐?"

홍태가 씹어뱉듯 말했다.

최철수는 누렇게 변한 눈자위를 끔뻑거리며 홍태를 얼굴을 요리조리 살폈다.

"배 조사관님은 기쁘지 않으십니까? 보람을 느끼지 않으십니까?"

"어디 있어?"

"연쇄살인범에게 당한 이름 없는 피해자에게 이름을 찾아줄 수 있게 되었는데, 전혀 의미를 못 느끼십니까?"

"이하선 어디 있어! 어디 갖다 파묻었어!"

홍태가 탁자를 쳤다. 교도관이 접견실 창문으로 얼굴을 들이밀었지만 차마 들어올 생각은 하지 못하는 듯했다.

느물거리던 연쇄살인범의 표정이 뱀같이 차갑게 변했다. 최철수는 갈라진 쇳소리로 말을 꾹꾹 누르듯 내뱉었다.

"오직, 조사관님이 찾던 게, 아니라는 사실만, 분하십니까?"

"뭐야?"

홍태는 탁자 밑으로 양 주먹을 말아 쥐며 몸을 떨었다.

"왜 시신을 선택하신 겁니까?"

"뭐라구, 이 새끼야?"

"유족이 애타게 찾고 있으니까?"

최철수가 턱을 치켜들어 홍태의 붉게 달아오른 얼굴을 내려다보았다.

"찾으면 고맙다는 인사를 들을 수 있으니까? 부둥켜안고 감사의 눈물을 흘리는 걸 보고 싶었나? 살아 있을 때도 없어지든 말든 가족은 관심도 없어서…… 애초에 신원이 밝혀지지 않은 피해자의 이름 따위 찾아줘봤자…… 의미 없다, 그건가?"

우당탕 소리와 함께 홍태는 탁자를 타고 넘어가 최철수의 멱살을 잡았다.

홍태의 힘에 밀려 뒤로 날아간 의자가 접견실 문에 부딪혔다.

"뒤지기 전에 빨리 말해! 개새끼야! 어디 있어? 이하선 시체 어디 있어?"

홍태가 앙상하게 야윈 최철수의 몸을 흔들었다.

밖에 있던 교도관 두 명이 후다닥 접견실 문으로 달려들었지만 넘어진 의자에 발이 걸려 홍태에게 쉽게 접근하지 못했다. 조사관님! 왜 그러십니까! 놓으세요! 멈추세요! 교도관들이 소리치는 가운데 홍태에게 목을 쥐어 잡힌 최철수가 웃었다.

"컥컥…… 뒤지기 전에…… 말하라고? 컥컥…… 히히히…… 뒤지기 전에? 히히히히히……."

"말해!"

이글거리는 홍태의 눈에 눈물이 차올랐다.

"네가…… 살아서도 그렇고…… 컥컥…… 죽어서까지도 관심을 못 받는…… 컥컥…… 그 아이에게 너도 관심이…… 컥컥…… 없으니까…… 불쌍하잖아……. 히히히……."

교도관 두 명이 방에 들어왔다. 중년 교도관이 뒤에서 홍태의 허리를 잡고, 밖에서 일지를 작성하고 있다 들어온 젊은 교도관은 최철수의 멱살을 잡은 홍태의 손을 뜯어내려 애썼다.

"놔요! 조사관님! 말로 해! 어허! 이거 놓으라고요!"

남자 네 명이 엉켜 있는 가운데, 최철수가 손가락으로 홍태의 가슴을 누르며 눈을 희번덕거렸다. 최철수의 손가락은 홍태가 가슴에 패용한 조사관증에 닿아 있었다.

인권증진위원회 조사관 배홍태.

"너…… 때문이야. 이하선의 시신을 못 찾은 건."

교도관들의 뜯어내는 힘에 홍태의 손이 풀렸다. 벽 쪽으로 떨어져 나간 최철수가 몸을 굽히고 컥컥거렸다. 젊은 교도관이 최철수의 몸을 감쌌다. 최철수는 괴롭게 기침을 하며, 동시에 히죽거렸다. 네 잘못이야, 히히히. 나는 너의 관심조차 못받은 아이의 이름을 알려준 거야, 히히히. 그러니까 시신을 못찾은 건 네 잘못이지. 선택하라고 했을 때, 왜 시신을 선택한 것인지 알아서 잘 생각해봐. 그게 과연 피해자를 위한 선택이었는지. 아니면 너를 위한 선택이었는지.

중년의 교도관이 홍태의 허리를 잡고 문 쪽으로 끌었다. 홍태가 나가지 않으려고 손으로 문틀을 잡고 버텼다.

최철수가 기침을 멈추고 고개를 들었다. 병색 가득한 얼굴에 기묘한 생기가 돌아와 있었다. 홍태가 크게 심호흡을 한 뒤 교도관을 향해 한쪽 손을 들어 보였다. 알았어요. 가만히 있을 테니까 놔요. 쩔쩔매던 중년의 교도관이 홍태의 허리춤을 끌던 손에 힘을 풀었다.

"이하선의 시체를 찾고 싶어?"

연쇄살인범의 입에서 그 이름이 나오자 교도관들도 순간 놀란 표정을 감추지 못했다.

홍태의 거친 숨소리가 적막해진 접견실 공기를 채웠다.

최철수가 말했다.

"어디 당신이 찾을 수 있는지 볼까?"

화를 참느라 입을 닫은 홍태에게 최철수가 슬픈 눈빛을 보냈다. 즐거움과 허무함이 뒤섞인 눈빛이었다. 그의 생명은 얼마 남지 않았다. 초침이 마지막을 향해 달려가고 있었다. 귀를 막아도 들리는 소리. 죽음으로 가는 초침 소리.

"기다려."

홍태의 얼굴 근육에 경련이 일었다.

"죽기 전에 당신께 편지를 보내지. 인권증진위원회, 배홍태, 조사관."

말을 마치고 연쇄살인범이 미소 지었다. 이제 그의 마지막 시간은 문제를 만드는 일에 바쳐지리라는 것. 정답으로 가는 길을 최대한 방해하는 어려운 질문을 만드는 일이 생애 마지막 즐거움이 될 수 있으리라는 예감에 안심하는 미소였다.

가자, 네 애비는 죽었다. 1년여 만에 방에서 나온 홍태의 엄마가 말했다.

과연 그럴까. 아버지는 죽은 것이 맞는가.

홍태에 눈에 눈물이 흘렀다. 홍태는 알지 못했다.

5
승냥이의 딜레마

1

S 교도소 미결사동 야간 근무자 황세민 교사는 2번 방 문에 바짝 붙어 서서 소리쳤다.

"둘 다 떨어져! 마지막 경고다!"

좁은 수용거실 안에서 수용자 두 명이 드잡이를 하며 엉켜 있었다. 223번은 79번의 멱살을 잡고, 79번은 223번의 팔뚝 소매를 잡은 채 늘어져 서로 쌍욕을 퍼부었다. 사동 복도 벽에 걸린 전자시계는 새벽 4시 26분을 가리켰다. 새벽의 소란에 잠에서 깬 수용자들이 하나둘씩 덩달아 욕설을 내뱉으며 구시렁거렸다.

"이 빌어먹을 놈의 새끼야! 너는 에미 애비도 없냐, 이 씹새 끼야!"

짧게 친 옆머리가 허연 223번이 멱살을 한 바퀴 더 틀어쥐며 악을 썼다. 자다가 소변을 보고 제자리로 돌아오던 79번이 일부러 자기 손목을 밟았다고 이 난리였다.

"뭐라? 오호, 좋만아! 그래 너는 에미 애비가 있어서 그 나이에 콩밥을 처먹고 있구나!"

청년 강도범 79번이 부리부리한 눈을 희번덕거리며 중년 절도범 223번의 손을 거칠게 뿌리쳤다. 도로교통법위반 158번은 한옆에 쪼그리고 앉아 하얗게 질린 얼굴로 손톱을 씹었다.

황 교사는 복도 끝 책상으로 뛰어가 기동순찰대를 호출했다. 3분 후 교도관들로 구성된 진압조인 기동순찰대 세 명이 사동 입구에 들어섰다. 그사이 223번이 주먹으로 79번의 턱을 가격했고, 79번은 223번의 사타구니를 발로 올려찼다. 중년 절도범이 숨 끊어지는 소리를 내며 이불 위를 굴렀다.

기동순찰대가 도착하는 때에 맞춰 황 교사는 2번방 문에 열쇠를 꽂아 돌렸다.

"야, 이 개새끼들아. 고마 처자라, 새끼들아!"

"주임님! 저것들 후딱 안 끌고 가고 뭐 합니까, 그래!"

"에잇, 징역 좀 조용히 살자. 미친놈들아!"

다른 방 수용자들이 마치 기회를 잡은 듯 여기저기서 소리쳐 댔다. 일부는 방문을 발로 차고 벽을 때리며 신경질을 부렸다. 더 이상의 소란이 번지기 전에 진압을 해야 했다. 저쪽 끝에서는 누군가 물건을 바닥에 집어 던지기라도 했는지 툭, 하는 둔탁한 소리가 복도를 울렸다.

기동순찰대 세 명이 2번방으로 들어가 79번의 팔다리를 잡고 끌어냈다. 질질 끌려 계단을 내려가면서도 79번은 온 사동이 울리도록 고래고래 소리를 질렀다. 목소리가 어찌나 큰지 황 교사는 귀가 먹먹하면서 정신이 하나도 없었다.

황 교사는 2번 방에 남아 223번이 고통을 수습하고 일어날 때까지 기다렸다. 기동순찰대 두 명이 돌아와 223번을 부축해 나갔다. 겨우 몸을 펴고 일어난 223번은 잔뜩 찌푸린 얼굴로 눈물까지 글썽거렸다. 그 모습이 살짝 안쓰러워 황 교사는 속으로 혀를 찼다.

왜 조금도 참지를 못할까. 금방 후회할 거면서. 고놈의 성질을 못 참고 살다가 여기까지 들어오게 된 면면들이 말이지.

2번 방 문을 다시 걸어 잠그고 동태보고서를 쓰기 위해 복도 끝 책상으로 돌아가려던 참이었다.

"주임님, 여기 좀 보이소! 주임님! 여기 좀요!"

11번 방 수용자가 철문을 톡톡 두드리며 황 교사를 불렀다. 미결사동은 한 층에 수용거실이 총 12개 있었다. 11번 방은 복도 끄트머리에서 두 번째 방이었다.

"모두 정숙! 취침!"

기합을 넣은 목소리로 소리친 다음 황 교사는 11번 방 앞으로 갔다.

"무슨 일입니까?"

소란을 틈타 괜한 질문을 하려는 건 아닌지 하는 생각에 황 교사는 짜증이 솟았다. 아직 형이 확정되지 않은 미결수용자들은 작업도 나가지 않고, 잠깐의 운동시간을 제외하고는 종일 수용거실에서 시간을 보내야 한다. 형벌의 두려움 다음으로 그들에게 닥친 최대의 적은 지루함이다. 그러다 보니 잠깐의 자극을 위해 교도관과 어떻게든 한마디라도 더 섞고 싶어 하는 수용자들이 있기 마련이었다.

"옆에 방 말이지예, 사람이 꺽꺽대는 소리가 났십니더. 아무래도 이상합니더."

경상도 사투리를 쓰는 나이 지긋한 수용자가 엄지로 옆방을 가리키며 말했다. 황 교사의 시선도 자연히 옆 12번 방으로 향했다. 12번 방엔 원래 두 명이 있었는데 그중 한 명이 어제 축구를 하다 발목이 부러져 외부병원으로 실려 간 후라 지금은 한 명만 있을 터였다. 강도살인 혐의로 재판을 받고 있는 김학종이었다. 이 지역에선 꽤 떠들썩했던 사건이었고 범인이 스무 살밖에 되지 않은 어리숙한 인상의 청년이어서 황 교사는 수많은 수용자들 중에서도 그 이름을 기억하고 있었다. 황 교사의 기억으로는 1심 판결 선고를 받은 지 얼마 되지 않았다.

12번 방으로 발을 옮기면서 황 교사는 본능적인 불안감에 가슴이 뛰었다. 조금 전 수용자들의 싸움을 제압하는 와중에 복도 끝에서 툭, 하는 둔탁한 소리가 났던 기억이 이 상황과 불길하게 연관되었다.

아니나 다를까, 황 교사는 바로 질겁해서 소리쳤다.

"김학종! 김학종! 이봐!"

지원을 요청할 생각도 하지 못하고 황 교사는 황급히 허리춤에 달린 열쇠를 찾았다.

김학종의 몸이 벽에 붙어 세워진 채 축 늘어져 있었다. 잔뜩 부풀어 오른 얼굴 밑에 파묻힌 흰 끈이 벽 창살과 연결되어 있었다. 발치에는 책 더미가 쌓여 있다 무너진 모양새로 흐트러져 있었다.

황 교사는 김학종의 허리를 안고 창살에 매달린 끈이 느슨해지도록 들어 올렸다. 김학종의 몸이 아무 힘없이 앞으로 픽 기울었다. 황 교사의 고함을 듣고 뛰어 올라온 밑층 담당 근무자가 금방 상황을 파악하고 달려들었다. 두 교도관은 서로를 도와 김학종의 목에 단단히 조여진 끈을 풀고 그의 몸을 바닥에 눕혔다. 늦었어. 너무 늦었어. 황 교사는 저도 모르게 중얼거렸다. 수용자의 가슴께가 전혀 들썩이지 않았다.

밑층 담당자가 의무관을 호출하러 뛰어 나갔다.

심장 마사지라도 해봐야 하나, 하는 생각에 황 교사는 아직 따뜻한 김학종의 가슴과 배에 손을 가져다 대며 허둥거렸다.

김학종의 수용복 단추는 모두 풀어헤쳐져 있었다. 러닝셔츠 배 부분에 검고 거친 글자가 삐뚤빼뚤 적혀 있는 것이 눈에 들어왔다. 검은 볼펜으로 선을 덧입혀 플래카드의 구호같이 만들어놓은 문장이었다.

나는 술집 아저씨 죽이지 아넛다

돈만 달라고 햇다

순구도 죄 업다

야간 당직 중인 의무관이 뛰어 들어올 때까지 황 교사는 글자에서 눈을 떼지 못했다.

　이 말을 하기 위해 죽은 건가.

　황 교사는 젊다 못해 어린 수용자의 붉게 부풀어 오른 얼굴을 바라보며 가슴 한복판에 찌르르 하는 통증을 느꼈다.

2

　김학호는 빌라 입구에서부터 발걸음을 죽이고 조용히 집으로 들어갔다. 동생의 장례를 치르고, 시신을 화장하고 들어오는 길이었다. 모든 절차를 약식으로 후다닥 진행했다. 그 자리에 겨우 참석한 얼마 안 되는 친척들 모두가 바라는 바였다.

　집 안엔 먼지가 부옇게 쌓였고 곳곳에서 무언가 썩어가고 있었다. 동생이 구속된 뒤로 거의 집에 들어오지 않았으니 근 5개월을 비워둔 셈이었다. 지방 소도시의 소문은 빨랐다. 이 빌라 403호에 사는 형제 중 동생이 S 시 호프집 주인 강도살인범이라는 것을 주변에 알 만한 사람들은 다 알았다. 살인흉기를 찾는다고 경찰이 대낮에 압수수색을 하러 들이닥쳤으니 모르는 게 더 이상한 일이었다.

　집을 내놓으려면 정리를 좀 해야 할 텐데 무엇부터 해야 하나, 막막했다. 김학호는 넥타이를 잡아당겨 풀고 거실 바닥에 주저앉았다. 광대뼈가 튀어나온 마르고 굴곡 있는 얼굴에 깊은 피로가 어렸다.

동생이 사람을 죽일 줄은 몰랐다.

지능이 조금 떨어져서 그렇지 나쁜 마음을 먹는 건 못 봤다. 멍청하다고 급우들에게 왕따를 당해 중고등학교를 고생스럽게 나왔다. 학교폭력의 피해자면 피해자였지 가해자였던 적이 없다. 그런 애가 비슷한 처지의 친구랑 어울려 다니더니 그 친구가 아르바이트했던 호프집의 사장을 같이 죽였다고 한다. 실제 살인을 한 사람은 지순구란 이름의 친구 녀석이지만 동생도 강도살인을 같이 모의하고 실행했으니 살인범과 매한가지라는 것이다.

소식을 듣고 학호가 경찰서로 달려가 동생을 면회했을 때는 동생이 이미 자백을 한 뒤였다. 제 입으로 제가 했다고 하는데, 믿고 싶지 않아도 믿지 않을 도리가 없었다. 사실 학호는 동생의 마음속에 무엇이 들어 있는지 잘 몰랐다. 관심이 없었던 것이다. 늙으신 부모님은 동생의 뒷바라지를 진작 학호에게 넘겨버렸고, 학호는 동생을 어차피 평생 지고 갈 짐으로 받아들이는 대신 미리부터 큰 관심을 두지 않는 것으로 대응했다. 재수학원 비용을 대고 먹고살 만큼 용돈을 쥐어주는 것으로 할 일을 다하고 있다고 생각했다. 20대 신입 회사원인 학호는 바빴다. 한창 일해서 인정받아야 할 나이였다. 야근도 출장도 많은 직업이라 집엔 가끔 잠만 자러 들어왔다. 낮에 동생이 뭐 하고 사는지는 관심 밖이었다.

'나는 술집 아저씨 죽이지 아넛다…… 순구도 죄 업다.'

학호는 동생이 죽을 때 입고 있던 러닝셔츠에 적힌 글자를 보았다. 1심에서 강도살인의 공동정범으로 징역 15년이 선고된 지 8일 만에 동생은 교도소 방에서 스스로 목을 매달아 죽었다. 자기는 죽이지 않았다는 말을 남기고.

동생은 결백할까.

이제 와서.

학호는 머리를 흔들었다. 너무 늦었다. 동생은 자백했다. 지순구도 자백했다. 이제 와서 다른 사실을 믿는다는 건 불가능했다. 동생은 교도소에서 앞으로 15년이나 더 살아야 한다는 준엄한 현실이 눈앞에 닥치자 좌절한 것이다. 동생은 자기에게 무슨 일이 일어났는지 알아채는 데 항상 두 발짝씩은 늦었다. 이제 안 거지. 그래서 죽은 거고. 러닝셔츠에 남긴 유서는 죽으면서 하는 한탄 같은 거야.

학호는 창문을 열어 환기를 시키고 썩어 문드러진 음식 쓰레기부터 봉지에 담아 치우기 시작했다. 내일 부동산에 집을 내놓고 가능한 먼 곳으로 이사를 가리라. 회사엔 전근신청을 해놓았다. 어디든 이곳에서 먼 곳이면 된다고 했다. 동생이 살인범이라는 것을 아는 사람들로부터 벗어나야 했다.

"저기요……."

두 차례 쓰레기를 내다 버리고 들어와 막 문을 닫으려던 참이었다. 등 뒤에서 여자의 목소리가 학호를 불렀다.

학호는 두려움을 담은 눈길로 뒤돌아보았다. 살인범의 가족으로서 이웃과 마주칠 용기가 나지 않아 사건이 난 이후 집에 들어오지 않았다. 오늘도 아무도 만나지 않길 바랐다.

"이 집 형님…… 되시죠?"

노란 앞치마를 두른 젊은 여자가 서 있었다. 401호에 사는 아기 엄마였다. 빌라 관리비를 걷는 문제로 찾아온 적이 있어 학호와는 안면이 있었다.

"네, 그런데요. 무슨 일로……."

학호는 고개를 떨구고 여자의 시선을 피했다.

401호 여자는 양손을 모아 입가에 가져다 대며 어렵게 말을 꺼냈다.

"뉴스…… 봤어요. 저…… 돌아가셨다고……."

학호는 얼굴이 뜨거워지는 걸 느꼈다. 동생이 S 교도소에서 자살했다는 뉴스가 엊그제 신문과 방송에 나왔다. 지역 언론에서는 더 크게 나왔을 것이다.

"네. 그렇게 됐습니다."

그저 이 상황을 빨리 피하고픈 마음에 묵례를 하고 돌아서려고 하는 찰나 401호 여자의 목소리가 다시 학호를 잡아 세웠다.

"저, 7월 23일이었다면서요!"

"……네?"

물음과 함께 학호는 고개를 들어 401호 여자를 보았다. 둥그스름하고 순박해 보이는 얼굴. 여자는 얼굴을 붉히며 입술을 달싹달싹했다.

"이번 뉴스 보면서 알았어요. 정확한 날짜를……."

401호 여자가 앞치마에 달린 주머니에서 신문조각을 꺼내 들어 펼쳤다. 학호의 동생, 김학종의 자살 기사가 실린 지역신문 페이지였다. 호프집 주인 강도살인사건의 개요부터 범인 김학종의 자살에 이르기까지의 과정이 자세하게 나와 있었다.

"그 사건이 벌어진 게 7월 23일 새벽 2시쯤이라고……."

"아……."

학호가 그날을 어찌 잊겠는가. 단지 왜 401호 여자가 살인사건이 발생한 날짜를 확인하는 건지 알 수 없어 머뭇거렸을 뿐이었다.

"그런데요. 그건 왜?"

사건 당시 학호는 서울 본사에서 직원 연수가 있어 일주일째 출장 중이었다. 그 기간 내내 동생은 집에서 혼자 지냈다. 때문에 범행 당시 동생이 집에 있었는지 없었는지 진술해줄 사람 하나 없다.

"7월 23일이 정말 맞나요? 그러니까, 밤 12시 지나서 날짜가 바뀐 걸로 쳐서 7월 23일 새벽 2시가 맞는 건가요? 7월 22일이 아니고요?"

401호 여자는 거듭 물으며 신문 조각을 든 손을 떨었다. 여자는 겁에 질려 있었다.

"네…… 맞아요. 7월 23일 새벽."

"그때 동생분은 집에 있었어요!"

401호 여자가 소리쳤다.

학호는 잠시 정지 상태로 여자의 입술만 바라보다가 이내 문고리에 올려둔 손을 툭 떨어뜨렸다. 광대뼈 안으로 움푹 팬 눈이 휘둥그레졌다.

"죄송해요……. 정작 사건이 났을 때는 날짜를 유심히 안 봤어요."

401호 여자는 학호를 자기 집 거실로 안내하고, 식탁을 사이에 두고 마주 앉아 학호에게 물 한 잔을 따라주며 말을 이었다.

"그냥…… 그땐 옆집 총각이 엄청난 일을 저질렀구나, 하고 남 일로 생각하고 무서워만 했어요."

"학종이가 집에 있었다고요? 그날?"

"네. 그날 그러니까…… 7월 22일 밤 11시쯤 이 빌라 전체가 정전이 됐어요. 한전에서 나와서 복구를 한다고는 했는데, 새벽 1시쯤에, 7월 23일 새벽 1시요…… 일부 집만 전기가 들어오고 저희 집은 안 들어왔어요. 아직 안 들어온 데는 언제 고쳐질지 모르겠다고, 일단 날이 밝아봐야 알겠다고 하더라고요."

401호 여자는 손에 든 휴대전화를 만지작거렸다. 죄책감을 느끼는 표정이었다.

"그런데 그날 엄청 더웠어요. 열대야였거든요. 마침 낮에 저희 친정엄마가…… 그 무렵 제가 좀 아팠는데요. 그래서 병 회복에 좋다고 시골에서 개고기를 삶아다가…… 수육하고 탕하고 갖고 올라와서 주시고 가셨거든요. 그 더위에 아침까지 그걸 그냥 두면 쉬어버릴 것 같은 거예요. 개고기를 좋아하는 건 전혀 아니지만…… 엄마가 딸 몸 생각해서 가져오신 음식을 상하게 둘 수가 있어야지요."

"아……."

"밖에 나가 창을 올려다보니 403호는 전기가 들어온 것 같더라고요. 방 불이 켜져 있었어요."

"그래서……."

"네. 찾아가 벨을 눌렀죠. 동생분이 나왔어요. 다행히 아직 안 자고 있었다고 했어요. 텔레비전 보고 있었다고요."

"그때가 몇 시였습니까? 시간이?"

"새벽 1시 45분인가 50분쯤이었을 거예요. 시계를 보고 있다가 2시 되기 전에는 가야겠다 싶어서 결심하고 갔던 기억이 나요."

학호는 목이 타들어가는 느낌에 물을 한 잔 더 따라 마셨다. 살인사건은 새벽 2시경 발생했다고 한다. 사건 현장은 집에서 버스로 세 정거장 정도 떨어진 곳에 있는 호프집이다. 택시를 타면 7~8분 정도 걸린다. 동생이 새벽 1시 45분이나 50분쯤 집에 있었다면 상식적으로 새벽 2시에 그곳에 가 있긴 어려울 것이다.

"동생분에게 사정을 말하고 고기를 냉동실에 넣어줄 수 있냐고 부탁했어요. 그러겠다고 해서 저희 집에 가서 고기를 갖고 나와 동생분께 드렸어요. 냉동실에 고기를 넣는 것까지 보고 왔어요."

학호는 점점 가슴이 뛰었다.

그동안 자신은 동생에게 무슨 짓을 한 것일까. 재판이 시작되면서 동생은 혐의를 부인하는 말을 얼핏 했다. 자기도 지순구도 사람을 죽이지 않았으며 형사님들이 말하라는 대로 말했을 뿐이라고 면회 온 학호에게 기어들어가는 목소리로 웅얼거렸다. 언제나처럼 잔뜩 주눅 든 얼굴로 슬금슬금 눈치를 보면서. 동생의 국선 변호인과 상의했다. 국선 변호인은 동생과 접견할 때 비슷한 말을 들었다고 하면서 이미 자백도 하고 목격자도 있는 마당에 재판에서 갑자기 혐의를 부인하면 오히려 더 중한 형을 받을 거라고 했다. 국선 변호인에게 동생을 설득해달라고 부탁했다. 판사님 앞에서 혐의를 인정하고 선처를 구하는 태도를 보이도록. 강도살인죄의 법정형은 무기징역 또는 사형이다. 반성하는 모습을 보여 감경을 받지 못하면 평생 살아서는 교도소를 나올 수 없었다.

"집에 돌아와서 잠을 자려고 하는데 얼마 안 지나서 갑자기 불이 들어왔어요. 2시 20분 정도이지 않을까 싶어요. 그래서 다시 403호에 갔어요. 아직 불이 켜져 있는 것 같아서, 실례인 줄 알지만 한 번 더 벨을 눌렀어요."

동생이 자백했다는 말을 들은 순간부터 학호는 동생이 유죄라는 것을 단 한 번도 의심하지 않았던 것이다.

판결을 받기 전부터 동생은 이미 유죄였다.

동생은 결국 살아서 교도소를 나오지 못했다.

"전기가 들어왔다고 말하고 다시 고기를 받아왔어요. 그때도 동생분은 집에 있었어요."

403호 여자는 학호에게 휴대전화를 내밀었다. 그녀는 먼저 7월 22일 낮에 개고기를 들고 올라오는 친정엄마와 주고받은 문자 메시지를 보여줬다. 그리고 자기의 트위터 계정이라고 하면서 손으로 짚으며 읽어보라고 했다.

7월 23일 오전 2:07

아직도 정전ㅠㅠ 어떡해 어떡해 멍멍이 고기가 쉰다ㅠㅠ 옆집 총각에게 냉동실에 (개)고기 좀 넣어달라고 부탁. 넉살 좋다구? 그래 나 아줌마야!

7월 23일 오전 2:28

아침에 복구된다더니 갑자기 번쩍 불 들어와 깜놀! 옆집 가서 개고기 찾아 옴ㅠㅠ 조금 더 참아볼 걸 그랬지……

 김학호의 동생, 김학종은 7월 23일 새벽 1시 40분경부터 2시 20분경까지 집에 있었다. S시 호프집 주인 강도살인사건은 7월 23일 새벽 2시경 발생했다.
 동생은 범인이 아니다.

3

 파티션 너머 커다란 머리 하나가 불쑥 솟아올랐다.
 인권증진위원회 한윤서 조사관은 조사결과보고서를 쓰느라 잔뜩 찌푸리고 있던 얼굴을 쫙 폈다. 반가워서가 아니라 놀라서였다. 흘러내리는 콧물을 막기 위해 콧구멍에 끼워둔 휴지 뭉치가 툭 떨어졌다.
 "한윤서 조사관님?"
 커다란 머리가 좁은 어깨 위에서 오뚝이처럼 까딱까딱했다.

"전, 정책국 부지훈 사무관이라고 합니다."

"네. 알고 있어요."

아무리 주변 사람에게 별 관심이 없는 윤서라 해도 하루에 두 번은 조사국에 들러 수다를 떨고 가는 스피커를 모르지 않았다. 그러나 직접 인사를 나누는 건 처음이었다.

"저, 김규민 변호사가 진정한 사건 담당하시죠?"

지훈은 파티션을 돌아 윤서의 옆에 와서 섰다. 윤서는 티슈를 한 장 뽑아 얼른 코 밑에 가져다 댔다. 모직 조끼를 걸쳐 입은 지훈이 가까이 오니 비염이 더 심해지는 느낌이었다. 조끼는 심지어 분홍색이었다.

"아…… S 시 호프집 주인 강도살인사건 말하는 거죠? 고 김학종하고 지순구. 피의자 인권침해 사건이요."

"네. 그거요. 김규민 변호사가 대리해서 진정한 거요."

지훈이 같은 변호사 자격증 소유자로서 존경과 선망이 담긴 미소를 지으며 그 이름을 입에 올렸다. 김규민 변호사. 사법개혁론자. 억울한 허위자백 피고인들의 대변인. 서울 쪽방촌 노인 살인사건의 범인으로 확정판결을 받은 피고인을 대리하여 현재의 재판 관행으로는 거의 불가능에 가까운 재심판결을 얻어내고 결국 무죄선고를 이끌어낸 스타 변호사.

"어제 배당받았어요. 중요사건이라 보조 조사관으로 이달숙 조사관님 지정됐고요."

지훈의 얼굴에서 미소가 싹 사라졌다.

"그래요? 흠…… 어쨌든 대표 조사관은 한 조사관님인 거죠? 진정요지가 뭔지 좀 물어보려고요. 제가 지금 연구 중인 정책과제에 참고가 될 만한 사건 같아서요."

"신문에 알려진 내용하고 똑같은데……."

윤서는 캐비닛에서 사건철을 꺼내 들었다. 어제 김규민 변호사가 인권증진위원회에 진정을 제기하면서 기자회견을 했고 그 내용이 일간지에 다 보도된 상태였다. 아직 새것 그대로인 사건철을 넘기며 윤서는 진정요지를 설명했다.

첫째, 경찰은 먼저 검거된 고 김학종을 참고인으로 임의동행한 상태에서 사실상 장시간 피의자로 조사했다.

둘째, 김학종과 지순구 모두 지능지수가 80 언저리에 있는 경계선 지능인데도 경찰은 신뢰관계인을 동석시키지 않고 강압적으로 조사하여 허위자백을 이끌어냈다.

셋째, 경찰은 두 피의자를 잠을 재우지 않고 며칠에 걸쳐 야간에 조사하여 허위자백을 이끌어냈다.

넷째, 경찰은 자신들이 만든 시나리오대로 자백을 하면 약한 처벌을 받을 수 있다고 두 피의자들을 기망하여 허위자백을 이끌어냈다.

"한 조사관님은 어떻게 생각하세요?"

지훈이 한 손으로 턱을 괴고 눈을 가늘게 뜨며 말했다.

"뭘요?"

"이거 완전 허위자백 강요 사건이잖아요. 딱이잖아요. 아시죠? 피고인에게 완벽한 알리바이가 있는 거."

윤서는 고개를 끄덕였다. 1심에서 유죄 판결을 받은 김학종이 교도소에서 자신은 무죄라는 호소를 남기고 자살을 한 후 뒤늦게 김학종의 알리바이 증거가 나타났다. 살인사건이 있던 그날 김학종이 살던 빌라의 일부 가구가 정전이 되어 마침 김학종에게 냉장고를 빌려 쓰러 온 옆집 주부가 있었던 것이다. 주부가 김학종을 만난 시간은 살인사건 발생 시간대와 정확히 일치했다. 이 옆집 주부의 진술 이후 S 시 호프집 주인 강도 살인사건은 대반전을 맞았다. 인권 변호사 김규민이 개입하여 인권위 진정을 제기한 배경도 여기에 있었다.

"과학수사, 과학수사 하지만 여전히 자백은 증거의 왕이죠. 한번 자백 받아 피의자신문조서에 기재하면 그 사람은 끝이에요, 끝. 수사관은 더 이상 다른 증거는 찾을 생각도 안 하고 피의자의 무죄를 증명하는 다른 증거가 있어도 무시하거나 중요하지 않은 걸로 취급한다니까요."

"네……."

윤서는 지훈 몰래 콧물 젖은 휴지를 발치 휴지통에 버렸다. 지훈은 머리와 손목을 동시에 까딱거리며 말을 늘어놓기 시작했다.

"특히 사회적 이목이 집중되는 살인사건을 수사할 때 경찰은 진짜 자백이든 허위자백이든 자백을 받으려고 혈안이 돼요. 그 전제에는 모순되게도 '결백한 사람은 절대 자백하지 않을 것이다'가 깔려 있는 거죠. 어떤 수단을 써서라도 자백을 하게 만들어놓고, 자백을 했으니 유죄겠지. 이렇게 되는 거란 말이에요. 순환 논법이죠."

"……."

"그러나 전제가 틀렸어요. 결백한 사람도 자백을 해요. 판례에도 자주 나오는 문구예요. 자신을 진범이라고 확신하는 수사관들에게 둘러싸여 몇 날 며칠 돌아가면서 집중적으로 신문을 받다보면 자포자기하는 마음이 들어 하지도 않는 범죄를 시인하는 경우가 아예 없는 게 아니라고……. 뭐, 필요하시면 판례를 제가 찾아드리죠. 특히 이 사건처럼 지능이 떨어지는 사람이라든가 청소년, 아동, 장애인 등이 허위자백의 위험에 많이 빠져요. 관련 논문도 제가 서머리해서 드릴 수 있어요."

"그거 시사프로에서 많이 본 거 같아요."

윤서도 짐짓 진지한 표정을 지으며 관심을 보였다. 윤서의 반응에 만족한 지훈은 자기가 갖고 있는 관련 자료들에 대해 신이 나서 떠벌려댔다.

"그런데 부 사무관님."

지훈의 말이 끝나길 기다렸다가 윤서가 조심스럽게 말을 이었다.

"허위자백인지 아닌지, 그래서 유죄인지 아닌지는 항소심에서 판단하겠죠. 김학종은 사망해서 공소기각되었으니까 유족이 따로 국가에 민사상 손해배상을 청구하면 될 테고, 지순구는 항소심 진행 중이니까 판사가 이번 일을 계기로 사실판단을 다시 해서 유무죄를 결정하면 되지 않겠어요?"

"호……."

지훈은 순간 몸을 바짝 세웠다. 윤서가 법률용어를 막힘없이 사용하며 의견을 제시하는 걸 보고 조금 놀랐던 것이다.

역시 여간내기가 아닌데. 인권위 최고의 베테랑 조사관이라는 평판이 괜히 생긴 건 아니군.

"우리는 경찰 수사과정에 인권침해가 있었느냐 없었느냐, 그것만 조사하면 되겠죠."

"뭐, 맞는 말씀입니다만 인권위엔 법원에 진행 중인 사건 관련해서 의견 제출을 할 수 있는 권한이란 게 또 있으니까요. 그걸 검토해볼 수도……."

윤서는 머리를 한쪽으로 갸우뚱 기울였다.

"제 생각에는요, 부 사무관님. 법원에 의견을 제출하는 건 주로 법률 해석에 관련된 문제에 대해 인권위의 의견을 내라는 취지 아닐까요? 호주제가 위헌이냐 아니냐, 흉악범 얼굴 공개가 초상권 침해냐 아니냐, 군 가산점 제도가 성차별이냐 아니냐……. 이런 문제들에 대해 법원이 판단할 때 인권의 시각에서 참고할 수 있도록. 이를테면 전문가 증언 같은 의견을 내라는 것이지, 특정 형사사건에서 누가 유죄냐 무죄냐 하는 사실 판단을 인권위가 하라고 하는 것 같진 않아요."

"아, 저도 법원 의견 제출을 꼭 고려하고 있는 건 아닙니다. 그런 방법도 있지 않겠느냐, 하고 해본 말이고요. 제가 연구 중인 피의자신문조서 제도 정책개선 사안이 허위자백 문제랑 밀접하게 연관이 되어 있어서……."

"네에, 그러시구나."

"이 사건을 하나의 사례로 자세히 좀 알고 싶어요. 그래서 말인데, 언제 김규민 변호사 면담할 때 저도 같이 만날 수 있을까요?"

"진정인 면담을 부 사무관님과 같이요?"

두 사람이 이야기를 마무리 짓고 있을 때였다. 또각또각 구두 굽 소리와 함께 고음의 발랄한 음성이 끼어들었다.

"한 조사관! 자기, 천연 화장품 같이 공구할래? 내가 자기 아토피에 좋다고 해서 하나 알아본 거 있는데."

목소리의 주인공을 본 지훈이 깜짝 놀라 윤서에게 급히 인사말을 우물거리고 출입문을 향해 갔다.

이달숙 조사관은 자신을 피해 넓은 호를 그리며 사라지는 지훈의 뒤통수에 눈길을 쏘며 물었다.

"면봉이 자기한테는 뭔 볼일이래? 뭐야, 저 옷은. 분홍색이라니. 당치도 않다."

"김규민 변호사 만날 때 같이 만나자고요. 정책 안건에 참고한다고요. 과장님껜 본인이 허락을 받겠다는데요."

달숙은 코웃음을 치며 의자에 털썩 앉았다.

"아이고 그래. 꿀 있는 데 벌 안 꼬이냐. 사건이 된다 싶으면 나서고 싶어 못 참지. 정책 안건에 참고는 얼어 죽을. 오지랖 부리고 싶어서 일 난 거지."

달숙은 손거울을 꺼내 얼굴을 비추며 화장을 고쳤다. 그리고 이내 구시렁거리던 입을 닫고 눈썹 화장을 다듬느라 심혈을 기울였다.

"괜찮을 거 같아요. 법적인 부분은 조언도 받고. 변호사잖아요."

"대표 조사관인 자기가 좋다면 같이 만나는 건 좋아. 근데 거기서 뭔 말하려면 허락받고 말하라고 해. 아, 아니다. 면봉은 내가 상대할게."

달숙이 화장품 뚜껑을 탁, 하고 닫으며 눈을 빛냈다.

4

지난 7월 23일 오후 3시 30분경, 충남 S 시 소재 '치얼스 호프' 주인 방계덕이 호프집 내에서 시체로 발견됐다. 치얼스 호프는 도로변에서 10미터 정도 들어간 골목 지하 1층에 있었다. 동네 단골 장사로 유지되는 작은 술집이었다. 주인 방계덕은 46세의 이혼남으로 혼자 살았다. 때문에 전날 집에 들어가지 않았어도 아무도 찾는 사람 없이 낮까지 시신이 방치되었다. 호프집에 식재료를 배달하러 온 업자가 시체를 발견하고 신고했다.

방계덕은 호프집 입구 쪽으로 머리를 향한 채 바닥에 엎드린 자세로 눈을 부릅뜨고 죽어 있었다. 온몸이 피투성이였다. 복부에 3곳, 왼쪽 옆구리에 1곳, 왼쪽 허벅지에 2곳, 칼에 찔린 상처가 있었다. 복부 상처가 가장 깊었다. 사인은 과다출혈로 인한 쇼크사였다.

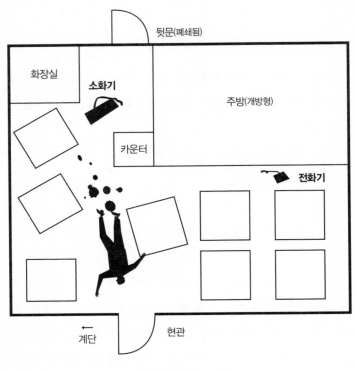

화장실

소화기

뒷문(폐쇄됨)

주방(개방형)

카운터

전화기

계단

현관

〈치얼스 호프 사건현장〉

치얼스 호프는 낡은 4층 건물의 지하에 있었다. 한 사람씩 통과할 수 있는 좁은 계단을 걸어 내려오면 유리로 된 입구가 나왔다. 입구에서 봤을 때 오른쪽 안쪽에 개방형 주방이 있고, 주방을 둘러싸고 니은자 형으로 8개의 테이블이 배열된 구조였다. 주방 왼쪽, 입구에서 보면 정면에 금전 등록기가 놓인 카운터가 붙어 있었다. 화장실은 왼쪽 안쪽에 있었고 화장실과 주방 사이에 난 뒷문은 평소 사용하지 않아 밖에서 잠긴 상태였다.

당시 카운터 주변의 테이블 세 개가 이리저리 흐트러진 가운데 다량의 피가 튀어 바닥에 고여 있었다. 몸싸움이 벌어진 흔적이 역력했다. 방계덕은 카운터 옆에서 칼에 찔려 쓰러졌다가 입구 쪽으로 기어가는 도중 죽은 것 같았다. 금전 등록기의 서랍이 열려 있었고 지폐 칸이 비어 있었다. 코드가 뽑힌 유선 전화기가 주방 앞 바닥에 내던져져 있었는데, 본래 카운터에 있던 거였다. 강도가 방계덕을 칼로 찌른 뒤 신고하지 못하도록 전화기를 뽑아 던지고 현금을 빼앗아 달아난 것으로 추정됐다. 현장에 피해자의 것을 제외하고 두 종류의 피 발자국이 어지럽게 널려 있었다. 족적의 크기로 보아 남자였다.

　　시체가 발견되고 22일 만에 스무 살의 대입 재수생인 김학종이 용의자로 검거되었다. 김학종은 친구인 지순구와 함께 범행을 했다고 자백했다. 사건 발생 두 달 전까지 지순구가 치얼스 호프에서 아르바이트를 했는데 방계덕이 급료 30만 원을 주지 않아 그날 같이 받으러 갔다는 것이었다. 순순히 주지 않으면 위협해 뺏을 목적으로 칼도 챙겨갔다. 벌써 여러 번 돈을 받는 데 실패했기 때문이다. 새벽 2시경 방계덕이 가게를 정리하느라 혼자 있을 때를 노렸다. 그러나 방계덕은 급습을 받고도 돈을 주기는커녕 지순구가 끼친 손해를 따지면 오히려 자기가 돈을 받아야 한다며 '돌대가리가 어디서 강도질을 배워 왔네'라고 비아냥거렸다. 격분한 지순구가 방계덕에게 덤벼들어 수차례 칼로 찌르고 금전 등록기에 들어 있던 돈을 챙겼다. 그동안 자기는 옆에 있다가 같이 도망 나왔을 뿐이라는 게 김학종의 진술이었다.

경찰은 지순구가 살고 있다는 여관 달방을 덮쳤지만 지순구
는 이미 도망친 뒤였다. 사건 바로 다음 날 퇴실했다고 했다.
그러나 얼마 지나지 않아 경찰은 수원의 한 주유소에서 가명
으로 아르바이트를 하고 있던 지순구를 발견해 체포했고 자백
을 받아냈다.

"둘은 강도살인의 공동정범으로 기소되었습니다. 호프집 주
인을 칼로 찔러 죽인 사람은 지순구지만, 김학종도 살인죄를
적용받았습니다."

김규민 변호사가 말했다. 그는 인권위 조사실에 들어와 자리
에 앉자마자 'S 시 호프집 주인 강도살인사건'의 개요부터 줄
줄 읊었다. 이미 언론을 통해 다 알려진 내용이었지만 맞은편
에 나란히 앉은 인권위 직원 세 명은 군말 없이 들었다. 인권
변호사 김규민에게는 그만큼 좌중의 주의를 집중시키는 힘이
있었다.

"공동정범이요?"

김규민과 바로 마주 보고 앉은 한윤서 조사관이 물었다.

"네. 경찰은 자백을 하면 공동정범이 되는 걸 피할 수 있다며
피의자 김학종을 속였습니다. 피의자를 기망하여 허위자백을
받은 겁니다."

두꺼운 은테 안경 안에서 변호사의 눈이 빛났다. 자신이 추
구하는 것에 대한 확신에 가득 찬 눈빛이었다.

젊구나.

김규민에 대한 윤서의 첫 느낌이었다. 생각보다 젊어. 윤서
는 재판이니 소송이니 하는 것들에 어지간히 경험이 쌓여 그
허점과 부당함에도 대항할 수 있게 된 중견 변호사를 상상했
었다. 그러나 눈앞에 있는 김규민은 많아야 서른다섯 살 정도
로 보였다. 호리호리한 몸에 값싼 양복을 걸쳤고 와이셔츠 깃
과 소매엔 검게 때가 타 있었다. 덥수룩한 직모가 쏟아져 내려
이마를 덮었다. 별반 특징 없는 얼굴은 더없이 진지했다. 힘들
여 정색하고 있는 사람처럼 조금도 웃질 않았다.

지금도 어느 대학 학생회관에서 기숙하고 있는 사람 같아.
매일 아침 대자보가 걸려 있는 방 안 낡은 침낭에서 눈뜨는 사
람. 줄기차게 사회의 변혁을 꿈꾸며 오직 정의감으로 자신을
지탱하는 운동권 선배. 윤서는 김규민의 인상을 정의 내렸다.

"여기서 잠깐! 공동정범의 개념에 대한 설명이 필요할 것 같
네요."

이때까지 탁자 끝에 조용히 앉아 있던 부지훈 사무관이 끼어
들었다.

"어흐흠."

이달숙 조사관이 헛기침을 하며 아이라인이 선명한 눈을 홉
떴다. 허락받고 말하랬지? 달숙의 눈빛이 품은 메시지에 움찔
한 지훈이 뒤늦게 한 손을 들어 보였다.

"네. 뭐죠?"

윤서가 지훈에게 발언권을 줬다. 법률용어에 대한 설명은 아
무래도 우리 쪽 사람에게 맡기는 게 낫다는 판단이었다.

지훈은 윤서와 달숙을 향해 몸을 돌리고 머리를 까딱였다.

"형법은 말이죠, 본래는 범죄 구성요건에 해당하는 행위를 한 사람에 대하여 그 개인의 행위와 결과를 벌하는 게 원칙입니다. 범죄는 개인 책임이죠. 사람을 죽인 사람은 살인죄, 물건을 훔친 사람은 절도죄, 폭행 협박을 수단으로 물건을 빼앗은 사람은 강도죄의 적용을 받죠."

지훈은 손가락으로 턱을 톡톡 두드리며 말을 이어갔다.

"그런데 어떤 범죄행위를 여러 명의 범인이 역할을 분담해서 실행하는 경우가 있을 거란 말입니다? 예를 들어…… 저와 한 조사관님, 이 조사관님이 짜고 함께 은행을 턴다고 생각해보세요. 부지훈은 칼로 은행 직원을 위협해서 돈을 빼앗고, 그동안 한윤서는 은행 점포 내에서 사람들을 감시하고, 이달숙은 밖에서 차를 준비하고 있다가 도주를 돕는 거죠."

순간 달숙이 풋, 하고 웃었다. 지훈이 면봉 같은 머리에 스타킹을 뒤집어쓰고 돈 내놓으라고 소리치는 모습을 상상했던 것이다. 앵앵대는 레고 인형이 연상되었다. 저걸 어떻게 믿고 같이 은행을 털어.

달숙의 반응엔 아랑곳없이 지훈은 자신의 좁은 가슴에 손을 얹었다.

"이때 엄밀히 말해서 강도 행위를 한 사람은 부지훈뿐이죠."

"음……."

윤서는 이해한 듯 고개를 끄덕였다. 지훈이 계속 말했다.

"오로지 각자가 한 행위만 따진다면 한윤서는 은행 안에 사

람들을 가둬놓고 못 나가게 했으니 폭행협박죄와 감금죄, 이
달숙은 밖에 있다가 차로 범인의 도주를 도왔으니 범인은닉죄
정도가 해당되겠습니다만, 현실은 그게 아니죠. 부지훈, 한윤
서, 이달숙 모두 은행강도로 처벌받습니다. 특수강도죄의 공
동정범으로 말이죠."

"범죄의 공동작업이란 말이네요."

윤서가 말을 받았다.

"서로가 서로를 도와 행위를 나누어 범죄를 실현하면, 모두
가 그 죄의 정범이란 말이군요?"

"그래. 빵 만드는 걸로 치자면, 오븐에 빵을 넣은 사람만 빵
을 만든 게 아니라, 반죽을 한 사람도 빵을 만든 거고 쨀주머
니 짠 사람도 빵을 만든 거란 소리네."

달숙도 끼어들어 고개를 주억거렸다.

"그렇죠! 모두가 같이 빵을 만들고자 하는 의사가 있고, 각
자 빵을 만들기 위해 반드시 필요한 어떤 일을 나누어 했다면
그 사람들 모두 빵 만든 죄의 공동정범이라는 거죠. 주범과 종
범이 따로 있는 게 아니라. 그러니까 이걸 공동가공의 의사와
공동가공의 사실이라고 하는데……."

"아, 네. 이제 충분히 알았어요. 부 사무관님."

윤서가 손을 들어 지훈의 말을 끊고 김규민 변호사에게 눈을
돌렸다.

"변호사님. 경찰이 어떻게 김학종을 기망했다는 건가요?"

"지순구보다 먼저 체포되어 신문을 받은 김학종에게 자백을

하면 살인죄는 면할 수 있다고 한 겁니다."

김규민이 한쪽 입꼬리를 들어 올려 처음으로 웃었다. 차가운 웃음이었다.

"허위자백을 받기 위해 경찰들이 아주 전형적으로 사용하는 방법입니다. 경찰은 어떤 용의자가 무고한지 아닌지는 관심 없습니다. 일단 용의자로 검거하면 범인이라고 확신하죠. 경찰은 김학종에게 당신이 지순구와 함께 강도와 살인을 했다는 확실한 증거를 갖고 있다고 말합니다. 부인해봤자 소용없다고 몰아붙이죠. 그런 뒤에 자백하지 않으면 살인죄까지 뒤집어쓸 거라고 협박했을 겁니다. 시키는 대로 자백하면 살인은 지순구 혼자 한 걸로 처리될 거고, 너는 강도치사죄만 적용받을 것이다."

"오. 자백하면 강도, 묵비하면 살인이라는 건가요?"

달숙이 말끝을 높였다. 공들여 화장한 눈엔 어느새 공감이 가득 깃들어 있었다.

"그렇습니다. 김학종이 범인이라는 것은 빼도 박도 못 하는 기정사실로 해놓은 뒤에, 다만 조금이라도 가벼운 벌을 받기 위해서는 자백하는 길밖에 없다고 어르는 겁니다. 김학종 같이 아이큐가 80 정도밖에 되지 않고, 자존감이 낮으며 사회적으로 미성숙한 경계선 지능에 있는 사람은 쉽게 자포자기하고 경찰의 말에 순종하게 되죠. 자백이 어떤 의미인지도 몰랐을 겁니다. 경찰은 매 한 대 대지 않고 사실상 고문을 한 겁니다."

"경찰이 그런 식으로 신문했다는 건, 증거가 있는 건가요?

아니면 변호사님의 추측인가요?"

윤서가 물었다.

김규민이 한쪽 눈을 찡그렸다. 윤서가 바로 덧붙였다.

"김학종이 자살한 후 이 사건을 대리하게 되신 걸로 들었습니다. 생전에 김학종을 만나보지 못하셨을 텐데, 경찰 신문 과정에서 있었던 일을 어떻게 아시나 해서요."

"물론 경찰서 방 안에서 은밀하게 이루어지는 피의자신문 과정을 제삼자가 어떻게 알겠습니까. 더구나 피의자는 죽고 없는데."

김규민은 눈가에 잔뜩 힘을 주었다. 어떤 열기가 눈 안을 채우고 파르르 빛났다.

"그런데 이 사건은 피의자신문조서의 내용만 죽 검토해보더라도 신문 과정에서 있었던 경찰의 속임수를 추측할 수 있더군요. 경찰은 처음에는 김학종이 진짜로 살인에는 관여하지 않았다고 생각했어요. 정말로 강도치사죄만 적용할 수 있을 거라고 생각했던 거죠."

"강도치사죄?"

윤서가 작게 중얼거렸다.

"공범의 살인을 예측 가능했는지 아닌지에 따라, 강도살인죄 공동정범이 되느냐 강도치사죄가 되느냐 나뉘죠."

지훈이 한 손을 까딱 들어 올리는 동시에 말했다.

"그러니까…… 살인을 적극적으로 공모하지는 않았어도, 그들이 정한 방법에 따라 강도 행위를 하다보면 누군가 사람을 죽이는 상황이 벌어질 수도 있겠다. 이렇게 예측 가능했다면 강도범 모두가 살인죄의 책임을 같이 지는 거예요."

"네. 그렇습니다."

김규민이 말을 받아 이었다.

"반대로 공범이 사람을 죽이리라는 것을 전혀 예측할 수 없었던 상황이라면······ 예를 들어, 공범 중 하나가 몰래 칼을 품고 왔다가 피해자를 우발적으로 찔러 죽인 경우라면, 다른 범인은 강도살인죄가 아닌 강도치사죄의 적용을 받습니다."

그 경우 고의범인 살인죄의 책임은 면하고, 살인이라는 결과가 발생된 것에 대한 결과책임만을 지는 거라고, 지훈이 설명을 보탰다. 강도살인의 법정형은 사형 또는 무기징역이고, 강도치사는 무기징역 또는 10년 이상의 징역으로서 처벌의 무게가 확연히 다르다는 말도 덧붙였다.

"처음 자백할 때 김학종은 지순구가 칼을 갖고 있는지도 몰랐다고 진술했습니다. 자기는 단지 지순구가 돈을 받아내는 걸 도와주기 위해 호프집에 같이 갔을 뿐인데, 지순구가 갑자기 칼을 꺼내 휘둘렀다고 했죠. 금전 등록기에 있던 돈도 범행에 사용한 칼도 모두 지순구가 가지고 도망쳤다고요. 그날 호프집을 나와 헤어진 다음 지순구와는 다시 만나지 않았고 연락한 적도 없다고 했습니다."

김규민이 말하며 세 조사관에게 고루 눈길을 주었다.

"그런데 지순구가 체포된 뒤 상황이 달라졌습니다."

"뭐가요? 어떻게요?"

달숙이 어깨로 윤서를 밀어내며 끼어들었다. 윤서는 힘없이 뒤로 물러나 티슈로 조용히 콧물을 훔쳤다.

"지순구가 칼은 김학종이 집에 있던 걸 가져다줬고, 범행 후에도 김학종이 가져갔다고 진술한 겁니다."

"오, 자기가 찌른 건 인정하고요?"

"그렇습니다. 우습게도 그 점에서 경찰은 지순구의 자백을 믿을 만하다고 여겼습니다. 자기가 죽인 걸 다 인정하는 마당에 유독 칼에 대해서만 거짓말을 할 리는 없다는 거죠."

김규민은 가장 열성적인 질문자인 달숙을 빤히 보며 말을 이었다.

"정말 우스운 일이죠. 지순구가 다른 건 다 자백하면서 칼을 조달하고 처분한 사람은 김학종이었다고 말한 것은 칼에 대해서 정말로 몰랐기 때문입니다. 왜일까요? 간단합니다. 범인이 아니기 때문이죠. 다른 부분은 경찰이 암시하는 대로 자백했겠지만, 칼에 대해서는 경찰도 어떻게 자백하라고 암시를 줄 수가 없었을 테죠. 경찰도 칼을 못 봤으니까요. 그래서 그 부분은 공범인 김학종에게 미룬 겁니다."

"어머, 어머. 그래서 그 이후엔 경찰이 김학종에게 칼에 대해서 막 추궁했겠네요?"

"그렇습니다. 김학종은 경찰수사기간 내에 매일같이 야간조사를 받으며 피로에 지쳐 자포자기한 상태에서 결국 경찰이 원하는 대로 자백해줬죠. 범행 도구를 조달하고 처분까지 한 걸로 자백의 내용이 바뀌었으니, 강도살인의 공동정범이 되는 걸 피할 수 있었겠습니까? 그 무렵 피해자 방계덕의 휴대전화가 현장에서 발견되지 않은 점이 부각돼서 나중에는 방계덕의 휴대전화까지 김학종이 들고나가 칼과 함께 버린 것으로 자백의 내용이 추가되었습니다."

"저, 변호사님. 죄송합니다만 인권위는 김학종과 지순구가 유죄인지 무죄인지를 밝혀내는 기관이 아니라……."

윤서가 입을 열었다. 그러나 말을 채 마치기도 전에 달숙의 질문이 윤서의 말을 자르고 들었다.

"휴대전화? 그건 뭐예요? 왜 문제가 됐어요?"

지훈도 흥미를 보이며 책상에 바짝 당겨 앉았다. 윤서는 뭔가 더 말하려다 말고 끄응, 소리를 내며 입을 닫았다.

김규민의 진지한 눈빛이 윤서의 회의적인 표정을 무겁게 내리눌렀다.

"방계덕은 사망한 날 새벽 1시 43분경 지인과 마지막 통화를 했습니다. 동네 단골손님이었죠. 한잔하러 갈까 하는데 가게 문을 닫았는지 확인하려는 전화였습니다. 방계덕은 청소까지 다 마치고 가게를 정리하고 있는 중이라고 했습니다. 그리고 새벽 2시 10분경 치얼스 호프 옆 건물에서 이자카야를 운영하는 업주가 범인으로 보이는 두 청년이 골목을 바삐 뛰어 달아나는 것을 목격했습니다. 그래서 범행시간이 새벽 1시 44분부터 2시 10분 사이로 좁혀졌습니다."

"그런데 치얼스 호프 내에서 방계덕의 휴대전화가 발견되지 않은 거군요? 맞습니까?"

지훈이 물었다. 발언권을 얻지 않았지만 이번엔 제지를 받지 않았다.

"그렇습니다. 현장에 있어야만 할 피해자의 휴대전화가 없었던 거죠. 그런데 경찰은 수사가 한참 경과했을 때에야 그 사실에 주목했습니다. 김학종에게 칼에 대한 허위자백을 받아낸 뒤였죠. 그래서 경찰은 피의자신문조서를 또 작성합니다. 김학종이 현장에서 칼과 함께 피해자의 휴대전화까지 들고 달아난 것으로요. 피해자가 신고하지 못하게 하려고. 유선 전화기 코드를 뽑아 던진 것과 같은 의미죠."

김규민의 음성이 점점 더 커지고 또렷해졌다.

"경찰은 피의자의 자백에 의하여 현장 상황과 부합하는 새로운 사실을 발견하는 것이 아니라, 반대로 새로운 사실이 발견되면 거기에 맞춰 피의자의 자백을 추가로 요구했습니다."

"잠깐만요. 변호사님."

윤서가 가운데로 모여든 달숙과 지훈의 머리를 옆으로 치우는 손짓을 했다.

"이야기가 자꾸 살인사건의 실체에 관한 걸로 빠지는데요. 지순구가 무죄인지 여부는 항소심에서 다투시면 될 테고, 우리는 인권침해 여부에만 초점을 맞추겠습니다. 그러니까, 참고인으로 임의동행한 상태에서의 실질적인 피의자 조사, 경계선 지능의 피의자를 조사하면서 신뢰관계인 미동석, 장기간의 야간조사, 기망을 통한 자백강요…… 이거죠?"

윤서는 사건철을 뒤적이며 차근차근 진정의 쟁점을 짚었다.

달숙과 지훈이 김이 샌 얼굴로 윤서를 바라보다가 순간 서로 눈이 마주쳐 질겁했다.

"참고인 신분에서의 피의자 조사는 피의자로서 혐의를 추궁하기 시작할 시점에 피의자 권리고지가 제대로 되었는지 여부를 살펴보면 될 테고, 어디 보자…… 야간조사를 어느 정도 했는지는 기록상 나올 테고요, 기망을 통한 자백강요는 방금 말씀하신 공동정범 문제 같은 게 해당될 텐데…… 이건 수사기록에 드러나 있는 것도 아니고 일응 수사기법으로 통용될 수도 있는 문제라 어렵긴 하지만…… 수사와 분리될 수 있는 지점도 아니고요……"

"인권위는 수사와 분리된 것만 다룹니까?"

이어지는 김규민의 말투는 명백히 항의조였다.

"대한민국 사법부가 무고한 사람을 살인범으로 만든 과정에 대해서는, 그 본질은 건드리지 못한다는 겁니까? 피고인 중 한 명이 죽음으로써 억울함을 밝혔고, 실제 그 억울함이 확실한 사실로 증명된 상황에서도요?"

"우리는 수사과정에서의 인권침해만 조사합니다. 수사나 재판의 내용에는 관여할 수 없습니다."

맞받아치는 윤서의 표정이 단호했다.

"인권위가 진행 중인 재판에 대해서 법원에 의견을 제출할 수 있지 않습니까?"

"아, 그건 제가 설명드리죠."

지훈이 자리에서 일어섰다. 나름 긴장된 분위기를 누그러뜨리고 이야기의 주도권을 잡기 위한 행동이었으나 키가 작아 청중이 올려다볼 만한 높이가 되지 않았다.

"사실 저도 그 점을 검토해보고 한 조사관님과 말씀도 미리 나눠봤었는데 말이죠. 법률 전문가로서 봤을 때…… 아, 제가 사법시험 52기입니다, 김 변호사님. 인권위의 법원의견제출권은 통상 법률 해석상의 문제에 관해 법원에 의견을 제시하는 취지의 권한으로 보여집니다. 사실판단이 아니라 가치판단을 하는 거죠. 사실판단까지 들어가기에는 인권위가 법원과 대등한 정도의 증거조사 능력도 권한도 없는 데다가, 잘못하면 사법부의 독립성을 해칠 수 있거든요. 민감한 문제예요."

"인권위법은 인권위가 법률상의 문제에만 법원에 의견제출을 할 수 있다고 한정하고 있지 않습니다!"

김규민이 외쳤다. 미간에 신경질적인 주름이 잡혔다.

"어쨌거나 법원 의견제출은 진정인이 요구할 수 있는 건 아닙니다. 진정과는 다른 차원의 문제입니다. 인권위의 정책적 결단에 의해 개입할 문제죠."

윤서가 못을 박았다.

달숙이 양손을 들고 어깨를 으쓱했다.

"에이, 그건 나중에 검토해볼 수도 있는 문제고. 이 자리에선 넘어가요. 여기선 결론 안 나. 쟁점을 마저 정리해봐요. 신뢰관계인 미동석 문제가 남았나? 그래, 이게 사실 제일 문제인 것 같아요. 피의자 신문할 때 가족도 변호사도 전혀 동석을 안 했나봐요? 이게 법에 하게 돼 있지 않나요?"

"그렇습니다. 그러나 김학종과 지순구 모두 단 한 순간도 가족이나 변호사의 조력을 받지 못했습니다."

김규민은 방금 전 대화에서 떠오른 불편한 심기를 감추지 못한 채 달숙의 질문에 응했다.

"말했다시피 둘 다 경계선 지능 소유자입니다. 김학종은 고졸, 지순구는 고등학교 중퇴 학력입니다. 김학종은 그나마 형이 보호자이자 동거인으로 돌봐주고 있었지만 지순구는 가족도 없이 아르바이트로 연명하며 여관 달방을 떠돌아다니던 신세였습니다. 이런 사람들은 경찰의 질문에 대한 피암시성이 강합니다. 권위에 무조건 순종하는 태도를 보이기도 하고요. 물어보는 사람이 원하는 대답을 해준다는 말씀입니다. 경찰의 강압적인 질문에 맞서 자신을 보호할 만한 내적인 에너지가 없는 약자입니다."

"경계선 지능이라고 다 그런 건 아니죠."

윤서가 말했다. 소법전을 팔랑팔랑 넘기는 손등에는 아토피 발진이 남긴 검은 흉터가 있었다.

"무슨 뜻입니까?"

"형사소송법에는 피의자가 신체적 또는 정신적 장애로 의사를 결정할 능력이 미약할 때 경찰은 피의자 신문 시 직권이나 신청에 따라 신뢰관계에 있는 자를 동석하게 할 수 있다……고 되어 있군요. 일단 경계선 지능은 장애라고는 할 수 없죠. 그 개념 자체가 지적 장애와 비장애의 경계에 있는 지능이라는 거잖아요?"

"장애인이 아니니까 해당 안 된다는 말입니까? 그렇게 형식적으로 법문을 수사기관에 유리하게 해석하십니까?"

김규민이 손으로 책상을 쳤다.

"아뇨, 아뇨. 그런 게 아니고 제 말은……."

윤서가 소법전을 덮으며 진정하라는 뜻으로 손을 내저었다.

"경계선 지능은 처음 봐서는 눈치채기 어렵다고 알고 있어요. 일단, 장애에 해당하는 정도는 아닌 거니까요. 그리고 사람마다 천차만별이라고들 합니다. 어렸을 때부터 재활교육을 잘 받으면 크게 뒤떨어지지 않고 일반적인 생활을 하는 사람도 있는 거고……. 그러니까 경계선 지능은 수사과정에서 무조건 신뢰관계인 동석이 필요하다, 그게 안 되었으면 인권침해다, 가 아니라 김학종과 지순구가 구체적으로 어떤 상황인지 실질을 봐야 판단할 수 있다는 말입니다."

김규민이 서류가방에서 사진 한 장을 꺼냈다.

그는 검지와 중지 사이에 사진을 끼고 윤서 앞에 내밀었다.

"보시죠."

인권위 직원 세 명의 머리가 사진을 중심으로 모였다.

나무 책상에 남성용 러닝셔츠를 펼쳐놓고 찍은 사진이었다. 흰 러닝셔츠의 배 부분에 검은 볼펜으로 거칠게 선을 덧입혀 적은 글자가 눈에 들어왔다.

나는 술집 아저씨 죽이지 아넛다

돈만 달라고 햇다

"김학종의 유서입니다."

"에구…… 쯧쯧쯧……."

달숙이 혀를 찼다. 지훈은 음, 소리를 내며 고개를 끄덕끄덕했다.

윤서도 편치 않은 표정이었다.

"고등학교를 졸업하고 대입 재수학원에 다니던 스무 살 청년이 죽기 전 자기 결백을 호소하며 쓴 글자에 맞춤법도 몽땅 틀렸습니다. 이래도 보통 사람과 다를 것 없다고 하시겠습니까?"

"보통 사람 같다고 한 적 없습니다. 구체적으로 살펴봐야 한다는 말씀이었습니다."

"한윤서 조사관님이라고 하셨습니까?"

김규민이 은테 안경을 끌어올리며 윤서를 쏘아보았다.

"네."

"이 진정사건의 대표 조사관이시고요?"

"네. 그렇다고 이미 말씀드렸습니다."

"굉장히 법 해석에 보수적이시군요. 아니, 권위적이십니다. 진정사건을 해결할 의지가 있으신 건지 상당히 우려됩니다."

윤서는 얼굴이 딱딱하게 굳는 걸 느꼈지만 어쩌지 못했다. 동시에 김규민의 인상에 대한 자신의 평가가 들어맞는 것을 느꼈다. 홀로 어깨에 정의를 짊어지고 있다고 자부하고 오로지 그것에 투신하며 자기 자신을 한 방향으로 내모는 사람일

수록 다른 의견을 받아들일 여유가 없다. 자신의 의견에 동의하지 않는 것은 다른 의견이 아니라 반대 의견이고 부정의(不正義)가 된다.

조사관 교체를 요구하려고 하는 것인가. 드문 일은 아니다. 수사기관과 사법부를 불신하는 사람이 인권증진위원회라고 마음을 놓겠는가.

"김 변호사님, 법률적인 부분은 제가 조사관님들께 충분히 자문을 드릴 수가 있는데……."

지훈이 큰 얼굴에 배시시 미소를 띠고 말했다. 인권위 내에서는 스스로를 최고 엘리트라 자부하는 지훈이 스타 변호사 김규민에게는 무턱대고 호의적인 감정을 내비치고 있었다. 달숙이 눈을 부라렸다. 나설 때 나서라, 달숙이 붉은 립스틱을 바른 입술을 달싹였다.

"일단 지켜보겠습니다. 다만 필수적으로 요청드릴 게 있습니다."

지훈과 달숙이 티격태격하는 건 본체만체 김규민이 윤서에게 말했다.

"요청이요?"

"인권위 조사과정에서 지순구를 만날 때는 반드시 제가 동석해야 합니다. 수사과정에서 신뢰관계인 미동석이 문제가 된 사건이니 반드시 그렇게 해주셔야 한다고 믿습니다. 의뢰인 지순구도 원하는 바입니다."

요청이 아닌 요구였다.

"내부에서 논의해보겠습니다."

긴장 가득한 면담이었다. 할 말을 다 끝내고 일어서는 김규민과 악수를 하며 윤서는 정신이 아득해지는 걸 느꼈다.

5

"한윤서 자기는 너무 고지식해. 아주 외골수야!"

달숙이 회의실 탁자에 있던 캐러멜 팝콘을 집어먹으며 말했다.

"뭐가요……."

윤서가 옷 위로 팔뚝을 긁으며 무심하게 대꾸했다.

"안 되는 쪽으로 너무 깊게 생각해. 그걸 또 진정인한테 고대로 말하고. 그럴 필요 있어?"

그때 툭, 하는 소리와 함께 업무수첩 한 개가 회의탁자에 떨어졌다. 달숙과 윤서의 시선은 이어지는 걸걸한 목소리의 주인공에게 향했다.

"여기 2시부터 회의한다고 하지 않았나?"

눈이 크고 가운데로 모여 있어 흡사 개구리를 연상시키는 배홍태 조사관이 청바지 주머니에 손을 찌르고 건들거리며 다가왔다.

"배 조사관이 웬일이야?"

달숙이 자기 앞으로 던져진 업무수첩을 손가락으로 밀어내며 말했다.

"나도 보조 조사관으로 끼라던데요? 오늘 아침에 모 과장님이 명하셨습니다."

홍태는 자리에 앉아 캐러멜 팝콘을 한 움큼 집어 우적우적 씹었다.

"배 조사관도?"

"제가 또 보조 전문이잖아요?"

윤서를 옆 눈으로 흘기며 홍태가 말했다. 말투에 빈정거림이 담겨 있었지만 윤서는 무시했다. 작년 경찰의 테이저건 발사와 관련된 사망사건을 같이 조사하면서 홍태와는 참 합이 안 맞았다. 홍태는 그 사건에서 예상외의 결론이 나온 것에 대한 화를 윤서에게 풀고 있는 것 같았다. 왜 그렇게 생각하는지는 모르겠다. 알고 싶지도 않았다.

"그나저나 이거 완전 경찰하고 법원이 생사람 잡은 사건 아닙니까? 나 참. 아주 기본적인 알리바이 확인도 안 하고 말이죠. 수사를 어떤 식으로 해서 작품을 만들었는지 꼬리 하나 잡고 살살 털면 다 나오겠는데요?"

홍태가 반삭발로 짧게 깎은 머리를 쓰다듬으며 자신만만한 표정을 지었다.

지난달 홍태는 인권위에 면전진정을 신청한 연쇄살인범 최철수를 만났다. 진정을 접수하러 간 것인데 엉뚱하게도 최철수의 희생자 중 성명불상으로 처리되었던 여고생에 관한 정보를 얻어왔다. 며칠 동안 언론과 경찰의 주목을 받으며 술렁였는데 왜 그런지 동료들이 그 얘기를 꺼내면 잔뜩 화난 얼굴로 입을 닫았다. 그러더니 어느 날 아침 머리를 박박 밀고 출근해서 사무실 분위기를 이상하게 만들었다. 분홍색 두피가 훤히 비쳤던 그때에 비하면 지금은 많이 길었다.

"자기도 주말에 TV 봤구나? 진짜 너무하더라. 애초에 자백 말고는 별로 증거도 없었어!"

달숙이 흥분에 겨워 몸을 들썩였다. 지난 주말 한 공중파 시사프로그램이 S 시 호프집 주인 강도살인사건에 대해 다뤘다. 김학종의 자살 장면을 재연하는 것부터 시작해서 김학종이 죽은 후 그의 알리바이를 증명해준 이웃 주민, 김학종의 형 김학호, 김규민 변호사의 인터뷰가 나왔고 당시 사건을 수사한 경찰들이 모자이크 처리되어 등장했다. 경찰은 여전히 두 청년이 진범이라 믿었다. 그러나 제작진은 두 청년의 혐의를 증명할 만한 증거가 사실상 자백밖에 없으며 그 자백도 강요에 의한 허위자백이라는 의혹을 짙게 던졌다.

김규민 변호사는 프로그램에 상당 분량 등장했다. 속히 항소심이 진행되어 무고하게 갇혀 있는 지순구를 하루라도 일찍 풀어줘야 한다고 강조했다. 현재 인권증진위원회에 진정을 제기한 상태라는 것도 언급했다. 인권증진위원회가 법원보다는 더 유연하고 빠르며 적극적인 조치를 취해줄 것을 기대한다는 발언에는 뼈가 있었다.

방송 이후 인터넷에서는 지순구의 즉시 석방을 요구하는 서명운동이 한창이었다.

"응. 다들 모여 있네."

회의실 문이 열리고 모병오 조사과장이 들어왔다. 180센티미터가 훌쩍 넘는 큰 키에 다부진 몸매를 앞세워 들어오는 모 과장의 뒤로 정책국 부지훈 사무관도 딸려 들어와 자연스럽게 회의탁자에 앉았다.

"긴급 조사단을 꾸려서 이 사건 빨리 처리하라고 하시거든. 위원장님께서. 시의성을 잃지 않게. 되도록 빨리. 실기하지 말고. 오늘부로 배홍태 조사관도 보조 조사관으로 참여할 거고. 정책국에서는 우리 부지훈 사무관이 지원하기로 했고."

모 과장이 말했다. 아무개란 뜻의 모(某) 과장이 아니라 진짜 성이 모씨인 모 과장. 하지만 아무개라는 뜻이 더 잘 어울리는 사람이라고 직원들은 입을 모아 평했다. 있으나 없으나 별 역할 없고 저 정도 할 거면 누구든지 대체할 수 있는 관리자. 공무원 조직이든 어디든 연공에서 우대받아 중요 역할을 떠맡는 약한 허리가 있기 마련이었다.

짧게 말을 끝낸 모 과장은 회의 탁자에 둘러앉은 부하 직원들을 멀뚱멀뚱 바라보았다. 50대 중반인 실제 나이보다 젊어 보이는 얼굴에 눈빛이 해맑았다.

"그래서요?"

성질 급한 홍태가 나섰다.

"저 뭘 하면 됩니까?"

모 과장이 윤서를 향해 턱짓을 했다.

"한윤서 조사관이 총괄을 해. 조사계획을 한번 말해보지."

"과장님! 한 조사관은 수사내용에 대해서는 아예 안 건드린 다는 생각이에요. 하지만 핵심은 내버려두고 인권위가 야간조 사나 신뢰관계인 동석 여부나 따지고 있는 건 전 의미가 없다 고 봐요."

윤서가 채 입을 떼기도 전에 달숙이 따지고 들었다.

"엥? 겉만 핥자구요? 그럼 긴급 조사단을 꾸리는 이유가 뭡 니까?"

홍태는 머리를 벅벅 긁다가 그 손으로 지훈을 가리켰다.

"허위자백 강요한 거 밝혀내서 법원에 의견제출하자고 부지 훈 사무관님도 여기 앉아 계신 거 아니었어요? 나만 잘못 알고 있는 겁니까?"

"음…… 제 생각도요. 여러 방향으로 가능성을 열어두고 조 사를 시작하는 게 좋을 듯합니다. 결론이 나중에 어떻게 나더 라도 말이죠."

지훈이 양팔을 벌리며 어깨를 으쓱했다.

모두의 시선이 윤서에게 향했다. 윤서는 옅은 한숨을 쉬었 다.

"허위자백 여부, 유무죄 여부는 항소심에서 다툴 문제예요. 이만큼 사회적 이목도 집중되었으니 법원도 새로운 증거나 제 기되는 쟁점을 다 살펴서 판단할 거고요. 우리는 통상의 진정 사건 조사 방식대로 우리 할 일만 하면 된다고 생각합니다."

"어허, 참."

의자에 비스듬히 앉아 있던 홍태가 몸을 일으켰다.

"법원을 되게 신뢰하시네. 법원이 일을 제대로 못 하니까 이런 일이 생긴 거 아닙니까? 자백의 신빙성도 검증 못 하고 1심에서 유죄 때렸잖아요. 그래서 억울한 피고인이 자살했고. 그런데 항소심 재판부가 알아서 잘 할 테니까 우린 그냥 수사과정의 적법성만 따지자?"

"그게 인권위의 역할이니까요. 수사과정의 인권침해가 드러나면, 자연스럽게 항소심에서의 무죄 주장도 힘을 받겠죠. 이후의 무죄 입증은 변호사가 할 일이에요."

"뭐 겁나는 거 있어요?"

홍태가 회전의자에서 몸을 좌우로 돌리며 빈정거리는 말투로 내뱉었다.

"사법부의 독립성은 신성불가침인가? 지켜주시는 거예요?"

"뭐라고요?"

윤서도 정색을 하고 날을 세웠다. 둘 사이에 앉아 있던 달숙이 양손을 엇갈려 중지 신호를 하고 홍태를 아래위로 훑어보며 입 모양으로 구시렁거렸다. 자제하라는 표현이었다. 불만에 가득 찬 홍태의 얼굴이 성난 개구리처럼 불룩해졌다.

하지만 이내 달숙도 이해할 수 없다는 표정으로 윤서를 보았다.

"그런데 조심해야 할 일인 건 아는데, 한 조사관! 자기는 화도 안 나? 죽은 김학종이나 지순구나 정말 결백하다면 얼마나 억울하겠어? 난 TV 보면서 막 눈물이 날 것 같더라. 내가 그 입장이면 정말 팔딱팔딱 뛰다가 죽겠어. 조사를 일단 해보고 확실하다면 법원 의견제출도 못 할 게 뭐야. 왜 해보지도 않고 자꾸 자르는 거야?"

"인권위가 개별 형사사건의 일방 당사자 편을 드는 걸 왜 다들 이렇게 쉽게 생각하죠?"

윤서야말로 팔딱팔딱 뛰고 싶은 심정이었다.

"그러니까 지금 살인사건을 재수사하자는 말씀들이신 거죠? 모두들 형사가 되고 싶으신 거예요? 좋아요. 한다고 쳐요. 그럼 앞으로 어떤 사건은 재수사하고 어떤 사건은 안 할 건가요? 그건 무슨 기준으로 선별하죠? 억울한 피고인들이 어디 또 없는지 청원을 받아 쌓아놓고 인권위 조사관이 공립 탐정 노릇을 해야겠네요?"

홍태가 캐러멜 팝콘을 한 줌 입에 털어 넣으며 모두에게 다 들릴 만한 혼잣말로 "왜 이렇게 오버야" 하고 중얼거렸다.

"너무 앞질러 염려하시는 것 같습니다, 한 조사관님."

지훈이 여러 방향에서 공격당하는 윤서를 향해 측은한 표정을 지어 보였다.

"우리가 그나마 이런 논의를 할 수 있는 건 이 사건의 명백한 오심 가능성이 사회적으로 알려졌기 때문이에요. 대부분의 사건들은 이렇게까지 도마 위에 오르지도 못해요. 사법제도 안에서 잘 굴러가겠죠. 개입할 여지가 있으니까 검토해보자는 거 아니겠습니까? 이 사건을 하면 앞으로 모든 사건 다 해야 하는 거 아니냐, 이건 기우 아닐까요?"

"과장님이 결정해주세요."

홍태가 모 과장에게 바통을 넘겼다.

"뭐, 계속 의견이 안 맞으면 대표 조사관을 바꾸는 방법도 있는 거고요."

부하 직원들의 설왕설래를 말없이 지켜보기만 하던 모 과장이 눈을 끔뻑끔뻑했다.

윤서가 무섭게 인상을 쓴 얼굴로 모병오 과장을 노려보았다. 자를 테면 잘라봐. 대신 자르면 난 빠져. 윤서의 표정이 말하고 있었다. 모 과장은 고민했다. 이건 위원장도 초미의 관심을 기울이고 있는 중요사건이다. 여기서 최고 베테랑 조사관인 윤서의 입지를 위협하면 담당 과장인 자신에게도 좋을 것이 없었다.

모 과장의 결정이 늦어지자 다시 각축이 벌어졌다. 발언의 수위도 언성도 점차 높아졌다.

"말을 좀 가려서 하시죠?"

"자신 없으면 빠지세요, 그냥."

"제 생각은 말이죠……."

"저한테 유감 있어요?"

"왜 말귀를 못 알아들을까!"

"그만!"

모병오 과장이 양 손바닥으로 책상을 쾅 내리쳤다. 와글거리던 직원들이 입을 닫고 일부는 삿대질도 멈췄다.

"다 틀린 말은 아닌데. 일단 한윤서 조사관 의견대로. 수사과정에서의 인권침해 여부부터 신속 조사하지. 시정권고 먼저하고. 여지가 있으면 법원의견 제출 검토하는 걸로. 그때 가서 추가조사도 할 수 있는 거니까. 조사계획은 한 조사관이 짜서 갖고 와봐. 이상! 에이. 시끄러워 죽겠네. 회의 끝이야."

모 과장이 거구를 움직여 회의실을 바삐 나갔다.

남은 사람들은 각자 가장 불만 있는 사람을 노려보다가 배홍태, 한윤서, 이달숙 순으로 일어섰다. 조사국 직원도 아닌 부지훈이 조사국 회의실에 혼자 남았다.

지훈은 바로 자리를 뜨지 않고 면봉 솜뭉치 같은 머리를 까딱까딱 흔들며 생각에 골몰했다.

진실을 좇아 지금까지 판명된 잘못된 사실을 뒤집고 상황을 바꾸며 정의를 실현하는 민완 변호사.

지훈은 그 이미지가 무척 마음에 들었다.

6

오전엔 날씨가 맑더니 오후 들어 바람이 불면서 눈이 쏟아졌다. 12월의 세 번째 주였다. 거리 곳곳에서 트리 점멸등이 반짝였고 휴가를 떠나는 사람들의 들뜬 얼굴이 보였다. 술렁이는 분위기를 뚫고 '인권증진위원회 조사차량'이라는 딱지를 붙인 아반떼 승용차가 S 교도소 정문으로 들어섰다.

세밑의 기분은 교도소 담장에서 끝이 났다.

"다른 조사관들이 약 올랐던데요?"

지훈이 윤서에게 몸을 기울여 속삭였다.

"네?"

"오늘 안 끼워줬다고요."

내(內)정문 입구에서 신분증과 휴대전화를 맡기며 방문절차를 밟는 중이었다. 윤기 흐르는 갈색 털 코트를 입은 지훈의 표정이 밝았다.

"수용자 면담을 우르르 다 같이 할 필요는 없잖아요."

윤서가 검은 방한 점퍼의 깃을 세우며 오한에 몸을 떨었다. 오늘 지순구를 만나고, 올라가 면담 결과를 공유한 다음 모레쯤 조사단 모두가 내려와 경찰을 조사할 계획이었다. 그나저나 내려오다가 멀미를 했나. 윤서는 점퍼 위로 배를 쓰다듬으며 얼굴을 찡그렸다. 배 속이 싸르륵 아프고 머리도 지끈거리는 것이 몸 상태가 영 좋지 않았다.

"제가 답변을 대신 하진 않겠지만, 의뢰인이 표현에 어려움을 느끼면 약간씩 돕겠습니다. 말의 물꼬를 트는 정도로만."

내정문을 통과할 때였다. 윤서의 뒤에 바짝 따라붙으며 김규민 변호사가 말했다. 그는 지난번 입었던 것과 같은 낡은 양복에 두툼한 야상점퍼를 걸쳤다. 인권위 직원들과는 미리 시간을 정해 교도소 앞에서 만나 같이 들어오는 길이었다.

"지순구 씨와는 언제 처음 만나셨죠?"

걸어가며 윤서가 물었다.

"김학종이 자살했다는 뉴스가 나고 바로 그다음 날에 만났습니다. 허위자백에 대한 모든 이야기를 들었죠. 그동안 무슨 일이 있었는지도. 그날 국선변호인을 해임하고, 절 변호인으로 선임했습니다."

"무료로…… 수임하신 겁니까?"

앞서가던 지훈이 돌아보았다. 김규민이 한쪽 입술을 씰룩이다가 앙다무는 걸로 대답을 대신했다. 김규민은 그 유명한 서울 쪽방촌 노인 살인사건 재심 청구도 무료로 맡은 것으로 알려져 있었다. 사건을 따로 얼마나 맡아서 생계를 유지하는지는 몰라도 과잉수사와 법원의 오판과 관련된 사건이라면 돈을 따지지 않는 모양이었다.

세 명은 하얀 플라스틱 책상이 하나 놓인 접견실로 들어갔다. 윤서와 지훈이 출입문과 가까운 쪽에 나란히 앉고 김규민이 맞은편 안쪽에 앉았다.

"이곳에서 얼마 전 김학종이 자살했습니다. 지순구는 다른 미결사동에 있었고요. 굉장히 죄책감에 시달리고 있습니다."

김규민이 말했다. 미결 수용자는 본래 구치소에 수용하는 게 원칙이다. 그러나 구치소 시설을 따로 둘 여력이 없는 지방 도시의 경우 교도소 내에 미결사동을 둔다. S 교도소에는 미결사동이 두 동 있어 공범을 분리하고 있다고, 셋이 그런 대화를 나누고 있을 때였다. 접견실 문이 열리고 교도관을 따라 갈색 수용복을 입은 통통한 체격의 청년이 들어왔다.

"아, 안녕하세요. 안녕하세요."

지순구가 누구를 향해서랄 것도 없이 냅다 허리를 숙여 인사했다. 둥글납작하게 퍼진 얼굴에 오밀조밀한 눈코입이 묻혀 있는 듯한 인상이었다. 고개를 똑바로 들지 못하고 어깨를 구

부리고 선 모습이 아주 오랫동안 주눅 들어 있는 사람의 분위기를 풍겼다. 폭력적으로 보이진 않았다. 그러나 누군가의 호감을 사기도 어려워 보였다. 지순구는 얼마 전 1심에서 강도살인죄의 주범으로 무기징역을 선고받았다.

쭈뼛거리며 눈치를 보던 지순구가 아는 얼굴을 발견하고 반색했다.

"변호사님!"

김규민이 미소를 띠고 비어 있는 제 옆자리를 툭툭 두드렸다. 저 사람이 웃을 줄도 아는구나. 한결 안심한 표정으로 자리에 앉는 지순구를 보며 윤서는 김규민을 동석하도록 한 것이 잘한 일 같다는 생각을 했다.

"아빠는 어릴 때 집 나가 어디 사는지 모르고, 엄마는 재혼하셨어요. 내가 연락하는 거 싫어하지만…… 그래도 엄마 불러 달라고 했어요. 아니면 큰이모. 중학교 때 저 키워주셨던……. 그런데 형사님들은 안 된다고. 내가 말 다 해야 만나게 해준다고 했어요."

지순구는 경찰 조사를 받을 때 상황을 이야기하면서 울먹였다.

"경찰은 체포 3일째 되던 날 겨우 가족 면회를 허락했습니다. 자백을 다 받고 난 후에요. 그건 김학종도 마찬가지였죠."

김규민이 덧붙였다.

"변호사 선임할 수 있다는 얘긴 들었어요? 형사님들한테?"

윤서의 물음에 지순구는 작은 눈을 끔뻑거리다가 고개를 저었다. 아는 변호사도 없고 어떻게 불러야 할지도 모르며 돈도 없어서 변호사의 도움을 받을 수 있다는 건 상상도 못 했다고 했다.

"진술 거부할 수 있고 변호사 선임할 수 있다……. 그런 안내를 받았다는 확인서에 사인하지 않았어요?"

윤서는 점점 심해지는 두통을 떨쳐버리려고 애쓰며 질문을 이었다. 지순구가 당황한 얼굴로 김규민을 보았다. 김규민은 고개를 끄덕이며 턱짓을 했다. 괜찮아, 말씀드려, 라고 말하는 듯한 제스처였다.

"형사님들이 어디 사인하라고 해서 하긴 했는데…… 해야 된다고 해서요……. 그런데 그게 뭔지는 몰랐어요. 제가 머리가 나빠서……."

들어보니 체포 후 3일 연속 새벽 4시 또는 5시까지 이어진 야간조사 동의서에도 지순구는 다 사인을 한 모양이었다. 지순구는 마치 인권위 조사관들에게 큰 잘못이라도 한 양 고개를 푹 숙였다. 제가 머리가 나빠서요, 라는 말을 계속 변명처럼 중얼거리며.

"그 말을 했습니까? 조사받을 때?"

지훈이 끼어들었다.

"네?"

"머리가 나빠…… 아니, 그러니까, 지능이 좀 낮아서 질문을 이해하는 데 다른 사람보다 오래 걸리고 힘들다고. 그 말을 형사들에게 했습니까?"

지순구는 입을 헤벌린 채 말을 잇지 못했다. 이마에 땀이 배어 나와 번들거렸다. 확실히 이해가 늦긴 늦는 것 같았다. 하지만 대화가 불가능할 정도는 아니다. 일상생활에서 쓰는 평균적인 어휘들을 구사할 줄 안다. 미리 정보가 없다면 처음 만나 얘기를 나눠보고 뭔가 문제가 있다고 알아채긴 어려울 것 같았다. 다소 똑똑하지 않다는 느낌은 들겠지만 경찰서에 드나드는 대부분의 범죄자들이 그럴 거라고 윤서는 생각했다.

"아니요. 그런 말…… 저, 안 해요."

힘겹게 말을 마친 지순구의 얼굴이 붉게 물들었다.

김규민이 얼굴을 찌푸렸다.

"자신의 약점을 대놓고 말하는 게 쉬운 일입니까? 물어보지도 않는데?"

"저는 안 그랬어요! 저 사장님 안 죽였어요!"

지순구가 소리쳤다.

내내 자신 없는 태도로 묻는 말에만 대답하던 청년이 갑자기 소리를 지르자 윤서는 당황했다. 지순구는 울분에 찬 얼굴로 주먹을 굳게 쥐고 양팔을 떨었다. 벼르고 터트린 말인 듯했다. 당장에라도 눈에서 굵은 눈물이 쏟아질 것 같았다.

"저, 지순구 씨. 우리는 그 점을 조사하러 여기 온 게 아니고……."

"그럼 왜 자백했습니까?"

지훈이 윤서의 말을 가로막고 물었다.

"학종이가…… 저랑 했다고 이미 다 말했다고 하니까요!"

지순구는 앉은 채 발을 굴렀다.

"제가 안 했다고 해봤자 소용없다고 그랬어요! 증거가 다 있다고……. 제가 아니라고 하면 형사님들이 막 화를 냈어요! 거짓말쟁이라고 했어요! 계속 그러면 괘씸죄로 사형받는다고……. 그럼 학종이도 거짓말한 게 돼서 사형받는다고 그랬단 말이에요!"

"지순구 씨?"

윤서는 겨우 이름만 부르고는 배를 움켜잡았다. 꾸르륵 소리가 나며 더 이상 참을 수 없을 만큼 배가 아파왔다. 식은땀이 났다.

"내가 한 게 진짜 아니면…… 검사님한테 가서 다시 얘기해도 된다고 했어요. 형사님들도 너무 힘들다고……. 빨리 끝내고 같이 좀 쉬자고 그랬어요. 학종이가 쓴 거 보여주면서 그대로 말하라고…… 끝나면 엄마도 불러서 만나게 해주겠다고…… 흑흑……."

지순구는 끝내 울음을 터트렸다. 덩치가 커다란 청년이 몸을 들썩거리며 우는 모습이 서러움에 겨운 아이 같았다. 김규민이 지순구의 등을 살살 쓰다듬으며 달랬다.

"목격자가 있지 않았습니까?"

지훈이 김규민을 보고 물었다.

"옆 건물 이자카야 주인 말씀이십니까?"

"네. 자신이 목격한 사람이 김학종 씨와 지순구 씨가 맞다고 확인 진술도 했던데요."

"그 확인이란 게 참 엉터리였습니다."

김규민이 한쪽 입술을 비틀어 비웃음을 흘렸다.

"경찰은 목격자인 이자카야 주인을 사건 발생 28일 만에 경찰서로 불렀죠. 조사실 창문 너머로 조사를 받고 있는 김학종과 지순구를 각각 보고 그날 목격한 청년이 맞는지 확인하게 했습니다."

"허…… 그런 식으로요?"

지훈이 어이없다는 말투로 말했다. 목격자에게 단 한 사람의 용의자를 제시하면서 범인식별을 요구해서 얻어낸 진술은 신빙성이 떨어질 수밖에 없지 않은가. 더구나 이미 수사기관에서 범인으로 지목되어 조사를 받고 있는 사람에 대하여 목격한 사람과 일치하느냐는 질문을 하면, 목격자는 그 사람이 자신이 목격한 진범이 맞는 것 같다는 강력한 암시를 받게 된다. 일방 거울에 비슷한 인상착의의 사람들을 일렬로 세워놓고 그중에서 용의자를 지목하게 하는 영화나 드라마 속 흔한 장면이 괜히 나온 게 아니다. 범인식별 절차에서 목격자 진술의 신빙성을 높이려면 사전에 목격자의 진술을 상세히 기록하고, 용의자를 포함하여 인상착의가 비슷한 여러 사람들을 동시에 대면시켜 범인을 지목하도록 하여야 한다. 이것은 대법원 판례로도 나온 수사의 정석이나, 일선에서는 잘 지켜지지 않을 때가 많은 모양이었다.

"학종이는 착해요! 내 하나밖에 없는 친구였어요! 다른 애들은…… 다른 형들은 다 친구 아니에요. 흑흑……"

지순구는 줄줄이 쏟아지는 눈물을 팔뚝으로 문질러 닦았다. 지순구와 김학종은 중학교 시절 학습 도움반에서 만났다고 했다. 그들은 같은 '느린 학습자'로서 서로에게만큼은 느리고 답답하다는 비난과 멸시로부터 자유로웠던 걸까.

"사장님이 돈을 안 줘서…… 분명히 30만 원 저 안 줬는데 다 줬다고 그러면서 안 줬어요. 여관비 낼 돈도 없고…… 밥 먹을 돈도 없고. 그래서 학종이가 같이 가준 거예요. 그날 말고 그 전에……. 그날 아니란 말이에요! 학종이는 사장님 안 죽였어요. 학종이는 상관없어요! 저도 사장님 안 죽였어요! 그날은…… 그날은…… 그러니까……."

김규민이 지순구의 손을 굳게 잡고 목소리를 높여 외쳤다.

"순구야! 괜찮아. 넌 안 죽였어! 알아. 그만해."

눈물범벅이 된 지순구의 눈동자가 불안하게 흔들렸다. 김규민은 지순구의 양 팔뚝을 잡고 자기의 얼굴을 똑바로 보게 했다. 지순구가 김규민의 무릎 위로 쓰러져 울었다.

"혼날까봐 내가 했다고 했어요. 흑흑…… 잘못했어요."

지훈은 무슨 말을 해야 좋을지 몰라 난처한 표정으로 두리번거렸다.

이때 윤서가 상체를 잔뜩 구부리고 일어나 접견실 문을 두드렸다. 밖에서 대기하고 있던 교도관이 문을 열고 고개를 들이밀었다.

"끝나셨습니까?"

교도관은 윤서의 창백한 얼굴을 보고 깜짝 놀라 눈을 크게 떴다.

"저…… 화장실이 어디죠?"

윤서가 얼굴을 찡그리지 않으려고 애쓰며 식은땀을 뚝뚝 흘렸다.

7

홍태는 핸들을 잡지 않은 손으로 뒤를 가리켰다. 달숙은 조수석에서 몸을 틀고 돌아보았다. 뒷좌석 바닥에 주홍색 보자기에 싸인 기록 뭉치가 놓여 있었다.

"누구에게 받았어? 김규민?"

달숙은 안전벨트를 풀고 손을 뻗어 기록을 집어 들었다. 21세기에 들어서도 여전히 법원 사건기록은 보자기에 싸서 운반하는 이유는 뭘까, 생각하면서.

"어제 사무실로 갖고 왔던데요. 내 자리에 놓고 갑디다."

홍태가 차창을 내리고 담배를 피워 물었다. 어휴, 진짜. 달숙이 불쾌한 표정으로 노려보았지만 홍태는 능치며 낄낄 웃었다. 쌀쌀한 바람이 들어와 담배연기에 섞였다.

"그래서…… 과장님한텐 내일 아침부터 조사 시작한다고 미리 내려가는 걸로 하고…… 지금 우리가 누굴 만나러 간다고?"

"우리?"

홍태가 차창 너머로 담뱃재를 털었다.

"꼭 우리가 아니어도 되고요. 저 혼자 움직여도 상관은 없는데요."

대수롭지 않다는 듯 말해놓고 홍태는 달숙의 표정을 힐끔 살폈다. 달숙은 사건기록 표지를 넘기려다 말고 끙, 하는 소리를 내며 숨을 골랐다.

"배 조사관, 이거, 사진 붙어 있는 쪽은 안 보이게 어떻게 해주면 안 돼?"

홍태는 급격히 울상이 된 달숙을 보고 피식, 웃음이 나오려는 것을 참았다. 맞다. 피 공포증이랬지. 피투성이 범죄 피해자의 사진을 보고 사무실에서 한 번 쓰러진 적이 있다는 소문도 들었다.

"운전하는데 지금 어떻게 해요."

"자기가 필요한 것만 얘기해줘, 그럼. 다 읽었을 거 아니야."

달숙은 사건기록을 다시 보자기로 싸서 뒷좌석에 던졌다.

"어쨌든 같이 조져보자는 얘기 맞죠?"

홍태가 담배꽁초를 차창 밖으로 던지며 씨익 웃었다.

"안 무서워요?"

"뭐가?"

달숙이 눈을 동그랗게 떴다. 홍태가 입 모양으로 이름 석 자를 말했다.

"한윤서? 내가 걔를 무서워해?"

달숙이 크게 코웃음을 쳤다.

"우리가 출장지에서 쓰러져 입원 중인 사람 계획대로 마냥 움직여야 해? 걔는 개고 우리는 우리지."

"으허허. 이 조사관님하고는 뭔가 뜻이 맞을 것 같습니다."

이틀 전 밤, 지훈이 혼자 끌고 올라와 넘겨준 아반떼 승용차가 S 시 시내로 진입했다. 날은 이미 어둑해져 있었다. 내비게이션의 안내를 따라 한갓진 도로로 접어들며 홍태는 속도를 늦췄다. 저 사람인가, 하고 홍태가 입을 뗀 것과 동시에 도로가에 서 있던 키 크고 홀쭉한 남자가 차 번호판을 들여다보더니 손을 흔들었다.

"오시느라 수고 많으셨습니다. 김규민 변호사님께 얘기 들었습니다."

남자는 뒷좌석에 올라타며 고개를 까딱였다. 눈이 퀭하고 광대뼈가 튀어나온, 우울한 인상이었다. 얼굴에 드리운 검은 빛 때문에 실제보다 나이가 더 들어 보였다.

"김학호입니다. 학종이 형 됩니다."

홍태와 달숙은 앞좌석 사이로 손을 내밀어 차례로 학호와 악수를 나눴다.

골목을 꺾어 들어가 차를 세웠다. 학호는 사건 이후 건물주가 치얼스 호프 간판을 떼버렸다고 말했다. 끔찍한 사건이 일어났던 점포를 임대하려는 사람이 없어 가게자리는 아직 비어 있었다. 홍태와 달숙은 학호를 따라 좁은 계단을 내려갔다. 학호가 유리문 앞에 이르러 복도 불을 켰다. 잠겨 있는 유리문 너머 집기를 들어낸 텅 빈 공간이 보였다. 내부엔 핏자국 하나 남아 있지 않았다. 입구 맞은편에 철로 된 뒷문이 나 있었다.

"범인들은 처음에 저 뒷문으로 도망치려고 했다면서요?"

유리문에 불투명지가 붙어 있지 않은 부분을 통해 안을 들여다보며 홍태가 말했다.

"그렇다더군요."

홍태는 사건 현장에 뒹굴고 있던 소화기 사진을 떠올렸다. 소화기는 원래 화장실 벽에 고정되어 있던 거였다. 범행을 마친 지순구가 소화기를 집어 들어 철문의 잠금쇠가 있는 부분을 몇 번 내리쳤다. 뜻대로 문이 열리지 않자 쓰러진 방계덕의 옆을 지나쳐 현관 유리문으로 빠져나와 도주했고 김학종도 그 뒤를 따랐다고, 사건기록에 나타나 있었다.

"원래 이 계단까지 두 사람의 피발자국이 찍혀 있었대요."

학호가 계단을 가리키며 말했다.

달숙이 뒤에서 어깨를 움츠리며 소름을 참았다.

"족적에 맞는 신발은 증거로 확보되었습니까?"

이미 알고 있는 사실이었지만 홍태는 확인 차원에서 물었다.

"아니요. 동생은 22일 만에 순구는 27일 만에 체포되었으니까 그사이 버렸을 거라고 하고 넘어갔어요. 칼도 못 찾았는데 신발 따위는…… 중요한 게 아니었겠죠."

앞서 계단을 올라가는 학호의 어깨가 축 늘어져 있었다.

"동생은 자백했으니까요."

건물 입구로 나온 홍태는 주위를 유심히 살폈지만 골목을 비추는 CCTV는 발견하지 못했다. 학호가 건물을 디귿자로 빙 돌아 앞 건물의 측면으로 걸어갔다. 중국집과 세탁소, 분식집을 차례로 지나쳤다.

학호는 '삿포로의 밤'이라는 간판을 단 이자카야 앞에서 발을 멈췄다. 먼지 쌓인 노란 등에 일본어 몇 자가 휘갈겨 적혀 있었다. 바깥까지 꼬치 굽는 냄새가 솔솔 풍겼다.

"저도…… 여기 오는 건 처음입니다."

학호가 가게 문을 열기 전에 뒤를 돌아보며 말했다.

안에는 나무 가림막으로 나뉜 식탁이 대여섯 개 놓여 있었다. 식탁 세 곳에 손님이 한둘씩 앉아 김이 오르는 오뎅 그릇을 사이에 두고 생맥주를 마시고 있었다. 주방에서 꼬치를 굽던 중년 남자가 재빨리 나와 자리를 권했다. 남자 혼자 요리와 서빙을 다 하는 듯했다. 키는 땅딸막하나 몸이 다부졌고 행동이 잼다. 나이는 쉰 근처로 보였다.

"백선재 사장님 맞으십니까?"

잠시 후 주문한 생맥주와 꼬치구이를 가지고 온 남자에게 학호가 물었다.

"지 이름을 어떻게 아신데유?"

남자가 약간의 미심쩍음과 걱정이 담긴 표정을 지었다.

학호가 백선재에게 자신과 인권증진위원회 조사관들을 소개했다.

"거기 그…… 형이라구유?"

백선재는 난처한 듯 앞치마에 손바닥을 비볐다.

결백이 밝혀진 용의자의 형과 그 목격자의 대면. 그러나 학호의 얼굴에는 따져 묻거나 분노하려는 기색이 없었다. 제가 처음부터 동생의 결백을 믿었더라면 이런 일은 없었을 겁니다. 남 원망할 것 없습니다. 제가 가장 큰 죄인입니다. 이곳까지 오는 동안 학호는 두 조사관들 앞에서 자책했다. 이제라도 진실을 밝힐 겁니다. 피고인의 사망으로 김학종에 대한 공소는 기각되었지만 공범 지순구에 대한 항소심은 학호에게도 중요한 일이었다. 지순구에게 무죄가 선고되어야 실질적으로 김학종에 대한 무죄의 사실관계도 확정될 것이었다. 학호는 그때 가서 국가에 손해배상을 청구할 계획이라고 했다.

"우리 집이 보통 밤 11시면 문을 닫는디 그날은 짜를 수 없는 손님이 있어서 2시까지 문을 열었시유. 여기는 주택가라 늦게까지 문 여는 영업집이 거의 없어유. 그때도 이 건물에서 그 시간까지 문 연 집은 우리 집 하나뿐이었어유. 문 닫고 집에 가려고 밖에 물건을 안에 들여놓고 있는디 골목 뒤로 누가 뛰어오는 소리가 들렸슈."

백선재는 자기 몫으로 생맥주 한 잔을 가져와 한입에 반쯤 쭉 들이켜고는 말하기 시작했다. 충청도 토박이인 듯 사투리가 심했다.

"야심한 밤에 혼자 있는디 그런 소리가 나니깐 이상하잖유. 그래서 삘끔 쳐다보았는디 두 명이 쓱 지나가는 거유. 어린애들이었는디 앞에 가는 놈은 삐쪽 말랐고, 뒤에 놈은 뚱뚱하고 그래유."

"경찰에게 그 말을 언제 처음 하셨죠?"

홍태가 물었다.

"사건 나고 그다음 날이쥬. 그러니까 시체 발견되고 그다음 날. 형사들이 돌아다니면서 뭐 본 거 없냐고 물어서 고대로 말했슈."

"그리고 사건 발생 28일째 되던 날, 경찰서에 가서 조사를 받고 있는 김학종과 지순구를 보고 사장님이 목격한 사람이 맞다고 확인해주셨죠?"

"그냥…… 체형이나 느낌이 비슷하다. 대충 맞는 것 같다. 고렇게만 말한 거인디……."

백선재가 옆에 앉은 학호의 눈치를 보며 말끝을 흐렸다.

홍태가 질문을 이어갔다.

"경찰에게 처음 목격 진술을 하고, 경찰서에 가서 용의자를 직접 보고 확인을 하기 전까지 그사이에 몇 번이나 경찰에게 그날 목격한 청년들에 대한 진술을 했습니까?"

"어……."

백선재가 생각에 빠져 말을 끌며 새치가 드문드문 난 머리를 긁었다.

"많이…… 많이 했지유."

"이것 좀 보시겠습니까?"

홍태가 휴대전화를 꺼내 화면에 사진을 띄워놓고 내밀었다. 백선재는 노안이 온 듯 눈을 찌푸리며 휴대전화를 멀리 떨어뜨려 보았다. 학호와 달숙도 고개를 빼고 사진을 보기 위해 기웃거렸다.

"경찰 사건기록 중에서 찍은 건데요."

"가만있자…… 수사보고라고유? 이게 뭐예유?"

"사장님께 처음 목격 진술을 받은 경찰이 작성한 겁니다. 보시죠. 사건 당일 새벽 2시 10분경 가게 앞을 지나 달아나는 두 남자를 목격했다는 진술이 있어 보고합니다. 앞서가던 남자는 20대 초반. 키 163~165센티미터 정도 호리호리한 체격. 갸름한 얼굴. 검은 남방셔츠에 어두운색 바지. 뒤따르던 남자는 20대 초반. 키 175~177센티미터 정도 약간 뚱뚱한 체격. 둥근 얼굴. 회색 티셔츠에 청바지."

"허……."

"작성날짜는 7월 24일. 사장님이 첫 목격 진술을 한 바로 그날 보고된 것이죠."

홍태가 학호를 향해 눈을 돌렸다.

"김학호 씨, 동생분 키가 몇이었죠?"

학호는 백선재에게 휴대전화를 넘겨받아 뚫어지게 바라보다 고개를 들었다.

"176이었습니다. 저보다 2센티 작았으니까."

"배 조사관, 무슨 말을 하려고 하는 거야?"

달숙이 홍태의 설명을 졸랐다.

"몇 번의 수사보고를 더 거쳐 사장님의 목격 진술은 김학종과 지순구가 검거될 즈음 이렇게 바뀌죠. 앞서가던 남자는 키가 173~175센티미터 정도로 수정됐고, 뒤따르던 뚱뚱한 남자가 입은 옷은 회색 티셔츠에서 검은 티셔츠로 바뀌고."

앞서가던 남자의 키가 진술이 바뀌면서 10센티미터 자라났다는 뜻이었다. 실제 김학종의 키에 맞춰서.

"이게! 이게 틀렸네유! 이게!"

백선재가 휴대전화 화면을 가리키며 손가락을 아래위로 털었다.

"거, 경찰이 지가 말한 것과 쪼끔 다르게 위에 보고했나? 175가 맞아유. 지가 나중에 한 말이 맞다구유. 아녀유, 이거."

이자카야 사장은 잔에 남은 맥주를 마저 꿀꺽꿀꺽 마셨다.

"찬찬히 생각해보니까는 175 정도가 맞았다구유. 댁의 동생은 아닐지 몰라도 그 사람 키가 그랬어유. 빼쪽하게 생겼고."

"여기요. 오백 두 잔하고 나가사키 짬뽕 하나 주세요!"

구석 탁자에 앉아 술을 마시던 남녀 손님이 백선재를 바라보며 소리쳤다. 네, 조금만 기다리셔유. 백선재는 마침 잘됐다는 표정으로 벌떡 일어나 주방으로 들어갔다.

"165면 남자치곤 작은 키입니다. 175면 평균보다는 약간 큰 축에 속하고요. 제가 기록을 꼼꼼히 살펴보니까 앞서가던 남자에 대한 저 사장님의 목격진술이 17일 만에 평균보다 작은 키에서 평균보다 큰 키의 소유자로 바뀝니다. 어떻게 생각하세요?"

홍태가 주방에서 바삐 움직이는 백선재의 모습을 눈으로 좇으며 말했다.

"175나 176이면 남자 중엔 큰 키야? 얼마면 큰 키야?"

달숙이 고개를 갸웃거리며 옆에 앉은 홍태를 아래위로 훑어보았다.

"배 조사관, 자기 키 몇이야?"

"저요? 172…… 아니, 173 정도."

홍태가 자라처럼 고개를 위로 쭉 늘리며 대답했다. 그러다 다시 쏙 집어넣고 불만스러운 말투로 물었다.

"아니, 근데 제 키는 왜?"

"저 사장님은 키가 얼마 정도 될까?"

달숙이 백선재가 있는 쪽을 턱짓으로 가리켰다. 열린 주방 문틈으로 백선재가 불 위에 냄비를 올린 뒤 재료를 썰어 넣는 모습이 보였다.

"글쎄요. 163 정도? 많이 작으시네."

달숙이 맥주를 한 모금 마시고 붉은 립스틱을 바른 입술을 냅킨으로 톡톡 두드려 닦았다.

"키는 상대적인 거야. 내 생각에 누구 키에 대한 판단을 내릴 때는 보통 자기 키를 기준으로 생각하더라고."

"그래요?"

"내 말은…… 나는 앞서가던 남자가 163~165센티미터 정도였다는 저 사장님의 첫 진술이 진실에 더 가깝다고 생각한다는 거지."

굳은 얼굴로 생각에 골똘하던 학호도 달숙의 말에 솔깃하여 귀를 기울였다. 달숙은 그런 학호의 얼굴을 바라보며 말했다.

"저 사장님은 그날 그 순간 앞에 가는 남자는 내 키와 비슷하게 작고, 뒤에 오는 뚱뚱한 남자는 나보다 10센티미터 이상 키가 크구나. 이렇게 느꼈을 거예요. 키가 163인 사람이 어떤 사람의 키가 자기와 비슷하게 163~165 정도라고 가늠했다면, 그건 다른 사람이 가늠하는 것보다 더 정확하지 않겠어요?"

"아…… 그럴 것 같네요. 네……."

학호가 호응했다.

"그리고…… 나중에 바뀐 진술대로 하면 앞서가던 남자나 뒤에 따라오는 남자나 비슷하게 175 언저리가 된 거잖아요? 실제 그랬다고 하면 저 사장님은 처음부터 두 남자가 키가 비슷했다고 느꼈겠지요. 둘의 키가 10센티미터 이상 차이 나는 걸로 진술하지는!"

달숙은 자신이 흥분했다는 것을 깨닫고 잠시 말을 끊은 다음 목소리를 낮춰 마무리했다.

"……않았을 거라고요."

몇 모금의 맥주와 흥분감으로 달숙의 얼굴이 발그레 달아올랐다. 이제 겨우 한 가지 파고들어갔을 뿐인데 조작된 사건의 진상이 눈에 보이는 듯하여 달숙이는 기분이 둥둥 떴다.

"경찰은 백선재 사장의 목격 진술을 듣고도 한동안 용의자를 특정하지 못했어요."

홍태는 몸을 앞으로 숙이고 목소리를 낮게 깔았다.

"기록을 보니 초기 수사는 난항에 빠진 것 같았어요. 경찰은 처음엔 면식범이 아닌, 우연히 침입한 강도에 의한 우발적인 살인 쪽에 무게를 둔 것 같았어요."

"진짜 궁금하네. 그럼 경찰이 김학종과 지순구를 용의자로 특정하게 된 계기는 뭐지?"

"그건 제가 압니다."

달숙의 물음에 학호가 답했다.

"저도 기록을 몇 차례 봤고, 또 그 점은 김규민 변호사님이 이래저래 조사를 해서 저에게 말씀해주셨습니다."

셋의 머리가 탁자 중앙에 모였다. 남이 보면 셋이 합심하여 미운 사람의 뒷담화를 하거나 나쁜 짓을 모의하는 것처럼 보일 터였다.

학호의 설명에 따르면, 경찰은 백선재 사장이 진술한 인상착의와 일치하는 청년들을 최근에 근처에서 본 적이 있는지 주변 상인들과 주민들을 대상으로 탐문하고 다녔다. 그러던 중 치얼스 호프의 단골이었던 한 주민이 그중 한 명의 인상착의가 두 달 전까지 치얼스 호프에서 아르바이트를 하던 뚱뚱한 청년과 비슷하다는 진술을 했다. 경찰은 다른 단골들도 찾아다니면서 '아르바이트 청년'에 대한 정보를 모았다. 단골들은 뚱뚱한 아르바이트 청년을 곧잘 기억해냈지만 청년의 이름이나 신변에 대해서는 몰랐다. 죽은 방계덕의 휴대전화 통화기록을 통하여 청년의 이름이 지순구라는 것을 알아냈다. 지순구의 휴대전화는 살인사건 다음 날 해지된 상태였다.

"좀 모자란 애 같았어요."

단골들은 하나같이 말했다. 주문을 조금만 복잡하게 해도 멍하니 서 있다가 엉뚱한 음식을 가져오고, 어쩌다 주인 방계덕

308

이 요리를 하느라 바빠 계산을 대신 하게 되면 손님을 한참 기다리게 하며 헤매다가 결국 계산을 틀리게 해서 욕을 먹고, 시키지 않는 일은 절대로 알아서 하는 법이 없었다고 했다. 포크를 떨어뜨려 다시 갖다달라고 하면 포크만 딱 한 개 가져오지 냅킨을 같이 가져올 줄은 몰랐다는 것이다. 사장이 무슨 말을 하면 잘 못 알아듣는 것 같은데 다시 물어보는 법도 없이 엉뚱한 행동을 해서 옆에서 보기에도 답답했다고 했다.

"방가가 욕을 많이 했죠. 그 자식이 성질머리가 좀 있거든."

치얼스 호프의 단골이자 방계덕의 친구였다는 한 주민은 말했다.

"사람은 써야겠는데 돈은 없고. 적게 주고 쓸 수 있을 것 같아서 한번 부려봤는데 일도 뒤지게 못하고 속 터져 죽겠다고 했어요. 나중에 가서는 손님이 듣거나 말거나 돌대가리, 멍청이, 병신새끼라고 욕해서 내가 다 민망할 정도였거든."

지순구는 재혼한 편모와는 일찍이 떨어져 큰이모의 집에 얹혀살다가 고등학교 재학 중 가출했다. 이후로는 고시원이나 여관에서 숙식하며 아르바이트로 생계를 이어왔다. 머리가 좋지 않고 사회성도 낮아 한 가지 일을 오래 하지 못해 그럭저럭 연명하는 수준이었다. 그래서 방계덕에게 멍청하다고 욕을 먹고 모욕을 당해도 쉽게 일을 그만두지 못했던 것이다.

"결국 석 달인가 쓰고 잘라버렸어요. 그런데 그놈이 급료 30만 원을 덜 줬다고 자꾸 귀찮게 군다고 방가가 신경질을 내던데. 내가 이것저것 따지지 말고 그냥 주고 끝내라고 해도 말을 안 듣더니……."

방계덕의 단골 겸 친구에게 이 말을 들었을 때 형사들은 지순구를 사실상 유력한 용의자로 확정했다. 때맞춰 지순구가 저와 비슷한 키의 삐삐 마른 친구랑 자주 같이 다니는 걸 보았다는 진술도 들어왔다.

"그때겠네요!"

홍태가 이 지점에서 학호의 설명을 끊고 외쳤다. 해답을 찾은 기쁨이 어린 목소리였다.

"백선재 사장의 목격 진술이 바뀐 때가 말이에요."

"음…… 이 부근 상인들과 주민들이 새로이 등장한 용의자의 인상착의에 대해 너도나도 수군대기 시작했을 테지. 경찰도 자주 물으러 왔을 테고."

달숙이 말을 받았고 홍태가 또 그 뒤를 이었다.

"그러자 김학종과 지순구의 인상착의에 맞춰 점차 백선재 사장의 기억이 바뀌기 시작했을 테죠. 뒤따라오던 남자야 원래 지순구의 인상착의와 일치했으니까 놔두고 앞서가던 남자의 인상착의는 김학종에 맞게 키를 키우고요. 그러다 보니 나중에 가서는 자기가 처음에 무슨 말을 했는지도 잊어버리게 된 거겠죠."

셋은 동시에 고개를 끄덕이며 동의했다. 조금 전 자신이 처음으로 진술한 내용을 보고 당황해하던 백선재 사장의 표정을 떠올리면서.

학호가 입을 떼었다.

"경찰은 이 동네 편의점 내부 CCTV를 뒤져 거기서 동생과 순구의 모습을 찾아내고 동생의 신원을 파악했습니다. 동생이 편의점에서 체크카드를 사용하는 모습이 찍혀 카드 사용 기록을 통해 신분이 밝혀졌죠. 그래서 동생 먼저 체포된 겁니다."

그리고 경찰의 신문이 시작되었다.

당초 참고인으로 임의동행한 김학종은 경찰서에서 범행 일체를 자백했다. 김학종은 완벽한 알리바이가 있었으나 체포되기 22일 전 자신의 행적을 기억하지 못했다. 지금으로부터 22일 전 밤에 무엇을 했느냐는 질문을 받으면 누구라도 쉽게 대답하지 못할 것이다.

경찰은 김학종을 폭행하거나 고문하지 않았다. 단지 김학종과 지순구가 범인이라는 강한 확신을 가지고 범행의 동기나 과정도 이미 알고 있다고 자부하면서 용의자를 몰아붙였을 뿐, 경찰의 가설이 틀릴 수도 있다는 가능성은 수사절차 어디에서도 제기되지 않았으며 용의자의 자백을 받은 순간 완전히 폐기되었다.

홍태와 달숙, 학호는 씁쓸한 표정으로 서로 눈길을 주고받았다.

백선재는 남녀 손님이 추가 주문한 음식을 서빙한 후 다시 주방에 들어갔다. 더 걸려 있는 주문이 없는 것 같은데 바삐 손을 움직이며 홍태 등이 앉아 있는 쪽에는 눈길을 주지 않았다. 사건과 관련한 이야기는 더 하고 싶지 않은 모양이었다.

달숙이 지갑에서 신용카드를 꺼냈다. "제가 낼게요" 하며 학호가 급히 몸을 일으켰으나 달숙이 한마디로 제지했다.

"여기서 나이로 나 누를 사람은 없으니까 말리면 안 됨."

달숙은 먼저 나가 있으라며 두 남자를 밖으로 내쫓고, 또각 또각 팔자걸음으로 계산대를 향해 걸어갔다.

그사이 밤은 깊고 기온은 뚝 떨어져 있었다. 홍태와 학호는 각자 입고 있는 점퍼 깃을 여미며 달숙이 나오기를 기다렸다. 홍태는 가게 유리창을 통해 달숙이 음식값을 계산하며 백선재 와 대화를 주고받는 모습을 힐끗 보았다. 백선재는 편치 않은 표정이었지만 묻는 말에 대답은 해주고 있는 것 같았다.

"무슨 말 했어요?"

달숙이 나오자마자 홍태가 득달같이 물었다.

"딱이네."

달숙은 좀 몽롱한 표정이었다.

"뭐가요?"

"내가 여기 서서 뒤돌아보고 있을 테니까 둘이 저기 골목에 서부터 뛰어와봐."

달숙은 대뜸 이자카야 간판을 마주 보며 돌아섰다. 홍태는 당황했다. 학호는 달숙의 말뜻을 채 알아듣지 못하고 멀뚱거 렸다.

"저기…… 이 조사관님."

홍태의 머뭇거림을 무시하고 달숙은 골목 끝을 찌를 듯이 가 리켰다.

"빨리 저기서부터 뛰어와. 될 수 있으면 전속력으로. 당신은 지금 사람을 죽이고 나온 거야. 아무도 안 지나가고 딱이잖아. 자기가 뒤에서 오고……."

이어서 달숙은 뻣뻣하게 서 있는 학호의 팔을 잡고 밀었다.

"김학호 씨가 앞에서 뛰어와요. 뛰어오다가 이 앞에서 한 번 내 쪽을 돌아보고. 알았죠?"

학호와 함께 골목 끝으로 어정어정 발을 옮기면서도 홍태는 이게 무슨 경우인가 싶었다. 홍태는 명령을 받는 것에 익숙하지 않았다. 더구나 여자에게. 홍태가 한윤서 조사관을 싫어하는 이유도 상당 부분 그 때문이었다. 함께 일하면 윤서는 늘 주도권을 잡고 자기 판단대로만 행동했다. 홍태가 보기에 그 판단이 항상 옳기만 한 건 아니었다. 그러나 조직에서는 윤서를 절대적으로 지지하고 다른 사람에게는 생각할 기회도 주지 않았다. 초반에 일 좀 잘한다고 인정받아 입지를 톡톡히 굳힌 모양인데, 여자라서 받은 특혜가 반은 되는 것 같았다. 다른 곳도 아니고 인권증진위원회니까.

그런데 이건 뭐지. 기분 나쁘다고 표현할 겨를도 없이 시키는 대로 하고 있다.

"제가…… 하나 둘 셋, 하면 뜁니다."

골목 모퉁이에 서서 자세를 잡으며 학호가 속삭이듯 말했다. 학호는 이것도 동생을 위한 일이라고 생각하고 마음을 잡았는지 진지했다.

하나 둘 셋.

학호가 뛰었다. 다리가 길어서 그런지 꽤 빨랐다. 홍태도 따라 뛰었다. 사이가 너무 벌어지지 않도록 살피며 뛰는 것에 집중했다. 이자카야 앞에 서 있던 달숙이 몸을 돌려 고개를 빼고 뛰어오는 학호와 홍태를 바라보았다. 두 남자가 달숙을 지나쳤다. 앞서 가던 학호가 잊지 않고 고개를 돌려 달숙과 눈을 맞추었다. 뛰어오던 탄력으로 홍태가 학호의 몸을 감싸 잡고 몇 발짝 더 같이 뛰어가서 멈췄다.

학호와 홍태는 허리에 손을 올리고 헉헉거렸다. 달숙이 다가왔다.

"아, 잘 모르겠네."

"헉헉…… 뭐가요?"

홍태가 숨을 고르며 곱지 않은 말투로 물었다. 추운 밤에 내달리고 나니 박박 깎은 머리가 얼얼했다.

달숙은 단발머리가 찰랑대도록 고개를 살랑살랑 흔들었다.

"내가 백선재 사장에게 그날 새벽에 어두웠을 텐데 용의자 얼굴을 어떻게 보고 나중에 확인해줬냐고 물었거든."

달숙은 이자카야 지붕 밑에 걸린 외등을 가리켰다.

"저기 저렇게 등이 있고……."

달숙의 손가락이 셋이 서 있는 곳 앞 가로등으로 옮겨갔다.

"이 앞에는 가로등 불빛이 있으니 충분히 알아볼 수 있었다고 해. 앞서가던 남자는 자기를 지나쳐서 한 번 뒤돌아보기도 했고."

"그런데요?"

"실험해보니까 이 불빛으로 뛰어가는 사람 얼굴을 알아볼 수 있을 것 같기도 하고 아닌 것 같기도 하고……. 얼굴 윤곽은 대충 보여. 보이긴 보였겠어. 그런데 기억에 남을 만한지는 잘……."

그러면 그렇지. 홍태는 속으로 혀를 찼다.

셋은 차를 세워둔 곳을 향해 걸어갔다. 홍태의 주머니에서 휴대전화 진동음이 드르륵 울었다. 홍태가 휴대전화를 꺼내 화면을 힐끗 보고는 도로 주머니에 집어넣었다.

"하지만 키는 알아볼 수 있겠어."

내내 생각에 빠져 있던 달숙이 말을 꺼냈다.

"그리고 옷 색깔도."

"옷 색깔?"

홍태가 말했다.

"응. 백선재 사장이 뒤따라오던 남자 옷을 처음엔 회색 티셔츠였다고 말했다가……."

"검은색 티셔츠라고 바꿨죠."

"그래. 그것도 이상해서. 아마 회색 티셔츠였다면 핏자국이 보였어야 할 거야. 그치?"

달숙은 이때 머릿속으로 피를 연상했는지 한차례 진저리를 쳤다.

"핏자국이요?"

"경찰은 뒤따라오던 뚱뚱한 남자를 지순구라고 생각했잖아. 지순구가 칼을 휘두른 주범이고. 그럼 아무래도 회색 티셔츠에 피가 튀어 있어야 했겠지. 회색 옷이 뭐가 묻으면 되게 잘 보이는 색이야, 그게. 그래서 백 사장에게 경찰이 그 회색 티셔츠에 피가 튀어 있는 건 못 봤냐는 질문을 했었냐고 물어보니 그랬다네. 그리고……"

"핏자국이 안 보인 걸로 봐서 내가 본 게 회색 티셔츠가 아니라 검은색 티셔츠였나보다……. 이렇게 된 거군요."

달숙은 어깨를 으쓱하고 양손을 올렸다.

"자기 말대로. 어디까지나 가정이지만."

"숙소는 정하셨습니까?"

출장차량 앞에 도착하여 학호가 물었다.

"네. 정했습니다. 꼭 묵어야 할 데가 있어서. 오늘 같이 다녀주시느라 고생 많으셨습니다."

홍태가 까딱 인사를 하며 담배를 피워 물었다. 오래 참은 담배 연기를 내뱉는 숨결이 급했다.

"저희는 내일부턴 경찰서 들어가서 조사를 해야 해서 가기 전에 또 못 뵐 수도 있겠네요."

학호가 홍태와 달숙에게 허리를 숙여 정중히 작별인사를 했다. 부탁드립니다. 동생과 순구의 결백을 밝혀주세요. 우리같이 힘없는 사람, 억울한 사람을 위해 일하시는 조사관님들을 믿습니다. 밤거리를 걸어가는 학호의 길고 가느다란 뒷모습이 쓸쓸해 보였다.

홍태는 차 앞에 선 채로 담배를 두 대 연이어 피웠다. 주머니에서 또 휴대전화가 진동했다. 홍태는 이번엔 화면을 보지도 않고 주머니에 손을 넣어 통화거절 버튼을 눌렀다. 달숙은 진작 차 조수석에 올라타서 고개를 꺾고 잠이 들었다. 무음 모드로 전환한 휴대전화를 핸드백 속에 고이 넣어둔 채로.

8

윤서는 병원 침대에 엎드린 자세로 휴대전화 버튼을 누르며 분통을 터트렸다.

"으…… 이것들이 아주 작당을 했구나!"

윤서는 하얗게 부르트고 말라 껍질이 일어선 입술을 씰룩이며 두 손으로 매트리스를 내리쳤다. 수액걸이에 매달린 수액이 출렁거렸다. 분을 못 이긴 윤서는 베개에 머리를 박고 박박 비벼댔다.

손톱에 코발트색 매니큐어를 칠한, 손등에 정맥이 울퉁불퉁 튀어나온 커다란 손이 윤서의 손아귀에서 휴대전화를 쏙 빼앗아갔다.

"고만해, 기지배야. 또 설사 쏟을라."

윤서의 10년 지기 세리 장이었다. 감색 주름치마에 아즈텍 문양이 현란한 흰색 저고리를 입었다. 여러 종류의 새들에게서 채취한 깃털 장식이 달린 장신구가 몸 이곳저곳에서 출렁거렸다. 오늘의 콘셉트는 '프리다 칼로'라고 했다. 턱수염 기른 프리다 칼로. 장대 같은 키에 목에는 호두알만 한 울대가 불룩 튀어나온 프리다 칼로. 멕시코가 사랑한 여인.

"지금 둘이 별짓을 다하고 쑤시고 다니고 있을 거라고!"

"에구, 한심한 년아. 그러니까 누가 아프래?"

세리는 보호자용 소파에 다리를 꼬고 앉아 손거스러미를 다듬었다.

"근데 참 이상하지. 굴은 내가 더 많이 먹었는데 왜 너만 노로바이러스에 걸리냐?"

"이 기회를 틈타 신 나게 월권을 행사하고 있을 텐데!"

"내가 같이 굴 까먹은 책임감으로 여기까지 왔다, 진짜."

"관계자들 맘대로 만나고! 이곳저곳 쑤시고 휘젓고! 책임 못질 약속하고!"

"나 어디 처음 갈 때 미리 예고하고 가는 주의거든? 세리 장뜨니까 준비하라고? 근데 이게 뭐니, 갑자기."

"세리, 이건 내 사건이란 말이야!"

한윤서 씨, 주사 맞을 시간입니다. 간호사가 양철 접시에 주사기를 담아 들고 병실에 들어왔다. 긴 머리를 하나로 묶고 캡을 단정하게 눌러 쓴 어린 간호사가 턱수염 난 프리다 칼로를 보고 놀라 멈춰 섰다. 프리다 칼로는 귀걸이의 깃털장식을 손가락으로 튕기며 온화한 미소를 지어 보였다.

"아래위로 좍좍 쏟으면서 출장지에서 실신한 사람이 왜 이리 집착이야. 네 손을 이미 떠난 것이다. 맘을 비워라."

당황한 간호사가 황급히 침대 커튼을 치고 숨어들었다. 장막을 사이에 두고 윤서와 세리의 대화는 이어졌다.

"일부러 전화도 안 받는다, 이거지…… . 가만두지 않겠어. 아얏!"

"나는 네가 이해가 안 된다, 한윤서. 억울하게 유죄 선고받은 사람 억울한 사정을 좀 조사해볼 수도 있는 거지. 왜 이리 기겁이야? 사람들은 대충 인권위가 그런 일을 하는 데라고 생각하잖아. 뭘 그렇게 예민하게 따지는 것이여. 아, 그 옛날 민간인 사찰 사건 폭로 작전에 못 이기는 척 속아준 담대한 윤서 씨는 어디로 간 것인가."

간호사가 커튼을 걷고 종종걸음으로 떠났다. 윤서는 침대에 얼굴을 파묻은 채 엎드려 엉덩이를 문질러댔다. 아이고, 나 죽네. 환자복 바깥으로 앙상하게 드러난 팔다리 곳곳에 아토피 발진으로 생긴 흉터가 남아 있었다.

"승냥이……."

겨우 몸을 뒤집고 누운 윤서가 끙끙거리며 입을 떼었다.

"뭐라고?"

"승냥이가 호랑이가 될 순 없어."

"뭔 뚱딴지같은 소리야. 에고, 내 친구가 정신이 없긴 없나보다. 불쌍해라."

세리 장이 측은한 표정을 짓고 윤서의 얼굴 앞에서 손을 휘저었다.

"국가인권기구는 승냥이야……."

윤서는 이를 앙다물어가며 열변을 토했다.

권력을 가진 국가기구를 호랑이나 사자에 비유한다면 국가
인권기구는 승냥이라고. 호랑이나 사자에 맞서 싸워 이길 수
는 없지만 호랑이나 사자가 힘을 남용하여 누군가의 인권을
침해하는지 안 하는지, 그 작고 날랜 몸으로 재빠르게 다니며
살펴보는 짐승. 호랑이나 사자를 끊임없이 신경 쓰이게 하는
존재. 죽일 수는 없지만 물어뜯을 수는 있는 작고 날카로운 이
빨을 가진 감시자. 호랑이나 사자, 곰, 표범과 재규어 같은 강
자들이 지배하는 정글에 승냥이 한 마리는 있어야지. 그들이
힘을 정해진 규칙대로 쓰도록 말이야.

하지만 착각하면 안 돼. 승냥이가 호랑이와 사자의 탈을 쓰
고 그 자리를 대신하려 하면 안 된다고. 호랑이에게 힘이 있는
건 호랑이가 하는 일이 중요하고 그 일을 하려면 힘이 필요하
기 때문이야. 또 그만큼의 책임이 따르기 때문이지. 그 책임을
가볍게 생각하면 안 돼. 누구에게 죄가 있는지 없는지를 결정
하는 일은 특히나. 사실 나는 인간에게 과연 진실을 밝혀낼 능
력이 있긴 있는 걸까 의심이 돼. 경찰은, 검사는, 판사는 그 일
을 할 수 있는 걸까. 하지만 누군가는 해야 하는 거고 그들이
하기로 정해져 있는 거야. 인권위는 그 과정에서 절차나 권리
가 제대로 보장되었는지를 살펴보면 돼. 절차나 권리 위반은
잘못된 판단을 낳기 쉬우니까. 그러나 충분한 항변과 반박의
기회가 보장되었다면 그 아래 수집된 증거에 의해 누구에게
죄가 있느냐 없느냐를 판단하는 건 판사의 몫이지. 왜 그 두려
운 일에 함부로 개입하려고 하는 건지 모르겠어.

말을 쏟아놓고 윤서는 길게 한숨을 쉬었다. 3일째 굶은 배 속에서 꼬르륵 소리가 나며 힘이 쭉 빠졌다.

윤서는 지쳐서 감고 있던 눈을 살짝 뜨고 옆을 살폈다.

"왜 아무 대꾸가 없어?"

세리 장은 꼰 다리 위에 팔꿈치를 괴고 무심한 표정으로 스마트폰 화면을 넘겨보고 있었다.

"한윤서, 네 말은 절대적으로 맞아. 맞는데……."

"맞는데?"

"안 맞기도 해."

윤서는 몸을 일으켜 앉았다.

"세리, 선문답할 기분 아니다, 지금."

"좀 짖어야지, 승냥이가."

세리는 무릎을 털고 일어나 병실 창가에 서서 목과 손목을 돌리기 시작했다. 주렁주렁 매단 장신구 어딘가에서 깃털이 하나 빠져나와 천천히 바닥으로 떨어졌다. 복도에서 링거대를 끌며 운동을 하던 환자들이 세리의 독특한 차림새를 호기심 어린 눈으로 힐끗거렸다.

"승냥이가 무슨 일까지 할 수 있는지는 호랑이나 사자 주변을 기웃기웃 다니면서 귀찮게 왈왈 짖어대야 알 수 있지 않겠어? 승냥이는 여기까지만 들어와라, 하고 합의된 선 안에서만 내내 설치면 그것도 재미가 없지."

세리는 요염하게 허리를 틀어가며 병실 안에서 워킹 연습을 했다. 중간중간 팔을 뻗어 가상의 관중을 향해 키스를 날리기도 하면서.

"윤서 네가 설치기 싫으면 그냥 놔두기라도 해봐. 재밌잖아."

말하며 세리는 감색 치마 끝을 잡고 우아하게 턴을 했다. 병실 창문으로 구경꾼의 머리가 하나둘 모여들었다.

"뭐 하는 거냐?"

"어머 애, 몰랐니? 다음 주에 홍대에서 크로스 드레서 페스티벌 하는 거? 나 거기 나가. 끝났지, 뭐. 세리 장이 뜨면."

윤서는 이해할 수 없다는 듯한 표정으로 눈을 끔뻑거렸다.

"네가 그런 데 왜 나가?"

"응?"

세리는 웨이브를 추다가 애매한 부분에서 정지자세를 하고 윤서를 보았다.

윤서는 허옇게 까진 입술을 불룩 내밀었다.

"너한테 무대가 따로 왜 필요해? 어디든 입고 싶은 건 다 입고 다니면서?"

세리는 침대로 다가와 이불을 들어 윤서의 얼굴에 씌웠다. 윤서의 마른 몸이 지푸라기 인형처럼 풀썩 쓰러졌다.

"고마 처자라, 기지배야."

9

S 경찰서 윤주강 경위는 여전히 김학종과 지순구가 범인이라

고 믿었다. 김학종의 알리바이가 밝혀졌다고는 하지만 어딘가 반박 가능한 부분이 있을 거라고 생각했다. 사건이 재판에 넘어가 경찰에게 재조사의 기회가 주어지지 않아서 미궁에 빠진 것처럼 보일 뿐이다. 인권위 조사관들 앞에서 '형사의 감'을 운운하고 싶지는 않았다. 그러나 그 '감'에는 분명 실체가 있었다.

김학종을 처음 대면했을 때였다. 치얼스 호프 사장이 죽었다는 말만 전했을 뿐 어떻게 죽었는지에 대해서는 말하지 않았는데 김학종은 대뜸 물었다.

"순구가 그랬나요?"

김학종은 문가에 선 채로 형사들을 맞이했다. 눈빛이 불안하게 흔들리며 형사들의 어깨너머를 살폈다. 도주의 징후였다. 형사들은 문 앞을 바짝 막아섰다.

"순구는 도망갔는데……."

그 순간 윤 경위는 김학종이 공범이라는 확신이 들었다. 강력계 형사만 벌써 12년째. 범인을 지목하는 육감은 틀린 적이 없었다. 김학종은 경찰서에 동행한 지 6시간 만에 범행을 시인했다. 경찰은 아무런 강압행위도 하지 않았다. 윤 경위는 오히려 어린 나이에 순간의 실수로 엄청난 범죄를 저질러버린 김학종에게 연민을 느꼈다. 유치장에서 구치소로 떠나보낼 때는 일부러 시간을 내서 사식을 사주기도 했다. 주워 담을 수 있는 죄라면 얼마든지 대신 주워 담아줬을 것이다.

지순구도 참 안쓰러운 놈이었다. 피해자 방계덕이 지순구를 평소 너무 함부로 대했다. 급료를 일부 떼어먹은 것도 사실인 것 같았다. 지순구는 호프집 아르바이트에서 잘린 뒤 일자리를 바로 구하지 못하고 있다가 생활비도 떨어지고 여관비를 내야 할 날짜도 다가오자 절박해졌다. 그래서 친구인 김학종에게 급료를 타내는 데 같이 가달라고 도움을 청했던 것인데, 일이 그만 나쁘게 흘러가고 말았다. 범죄 피해자를 비난하는 게 경찰로서 바람직한 일은 아니지만, 듣기에 방계덕의 인성이 썩 좋지 못했다. 돈을 주지 않으려 한 것에 더해서 그 자리에서까지 지순구를 모욕할 게 뭐란 말인가. 여러 강력 사건을 접해본 경험으로 조 경위는 야간에 흉기를 들고 있는 사람은 평상시의 그 사람과 다른 사람이라는 걸 알고 있다. 방계덕은 지순구를 자극하지 말았어야 했다.

"김학종은 친구 일에 뭘 그렇게까지 나서서 같이 범행을 계획한 겁니까?"

반삭발을 한 남자 조사관이 턱을 긁적이며 물었다. 이름은 배홍태라고 했다. 나이는 서른이나 되었을까. 눈이 가운데로 모여 있고 얼굴의 살이 불룩한 게 꼭 개구리같이 생겼다.

경찰서 청문감사관실 회의실에서 윤주강 경위는 인권증진위원회 조사관 두 명과 마주 앉아 있었다. 치얼스 호프 사건을 담당했던 형사들이 아침부터 차례로 불려나와 조사를 받는 중이었다.

"김학종도 지순구에게 빌려준 돈이 있었다더군요. 지순구가 호프집 사장에게 돈을 받아야 자기 돈도 갚을 수 있을 거라고 생각했답니다."

"빌려준 돈이 얼만데요?"

"아마…… 6만 원인가 그랬을 겁니다."

"친구에게 고작 6만 원 돌려받으려고 같이 강도를 모의해요? 칼로 위협하라고 자기 칼도 빌려주고? 새벽 2시 야심한 밤에 같이 쳐들어가요?"

깐죽대는 홍태의 말투가 윤 경위의 심사를 건드렸다.

"그 정도가 조사관님은 고작이라고 생각하시든 충분하다고 생각하시든 간에 김학종이 그렇게 말했습니다."

"칼은 결국 못 찾으셨더라고요? 김학종 집 압수수색까지 했는데?"

"어딘가 버린 거죠. 본인도 어디 버렸는지 기억 못 한 거고. 압수수색은 칼을 찾자고 한 거라기보다는 추가증거 발견 가능성을 염두에 두고 한 겁니다. 영장 받아서. 용의자 집 압수수색은 의례적으로 하는 겁니다."

"김학종의 1차 피의자신문조서를 보면 칼 얘기는 전혀 없어요. 그렇죠?"

홍태 옆에서 진술을 기록하던 여자 조사관이 말했다. 이달숙이라고 했다. 나이는 윤 경위와 비슷하게 마흔 줄로 보였다. 계란형 얼굴에 올망졸망 자리 잡은 눈코입이 예쁘장했다.

"네. 처음엔 없었죠. 지순구가 잡히고 나서 칼은 김학종이 준 거라고 자백하니까 그제야 말하더군요. 자기 칼이라고."

"지순구가 잡히면 금방 인정할 얘기를 처음에는 왜 빠뜨린 걸까요?"

"글쎄요. 살인죄는 한번 피해보려고 그런 거겠죠."

"경찰이 살인죄 공동정범은 피하는 쪽으로 어떠어떠하게 자백하라고 스토리를 정해준 건 아니고요?"

홍태가 질문을 툭 던지고 힐끔 윤 경위의 눈치를 살피더니 빠르게 덧붙였다.

"아, 이건 제 말이 아니라, 김학종과 지순구의 법률 대리인이자 이 사건 진정인인 김규민 변호사가 그러더라고요. 오해는 마시고."

"뭐라고요?"

윤 경위도 드디어 불쾌한 내색을 했다.

"거 참, 짜증 나는 가정이네요. 경찰을 뭘로 보냐고 전해주세요. 김규민인가 뭐시기한테."

홍태는 윤 경위의 날 선 반응에도 아랑곳없이 빙글빙글 웃었다.

"칼 얘기도 그렇고. 방계덕의 휴대전화를 현장에서 김학종이 가져갔다는 것도 그렇고. 중요한 얘기들이 뒤에 가서 하나씩 하나씩 나와요. 이거 왜 그런 거죠?"

"그렇게 조리 있게 말을 못해요. 애들이! 뭘 빠뜨렸는지, 뭐가 중요한지 몰라요!"

윤 경위가 찡그린 인상을 풀지 않고 내뱉었다.

달숙이 눈을 크게 뜨고 입술을 오므렸다.

"어머, 아까는 김학종이나 지순구가 지능이 떨어지는지 몰랐다고 말씀하셨잖아요?"

윤주강 경위는 짜증을 눌러 참으며 목 안으로 크릉, 하는 소리를 냈다. 인권위 조사관들은 조금 전 김학종과 지순구를 조사할 당시 미란다 원칙을 제대로 고지했는지, 야간조사에 동의를 받았는지를 캐물었다. 윤 경위는 피의자 권리 고지 확인서와 야간조사 동의서를 책상에 늘어놓으며 김학종과 지순구가 서명한 부분을 똑똑히 확인시켜주었다. 두 피의자는 조사할 때 변호사를 불러달라고 한 적 없다. 가족 면담은 피의자 신문이 끝나고 하는 걸로 합의되었다. 조사가 한창 진행 중인데 중간에 불쑥 가족을 만나게 해줄 수는 없는 노릇이라고 윤경위는 강조했다. 둘은 성인이다. 자신의 행동에 책임을 질 수 있는 나이인 것이다.

둘의 자기표현 능력에 문제가 있다고 느끼진 않았느냐고 이달숙 조사관이 물었다. 장애인에 대해 피의자 신문을 하는 경우 신뢰관계인을 동석할 수 있게 한 형사소송법의 규정에 준하여 취급했어야 하는 게 아니냐는 질문이었다. 윤 경위는 문제를 못 느꼈다고 답했다. 겉보기에 멀쩡했고 말도 잘 알아들었다. 둘이 경계선 지능이라는 건 나중에 알게 된 사실이었다.

"피의자 신문을 못 할 정도로 문제가 있진 않았다는 말이었습니다. 버벅대긴 했죠. 대부분 그래요. 자기가 한 행동을 처음부터 끝까지 조리 있게 말하는 피의자가 오히려 드뭅니다. 조사받는 연습을 하고 여기 들어오는 것도 아니고. 피의자 신문이 거듭될수록 구체적인 진술이 나오는 경우는 부지기수입니다."

"버벅대는 애를 너무 푸시한 거 아닙니까, 형사님?"

다시 배홍태 조사관이었다.

"3일 내내 밤에 잠도 못 자게 하고, 가족도 못 만나게 하고, 잘 말할 때까지, 원하는 대답이 나올 때까지…… 허허, 이건 여담인데요, 형사님. 결혼한 제 친구는 마누라가 잠을 안 재우면서 자기에게 뭐 잘못한 거 없냐고 추궁하면 내가 다 잘못했다고, 그게 뭔지 기억 못 하는 게 가장 큰 잘못이라고 하게 된다던데…… 그게 그렇게 된다더라고요. 그 상황만 일단 모면할 수 있다면 상대가 원하는 대답을 해주고 보는 거죠."

"저기, 인, 권, 증진위원회 조사관님들."

윤 경위가 코웃음을 흘리며 '인권'이란 단어를 똑똑 끊어 말했다. 수염이 까칠하게 돋아난 얼굴에 눈빛은 차갑게 가라앉아 있었다.

"그렇게 인권을 존중하시는 조사관님들은 왜 벌써 2시간째절 여기 잡아놓고 쉬지도 않고 쪼고 계십니까? 저, 굉장히 스트레스받고 있습니다. 짜증도 나고."

"쉬시고 싶습니까? 말씀을 하시죠."

홍태가 말했다. 형사의 얼굴은 비웃음으로 일그러졌다.

"피의자 신문은 휴가가 아닙니다. 친구랑 가족이랑 옆에 두고 낄낄대면서 쉬고 싶을 때 쉬고 자고 싶을 때 자고 답변하고싶은 말에만 적당히 대답하게 해도 사건이 해결되는 줄 아십니까? 경찰이 그렇게 일하는 걸 국민들은, 범죄 피해자들은 허락합니까?"

"허……."

"무슨 병이 있는 사람이 아니고서야 자신에게 불리한 사실을 알아서 조목조목 털어놓지는 않습니다. 수사는 추궁입니다. 용의자와 수사관 간의 심리적 대결이란 말입니다. 용의자들이 범행을 시인하고 나서도 중간중간 얼마나 많은 것을 감추려하는지 아십니까? 얼마나 시시각각 태도를 바꾸는지 아세요? 심리적으로 전혀 압박하지 않고, 아무런 불편과 스트레스를 주지 않고 사실을 말하게 하는 것이 조사관님들은 가능하다고 보십니까?"

"에고…… 저희가 형사님들의 전문성이나 고충을 모르겠어요? 신문기법이란 거, 알죠. 그런데 그게 지나치면 생사람을 잡으니까 문제죠."

달숙이 말했다.

"저희도 김학종의 알리바이가 증명됐으니까 하는 말이에요."

"그건 전 모르겠습니다!"

윤 경위는 소리쳤다. 상처 입은 형사의 자부심이 떨리는 목소리로 비어져 나왔다.

"전 추호도 부당한 압력을 가한 적이 없고, 거짓으로 자백하라고 피의자들을 쥐어짠 적도 없습니다!"

"네에, 그러십니까."

홍태가 맞서 목소리를 높였다.

윤 경위는 아랫입술을 씹으며 두 조사관의 얼굴을 차례로 훑었다.

"그리고…… 차마 그런 일이 벌어져서는 안 되겠지만, 행여 조사관님 주변에서 범죄 피해를 당해 생명을 잃는 사람, 범죄가 주는 끔찍한 고통에 빠져 인생의 나락에서 허우적대는 사람이 생긴다면, 우리 경찰이 범인을 잡아 끝까지, 끝까지 정당하게 추궁해서…… 응분의 대가를 받게 할 겁니다. 우리 경찰이 할 겁니다."

형사는 눈앞에 있는 범죄자를 갈아 마시기라도 할 듯한 기세로 이를 득득 갈았다.

침묵이 흘렀다.

"잠깐 쉬죠."

달숙이 먼저 일어섰다.

홍태는 밖으로 나가 담배를 피웠다. 윤 경위는 다른 곳에서 담배를 피우면서 욕지거리 섞인 푸념을 중얼거렸다. 쌀쌀한 바람이 불어와 형사의 붉게 상기된 얼굴을 식혔다. 달숙은 화장실에 다녀온 뒤 어딘가에서 걸려온 전화를 받고 짜증 가득한 얼굴이 되었다. 아, 진짜. 계속 꺼놨어야 하는데. 엄한 휴대전화 화면만 툭툭 건드리며 달숙은 한숨을 쉬었다.

다시 모였을 때 셋의 태도는 조금씩 누그러져 있었다. 인권위 조사관과 경찰이 싸워서 서로에게 득이 될 건 없었다. 어차피 의견이 같을 수는 없었다. 각자 상대방과는 서 있는 곳이 다르고 향한 각도가 달랐다. 싸우는 것보다는 자기가 믿는 것을 얘기하는 게 나았다.

"그 둘은 진범이 맞습니다."

목격자 진술의 신빙성을 의심하는 인권위 조사관의 주장을 듣고, 윤 경위는 실소가 새어나오려는 것을 참으며 말했다. 목격자의 가게 앞에서 직접 뛰면서 당시 상황을 재현해봤다는 말을 들을 때는 웃음이 터져 나올 뻔했다.

"조사관님, 이 사건이 현장에 지문이나 범인의 유류품이 남아 있지 않고, CCTV도 없어서 범행을 입증하는 데 자백에 크게 의존하고 있는 건 맞습니다."

"의존 정도가 아니라 자백이 거의 절대적이죠."

홍태가 대꾸했다. 그래도 처음보다는 빈정거림이 많이 빠진 말투였다.

"안타깝지만 많은 살인사건이 그렇습니다. 가장 중요한 목격자인 피해자는 죽고 없고 다른 목격자는 없는 경우가 태반이니까요."

윤 경위는 생수병을 들어 물을 길게 들이켰다.

"하지만 자백이라고 다 같은 자백은 아닙니다. 자백에 얼마나 신빙성이 있는지를 따져봐야 하겠죠. 자백을 통해 오로지 범인만이 알 수 있었던 특정한 사실을 얘기한다면? 그 사람은 범인이라고 봐도 되지 않겠습니까?"

"수사관으로부터 어떠한 암시도 받지 않고 자유로운 상태에서 진술한 거라면요."

"수사관도 미처 모르고 있던 새로운 사실을 말하는 경우라면 어떻습니까?"

"허……"

홍태가 말을 끌며 한쪽 눈썹을 꿈틀했다. 윤 경위의 얼굴에 보일 듯 말 듯한 미소가 감돌았다.

"그것을 바탕으로 새로운 증거 발견을 가능하게 하는 경우라면 어떠십니까?"

"그런 게 있었어요?"

달숙이 물었다.

"소화기의 경우가 그렇죠."

"소화기?"

"네. 사건 현장인 호프집의 화장실 앞에 소화기가 내던져져 있었습니다. 처음에 저희는 거기에 별 의미를 두지 않았습니다. 그런데 지순구가 범행 순서를 자백하면서, 방계덕을 칼로 찌르고 화장실 벽에 부착된 틀에서 소화기를 꺼내 뒷문의 실린더를 몇 번 내리치고는 문이 열리지 않자 그냥 앞문으로 나와 도망쳤다는 진술을 했습니다."

홍태와 달숙은 미리 읽거나 들어서 알고 있는 사건 현장의 상황을 머릿속으로 떠올렸다. 윤 경위가 말을 이었다.

"그 말을 듣고 나서 보니 과연 소화기의 통 밑부분에 긁힌 자국이 있고, 뒷문 실린더에 소화기의 붉은 도료가 묻어 있더군요. 언뜻 봐서는 모를 만한 미세한 흔적이었습니다. 현장 감식 결과 보고일자를 보면 아실 겁니다. 그 사실은 지순구의 자백을 들은 이후에 발견한 겁니다. 범인이 아니라면 절대 알 수 없었을 사실이고, 경찰이 암시를 줄 수도 없는 사항이었습니다. 우리도 몰랐으니까."

"그렇습니까?"

홍태는 태연한 척 대꾸했다.

윤 경위는 인권위 조사관들이 동요하고 있다는 걸 느꼈다.

"지순구는 범행을 하고 그날 아침 묵고 있던 여관을 떠났습니다. 그날이 7월 23일. 한 달치 선불로 계산하는 달방이었으니까 묵을 수 있는 날이 8일 더 남아 있었는데 말이죠. 다음 달 여관비 치를 돈이 없어 전전긍긍하던 놈이 말입니다. 휴대전화도 해지했습니다. 체포되었을 때는 경기도 어느 외진 곳 주유소에서 아르바이트를 하고 있었는데, 가명을 쓰고 있었죠. 누가 봐도 범행을 저지르고 도주한 피의자의 행태였습니다. 이런 정황들은 자세히 살펴보셨습니까?"

"오…… 자세히 못 들었어요. 그런 게 있었나?"

사건기록을 읽지 못한 달숙은 어떻게 된 일인지 묻는 눈으로 홍태를 보았다. 홍태는 달숙의 시선을 피하며 팔짱을 끼고 고개를 주억거렸다. 표정이 굳었다.

"해명이 필요한 일이긴 하죠."

그러니까 사건을 한쪽 면만 보고 우기면 안 되는 겁니다, 하고 윤 경위는 쏘아붙이고 싶었으나 참았다.

"피의자신문조서에는 범행을 시인하기 전의 문답상황은 적혀 있지 않으니까 지순구가 처음에는 얼마나 황당한 거짓말로 혐의를 부인했는지 모르시겠죠. 경찰이 지능 떨어지고 맘 약한 애를 쥐어 잡아 거짓자백을 술술 받아낸 것처럼 생각하시는 것 같습니다?"

"거짓말을 했다고요?"

달숙이 고개를 갸웃거렸다.

"네. 지순구는 처음에는 치얼스 호프에서 한 달도 채 일하지
않았고 그만둔 지 여섯 달은 됐다고 했어요. 단골들이 다 지순
구가 석 달 정도 일했고 사건 발생 두 달 전에 그만뒀다고 진
술하고 있는데도 한번 우겨보던데요. 떼인 돈도 없다고 했어
요. 심지어 방계덕 사장님은 좋은 분이라고 치켜세우기까지
했습니다. 자기가 멍청하고 일을 못해서 그렇지 자기에게 아
주 잘해주셨다고 말입니다."

"그건…… 왜 그런 거죠?"

"유죄인 피의자들이 종종 뻔한 사실도 부인하면서 혐의를 피
해보려는 경향이 있습니다. 사건과 관련 있는 것을 필요 이상
으로 부인하고 보는 거죠. 경찰을 저들처럼 바보라고 생각하
는 겁니다. 그게 더 이상해 보인다는 걸 모르고 말입니다."

윤 경위가 쓴웃음을 웃으며 말을 이었다.

"조금 더 들어가서는, 방계덕을 찌른 건 자기가 아니라 아
는 형이라고 둘러댔습니다. 김학종이 아니라 아는 형하고 돈
을 받아내러 치얼스 호프에 갔다고 말입니다. 그래서 그게 누
구냐고 물어보니 이름도 모르고 성도 모르고 아무것도 몰라
요. 자기가 묵는 여관 303호에 사는 형이라고 합니다. 여관에
가서 확인하니 303호에는 무하마드라는 이름의 파키스탄인이
묵고 있었습니다. 급하다보니 유령을 만들어낸 거죠. 그래서
추궁하니 그다음엔 김학종과 함께 돈을 받으러 간 건 맞는데

그날이 아니고 다른 날이라고 했습니다. 그러고는 김학종과 자기는 사실 별로 친하지 않다고 하질 않나……. 하여튼 별별 소리를 다 했습니다."

"흠……."

달숙이 턱을 괴며 신음소리를 내었다.

윤주강 경위가 인권위 조사관들을 강하게 쏘아보며 말을 맺었다. 형사의 자부심을 되찾은 눈빛이 형형했다.

"저는 피의자의 그런 말도 안 되는 심리적 저항을 무너뜨리고 사실을 말하도록 한 것뿐입니다. 허위자백을 강요한 적이 없습니다. 피의자의 인권을 침해하지 않았습니다."

홍태와 달숙이 조사를 마치고 S 경찰서를 나설 때는 이미 겨울해가 뉘엿뉘엿 지고 있었다. 아침부터 경찰관 여럿을 번갈아 상대하며 감정싸움을 한지라 둘은 무척 지쳤다. 경찰서 근처 설렁탕집에서 늦은 저녁을 먹으면서 홍태는 피로감에 이리저리 몸을 꺾었다.

"자기, 어떡해. 나는 먹고 올라가봐야겠어."

홍태가 반주로 소주를 한 잔 건네려고 하는 것을 거절하며 달숙이 말했다.

"출장 내일까지잖아요? 더 확인할 것도 있고."

"그런데…… 미안해, 배 조사관. 오늘까지 남편이 애를 책임지기로 했거든. 젠장, 아까 조사 중에 전화 왔는데 회사에 일이 생겨 철야한다네. 이웃집에 애를 맡겨놔서 오늘 중에 빨리 찾으러 가야 해."

홍태가 눈을 왕방울만 하게 떴다.

"이 조사관님, 결혼하셨어요?"

"응? 몰랐어?"

달숙이 설렁탕 국물을 떠먹으며 역시 눈을 휘둥그레 떴다.

"애도 있고?"

"그래. 남편도 있고 애도 있지. 딸이야. 다섯 살."

"헐…… 전 왜 몰랐죠?"

달숙이 숟가락을 놓고 어깨를 으쓱했다.

"나도 모르겠네. 그런데 물어본 적도 없잖아?"

10

"배 조사관은 남아 있고, 혼자 올라가시는 중이라고요?"

윤서는 병원 침대에 앉아 귀와 어깨 사이에 휴대전화를 끼고 남방셔츠에 팔을 꿰었다. 늦은 저녁, 퇴원해도 좋다는 진단을 받고 옷을 갈아입는 중이었다. 윤서는 S 시까지 내려와 노로바이러스의 극심한 투병사례로 병원 기록에 남았다.

"그러게 말이야. 애 아빠가 갑자기 일이 생겨서 어쩔 수 없지 뭐야."

윤서는 휴대전화를 손으로 옮겨 들며 눈을 크게 떴다. 앓고 일어난 눈가엔 다크서클이 거무스름하게 내려와 있었다.

"네? 이달숙 조사관님, 결혼했어요?"

달숙이 수화기 너머에서 허, 하고 기가 차다는 듯 한숨을 내뱉었다.

"다들 왜 이래? 우리, 동료에게 관심 좀 갖고 살자. 응?"

"배 조사관은 아직도 전화 안 받아요."

"말도 마. 어디 그지 같은 여관방 잡아가지고 원. 잠을 잔 것 같지도 않네. 거기 있을 거야. 주소 찍어줄게."

"어제오늘, 뭐 했어요?"

"뭐 하긴 뭘 해. 일했지."

"왜 전화를 안 받으시는 거예요, 둘 다? 일부러 그랬죠?"

윤서가 원망스러운 말투로 따졌다.

"자기, 나 차 왔다. 여기 터미널."

달숙이 갑자기 분주해졌다. 주변에서 자동차 엔진 소리와 사람들이 웅성거리는 소리가 났다.

"저기, 이 조사관님."

"나 차 타야 돼. 몸조리 잘 하고 올라와. 끊어."

뚜뚜뚜. 윤서는 통화종료음을 듣고 고개를 설레설레 저었다. 둘이 아주 죽이 척 맞았군. 뭘 얼마나 파헤치고 다녔는지 내가 알아야겠어. 양말을 꿰어 신는데 어지러워 몸이 휘청거렸다. 3일 동안 굶다가 겨우 오늘 죽을 두 끼 먹었을 뿐이다. 내 평생 다시는 굴을 먹지 않으리라.

"아주 국가유공자 탄생하겠네. 그냥 집으로 가라니까 기지배야."

세리 장이 치맛단을 잘잘 끌며 병실에 들어왔다. 오늘은 그리스 여신 복장이었다. 주름을 잡은 흰색 천을 한쪽 어깨에 걸쳐 몸에 두르고 허리에 금색 끈을 맸다. 우람한 한쪽 어깨는 맨살을 노출한 채. 여장하는 남자들은 보통 작고 예쁘지 않나? 입 밖에 내진 않았지만 윤서도 간혹 그런 생각을 하긴 했다.

"이렇게 된 거 조사 진행상황이라도 알아보고 가야지."

윤서는 소지품을 정리해 주섬주섬 가방에 넣었다. 걱정거리가 스며든 듯 어두운 얼굴이었다. 세리는 메이크업 가방을 꺼내 바깥세상으로 나가기 전의 화장을 시작했다.

윤서가 양손으로 가방을 내리치며 진저리를 쳤다.

"아이씨! 내가 그 인간 상대할 생각하면!"

"얘가 왜 이래?"

턱수염 난 그리스 여신이 립스틱을 바르던 손을 멈추고 윤서에게 눈길을 주었다.

윤서는 목을 뒤로 젖히고 깊은 한숨을 토했다.

"있어. 사사건건 시비 거는 개마초. 으……. 이달숙 조사관님이라도 같이 있는 게 나은데."

"헐. 누구야? 천하의 한윤서 조사관을 이렇게 부르르 떨게 하는 오빠가?"

세리는 립스틱을 다 바르고 뻑뻑뻑 소리를 내며 입술을 맞부딪혔다. 그 과정에 뭔가가 떠오른 듯 표정이 밝아졌다.

"아, 개구나! 전에 테이저건 사건 때 간족거렸다는 그놈?"

윤서는 생각만 해도 싫은지 오만상을 찌푸렸다. 세리가 울대를 들썩거리며 낄낄 웃었다.

"내가 언제 한번 그 오빠를 만나봐야겠네."

세리는 우아한 손짓으로 턱수염을 쓰다듬으며 눈을 거만하게 떴다. 그 모습을 보고 있던 윤서가 몇 초 후 웃음을 뿜었다. 홍태가 세리를 만나면 얼마나 질색하는 표정을 지을지 머릿속에 그려졌던 것이다.

"아하하…… 그래, 언제 한번 만나줘라. 하하하하."

"복수해. 모아놨다가 결정적일 때 뒤지게 까줘."

세리가 검지를 들어 허공을 콕콕 찔렀다.

"요즘 애들은 너무 복수를 안 해. 복수는 그때그때 해야 하고 너무 안 해도 안 돼. 공적으로 뭐 대단한 거 잡아 조지는 거만 정의가 아니야, 애. 정의는 사생활에서 실현해야 하거든. 암."

세리가 눈을 가늘게 뜨고 눈동자를 한쪽으로 모으며 음흉한 미소를 지었다. 콧구멍이 넓어지고 우렁찬 콧숨이 뿜어져 나왔다. 붉은 립스틱을 바른 입술이 번들거렸다. 재밌는 이야기가 입술 안쪽까지 차올랐다는 신호였다.

"말해."

윤서가 친구의 신호에 응했다.

"그래, 내가 재밌는 얘기 하나 해줄게. 나 말고 내 친구 얘긴데. 편의상 그 친구를 A라고 하겠어."

A도 크로스 드레서에 게이라고 했다. 세리의 친구들은 대부분 그랬다. 세리의 말에 따르면, 세리의 친구 중 겉보기엔 제일 평범하나 머릿속은 가장 엉망진창인 사람이 한윤서라고는 하지만.

그리스 여인은 걸걸한 목소리를 다듬고 '재밌는 이야기'를 시작했다.

A가 사는 오피스텔 옆 호실에 완전 잘생긴 총각이 이사 왔어. 사건이었지, 사건. 강동원 닮았는데 그보다 색기는 좀 덜하고 뭐랄까 교회 오빠같이 차분하고 반듯하게 생긴 거 있지. 가끔씩 눈이나 호강하자 하고 혼자 연모하고 있는데, 웬일이야! 강동원이 먼저 A를 찾아와 친해지려 하더래. 이사 오던 날 떡도 돌리고, 이후로 망치도 빌리러 오고, 집게발을 쩍쩍 폈다 오므렸다 하는 꽃게도 먹으라고 갖다 주고 말이야. 오면 고 예쁜 눈을 말똥말똥 굴리면서 괜히 이것저것 얘기도 시키고. A의 마음속에 봄이 왔지. 개똥도 예뻐 보이더래.

문제는 그 교회 오빠 강동원이 진짜 교회 오빠였다는 거야. 친해지기 십단콤보를 시전하고, A의 눈을 완전 하트 뿅뿅으로 만들어놓은 즈음, 총각이 고백했어. A가 하나님을 만나 정상적인 남자로 다시 태어나는 데 자기가 도움을 주겠다나? 성정체성의 혼란은 의지로 이겨낼 수 있대. 이런 우라질. 개똥이 개똥으로 보이고 강동원 얼굴도 개똥으로 보이는 순간이었지.

강동원은 기독교 모 종파의 열혈 신도였는데, 존경해 마지않는 교회 담임 목사가 내준 숙제에 따라 회개의 대상을 찾고 있었던 거야. 가장 어려운 대상을 택해 전도에 성공하고 교회 홍보에 적극 활용하는 사람에게 목사가 크나큰 은혜를 내려주기로 했다나봐. 동성애자나 트랜스젠더를 공략하라고 구체적으로 지시까지 했더군.

A는 당장 분노하는 대신, '탈동성애 지지와 성도덕 바로세우기를 위한 애국교회연합'의 대표라는 그 목사에 대해 알아보기로 했어. 문제의 목사가 매일 광장에 나가 확성기를 들고 설교를 한다고 해서 가봤지. 거기 있더라. 짤막하고 펑퍼짐한 데다가 뺑글뺑글 안경을 쓴 얼굴은 징그럽게 동안이라 꼭 뽀로로 같이 생긴 아저씨가 말이야. '며느리가 남자라니 말도 안 돼' 같은 팻말을 들고 가슴에 털 난 남자 둘이 항문 성교하는 그림을 흔들어대면서 '사탄의 무리로부터 우리 아이들을 지키자'는 말을 진짜 하루 종일 하고 있더래.

A는 뽀로로 목사를 우리끼리의 정보시장에 내놨어. 인정하기 싫겠지만 우리 같은 사람들은 이 사회 어디에나 있거든? 특히 음습한 세계에서의 네트워크는 아주 촘촘하지. 그런데 우리가 이렇게 비밀 네트워크를 조직하여 긴밀히 협력하고 있다는 거, 너만 알고 있어라. 이건 국정원도 모르는 거다?

사흘도 안 걸렸어. 뽀로로 목사를 아는 친구가 나왔지. 그 친구가 말하길, 예전에 호스트바 무회 생활을 하면서 알게 된 마담 언니가 있는데, 바 운영은 은퇴하고 최근 집에서 작은 서비스업을 시작했대. 그런데 뽀로로가 그 언니 완전 단골이라는 거야. 남성 전용 마사지샵이야. 전단지 보고 오는 사람들만 상대해. 뭔지 알겠지?

A는 설교를 하고 있던 뽀로로 목사에게 다가가 덜컥 목사의 손을 잡았어. '목사님. 저 같은 사람도 하나님이 받아주실까

요? 제가 변할 수 있을까요?' 그 순간 A는 컴퓨터의 디스크 조각 맞추기 화면 같은 걸 떠올리며 뇌를 비웠대. 자고로 투자가 없는 복수란 없는 법이니까.

녹색 원피스를 입은 털 난 남자가 다가와 손을 잡으니까 뽀로로의 눈이 순간 접시만 하게 커졌지만, 이내 뽀로로는 회개의 대상을 발견한 기쁨에 젖었지. A는 뽀로로의 손에 이끌려 교회에 가서 참회의 기도를 하는 한편, 세운상가에 가서 고성능 초소형 카메라를 몇 개 샀어. 그건 왜 샀냐고? 주인 허락받고 마사지샵에 설치하려고 샀지, 왜 샀겠어.

자, 그날이 왔어. 뽀로로 목사가 전 교인을 모아놓고 동성애 반대 활동에 대한 결과발표와 대국민 설교를 하는 날이. 자료 화면으로 뭘 준비했는지 알아? 인터넷에서 건진 게이 포르노 동영상을 얼기설기 엮은 다음 에이즈로 죽어가는 사람 화면과 이어놨어. 이쯤 되면 과연 누가 변태인가 잘 생각해봐야 돼.

교회 강당에 교인이 삼사백 정도는 모였나봐. 뽀로로는 프로젝터 화면 앞 단상에 올라가고. 그즈음 이 교회 최고의 홍보대사, 뽀로로 목사의 축복으로 개심하게 된 청년, 뽀로로의 신임을 한몸에 받고 있는 A가 프로젝터 조작을 맡겠다고 자원했지. '여러분. 인권이란 이름으로 포장되어 번창하고 있는 동성애의 진짜 모습을 한번 보시겠습니까?'라고 목사가 설교를 뿜으면 A가 게이 포르노 영상을 틀어줘야 하는 거였어. 점잖은 교인들 앞에 발가벗은 남자 둘의 섹스 장면을 틀어놓고 혐오를 주문하는 거야. 그 상황에서는 어떤 고귀한 자의 섹스 장면을 틀어도 돼지가 접붙는 것 같겠지, 뭐.

딱 그 순간, 삼사백 명의 교인들이 입을 가리고 괴성을 지르며 웅성거렸지. 뽀로로는 프로젝터 화면 앞에서 회심의 미소를 지었고. 마사지용 의자에 누워 무릎까지 바지를 내린 채 어떤 여인의 손에 가련하게 작은 성기를 맡긴 자신의 모습이 상영되고 있는 걸 모르고 말이지. 음성은 게이 포르노의 음성을 틀고 화면만 바꿔치기한 거라 앞에 서 있는 뽀로로는 뭐가 잘못됐는지 몰랐던 게지. '이런 짐승 같은 행위를 우리의 아이들에게 권장하시겠습니까?' 화면 속 뽀로로가 절정에 이르러 눈을 까뒤집으며 몸을 꿈틀거렸어. '아니요, 아니요. 절대로 아니요.' 교인들이 순도 백퍼센트의 완벽한 혐오의 시선을 내던지며 몇 명은 밖에 나가버리고 몇몇은 고개를 빼고 화면을 뜯어보았어. 화면 한번 봤다가 뽀로로 얼굴 한번 봤다가 하면서.

누군가 집어던진 콜라 캔을 머리에 맞고 나서야 뽀로로는 뭔가 잘못된 걸 느끼고 뒤돌아보았지. A는 게이 포르노 음성을 끄고 실제 그 화면에 맞는 음성을 틀었어. '언니야, 이따 한 번 더 하자.' 화면 속 뽀로로가 눈을 게슴츠레 뜨고는 설교로 단련된 성량 좋은 목소리에 애교를 섞었어. 한 손엔 휴지를 들고 입가엔 침을 흘린 채. 그런 제 모습에 놀라 비명을 지르는 뽀로로 앞에 A가 나타났지. A는 쓰러지기 일보 직전인 뽀로로의 손을 잡고 같이 버티고 서줬어. 박애의 정신으로. '목사님은 변할 수 있습니다. 의지로 이겨낼 수 있어요'라고 말하며 말이지. 결론은? 뽀로로도 울고 맨 앞에 앉아 있던 강동원도 울고 신실한 교인들도 울고 다 울었지. A만 빼고! 끝!

　이야기를 마친 세리가 흰 치아를 드러내며 활짝 웃었다.
　조용히 듣고 있던 윤서는 세리가 말을 마치고 나서 하나, 둘,
셋에 까르르 웃었다.
　"그러다 고소당하면 어쩌려고 그랬냐?"
　"제까짓 게 고소를 어떻게 해, 고소를. 뭐, 그래도 혹시 모르
는 일이니까 멘트 한 방 날려는 줬대. 자기는 감옥 가서 몇 개
월 힘센 오빠들하고 재밌게 놀다 나오면 될 일이지만, 자기가
갖고 있는 동영상 파일은 클릭 한 번에 못 퍼질 곳이 없지 않
겠냐며."
　윤서는 침대에서 일어나 방한점퍼를 입고 지퍼를 올렸다. 가
방을 둘러매기 전 꼬인 가방끈을 풀며 윤서는 지나가는 말처
럼 던졌다.
　"복수 한번 끝내주게 하느라 참 고생이 많았다, 세리."
　순백의 털 코트를 걸치고 목에 여우 목도리를 둘러매던 세리
가 놀라 물었다.
　"눈치챘냐?"
　"왜 남 얘기인 것처럼 핑계를 대. 시점이 완전 일인칭이잖
아. 개똥도 예뻐 보였다느니, 징그럽게 동안이었다느니, 디스
크 조각 맞춤 화면을 떠올렸다느니…… 심리묘사와 사실묘사
가 아주 충실해. 마지막 교회에서의 쇼 케이스 장면묘사는 특
히나. 남의 경험을 말하는 것 같지 않게 생생해."

세리가 다가와 껄껄 웃으며 윤서의 어깨를 철썩철썩 때렸다. 그 바람에 윤서는 마른 몸을 휘청거리며 갈지자로 춤을 추었다.

"내 친구가 조사관이라는 사실을 내가 깜빡했네. 장하다, 한윤서! 예리하다!"

"그…… 그만해라."

윤서가 세리의 우람한 팔뚝을 잡고 매달렸다.

"가라! 한 조사관! 난 이만 올라간다. 그동안 스케줄이 너무 밀렸어. 어떻게 만회가 될지 모르겠네? 아무튼 안녕!"

세리가 윤서를 으스러지게 안으며 몇 번 흔들었다. 털 코트에 얼굴을 파묻힌 윤서가 숨이 막혀 양팔을 휘저어댔다.

11

'달방 29만 원 보증금 無'라는 작은 플래카드가 여관 외벽에 걸려 있었다. 노동자로 보이는 남자 셋이 소주병이 든 비닐봉지를 손에 끼고 앞서거니 뒤서거니 들어갔다. 멀찍이 서 있다 한동안 드나드는 사람이 없는 것을 확인한 윤서는 입구에 다가와 기웃거렸다. 날은 어둡고 바람은 찼다. 홍태는 아직도 전화를 받지 않았다.

그동안 전국 각지에 출장을 다니면서 모텔급 이상의 숙소에는 묵어왔다. 여관이라니. 출장비가 없는 것도 아닐 테고 무슨 생각으로 이런 곳을 숙소로 잡은 걸까. 들어가는 게 내키지 않았지만 별수 없었다. 207호라고 했지. 윤서는 빠른 걸음으로 안에 들어가 계단을 타고 곧장 2층으로 올라갔다. 계단 앞 카운터 부스에 앉아 있던 남자는 윤서를 힐끗 쳐다보기만 하고 말았다. 워낙에 누가 드나들건 별 상관을 안 하는 곳인 듯했다.

어두운 복도를 사이에 두고 양옆으로 방문이 죽 늘어서 있었다. 윤서는 207호의 벨을 누르며 주변을 살폈다. 제발 아무도 나타나지 마라. 사이를 두고 두 번째 벨을 눌렀을 때였다. 덜컥 문이 열리고 갈색 트레이닝복 차림의 홍태가 나타났다.

"잉? 한 조사관님?"

홍태가 눈살을 찌푸렸다. 검게 수염이 올라온 얼굴이 한층 까칠해 보였다.

"여기까지 웬일이실까?"

홍태가 마뜩치 않은 눈으로 윤서의 몸을 아래위로 훑었다.

"잠깐 나와봐요."

윤서가 홍태의 손목을 잡고 밖으로 끌었다. 어이쿠, 홍태가 한 번 발이 꼬여 비틀거리면서도 용케 슬리퍼를 꿰어 신고 따라갔다.

둘은 여관 계단참 창가에 섰다.

"설사병은 다 나았고요? 대단했다던데?"

굳은 얼굴로 팔짱을 끼고 선 윤서를 향해 홍태가 이죽거렸다.

"퇴원하고 오는 길이에요. 전화는 왜 안 받아요?"

윤서가 쏘아붙였다. 홍태는 귀찮아 죽겠다는 표정으로 고개를 돌리며 한숨을 쉬었다.

"일했잖아요. 일. 누구처럼 병나서 누워 있었던 게 아니라. 놀았어요, 내가?"

말끝에 홍태가 혀로 쯧, 하는 소리를 냈다. 담배와 소주냄새가 섞인 입 냄새가 풍겼다.

윤서가 허옇게 부르튼 아랫입술을 앞니로 잘근거리며 홍태를 노려보았다.

"됐고. 누구누구 만났어요? 조사내용 좀 봐요."

허, 하고 기막혀하는 콧소리와 함께 홍태가 눈을 부릅떴다.

"지금 조사내용을 보고하라는 말씀이신가? 왜요?"

"제가……."

윤서는 잠시 움찔했다.

"제가 대표 조사관이잖아요. 더 할 일이 있으면 내일 같이 조사하고 올라가자고요. 그러려면 진행상황을 알아야 될 거 아니에요."

"말투가 그게 아닌데?"

홍태가 윤서의 눈앞에 얼굴을 쑥 내밀었다가 빼면서 돌아섰다.

"자기 작전대로 조사를 했는지 아닌지 걱정되나본데, 병가나 마저 쓰세요."

여관방을 향해 슬리퍼를 끌며 걸어가는 홍태의 뒤를 윤서가 따라붙었다.

"좋아요. 피곤하실 테니 얘기하더라도 낼 아침에 하고 그럼 조사자료나 좀 줘봐요."

홍태는 아랑곳하지 않고 방으로 쑥 들어갔다.

따라 들어가려던 윤서가 방바닥에 홍태의 벗은 옷가지가 널려 있는 것을 보고 멈춰 섰다.

"거 참, 같은 조사관끼리 되게 기분 나쁘네."

홍태가 슬리퍼를 벗어 던지며 투덜거렸다. 이내 뒤돌아본 홍태는 윤서의 당황한 얼굴과 방바닥의 상황을 번갈아 바라보다가 순간 잇몸을 드러내며 씩 웃었다.

"오늘 올라가지 않을 거면 방부터 잡아요, 일단."

"저기……."

홍태는 뻐기는 표정으로 트레이닝 바지의 허리춤에 손을 얹고 배를 내밀었다. 홍태는 혀로 입술을 핥으며 윤서의 얼굴을 물끄러미 바라보았다. 그래 봤자 너도 여자지, 뭐. 피로와 약간의 취기로 혼탁해진 눈에 음흉한 장난기가 어렸다.

"아니면…… 어쩔까나. 누추하지만 여기서 그냥 같이 밤새 얘기하실래요? 원한다면, 뭐. 출장비도 아낄 겸. 히히."

홍태가 다시 한 번 웃음을 흘리는 것과 동시에 윤서의 얼굴이 사색이 되었다.

윤서가 들고 있던 가방을 바닥에 턱 내려놓고 홍태 앞으로 다가왔다. 주머니에서 휴대전화를 꺼내 드는 손이 바르르 떨렸다. 눈가 역시 파르르 떨리고 있었다.

그쯤에선 홍태도 심상치 않은 기운을 느꼈지만 웃음을 채 거두지 못했다.

"뭐라고 했니, 너?"

윤서가 휴대전화의 음성녹음 기능을 찾아 누르고 어색한 미소를 입가에 걸고 있는 홍태를 향해 내밀었다.

"다시 한 번 말해봐! 뭐? 너 자는 여관방에서 밤새 얘기하자며 웃어? 그렇게 말한 거지, 지금? 말해. 또 한 번 말해봐. 똑같이 말하면서 또 한 번 웃어봐."

윤서는 목소리를 낮게 깔려고 애썼다. 하지만 염소처럼 부들부들 떨려나오는 것을 제어하지 못했다. 창백했던 얼굴이 변색을 한 듯 시뻘게졌다.

"어…… 저기……."

홍태가 윤서가 내미는 휴대전화를 피해 목을 뒤로 뺐다.

"배홍태 조사관님? 방금 하신 말씀이 직장 내 성희롱인 거 아시죠? 다시 한 번 말씀해주시겠어요? 한 번 말한 거 두 번 못 할 이유가 없죠? 비겁하게 그런 말 한 적 없다고 잡아뗄 참이야? 어? 해봐. 한 번 더 쪼개봐, 새끼야!"

윤서가 눈을 튀어나올 듯이 부릅뜨고 소리쳤다. 다른 사람 같았다. 늘 차분하게 앉아 제 고민에만 빠져 있던 사람이 광기를 품은 눈으로 홍태를 쩨렸다.

홍태가 침을 꿀꺽 삼켰다. 이 여자가 이렇게 쌈닭같이 달려들 줄 알았다면 그러지 않는 건데. 실수였다. 상대는 원래 성희롱 전문 조사관으로 평판을 쌓은 여자다. 아무리 남 상관 안하고 성질대로 사는 홍태라지만 성추문에 휘말리는 건 싫었다. 그것도 성희롱을 조사하는 기관인 인권증진위원회에서.

수습을 하려면 지금 해야 했다. 배짱 두둑한 배홍태도 그 정도의 판단은 할 줄 알았다.

"시…… 실언했습니다. 한 조사관님, 잘못했어요. 그런……
뜻이 아니었는데."

홍태가 무릎이라도 꿇을 듯이 허벅지를 비비다가 몸을 바로
세우고 정중히 고개를 숙였다.

"죄송합니다. 다신 안 그럴게요. 실수했어요. 잘못했습니다.
용서하세요."

윤서가 소리쳤다.

"말하지 마! 말하지 말라고!"

까까머리에 윤서의 침이 튀는데도 홍태는 고개를 들지 못했다.

"머릿속에서 네가 뭔 생각을 하든 난 관심 없어! 머릿속에서
여자를 얼마나 무시하건 추행하건 강간하건 난 모르는 일이
야! 하지만 생각나는 대로 다 말하지 말라고! 그런 말! 말! 말!
하지 마! 표현하지 마! 닥쳐! 닥치고 살아! 네 머릿속으로만
생각해! 내 앞에서! 그런 말 하지 마!"

같은 층의 다른 방문이 열리는 소리가 들렸다. 관객 몇 명이
펄펄 뛰는 윤서와 어쩔 줄 모르는 홍태의 모습을 복도에서 기
웃거리며 구경했다.

윤서의 흥분과 분노가 점점 잦아들었다. 이번만 봐준다. 한
번만 더 그래봐, 아주 골로 보낼 줄 알아. 윤서가 파르르 떨며
콧물을 훔쳤다.

여관 주변에 갈 만한 데라고는 24시간 뼈다귀 해장국집뿐이

었다. 그래도 넓은 공간에 손님이 드문드문 앉아 있어 방해받지 않고 이야기를 나눌 만했다. 윤서와 홍태는 뼈다귀 해장국 한 그릇에 숟가락을 담근 채 마주 앉아 사건기록과 조사자료를 검토했다. 홍태는 평상복으로 갈아입은 상태였다. 자료에 담겨 있지 않은 내용은 홍태가 중간중간 말로 설명했다.

조사자료를 넘겨보며 윤서는 몇 번이나 한숨을 토했다.

"내가 이럴 줄 알았어요."

수사과정에서의 인권침해보다는 김학종과 지순구의 무죄 입증에 초점을 맞춰 전력을 다했다. 김학종의 형도 조사에 참여시키고, 사건 목격자도 만나 목격 진술의 신빙성을 캐묻고, 달밤에 실험도 하고, 수사를 담당했던 경찰에 대해서는 면담하는 족족 허위자백을 강요한 것 아니냐며 닦아세운 것이다.

홍태는 풀이 죽어 앞에 놓인 소주잔만 쭉 비웠다.

"진실이라는 게 생각만큼 단순하지가 않죠?"

윤주강 경위에 대한 문답서를 훑어보며 윤서가 씁쓸하게 웃었다. 사회적 이목이 집중되는 사건에 대하여 사람들은 밖에 알려진 몇 가지 사실만 가지고 성급히 흑과 백을 판단하려는 유혹에 빠진다. 한꺼번에 모든 사실이 알려질 수 없는 이상 여론의 속성이 그런 것이야 어쩔 수 없지만 인권위 조사관이 그러면 안 되지. 사건에 관여했던 전문가의 판단을 일거에 무시하고 한쪽 주장만을 들이댔다가 호되게 당했군.

"소화기 얘기 때문에 그럽니까?"

홍태가 입가에 흘린 소주를 닦으며 코를 킁킁거렸다.

"경찰 쪽이 내세울 만한 부분이긴 한데…… 내일 지순구를 만나서 그 얘길 들어보려고 그랬죠. 왜 사건 다음 날 갑자기 여관을 떠났는지, 왜 휴대전화를 해지했는지 그런 것도. 김규민 변호사 내려오라고 해서……."

윤서가 문답서를 읽고 있던 눈을 치켜들어 홍태를 보았다.

"벌써 연락했어요?"

"아니요. 내일 연락해보려고 했거든요. 교도소에 방문 통지도 아직 안 했습니다."

윤서는 인권위 조사자료를 내려놓고 경찰에서 받아온 살인 사건 기록을 펼쳤다.

"소화기 부분 말이에요. 지순구 피의자신문조서 어디에 그 내용이 있죠?"

"이리 줘보세요."

홍태가 기록을 넘겨받아 뒤적였다.

윤서는 달숙과 홍태가 조사한 관점과 내용에 한심해하면서도 어느새 사건 속으로 빠지고 있었다. 아예 몰랐으면 모를까 어느덧 이리저리 헤쳐놓은 사건의 속살을 들여다보고 말았으니. 홍태도 윤서의 심경을 눈치채고 묵묵히 윤서가 사건을 파악하는 일을 도왔다.

"여기, 여기요."

홍태가 기록을 다시 윤서 쪽으로 돌렸다.

문: 방계덕이 쓰러지고, 금전 등록기의 현금을 빼서 주머니에 넣고, 유선 전

화기 코드를 뽑아 던진 것은 김학종이 아니라 진술인이라는 말인가요?

답: 네. 학종이는 아닙니다.

문: 진술인은 그 뒤에 무엇을 하였나요.

답: 그다음엔 소화기로 뒷문 문고리를 내리쳤습니다. 한 번, 두 번…… 네 번 정도 때렸어요. 그다음엔 소화기를 뒤로 던졌습니다. 소화기는 원래 화장실 벽에 걸려 있던 겁니다.

문: 소화기로 왜 뒷문을 내리쳤나요?

답: (말을 못 하고 주저하다가) ……뒷문으로 도망가려고 했던 것 같습니다. 그런데 뒷문은 밖에서 잠겨 있어요.

(이때 바닥에 소화기가 놓여 있는 현장 사진을 진술인에게 보여주다.)

문: 그 소화기가 현장에 있던 이것이 맞나요.

답: (현장 사진을 유심히 보더니) 네. 맞습니다. 문이 안 부서져서 소화기를 던졌는데…… 소화기가 화장실 앞에 쌓아둔 맥주 박스에 꽂힐 뻔하다가 팅겨서 바닥에 굴렀습니다. 탁자 다리에 걸려서 멈췄습니다. 이 자리에서 멈췄습니다.

윤서가 자라목을 하고 조서의 내용을 읽고 또 읽었다.

"소화기와 뒷문 실린더에 대한 감식은 이 피의자신문조서가 작성된 이후에 이루어진 게 맞더라고요."

홍태는 빈 잔에 소주를 따르며 한숨을 섞었다. 그것은 오로지 범인만이 알 수 있었던 사실, 경찰도 그 진술을 듣기 전까지는 알지 못했던 사실이었다. 그 부분 지순구의 진술은 진실로 보였다.

과연 그날 밤 치얼스 호프에서는 무슨 일이 벌어졌던 것일까. 김학종과 지순구가 범인이라면 김학종의 알리바이는 어떻게 되는 것인가.

윤서는 심각한 얼굴을 하고 기록을 노려보았다. 홍태가 미지근하게 식은 뼈다귀 해장국을 한 숟가락 떠먹었다. 멀찍이 앉아 있던 손님 두어 명이 윤서와 홍태가 앉은 식탁을 힐끔거리다가 계산을 치르고 나갔다.

"이상한데."

윤서가 눈길은 그대로 기록에 꽂은 채 중얼거렸다.

"뭐가요?"

"지순구는 치얼스 호프에서 석 달간 아르바이트를 했었다면서요."

"그랬죠. 사건 두 달 전에 잘리고."

윤서가 고개를 갸웃거렸다.

"그럼 호프집에서 평소 뒷문을 사용하지 않는다는 걸 누구보다 잘 알고 있을 텐데? 왜 소화기로 철문을 내리쳤죠? 그 정도로는 열리지 않는다는 걸 알 거 아니에요."

윤서는 기록 중간을 손가락으로 짚어 홍태 앞에 내밀었다.

"그리고 이거 보세요. 뒷문은 밖에서 잠겨 있다고 대답하잖아요. 이미 그 사실을 뻔히 알고 있는 말투 아니에요? 물론 경찰관이 받아 적으면서 조서의 말투야 가공할 수도 있는 거지만, 왠지 그런 느낌이 드네요."

"아……."

흐리멍덩하던 홍태의 눈에 일순 생기가 돌았다.

홍태가 크게 고개를 주억거렸다. 오, 그러네요. 그런 것 같습니다. 그렇다면 이상한데요. 홍태가 윤서의 말에 이렇게까지 동의를 표시하는 건 처음 있는 일이었다.

"그보다도…… 이상한데……."

윤서는 또 고개를 갸우뚱했다.

"뭔데요? 뭐가 또 있습니까?"

"음……."

윤서는 홍태의 얼굴을 쳐다보았다가 불편한 듯 시선을 돌렸다. 조금 전 여관에서의 사건을 완전히 잊지 않은 탓이었다. 그렇게 끝낼 문제가 아니었나. 하지만 적어도 또 그러지는 않겠지. 꼴에 남자라고 그딴 식으로 사람을 밑으로 내리깔려 들다니.

윤서는 고개를 외로 꼬고 생각에 잠겼다.

"오늘 내 친구에게 어떤 이야기를 들은 게 있는데……."

"이야기?"

윤서는 설명의 곤란함을 느끼고 쉽게 말을 잇지 못했다. 뽀로로 목사가 등장하는 그 이상한 이야기를 어디까지 말해야 하지? 뭐, 다 말할 필요는 없겠지만. 아무튼 세리가 말한 그 이야기의 경우와 반대로 생각해볼 때 아무래도 이상하잖아.

그때 우웅, 소리와 함께 탁자가 떨렸다. 윤서와 홍태가 동시에 탁자에 올려둔 제 휴대전화 화면을 쳐다보았다.

홍태가 휴대전화를 들어 귀에 가져다 댔다.

"네. 배홍태입니다…… 네. 아, 지금 오셨다고요? 지금 바로 가면 됩니까?"

전화를 끊고 홍태가 맘이 급한 듯 엉거주춤 일어섰다.

"한 조사관님, 여관 주인이 왔다는데요? 들어가 만나봐야겠습니다."

"네?"

영문을 몰라 하는 윤서를 향해 홍태가 배시시 웃었다. 그러나 윤서는 굳은 얼굴을 풀지 않았다. 무안해진 홍태가 괜히 헛기침을 하며 다시 자리에 앉았다.

"제가 묵고 있는 여관이 지순구가 묵었던 곳인데요. 왠지 여관 주인에게 물어볼 말이 있을 것 같아 거기로 잡았어요."

"허…… ."

윤서는 어이가 없었지만 궁금증 하나는 풀었다. 왜 하필 그렇게 외진 곳에 있는 허름한 여관을 출장지 숙소로 잡았는가.

"어제 물어보니 여관 주인 할머니가 큰아들에게 두어 달 전에 여관 운영을 맡겼다나봐요. 지금은 딸집에서 살면서 며칠에 한 번씩만 다니러 온다던데. 오늘쯤 올 것 같다 그래서 오시면 연락 달라고 했거든요. 지금 왔대요."

일흔 살은 족히 넘어 보이는 주인 할머니는 키는 작았지만 허리가 꼿꼿하고 풍채가 좋았다. 까맣게 염색한 머리를 지글지글 볶아 붙이고 쪼글쪼글한 입술에 새빨간 립스틱을 발랐다. 지방 소도시에서 달방 운영으로 굴러가는 여관의 주인답게 성깔깨나 있게 생겼다. 하루 벌어 하루 먹는 인생들이 여관비가 밀릴까봐 전전긍긍해할 만했다.

"지겨워라……. 또 그놈 얘기여?"

주인 할머니는 좁은 카운터 부스에 윤서와 홍태를 들여놓고 홍태가 내민 명함을 보는 둥 마는 둥 하며 말했다.

"지순구가 갑자기 여관을 나간 게 그렇게 이상한 일이었습니까?"

홍태가 물었다.

주인 할머니는 어이없다는 표정으로 홍태를 쳐다보았다. 뭘 그렇게 당연한 걸 묻느냐는 투였다.

"그럼 이상하지. 여기서 7개월인가 산 놈이 간다 만다 아무 말 없이 하루아침에 떴는디. 그것도 옆방 박 씨가 말해서 알았는디? 204호 아무래도 퇴실한 거 같다고. 새벽에 커다란 가방에 짐을 처싸들고 도망치듯 가버렸댜. 마주쳤는디 인사도 안 하드랴."

홍태가 손가락으로 뺨을 긁적이며 옆에 선 윤서를 보았다. 윤서는 어깨만 한번 으쓱하고 말았다.

"어떤…… 사람이었습니까? 지순구, 아니…… 204호는?"

다시 홍태가 물었다.

"갸가, 뭐? 그냥 애였지. 말썽 안 부리고 여관비 안 밀리고 그러면 끝이지. 내가 뭘 더 알어. 난중에 알고 깜짝 놀라긴 혔네. 갸가 사람을 쥑일지 어떻게 알았겠어. 그냥 순딩이 같았는디. 머리 검은 놈 속은 모르는 뱁이여, 그닝께."

그게 다였다. 여관 주인으로서는 말썽 안 부리고 여관비 안 밀리면 됐지, 투숙객이 어떤 사람인지에 대해서는 알고 싶지도 않은 일이고 알 필요도 없었다.

홍태든 윤서든 딱히 더 물어볼 말이 없어 머뭇거리고 있는데 주인 할머니가 역정을 냈다.

"사건 난 지가 언젠데 도대체 몇 명이 와서 물어본 걸 또 묻고 또 묻고햐. 내가 뭔 죄여. 갸가 사람 쥑일지 내가 알었어?"

홍태는 문득 윤주강 경위가 했던 말을 떠올리고는 질문을 이었다.

"참. 할머니, 경찰이 303호에 사는 사람에 대해서 물어본 적 있지요?"

"303호?"

"파키스탄인이 산다고 하던데……."

"이, 그려……."

주인 할머니는 생각이 난 듯 고개를 끄덕였다.

"무하마드. 이름이 무하마드랴. 갸가 아직도 살어. 근디 갱찰은 우리나라 총각이 거기 안 살았느냐고 묻던디? 내가 아니라고 혔지."

"그래요……."

홍태는 다른 질문이 있느냐는 의미로 윤서에게 눈짓을 했다. 윤서는 힘없이 고개를 가로저었다.

"저기, 할머니. 방 하나 있나요? 저 잘 방이요."

윤서가 피로에 가득 절은 목소리로 말했다. 윤서는 말하면서도 스르르 눈이 감기는 것을 느꼈다. 벌써 밤 11시가 넘은 시각이었다.

주인 할머니가 뒤돌아 빈방 열쇠를 찾으며 중얼거렸다.

"얼마나들 더 찾아와서 물어볼 거여, 대체. 얼마 전에는 밴호산가 뭔가 와서 303호가 어쩌고저쩌고 하고 가더니만⋯⋯."

"네? 변호사요?"

홍태가 품을 더듬어 담배를 찾던 손을 멈췄다.

윤서도 감기려는 눈을 치켜뜨며 물었다.

"변호사가 뭘 묻고 갔나요, 할머니?"

주인 할머니는 윤서에게 열쇠와 일회용 칫솔이 담긴 비닐봉지를 내밀며 인상을 찌푸렸다.

"뭘 물었냐고? 거⋯⋯ 뭐시냐. 키가 조그맣고 비쩍 마른 총각이 303호에 살았던 적 없냐고 허드만."

이게 뭔 소린가. 홍태와 윤서가 서로의 얼굴을 마주 보았다. 주인 할머니가 말을 이었다.

"갱찰이 물어본 사람 말고⋯⋯ 에, 그니께. 갱찰은 키가 204호만큼 솔찬히 큰 총각이 그 방⋯⋯ 그니께 303호에 산 적이 있냐고 물었단 말여. 무하마드 살기 전에. 그래서 그런 사람은 안 살았다고 혔는디. 밴호사는 그럼 키 쬐끄만 녀석은 산 적 있냐고 해서. 나만치 쬐끄맣고 삐쩍 꼴은 놈이⋯⋯ 가만 떠올려보니께

잠깐 있었던 것 같어. 이름을 물어보는디 모른다고 혔어. 보름인
가 살다 간 놈 이름 같은 거 안 적어놔."

12

부지훈 사무관은 토론회 자료집을 팔랑팔랑 넘기던 중 자리
에 걸려온 전화를 받았다. 액정화면에 발신번호가 떴다. 한윤
서 조사관의 휴대전화 번호였다.

"한 조사관님? 몸은 좀 어때요? 퇴원하셨어요?"

지훈은 걱정이 담긴 목소리로 물었다. 나흘 전 같이 출장 갔
다가 병난 윤서를 현지 병원에 입원시키고 혼자 올라온 미안
함 때문이었다. 내가 애예요? 알아서 간병할 친구 부를 테니까
제발 좀 올라가세요. 쉴 새 없이 화장실을 들락거리며 창백해
진 얼굴로 윤서는 지훈에게 짜증을 냈다. 그래도 그렇지 너무
바로 떠나버린 것 같아 지훈은 마음에 걸렸다.

"네. 괜찮아요. 저…… 혹시 최근에 김규민 변호사랑 연락한
적 있어요?"

"네?"

"어, 사실은…… 김규민 변호사가 오늘 어디서 뭘 하는지 혹
시 아시나 해서요."

지훈은 손에 들고 있던 토론회 자료집 앞 장을 펼쳐 시간표
를 확인했다.

"변호사회관에서 하는 토론회에 발제자로 참석하는데요. '자백증거의 한계와 유죄 오판'이라는 제목으로. 끝나고 인권위에도 잠깐 들르겠다고 했어요. 사건 진행상황이 궁금하다며."

"그거 잘됐네요."

"네?"

수화기 너머로 윤서가 한숨을 쉬었다.

"김규민 변호사 없이 오늘 지순구를 만나려고 그래요. 혹시 여기 내려올 계획인가 염려돼서 전화해본 거예요. 여기 자주 온다고 해서."

지훈은 이유를 물어보지 않을 수가 없었다. 지순구를 면담할 때 반드시 동석할 수 있게 해달라는 김규민의 요청을 받아주기로 한 바가 있기 때문이다. 그래서 지난번에 김규민과 같이 지순구를 만나러 갔던 날 윤서가 병이 난 것 아닌가.

"부 사무관님, 조금 길게 통화할 수 있어요? 밖에서요. 핸드폰으로."

윤서의 목소리가 은밀했다. 지훈은 괜히 주위를 한번 둘러본 뒤 유선전화를 끊고 계단참으로 나갔다.

휴대전화를 걸자 윤서는 바로 받았다. 윤서는 지훈에게 그간 알아낸 사실에 대하여 차근히 말하기 시작했다. 지훈은 귀에 댄 휴대전화기가 뜨거워질 때까지 통화를 이어갔다. 혀를 차고, 탄성을 질러가면서. 나중엔 행여 누가 듣고 쫓아올까봐 계단에 앉아 입을 막은 채 몸만 흔들었다. 지훈의 작은 몸이 새된 소리를 내며 오뚝이처럼 까딱거렸다.

"뭘 어떻게 해야 할지 모르겠어요."

모든 사실을 다 털어놓고 난 뒤 윤서가 말했다.

"조사 중 진정인 쪽에 불리한 사실을 알게 되면…… 그런데 그게 범죄에 해당되는 거라면…… 인권위 조사관은 어떻게 해야 하는 거죠?"

"아하. 그건 이달숙 조사관님께 물어보셔야죠."

지훈은 살짝 콧방귀를 뀌었다.

"전에 부당한 긴급체포 건 시정권고하면서 말이에요. 아실까 모르겠네. 박기수라고. 팔뚝에 야광 문신했던 진정인. 그 사람이 다른 살인사건 피의자라는 걸 알게 돼가지고요. 그 사실을 피진정인 경찰에게 찔러줬잖아요. 치. 그거 다 내 덕분에 알게 된 건데……."

교사에게 친구의 잘못을 고자질하는 듯한 말투였다.

"아, 그 얘기 들었어요. 그런 경우가 있었네요."

"그래도 한 조사관님은 저에게 이렇게 상의라도 해주시지. 이 조사관님은 그냥 제가 준 정보로 알았다는 것도 쏙 빼놓고 쪼르르……."

"어휴……."

이야기가 옆길로 새려고 하는 것을 윤서가 땅이 꺼질 듯한 한숨으로 막았다. 지훈은 윤서의 한숨에 담긴 고민에 눌려 앵앵거리던 입을 닫았다.

"부 사무관님."

윤서가 다시 말을 꺼냈다.

"변호사에겐 그런 게 있잖아요. 의뢰인에게 이익이 되는 주장만 해야 하는 거. 의뢰인에게 불리한 사실을 말해선 안 되는 의무 같은 거 말이에요."

"비밀유지 의무 말이죠."

"네. 변호사는 의뢰인이 진범이라는 증거를 알고 있어도, 그 증거를 드러내면 안 되는 거잖아요?"

지훈은 흠, 하는 소리를 내며 생각을 가다듬고 윤서의 물음에 답했다.

"그건 변호사에게 부여된 의무죠. 인권위 조사관이 거기 따라야 할 필요가 있나요. 오히려 반대로 공무원에게는 직무수행 과정에서 범죄를 발견하면 고발할 의무가 있잖아요."

"네…… 그래요. 인권위 조사관은 그렇다 치더라도……."

윤서는 생각에 빠진 듯 잠시 말을 쉬었다가 이어갔다.

"변호사는 진실을 알고도 적법하게 감출 수 있는 거네요. 비밀유지 의무에 따르면요. 그건 왜 그런 거죠?"

"그건 말이죠. 형사소송의 대립 당사자 주의에 기반한 거라고나 할까요."

지훈은 긴 설명을 앞두고 목소리를 가다듬었다.

"에…… 그러니까 대립 당사자 주의란, 검사와 피고가 대등한 입장에서 각자에게 유리한 증거를 취사선택해서 각자의 주장을 열심히 입증하도록 하는 거예요. 법원은 제삼자의 입장에서 누구의 주장이 더 논리적인지 살펴보고. 그런 과정을 통해 실체적 진실이 더 잘 발견될 수 있다고 믿는 겁니다. 이를 테면, 피고가 무죄를 주장하는 경우를 예로 들면요. 검사는 피고가 유죄라는 주장을 입증하기 위해 애쓰고, 피고는 자기가 결백하다는 주장을 입증하기 위해 애쓰다보면, 그 과정에서 풍부한 증거가 나오고 서로가 서로를 탄핵하고…… 결국 진실에 가까운 쪽이 더 잘 자기주장을 입증하게 되고. 그렇게 해서 진실이 구체적으로, 억울함이 없이 드러난다는 믿음이죠. 그러한 시스템의 작동을 위해 변호인은 오로지 의뢰인의 이익을 위하여 활동하도록 의무를 지우는 거죠."

지훈은 만족스러운 표정을 지으며 어깨를 으쓱했다. 전화상으로라도 자신이 알고 있는 전문적인 지식을 설명하는 게 기뻤다. 지훈은 적절히 조언을 구하는 윤서의 태도가 마음에 들었다.

"입증 능력이 진실을 잡아먹는 꼴이 되겠네요. 때로는."

윤서의 말투는 싸늘했다.

"으흠…… 뭐, 그런 비판도 있죠."

"그럼 변호인의 적법한 변호 활동에 대해 우리가 간섭해서는 안 될 일이겠네요."

"글쎄요. 그게……."

윤서는 소리쳤다.

"그러니까 제가 진작 살인사건의 실체에 대해서는 건드리지 말자고 했잖아요! 애당초 건드리지 말았어야죠! 이제 어떡해요! 알아버렸는데!"

지훈은 휴대전화를 귀에서 멀리 뗐다가 붙이며 쩝쩝거렸다.

"어떡하긴 뭘 어떡합니까. 지금 지순구 만나러 갈 거라면서요. 말하려고 가는 거 아닙니까?"

윤서는 수화기 너머에서 끙끙거렸다.

"그게…… 저 혼자만 안 사실도 아니라서 말이죠…… 그렇게 됐네요. 에휴."

주변에 있는 누군가를 의식하는 말투였다. 윤서의 한숨이 깊었다.

비슷한 시각 조사국에 있던 달숙은 홍태가 건 전화를 받자마자 수화기를 손바닥으로 감싸 쥐고 속삭였다.

"어제 내가 올라오면서 한윤서에게 자기 있는 여관 갈쳐줬는데. 한 조사관 갔어? 팔팔 뛰지 않아?"

이어지는 홍태의 대답은 여유로웠다.

"뭐, 뛰어봤자죠. 그게 중요한 게 아니고요. 이 조사관님, 지금 빨리 S 교도소에 공문 좀 내려보내주세요. 저랑 한 조사관님이랑 지순구 면담하러 간다고. 빨리요."

"응? 지순구는 왜?"

달숙은 지훈이 오늘 아침 회의 때 건네준 토론회 자료집 표지를 슬쩍 보았다.

"가려면 김규민 변호사 끼고 가야 하지 않아? 김 변호사 오늘 토론회 발제한다는데?"

"김규민 그놈, 아이고. 말도 마요."

홍태가 으르렁댔다.

"이 조사관님이 어제 그렇게 올라가시는 게 아니었어요. 제가, 아니…… 그러니까 한 조사관님하고 제가 뭘 알아냈는지 아십니까?"

"응? 뭐야? 뭔데?"

달숙은 성질 급한 홍태의 성화에 못 이겨 손으로는 교도소에 보낼 방문통보 공문을 기안하면서 귀로 홍태의 설명을 들었다. 어머, 어머. 진짜? 그랬던 거야? 달숙은 중간중간 추임새를 넣으며 귀를 기울였다. 마침 점심시간이었다. 다른 조사관들이 통화 중인 달숙을 남겨놓고 모두 사무실을 빠져나갔다.

긴 통화가 끝나갈 무렵 달숙은 못내 허탈한 표정을 지었다.

"결론 힘 빠지네, 그거."

달숙은 이어지는 홍태의 제안에 동의했다.

"그래, 오늘 하루. 거기랑 여기서 끝내자. 오케이. 김규민은 나랑 면봉에게 맡겨. 에이, 면봉이랑 뭐 같이 하는 거 싫은데…… 어쨌든!"

13

S 교도소 접견실.

지순구는 나흘 만에 찾아온 인권위 조사관의 얼굴을 보고, 그 옆을 보고, 등 뒤 너머를 보고, 급기야 뒤돌아 출입문 쪽도 살폈다.

"아…… 안녕하세요."

인사를 하느라 허리를 굽혔다 펴는 동안에도 지순구의 눈은 윤서와 홍태의 맞은편을 불안하게 훑었다. 윤서는 맞은편 의자를 가리켰다.

"누구 찾는 사람 있어요?"

의자에 뚱뚱한 몸을 겨우 내려놓는 지순구를 향해 윤서가 말했다. 지순구가 엄지손톱을 입에 넣고 잘근거렸다.

"김규민 변호사님은…… 안 오셨어요?"

"안 왔습니다."

말이 끝나기가 무섭게 홍태가 답했다.

처음 보는 남자 조사관의 거친 말투에 지순구는 겁을 집어먹은 듯했다.

"아, 저는 인권증진위원회 배홍태 조사관이라고 합니다. 한윤서 조사관님은 며칠 전에 보셨죠?"

윤서의 눈짓을 받고 홍태가 그제야 자기소개를 했다. 지순구는 홍태의 말이 귀에 들어오지 않는 듯했다.

"변호사님은……."

"오늘 다른 일정이 있어서 같이 못 왔어요."

윤서가 말했다. 지순구는 두 조사관의 눈을 피해 포동포동한 덩치에 고개를 자라처럼 파묻고 뒷머리를 긁적였다.

윤서와 홍태는 지순구의 다음 반응을 기다렸다. 그러기로 했었다.

"김규민 변호사님이 안 계시면…… 안 되는데…….."

"뭐가 안 되죠?"

윤서가 최대한 건조한 목소리로 물었다. 힐난하는 것처럼 들리지 않도록.

"저…… 변호사님이…… 자기 없는 데서는…… 말하지 말라고……."

"왜요?"

"네……?"

지순구가 슬쩍 고개를 들었다가 다시 윤서의 눈을 피해 몸을 말았다.

"왜 변호사님이 없는 곳에서는 말하지 말라고 하던가요? 김 변호사님이?"

지순구는 당장에라도 울음을 터트릴 듯 얼굴을 찡그렸다.

"그건 제가, 제가 멍청해서……."

"순구 씨는 머리가 그렇게 나쁘지 않아요."

윤서는 목소리에 아무 감정을 담지 않으려고 애썼다. 달래거나 위로하고 싶지 않았다. 사실을 말하고 싶었다.

"누가 어떤 식으로 말하라고 강요하거나 윽박지르지 않는다면, 말할 수 있잖아요. 무슨 일이 있었는지, 그때 기분이 어땠는지."

지순구는 양 손가락으로 의자 끄트머리를 잡고 상체를 잔뜩 숙였다.

도망가고 싶은 걸까.

그러나 진짜로 도망치지 않는 한 윤서도 피하지 않기로 했다.

"형사님들이 순구 씨가 진짜 무슨 일이 있었는지 말하려고 하면 화를 냈죠? 김학종이 공범이 아니라고 말하면, 김학종은 상관없다고 말하면 거짓말하지 말라고 윽박질렀을 거예요. 이미 김학종 씨가 자기가 순구 씨랑 같이 했다고 자백했으니까. 순구 씨의 말을 형사님들은 믿어주지 않았을 거예요."

지순구는 구부린 상체를 까딱거렸다. 접이식 의자에서 삐걱거리는 소리가 났다.

"하지만, 김학종 씨는 범인이 아니죠?"

"……."

"무서워서 김학종 씨랑 같이 했다고 한 거죠? 그래야 형사님들이 화를 안 내니까."

이때 홍태가 거들었다.

"그날 김학종이 사는 빌라 일부가 정전이 됐어요. 김학종의 집은 불이 들어왔고. 그래서 옆집 아줌마가 김학종에게 고기를 냉장고에 넣어달라고 부탁했죠. 바로 사건이 있던 그 시간에. 김학종은 범인일 수가 없어요. 그렇죠?"

지순구는 여전히 고개를 숙인 채 몸을 까딱였다. 붉게 물든 뒷목에 힘이 들어가 있었다. 윤서와 홍태가 하는 말을 듣고 있는 것 같았다. 머릿속으로 얼마나 바쁜 생각이 지나고 있을까.

무엇이 이 청년의 마음을 움직일 수 있을까.

"우린 경찰이 아니에요. 판사도 아니고 검사도 아니에요. 사실 아무것도 아니에요. 여기서 순구 씨가 사건에 대해 무슨 말을 하건, 그것 때문에 달라지는 건 없어요. 우린 그냥…… 말해주러 왔어요. 진범을 찾기 위해서 순구 씨가 무엇을 해야 하는지, 할 수 있는지."

"……."

"진실을 말해줄 수 있나요?"

"……."

"말하려고 했잖아요. 지난번에도."

윤서는 나흘 전의 면담을 떠올렸다. 학종이는 사장님 안 죽
였어요. 학종이는 상관없어요! 저도 사장님 안 죽였어요! 이렇
게 소리치며 감정을 터트렸을 때 지순구는 분명 그 이상을 말
하려고 했었다. 김규민이 지순구의 팔뚝을 잡고 눈빛으로 만
류하지 않았다면 아마도 말했을 것이다.

그래서 김규민은 인권위 조사관이 지순구를 만날 때마다 자
신이 동석해야 한다고 강하게 요구했던 것이다. 지순구가 필
요 이상의 말을 하려고 하면 제지하기 위해서.

"학종이는 아무 잘못 없어요."

지순구가 웅얼거렸다.

미결 수용자 수용복을 입은 청년의 눈에서 굵은 눈물이 수직
으로 떨어져 내렸다.

"김학종 씨는 그날 치얼스 호프에 가지 않았죠?"

"네……."

"김학종 씨와는 사건이 일어나기 전에 같이 갔어요. 사장님
께 돈을 받으러. 하지만 받지 못했죠?"

지순구가 팔뚝으로 눈물을 훔치며 고개를 들었다.

"그날 전에…… 3일 전에…… 학종이는 같이 가줬어요. 내

가 같이 가달라고 하니까 같이 가줬어요. 착한 친구예요. 내 친구는 학종이밖에 없었는데…… 흑흑……."

윤서는 지순구가 조금 울도록 시간을 주었다. 홍태가 입을 떼려고 하는 것을 가만히 말렸다. 홍태의 얼굴에 익숙한 불만이 차올랐다.

급하게 몰아붙일 일이 아니었다. 지금 윤서는 본분을 뛰어넘는 일을 하고 있다는 생각에서 자유롭지 않았다. 과연 무엇을 위해서?

"김학종 씨는 그날 치얼스 호프에 없었어요."

윤서는 말하며 서글픈 기분이 들었다.

"하지만 순구 씨는 있었죠. 거기에."

네, 라는 울음 섞인 대답과 함께 지순구가 얼굴을 손으로 감싸고 흐느꼈다.

지순구의 반응을 본 홍태가 눈을 번뜩였다. 홍태는 슬그머니 자리를 뜨고 나가 복도 끝에 있는 교도소 사무실로 들어갔다. 사무실에서 전화를 빌려 쓰고 접견실로 돌아왔을 때였다.

"303호 형에 대해서 말해줄래요?"

윤서가 묻고 있었다. 지순구가 움찔하며 입술을 씰룩거렸다.

14

지훈은 김이 모락모락 나는 스타벅스 커피를 양손에 모아 쥐고 회의실로 들어갔다. 회의탁자에 노트북을 펼쳐놓고 자료를 검토하고 있던 김규민이 신경질적인 표정으로 지훈을 올려다 보았다.

"방금 뽑아왔습니다! 변호사님. 한잔 드세요."

지훈이 빙글거리며 김규민의 노트북 옆에 커피를 놓았다.

"부 사무관님, 저 바쁜 사람입니다."

김규민은 커피잔을 쳐다보지도 않았다.

"진행상황에 대해 하실 말씀 없으면 없다고 하세요. 가겠습니다."

"아, 죄송합니다. 죄송합니다. 곧 이달숙 조사관님이 들어와 설명을 해주실 겁니다. 커피 드시면서 조금만 기다려주세요."

지훈이 김규민의 맞은편에 앉아 입을 크게 벌려 웃었다. 김규민은 웃는 얼굴에 대고 차마 더 볼멘소리를 못 하고 짜증을 눌러 참는 듯 끙, 하는 소리를 냈다.

지훈이 탁자에 양 팔꿈치를 대고 손을 모아 쥐었다. 김규민을 바라보는 눈빛이 그윽했다. 가느다란 팔에 커다란 머리를 올려놓고 갸웃거리니 마치 완구점에서 파는 오뚝이 같았다.

"저도요, 김 변호사님. 인권위에 들어오지 않았으면 김 변호사님 같은 형사사건 공익변호사가 되었을 겁니다."

"제가 공익변호사입니까?"

"쪽방촌 노인 살인사건, 무료로 변호하신 거 아닙니까?"

지훈이 감탄사를 길게 내뿜었다.

"와, 대단했죠. 이 나라가 어디 대법원까지 확정 판결된 사건 재심을 받아주는 나라입니까? 과거 시국 사건 말고는 거의 바늘구멍 통과하는 낙타죠. 재심 인용 판결에 이어서 무죄판결까지! 존경스럽습니다, 변호사님."

김규민은 지훈의 노골적인 공치사가 편치 않은 듯했다. 과연 다음에 무슨 말을 하려고 이러나, 하고 의심하는 눈치를 보이며 김규민은 커피잔에 입을 댔다.

"청운의 꿈을 안고 변호사가 되고 싶다고 생각할 때 흔히 떠오르는 극적인 이미지가 그거 아닙니까. 거 있잖아요. 법정영화의 마지막 신 말이에요. 피고인은 무죄! 땅! 땅! 땅! 방청객들의 환호성과 동시에 클로즈업되는 변호사의 얼굴. 해냈다는 걸 믿지 못하는 표정. 만감이 교차하는 표정이요."

수다를 이어가는 지훈의 눈이 황홀경에 젖었다.

"부 사무관님은 현실을 참 낭만적으로 보시는군요."

김규민이 냉정하게 응수했다.

"그런가요? 아니죠. 저보다는 김 변호사님이야말로 현실에서 극적인 반전을 몸소 이뤄내신 분 아닙니까. 억울한 유죄판결을 무죄로 뒤집는 일에 사명을 갖고 계신 것 같은데요. 이번에도 김학종의 자살 소식이 뉴스에 보도되자마자 즉시 지순구를 접견하러 가셨다고 했잖아요. 지순구와는 얼마나 오래 면담을 하고 대화를 나눴습니까?"

지훈은 지나가는 말인 듯 가벼운 말투로 물었다.

"시간은 잘 모르겠고. 3일 연속 접견해서 폐방 시간까지 대화를 한 것으로 기억합니다. 그간 있었던 일을 자세히 들어야 했으니까요."

"아, 그럼 그때 모두 들으셨겠습니다. 사건의 진실을?"

김규민은 눈살을 찌푸렸다. 대화의 흐름에 숨겨진 의도를 짐작할 수 없어 답답한 표정이었다.

"그렇습니다."

"그걸 바탕으로 앞으로 변호를 어떻게 해야 할지 작전도 짜시고요?"

"작전이라기보다 계획을 세웠죠. 그래서 인권위에 진정도 제기한 겁니다."

김규민이 '진정'이라는 말에 힘을 주었다. 자신은 인권위에 진정을 제기한 진정인이라는 것, 지훈은 진정사건의 조사 결과를 자신에게 설명해야 할 책임이 있는 인권위 직원이라는 사실을 강조하려는 듯했다.

또각또각. 회의실로 다가오는 하이힐 소리에 귀를 기울이며 지훈이 말을 내뱉었다.

"그때 이미 아셨겠네요. 진범이 누군지."

김규민이 한쪽 눈썹을 치켜올렸다.

회의실 문이 열리고 몸에 딱 달라붙는 검은색 원피스를 입은 달숙이 팔자걸음으로 다가왔다.

"안녕하세요! 김규민 변호사님. 또 뵙네요. 오래 기다리셨죠?"

달숙은 지훈의 옆자리에 앉아 탁자 위에 휴대전화를 딱, 소리를 내며 올려놓았다.

"방금 그게 무슨 말씀입니까? 제가 진범을 알다니요?"

김규민은 지훈에게 따지고 들었다.

"아셨잖아요. 변호사님."

달숙이 대신 답했다. 김규민이 달숙을 향해 거칠게 고개를 돌렸다. 평소 열의로 타오르던 눈 안의 불꽃이 휘청거리며 검은 그림자가 어른어른했다.

"제가 뭘 말입니까?"

"지순구에겐 죄가 있다는 걸요."

달숙은 탁자에 올려 둔 휴대전화를 손끝으로 두드렸다.

"지금 S 교도소에 가 있는 저희 동료가 그러네요. 지순구에게 직접 들었다니까 아마도 사실이겠죠?"

15

홍태는 가방에서 기록뭉치를 꺼내 지순구 앞에 펼쳐놓았다. 살인사건 관련 피의자신문조서였다. 지순구는 방금까지 울어서 붉어진 눈으로 조서를 물끄러미 내려다보았다.

"호프집 뒷문은 평소 사용을 안 했나봐요?"

홍태가 물었다.

"네. 거기로 사람들이 왔다 갔다 하면…… 계산을 하고 나가는지 아닌지 헷갈린다고……."

"순구 씨가 일하기 시작할 때부터 그랬나요?"

"네."

"밖에서 잠가뒀어요?"

"네. 자물쇠로……."

"그런데 뒷문으로 도망가려고 소화기로 내리쳐요?"

지순구의 살집 가득한 얼굴에 당황한 빛이 스쳤다.

홍태가 늦지 않게 덧붙였다.

"이거, 남이 한 일을 순구 씨가 한 것처럼 말한 거죠?"

지순구가 눈을 질끈 감고 큰 동작으로 고개를 끄덕였다. 영원히 긍정할 듯 오래오래. 홍태는 옆에 앉은 윤서에게 시선을 돌렸다. 퇴원 후 계속 이어진 강행군에 윤서의 안색은 아직도 파리했다.

"자신의 얘기를 하는 것과 남의 얘기를 하는 것은 달라요."

윤서는 어젯밤 여관 주인 할머니를 만난 뒤 각자의 방에 들어가기 전 홍태에게 말했다.

"제 친구가 자기가 겪은 일을 다른 사람이 겪은 거라고 하면서 어떤 이야기를 해주더군요. 전 중간에 눈치챘죠. 이야기의 주인공이 느낀 감정이나 보고 들었던 사항이 생생히 드러났거든요. 그런데 피의자신문조서에 나타난 지순구의 답변을 보세요. 이 경우는 그 반대예요. 마치 남의 행동을 보고 그걸 기억해서 묘사하는 듯한 말투 같지 않아요?"

여관 방문 앞에서 홍태는 사건기록을 다시 꺼내 조서의 내용을 살펴보았다. 조서에서 지순구는 '문이 안 부서져서 소화기를 던졌는데 소화기가 화장실 앞에 쌓아둔 맥주 박스에 꽂힐 뻔하다가 튕겨서 바닥에 굴렀습니다'라고 답변하고 있었다.

윤서의 설명이 계속되었다.

"이거 봐요. 범인은 뒷문을 부수고 나가려다가 안 되자 소화기를 집어 던졌단 말이에요. 왜 그런지는 모르지만 범인은 뒷문을 통해 도망치고 싶어 했어요. 거기로 빠져나가는 게 더 안전하다고 느꼈나보죠. 아무튼 그런 사람이 자기가 던진 소화기가 화장실 앞에 쌓아둔 맥주 박스에 꽂힐 뻔하다가 튕겨서 바닥에 구르든지 말든지 신경이나 썼을까요? 이건 오히려 범인의 그런 행동을 조금 떨어져 지켜본 사람의 진술에 가깝지 않을까요?"

홍태는 눈을 휘둥그레 뜨고 고개를 주억거렸다. 윤서가 한 가지 의견을 더 덧붙였다.

"그리고 말이에요. 지순구는 소화기로 왜 문을 내리쳤냐는 경찰의 질문에 한참을 머뭇거리다가 '뒷문으로 도망가려고 했던 것 같습니다'라고 답했어요. 자기 행동의 동기를 말하면서 마치 남의 마음을 추측해서 말하는 듯한 그 말투, 이상하지 않나요?"

윤서의 말이 끝나고 홍태는 윤주강 경위로부터 들었던 말을 윤서에게 전했다. 지순구가 피의자 신문 초기에 횡설수설하면서 범인으로 '303호 형'을 언급했다는 이야기. 그것과 윤서의 의견, 여관 주인 할머니가 했던 말들이 합쳐져 어젯밤 윤서와 홍태는 같은 결론에 이르렀다.

"303호 형이었나요?"

윤서가 다시 그 미지의 대상에 대해 물었다.

지순구가 힘주어 고개를 끄덕였다.

"여관에 잠깐 있었던 형인데……, 몇 번 내 방에서 같이 술 먹었어요."

지순구가 드디어 자기가 겪은 일, 자신의 말을 하기 시작했다. 윤서와 홍태는 되도록 끼어들지 않고 귀를 기울였다.

"이름도 몰라요. 그냥 303호 형이라고 불렀어요. 그냥 막노동하는 사람 같았어요. 이름…… 말했는데 제가 잊어버렸나 봐요. 어느 날부터 안 보이길래 그냥 딴 데 갔나보다 했어요. 그런데…… 그날 밤에 놀이터에서 우연히 만났어요."

S 시 호프집 주인 강도살인사건이 발생한 그날을 말하는 것일 터였다.

"형이 혼자 놀이터 의자에서 소주 마시고 있더라고요. 반갑다고 하고 같이 마시다가…… 돈 얘기가 나왔는데…… 제가 호프집에서 일한 돈을 못 받고 있다고 말했어요. 30만 원이요. 그러니까…… 형이 병신 같은 놈. 내가 받아준다고…… 같이 가자고…… 막 그랬어요. 자기가 받아줄 테니 자기 5만 원만 주면 된다고……."

떨리는 목소리로 더듬더듬, 지순구는 열대야가 기승을 부리던 그날 밤 치얼스 호프로 시간을 되돌렸다.

앞서 가는 303호 형의 뒤를 순구는 염려 반 기대 반으로 뒤쫓았다. 3일 전 친구 학종과 함께 돈을 받으러 갔을 때는 사장에게 무시만 당하고 쫓겨나다시피 호프집을 나왔다. 순구처럼 학종도 남에게 험한 소리 한마디 못하고 대거리도 못 서는 성격이었다. 그래도 혼자보다는 둘이 가는 게 나을 것 같아 유일한 친구인 학종에게 부탁했던 것이었다.

303호 형은 모르긴 몰라도 한 성질 하는 듯했다. 여관방에서 몇 번 같이 술을 마시며 느꼈다. 키도 덩치도 조그마했으나 힘은 센 것 같았다. 노동으로 단련된 몸이 단단했다. 위로 팍 째져 올라간 눈매가 무서웠고, 욕도 잘 했다. 사장에게 돈을 받아줄 수 있을 것 같았다. 그럼 일단 다음 달 여관비는 낼 수 있겠다는 생각이 들어 내심 반가운 기분마저 들었다. 그나저나 호프집 문이 아직 열려 있어야 할 텐데. 골목길엔 지나다니는 사람 하나 없었다. 새벽 2시였다. 늦은 밤이었지만 날은 덥고 끈적했다. 입고 있는 회색 티셔츠는 진작 땀에 젖어 순구의 몸에 달라붙었다.

치얼스 호프는 열려 있었다. 영업을 마치고 정리하던 중인 듯했다. 방계덕 사장 혼자 카운터에 서서 장부를 적고 있다가 두 방문자를 맞았다.

"우리 동생 돈 좀 주지그래요?"

303호 형은 대뜸 카운터 옆 식탁에 엉덩이를 걸치고 앉아 한쪽 다리를 달달 떨었다. 눈동자는 술에 취해 풀려 있었다. 방계덕 사장은 입구 쪽에 멀뚱히 서 있는 순구와 303호 형의 얼굴을 번갈아 바라보며 불쾌한 표정을 지었다.

"또 뭐야?"

"아이. 씨발 벼룩의 눈깔을 빼 먹지!"

303호 형이 고함을 치며 바지 뒷주머니에서 무언가를 꺼내 들었다. 순구는 놀라 한 발짝 뒤로 물러섰다. 자루가 굵은 단 도였다. 남방셔츠 자락으로 가려져 있어 뒷주머니에 저런 걸 꽂고 있는지 몰랐다. 303호 형이 가죽 칼집을 벗기고 칼날의 넓적한 면을 왼손바닥에 탁탁 치며 인상을 썼다. 방계덕은 손 에 쥔 볼펜을 툭 떨어뜨렸다. 얼굴이 하얗게 질렸다.

"우리 동생이 거짓말할 애야? 어? 형씨! 30만 원 안 줬다며? 내놔 새끼야. 이자까지 쳐서! 씨발 것들이 좋은 말로 하면 아 주 호구로 알고 버틴다니까."

"형……."

놀란 가슴에 순구의 목소리는 거의 나오지 않았다.

"아…… 알았어. 알았다고. 진정해. 줄게. 준다고."

방계덕이 띵, 하는 소리와 함께 금전 등록기의 서랍을 열었 다. 진작 그럴 것이지. 303호 형이 고개를 오른쪽 왼쪽으로 한 번씩 꺾어 우드득 소리를 냈다.

303호 형은 칼을 칼집에 넣지 않은 상태로 뒷주머니에 꽂았 다. 짐짓 여유로운 표정으로 303호 형은 돈을 세고 있던 방계 덕에게 다가가 방계덕의 한쪽 어깨에 손을 올렸다. 놀리는 말 이라도 한마디 할 생각인 듯했다. 그때였다. 방계덕이 재빠른 동작으로 몸을 돌려 303호 형의 왼쪽 어깨를 쥐어 잡고 오른 팔을 잡아 뒤로 빼며 다리를 걸었다.

방계덕은 틈만 나면 자신이 특공무술 유단자라는 걸 자랑하 곤 했다. 이렇게 될 줄 알았으면 303호 형에게 그 사실을 미리 말해두는 건데, 하고 지순구는 나중에 뒤늦은 후회를 했다.

303호 형이 거의 쓰러질 듯하다가 용케 빠져나왔다. 우당탕탕. 두 남자가 서로 몸을 밀치고 팔을 얽으며 뒤엉켰다. 주변에 있던 탁자가 밀리고 의자가 쓰러졌다. 예상치 못한 상황에 순구는 그 자리에 얼어붙었다.

씨발놈. 죽어. 씨발놈. 씨발놈. 죽어. 죽어. 죽어. 씨발놈.

아무래도 몸체가 작아 힘에서 밀리던 303호 형이 팔을 치켜들어 방계덕의 몸을 몇 차례 내리찍었다. 방계덕이 토하는 것 같은 비명을 지르다 몸을 부르르 떨며 바닥에 쓰러졌다. 303호 형의 손끝에서 피 묻은 칼날이 얼핏 빛났다. 칼을 언제 다시 꺼내 든 걸까. 순구는 보지 못했다.

방계덕이 바닥에 꿈틀거리며 시뻘건 피를 쏟았다. 303호 형은 숨을 헐떡이며 피에 젖은 제 손을 바라보았다. 303호 형이 뭐라고 소리쳤으나 순구의 귀에는 들리지 않았다. 사장이 제가 흘린 피를 몸에 칠하며 신음소리와 함께 뒤척거렸다.

순구는 풀썩 바닥에 주저앉았다. 경기를 하듯 손발이 부들부들 떨렸다. 일어설 수가 없었다. 그 어떤 생각도 나지 않았다.

이후로 순구는 마치 무성영화를 보는 관객처럼 303호 형이 하는 행동만을 눈에 새겼다.

303호 형은 순구에게 말을 시키는 것을 포기하고 화장실 바깥 문고리에 걸려 있던 수건을 집어 들었다. 얼굴과 팔에 묻은 피를 닦고 바지 허리춤에 수건을 밀어 넣었다. 다음엔 금전 등록기 서랍에서 돈을 한 움큼 꺼내 주머니에 넣었다. 바닥에 몸을 비비며 괴로워하는 방계덕을 낭패 섞인 표정으로 내려다보다가 주방 턱에 놓여 있던 목장갑을 집어 손에 꼈다. 방계덕이 평소 청소를 할 때 손에 끼던 장갑이었다. 303호 형은 그 손으로 카운터에 있던 유선 전화기 코드를 뽑아 던졌다. 이어서 뭔가를 집어 들어 남방 앞주머니에 넣었다. 당시에 순구는 그 물건이 뭔지 몰랐으나 나중에 상황을 듣고 보니 그게 방계덕의 휴대전화였던 모양이었다.

순구의 눈에는 이 모든 장면이 아무 현실감 없이 이어졌다. 303호 형이 뒷문에 달려들었다. 열리지 않는 문을 발로 몇 번 걸어차다가 주위를 두리번거렸다. 화장실 벽에 고정되어 있던 소화기를 뽑아 들었다.

쾅쾅쾅. 303호 형은 소화기로 뒷문의 문고리를 내리치기 시작했다.

16

김규민은 인권위 조사관이 약속을 어기고 자기 몰래 지순구를 만나고 있다는 사실에 분노를 터트렸다. 그 기세를 눌러 젖히며 달숙이 화제를 되돌렸다.

"여관 주인에게 찾아가 확인까지 하셨던데요?"

김규민은 은테 안경 너머로 달숙과 지훈을 차갑게 노려보았다. 달숙이 틈을 주지 않고 덧붙였다.

"303호에 살았던 청년에 대해서 말이에요."

"뭐…… 뭐라고요?"

예리한 일격을 맞아 석고상에 금이 번지듯 김규민의 얼굴에 당황스러움이 어렸다.

"경찰도 참 바보 같았죠."

달숙이 고개를 설레설레 흔들었다.

"당일 범인으로 보이는 두 청년이 달아나는 걸 목격한 이자카야 주인은 당초 앞서가던 청년의 키가 165센티미터 정도라고 진술했어요. 그런데 경찰이 김학종과 지순구에게 혐의를 두면서 목격자의 기억이 왜곡되기 시작했죠. 김학종의 키에 맞춰서 앞서가던 청년의 키가 175센티미터 정도였다고 진술을 변경한 거예요."

"……."

"지순구는 피의자 신문 초기에 사건과 관련 없는 것처럼 보이려고 뻔한 사실도 속이며 횡설수설했다고 해요. 하지만 진실도 말했죠. 방계덕 사장을 찌른 사람은 303호 형이라고 한 거예요. 그런데 어쩌나, 횡설수설과 진실이 섞여 있으니까 진실도 거짓처럼 보였죠. 이미 김학종과 지순구가 공범이라고 굳게 믿고 있는 형사의 눈에는 더 그렇게 보였을 거예요."

말을 하다 보니 달숙은 형사가 취한 행동이 한심하기도 하고 한편 이해가 갈 것도 같아 복잡한 기분이 들었다.

"그러다 보니 형사는 '303호 형'에 대해서는 아주 형식적인 확인만 했어요. 나중에 왜곡된 목격자의 진술에 따라, 지순구와 비슷한 키의 청년이 303호에 살았던 적이 있는지만 대충 묻고 말았던 거죠. 여관 주인은 아니라고 했고. 그 얘기는 그렇게 지순구의 헛소리인 걸로 끝났죠."

"그런데 변호사님은 키가 작은 청년이 303호에 살았냐고 물었다면서요?"

지훈이 말했다.

"기껏…… 제 뒷조사를 한 겁니까?"

김규민의 말끝이 분노에 차 떨렸다. 지훈은 그간 김규민에게 향했던 선망의 눈길을 거두고 실망감에 찬 눈으로 김규민을 바라보았다.

"지순구에게 진실을 들었으니까요. 303호에 살았던 키가 작은 형이 방계덕 사장을 찔러 죽였다고 말이에요. 그래서 확인했던 거죠?"

"지금 조사관님들은……."

김규민은 수치심을 느끼는 듯 아랫입술을 깨물었다.

"변호사의 권리를 함부로 침해하고 있군요."

"에이. 이제 와서 그런 말씀을 하시면 안 되죠."

달숙이 정색했다.

"사건의 실체에 대해 조사해서 경찰이 지순구에게 허위자백을 강요했다고, 지순구는 무죄라고 법원에 의견 제출해달라고 요청하실 땐 언제고요?"

김규민은 더 할 말이 있는 듯했지만 참으며 입을 닫았다. 감정을 누르고 생각을 정리하는 것 같았다.

김규민의 표정이 이내 냉정을 되찾아가는 것을 보며 지훈은 씁쓸했다. 변호사로서 할 일을 했을 뿐이라고 생각하는 건가.

"우리도 어리석었죠. 두 범인 중 한 명의 알리바이가 증명되었다는 이유로 다른 한 명도 당연히 무죄일 거라고 생각하다니. 김학종이 허위자백을 했다고 해서 지순구도 허위자백을 했을 거라고 단정해버리다니 말이에요. 지순구는 허위자백이 아니라 과잉자백을 한 것을."

지훈이 말했다.

"하지만 김 변호사님은 무죄 판결을 원했죠. 그게 더 극적이니까. 영화에 나오는 피고인들은 반드시 무죄여야 하듯이."

"그도 그럴 것이……."

달숙이 한숨을 쉬며 말을 이었다.

"진범인 303호 형이라는 사람은 아무도 이름도 모르고 성도 모르고 어디로 갔는지도 모르고. 가상의 인물인 양 실체가 없죠. 그 모호한 실체를 쫓기보다는 지순구의 무죄를 주장하는 것이 더 쉽다고 생각하셨나요? 진실을 알면서도? 그럼, 피해자의 죽음에 대해서는 누가 책임을 지나요?"

회의실의 공기가 무겁게 가라앉았다. 셋은 한동안 말이 없었다. 이왕 드러난 사실 앞에서 각자 자신의 입장을 빠르게 계산해보는 듯했다.

"그래서 인권위는 앞으로 무엇을 할 생각입니까?"

침묵을 깬 김규민의 말투는 당당했다.

지훈이 어깨를 으쓱하며 양손을 들어 올렸다.

"그건 김 변호사님이 정하셔야죠. 우린 그저…… 우리가 알고 있다는 사실을 전달해드린 겁니다."

변호사가 의뢰인의 이익을 위하여 사실을 다르게 주장하는 것이 잘못된 것은 아니다. 허용되는 일이다. 항소심은 진행 중이다. 인권위가 조사활동 중에 형사사건의 비틀린 진실을 알아챘다고 하여 무엇이 진실인지 증언하고 나서는 것은 곤란했다. 피고인이 무죄라면 모를까 유죄라는 주장을 인권위가 뒷받침해주는 건 본분에도 맞지 않았다.

애초에 윤서가 사건에 개입하지 말자고 왜 그렇게 강하게 주장했는지 지훈과 달숙은 이제야 알 것 같았다.

김규민이 노트북을 접어 가방에 넣었다. 몇 가지 소지품을 챙기고 일어나 의자를 집어넣었다. 사법개혁론자이자 억울한 허위자백 피고인들의 대변인, 김규민 변호사.

"인권위는 수사과정에서의 인권침해만 조사한다고 하셨죠? 전에 한윤서 조사관님이라는 분이 그렇게 말씀하시지 않았습니까?"

김규민은 가방을 집어 들고 낡은 양복의 깃을 여몄다.

"그럼 그렇게 알고 조사결과를 기다리겠습니다."

17

진실한 고백에는 무게가 있다.

그날의 사건에 대한 지순구의 고백이 모두 끝나고도 한동안 윤서와 홍태는 말을 꺼내지 못했다. 찬 공기가 서걱거리는 교도소 접견실에 열대야의 훈김과 같은 진실이 퍼붓고 지나갔다.

"경찰에게는……."

윤서가 힘겹게 말을 꺼냈다.

"김학종과 함께 호프집에 들어가서 돈을 달라고 하니 사장님이 '돌대가리들이 도둑질을 배워왔네'라고 하면서 모욕했다고…… 그래서 화가 나서 찔렀다고 한 것은……."

"그건요…… 형사님들이 그런 거 아니냐고 그래서……."

지순구는 주눅 든 표정으로 돌아가 말을 우물거렸다.

홍태가 끌끌끌 웃었다.

"경찰은 이미 순구 씨를 체포하기 전부터 일이 그렇게 흘러갔을 거라고 가정했을 테니까요. 호프집 단골들이 '아르바이트 청년'에 대해 진술하면서, 방계덕이 평소 사람들이 있는 데서도 순구 씨를 무시하고 모욕했다고 하니까. 범행 동기에 대한 사건 시나리오를 그렇게 작성했던 거죠. 강도질을 하러 들어왔는데도 모욕을 당해 화가 나서 찔렀을 것이다. 피의자 신문을 하면서 알게 모르게 그렇게 말하라고 강요한 거고 말이죠."

윤서가 두 눈 사이를 손가락 끝으로 꾹꾹 눌렀다. 너무나 피로했다.

"이제 저는 어떻게……."

지순구가 애원하는 눈으로 인권위 조사관들을 보았다. 다시

길을 잃은 피고인이 해답을 간청하고 있었다.

홍태가 윤서에게 눈짓을 하며 지순구의 질문에 대한 대답을 넘겼다.

입을 떼는 윤서의 표정이 우울했다.

"순구 씨는 그렇게 머리가 나쁘지 않아요. 명심해요."

지순구가 다시 울먹일 듯 두 뺨을 씰룩거렸다.

"오직 순구 씨가 선택해야 해요. 아무도 대신 못 해주는 거예요. 김규민 변호사님이 하라는 대로 하면 사건과 아무 관련이 없는 것처럼 무죄로 풀려날 수도 있겠죠. 그걸 원하면 그렇게 해요. 하지만…… 그렇게 하면 진짜 범인은 못 잡아요."

"아……."

그 사실은 처음 알았다는 듯이 지순구는 놀라 입을 벌렸다.

"303호 형은 사람을 찔러 죽이고도 아무런 벌도 받지 않고 자유롭게 살아갈 거예요. 정말로 아무 죄도 없는 김학종 씨는 이 일로 범인으로 몰려 자살까지 했는데 말이에요. 방계덕 사장이 친절하고 좋은 사람은 아니었던 것 같지만, 순구 씨 생각에 그렇게 죽어도 괜찮을 만큼 나쁜 사람이었나요?"

"아, 아니에요. 아니에요."

지순구가 고개를 세차게 저었다. 그날의 끔찍했던 광경이 다시 떠오르는지 몸을 흠칫 떨면서.

"진짜 범인이 벌을 받게 하려면 순구 씨가 이제라도 진실을 말해야 해요. 순구 씨는 303호 형이 칼을 가지고 있는지도 몰랐고 그걸로 사람을 죽일지도 몰랐잖아요. 그런 사실이 재판에서 다 인정되면 강도살인죄는 받지 않을 거예요."

지순구는 1심에서 강도살인죄의 주범으로 무기징역을 선고받았다. 윤서가 말을 이었다.

"강도치사죄라고…… 고의로 사람을 죽인 강도살인죄보다는 훨씬 덜한 죄인데 그건 받아야 할지 몰라요. 잘 생각해보고 두 가지 중에 선택해요. 무죄로 풀려나고 303호 형에 대해서는 아예 존재하지도 않는 사람처럼 묻을 것이냐, 303호 형을 찾아 죄를 묻고 순구 씨가 한 행동에 대해 벌을 받아야 한다면 받을 것이냐. 명심해요. 순구 씨는 그렇게 머리가 나쁘지 않다는 거."

윤서가 말하며 한쪽 귀를 손바닥으로 가렸다. 어딘가에서 짐승의 울음소리 같은 이명이 들려왔다. 멍하게 비워진 머릿속이 이명에 따라 진동했다.

"선택……이요?"

지순구는 겁이 나서 목소리를 떨었다. 선택이라는 것이 자신에게는 매우 생경하고 두려운 단어라는 듯.

"곧 김규민 변호사님이 찾아올 거예요."

윤서가 양쪽 관자놀이를 지그시 눌렀다.

윤서의 귀에 승냥이가 울었다.

"변호사님께 순구 씨의 선택을 말해요. 선택하고, 선택한 대로 하세요."

사자와 호랑이가 세력을 다투며 지배하는 세상의 한쪽 어두운 곳에 숨어 작은 짐승이 날카롭게 포효하고 있었다. 신경을 긁는 듯한 소리였다. 윤서는 급기야 한쪽 귀를 막았다. 윤서의 말이 주는 무게를 버티지 못하고 지순구가 고개를 떨구었다.

명심해요. 순구 씨는 그렇게 머리가 나쁘지 않아요. 윤서는 가기 전에 그 말을 한 번 더 해주고 싶었다.

미스터리 마니아가 도달할 수 있는 여러 가지 길 가운데, 저는 미스터리 소설을 쓰는 사람이 되고 싶었습니다. 살아오는 동안 공백은 있었으나, 열광하는 마음과 행운과 아주 약간의 재능을 합쳐 희망을 이루었고, 이렇게 두 번째 책을 세상에 내놓습니다.

미스터리는 언제나 제게 현실 너머에 있는 설레는 세계였지만, 저는 '지금 여기 한국의 이야기'를 펼치고 싶다는 꿈을 가졌습니다. 이 장르만이 가지는 특유의 재미와 더불어 독자의 정서를 자극할 수 있는 한국적인 이야기를 만들고 싶었습니다. 그런 목표 아래 오랜 준비를 거쳐 발표한 첫 장편소설 《라일락 붉게 피던 집》으로 작년 한해 분에 넘치는 칭찬과 기대를 받았던 것 같습니다. 정신을 못 차릴 정도로 기뻤고, 기쁨은 오롯이 '다음에는 무엇을 써야 할까?' 하는 부담감으로 다가왔습니다.

그러던 중 《한국 추리 스릴러 단편선 4》(황금가지, 2012)에 발표한 〈그곳에 누군가 있었다〉(이 작품집에서 '보이지 않는 사람'으로 제목을 변경했습니다)와 같은 작품이 제가 바라는 이야기가 될 수 있겠다는 생각을 했습니다. 경찰도 탐정도 아닌 인권위 조사관의 사건 해결기. 인권위는 무척 방대한 분야의 인권침해와 차별행위를 다루는 준사법기관으로써 한국에 실재하는 국가기관입니다. 진정사건 조사를 통하여 사실의 규명과 함께 인권이라는 보편적인 가치를 추구합니다. 윤리적인 문제를 다루다보니 많은 기대에 둘러싸여 종종 비난과 논란의 중심에 서기도 합니다. 어쩌면 인간의 동등한 권리라는 것은 유니콘과 같아서, 세속의 인간이 부단히 다투어 추구해야 하는 이상향인지도 모르겠습니다. 그 다툼의 과정에서 여러 가치가 충돌하기 마련이고, 여기서 다양한 이야기가 나올 수 있으며 범죄 사건과도 연관 지을 수 있겠다 싶었습니다. 오해를 피하기 위해 '인권증진위원회'라는 가상의 조직을 설정한 것으로 처리했으나, 그 역할과 기능은 현실을 최대한 참고했습니다. 다만 인물과 사건은 백퍼센트 창작이라는 것을 밝힙니다.

인권위를 배경으로 각자 능력과 성격이 다른 조사관들이 때론 반목하고 갈등하며, 서로 좋아하기도 하고 싫어하기도 하면서 합작으로 사건을 해결해나가는 이야기. 그 과정에서 부딪히는 딜레마는 살짝 미해결로 남겨놓으면서 1년여에 걸쳐 다섯 편의 이야기를 완성했습니다. 책이 세상에 나왔으니 평가는 독자의 몫입니다. 부디 재밌게 읽어주시기를 바랍니다.

　구준히 국내 미스터리 작품을 선택하고 출간해주시는 시공사 문학팀과 담당 편집자 박윤희 님께 감사드립니다. 이번 작업도 멋졌습니다. 초고를 읽고 조언해주신 도진기 작가님과 최혁곤 작가님, 존경합니다. 동료 의식으로 끈끈한 힘이 되어주시는 서미애, 정명섭, 한 이, 박하익 작가님. 작가님들이 있어주셔서 정말로 좋습니다. 객관적인 평가로 자기만족의 함정에서 늘 저를 꺼내주는 두 검열관, 임귀숙과 김현정에게도 감사한 마음을 전합니다.

　호응해주신다면, 계속해서 한국 미스터리 소설을 써보겠습니다.

2015년 10월
송시우

박현주

    2014년 《라일락 붉게 피던 집》이 발표되었을 때, 나는 한 신문의 칼럼에서 이 소설을 가리켜 "동시대를 살아가는 사람들을 허구 속에서 기록할 수 있는" 대중 소설의 장점을 십분 이용한 작품이라고 썼다.[1] 《라일락 붉게 피던 집》은 한국의 1980년대와 2010년대라는 현대를 성실하게 기록하고 재현하면서 그 위에 미스터리 소설의 고전적 주제인 '누가 죽였나 (Whodunit)'라는 수수께끼를 풀어간 작품이었다. 송시우 작가의 새 소설집 《달리는 조사관》도 같은 계열에 선 작품이다. 당대의 사회 문제를 고전적 추리 방식으로 풀어서 보여주는 소설이라는 뜻이다.

    《달리는 조사관》은 인권증진위원회라는 가상의 조직에서 근무하는 조사관들을 탐정으로 한 추리소설이다. 관련자들이 서로 엇갈려 증언을 하는 사건을 두고 진실을 찾아가는 과정은 모든 추리소설이 공유하는 부분이지만, 《달리는 조사관》에서

---

[1] 〈장르 소설 읽기〉(한겨레신문, 2014년 6월 30일 자)

의 진실은 '인간으로서의 기본 권리가 과연 침해되었는가?' 하는 문제이다. 이런 설정은 탐정에게 피해자가 선인이고 가해자가 악인이라는 이분법에서 벗어나 다층적인 구도를 형성하고, 조사관들은 그런 선입관에 구애받지 않고 큰 그림을 그려야 하는 관건을 부여받기에 미스터리의 부피는 더 풍성하게 불어난다.

이 소설집에 실린 총 다섯 편의 단편은 각각, 혹은 통합적으로 전형적 미스터리의 주제를 탐구한다. 맨 처음 실린 〈보이지 않는 사람〉은 누가 그 현장에 있었는지를 알아내는 증인의 문제를 다뤘다. 보이지 않았던 증인이 모습을 드러낼 때 사건의 속사정도 모습을 드러낸다. 〈시궁창과 꽃〉은 범인을 찾아내는 수수께끼이기도 하지만, 범인이 저지른 일이 과연 무엇인가 하는 범죄의 문제에 관한 소설이다. 사건 현장을 재구성하는 공간 미스터리인 〈거울 얼룩〉은 가해자와 피해자, 증인이 모두 밝혀진 상황에서 어째서 그런 일이 벌어졌는가 하는 이유, 즉 동기의 문제를 추적한다. G.K. 체스터턴의 브라운 신부 단편 중 가장 유명한 〈푸른 십자가〉를 오마주한 〈푸른 십자가를 따라간 남자〉는 범인이 이미 알려진 상황에서 그가 저지른 범죄의 대상, 희생자의 문제에 집중한다. 그리고 마지막, 〈승냥이의 딜레마〉는 승냥이로 은유되는 조사관들의 내적 갈등에 대한 소설로, 진실을 밝혀내는 데 있어서 자신의 역할이 무엇인가 하는 탐정의 문제가 그려진다.

송시우의 소설이 언제나 가장 동시대적인 현장에 서 있으면서도 고전 미스터리답다는 인상을 주는 것은 바로 미스터리의 핵심 요소—탐정, 범인, 피해자, 범죄, 동기—에 대한 강조가 두드러지는 스타일 덕분이다. 각각의 소설은 침해된 인권의 구제라는 공통의 임무 속에서 미스터리의 기술을 구현한다. 가령 황금기 추리소설의 언급이나 인물 배치에서 발생하는 사각의 지적은 인위적으로 보일 수도 있지만, 추리소설의 장르 양식을 구성하는 요소로 활용된다. 처음부터 끝까지 자기가 쓰고 있는 글이 뭔지 잘 아는 작가의 산물이다. 추리 작가로서 뚜렷한 목적의식이 이 단편집을 끌고 가는 힘이기도 하다.

오락으로서 퍼즐이 부각되기는 했어도 소설은 실화의 사건들을 비틀어 묘사하며 현실감을 부여한다. 인권증진위원회는 위에 말했듯 가상의 기구이지만, 국가인권위원회의 조사국을 모델로 하였고 절차나 구성도 실제의 조직을 꼼꼼하게 참고하였다. 〈승냥이의 딜레마〉에서 사용된 공동정범이라는 소재에서는 16년 만에 재점화된 이태원 살인사건이 연상되기도 하고, 2000년 익산에서 택시 기사를 살해한 죄로 체포되어서 억울하게 10년 동안 갇혀 있다 출소한 '10대 배달부' 최 모 군 사건과 유사한 점도 엿보인다. 〈푸른 십자가를 따라간 남자〉에서는 참고로 열거한 연쇄살인범들의 모습 위에 최철수의 얼굴을 겹친다. 그 외 소재로 쓰인 민간인 사찰, 노조 내 성희롱, 이별 폭력, 강압 진압 논란 등은 모두 뉴스에서 만났던 사건들이었다. 《달리는 조사관》은 21세기 초의 한국 범죄사의 간략한 스크랩북이라고 할 수도 있을 것이다.

오락으로서 추리소설과 사회 범죄의 기록자로서 추리소설 사이에서 균형추로 사용된 것은 심리의 묘사이다. 이미 다른 단편 〈누구의 돌〉[2]에서 공범의 죄의식을 섬세하게 그려냈던 작가는 이번에는 탐정 역할을 하는 조사관들의 심리를 따라갔다. 우유부단하다는 평을 듣기는 하지만 베테랑 조사관으로서 인권 조사관의 역할과 한계에 대해서 명확한 신념이 있는 한윤서, 흥분을 잘하는 다혈질이지만 자신의 잘못을 누구보다도 먼저 인정할 줄 아는 이달숙, 약자의 편을 들어준다는 배짱이 지나쳐 독단이 되긴 하지만 사건 해결에는 주저하는 법이 없는 배홍태, 사법고시 출신으로 자부심이 지나치지만 정의를 실현하는 민완 변호사라는 역할을 인권위에서 수행하고자 하는 정책국 부지훈 등이 희극의 캐스트처럼 팀을 이루어 사건을 파헤친다.

탐정은 추리소설에서 이성적인 판단자의 역할을 해야 하지만, 이 소설의 조사관들은 고전 비극의 인물들처럼 필연적인 결함이 있다. 이달숙과 배홍태, 부지훈은 자신들이 하는 일의 대의명분에 함몰되어 진실을 놓치고, 그들의 선의가 심리적 맹점이 된다. 이를 꿰뚫어볼 수 있는 처지에 선 윤서의 발목을 잡는 건 집중력을 흩트리는 아토피라는 병과 내적인 갈등

2 | 《미스테리아》 1호(엘릭시르, 2015) 수록

이다. 인간은 자신의 성격적 결함, 인지적 착각, 공동체의 요구로 인해 실수하고 잘못을 범한다. 탐정과 가해자, 증인 모두 어떤 면에서는 같은 결점이 있어서 인간이라는 우리 안에 갇힌다.

역설적으로 우리에서 태어나 자라나는 것이 인권과 정의의 개념이다. 작가가 인권증진위원회를 배경으로 내세운 것도 모든 추리소설에 내재한 도덕에 대한 질문에 대한 나름의 답을 주려는 동기가 깔렸었을 것이다. 인간에게 선의와 열의가 있어도 본연의 결점으로 인해서 정의는 달성되기 힘들다. 현실과 사회의 구조적 모순이 이 인간의 결점을 더욱 확대한다. 이때 죄의 무게를 엄정히 따져 내리는 처벌이 정의의 의미일 것인가? 아니면 한 인간의 행동 잘잘못 이전에 동등한 권리를 인정하는 것이 정의의 의미일 것인가? 권리가 존중되지 않는 한국 사회에 대한 날카로운 비판을 숨기고 작가는 공무원이지만 승냥이로서 호랑이를 견제하는 인권위 조사관들을 통해 정의의 본질에 대한 철학적인 숙고를 던진다. 추리작가가 윤리학자가 될 필요는 없지만, 애초에 정의의 실현 방식에 대한 나름의 모럴이 없다면 추리소설 자체가 성립하지 않는다.

그리하여 《달리는 조사관》을 관통하는 정서가 있다면 일종의 성실함이다. 조사관들이 달리고 있는 것은 성실하게 자기 일을 해내겠다는 책무가 있기 때문이다. 작가가 추리소설을 대하는 태도에서도 이런 성실한 평행점을 찾아볼 수 있다. 전

통적 퍼즐의 틀 안에서 당대에 직면한 문제를 가지고 보편적 모럴의 문제를 탐구한다는 것, 두 번째 작품을 내면서도 송시우 작가는 늘 대중 추리소설의 존재 의의를 성실히 조사하고 있다.

| 박현주 |

칼럼니스트이자 번역가. 한겨레신문에서 장르문학 칼럼 '박현주의 장르문학 읽기'를 쓰고 있다. 제드 러벤펠드의 《살인의 해석》, 페터 회의 《스밀라의 눈에 대한 감각》, 트루먼 커포티의 《인 콜드 블러드》, 레이먼드 챈들러와 도로시 L. 세이어즈 선집 등을 번역했다.

달리는
조사관

2015년 10월 22일 초판 1쇄 발행
2019년 8월 26일 초판 3쇄 발행

지은이 | 송시우
발행인 | 윤호권
책임편집 | 박윤희
책임마케팅 | 정재영 · 임슬기 · 박혜연

발행처 | (주)시공사
출판등록 | 1989년 5월 10일(제3-248호)

주소 | 서울특별시 서초구 사임당로 82(우편번호 06641)
전화 | 편집 (02)2046-2852 · 마케팅 (02)2046-2800
팩스 | 편집 · 마케팅 (02)585-1755
홈페이지 | www.sigongsa.com

ISBN 978-89-527-7497-2 04810
ISBN 978-89-527-7496-5 (set)